BASTEI
LÜBBE
TASCHENBUCH

Über die Autorin

Elaine Winter hat schon als Kind gerne Geschichten erfunden. Sie studierte Germanistik und Anglistik, probierte sich in verschiedenen Jobs in der Medienbranche aus und kehrte bald zum Geschichtenerfinden zurück. Inzwischen ist sie seit mehr als zwanzig Jahren Autorin und hat den Spaß am Erdenken schicksalhafter Wendungen und romantischer Begegnungen bis heute nicht verloren.

Elaine Winter

Schneeflockenherzen

Roman

BASTEI LÜBBE TASCHENBUCH

BASTEI LÜBBE TASCHENBUCH
Band 17898

Dieser Titel ist auch als E-Book erschienen

MIX
Papier aus verantwortungsvollen Quellen
FSC www.fsc.org
FSC® C083411

Vollständige Taschenbuchausgabe
der bei Lübbe Digital erschienenen E-Book-Ausgabe

Lektorat: Anna-Lena Meyhöfer
Umschlaggestaltung: Nicole Meyer, designrevolte.de
Unter Verwendung von © shutterstock: AboutLife | A.I | Ramona Kaulitzki
und © istock: 4FR | Andrew_Mayovskyy | borchee | joolarts
Satz: 3w+p GmbH, Rimpar
Gesetzt aus der Minion
Druck und Verarbeitung: CPI books GmbH, Leck – Germany
ISBN 978-3-404-17898-8

2 4 5 3 1

Sie finden uns im Internet unter www.luebbe.de
Bitte beachten Sie auch: www.lesejury.de

1. Kapitel

Nina

Die Melodie von Whams Megahit »Last Chistmas« füllte den Innenraum meines kleinen Autos bis unter das Dach. Nach der ersten Textzeile des Refrains stellte ich hastig einen anderen Sender ein. Hier weihnachtete es ebenfalls sehr. Ein paar muntere Sängerinnen kündigten Santa Claus' baldige Ankunft in der Stadt an. Das gefiel mir deutlich besser. Wer wollte schon hören, dass ein zu Weihnachten verschenktes Herz am nächsten Tag weitergegeben wurde? Ich jedenfalls nicht. Ich schwebte auf Wolke sieben, denn vor mir lagen das wunderbarste Weihnachtsfest, die fröhlichste Silvesterfeier und überhaupt der schönste Winter meines Lebens. Vielleicht abgesehen von dem Jahr, in dem Katja und ich mit unseren Eltern zum allerersten Mal die Weihnachtsferien in unserem neu erstandenen Ferienhaus in Alptal verbracht haben.

Das einsam gelegene Haus im Alpenvorland war für uns Kinder damals so was wie ein verzauberter Ort. Der Schnee lag fast einen Meter hoch, funkelte in der Sonne und wurde nicht innerhalb kürzester Zeit von den Schuhen zahlloser Menschen in grauen Matsch verwandelt, wie wir es aus München gewohnt waren. Direkt vor unserer Haustür gab es einen Hang zum Rodeln, an dessen Fuß ein endloser Tannenwald begann, der sich über mehrere weitere Hügel erstreckte. Wir konnten Ski und Schlitten fahren, Schneeengel machen und Schneemänner bauen, und zwischendurch wärmten wir uns drinnen bei heißer Schokolade auf, die unsere Mutter immer literweise für uns kochte.

Jeden Tag standen meine Schwester und ich stundenlang auf unseren Skiern, die wir zu Weihnachten bekommen hatten, und erkundeten die Umgebung. Dabei stellte sich sehr schnell heraus, was ich damals, mit acht Jahren, längst geahnt hatte: Katja war ohne jeden Zweifel die Sportliche von uns beiden. Sie glitt über den Schnee, als hätte sie in ihrem Leben nie etwas anderes getan. Ich dagegen umarmte kreischend jeden zweiten Baum, der mir begegnete. Zwischendurch kippte ich in regelmäßigen Abständen um und brauchte ewig, um mich wieder hochzurappeln. Trotzdem hatte ich Spaß am Skilaufen. Inzwischen konnte ich es natürlich besser, aber Katja würde ich in der Hinsicht nie das Wasser reichen können. Damit, dass ich beim Wintersport, so wie in fast allen Disziplinen des Alltags, immer noch die Tollpatschige war, musste ich mich eben abfinden.

Marco fand meine Ungeschicklichkeit süß. Bis auf das eine Mal, als ich ihm Kaffee über die nagelneuen Designerjeans geschüttet hatte. Der Kaffee war zwar nicht mehr heiß, und die Flecken bekam ich auch wieder raus, aber er musste einen halben Tag lang mit einem Riesenfleck auf dem rechten Hosenbein herumlaufen.

Selbst wenn ich kein Champion auf den Brettern war, konnte ich unbesorgt mit Marco Ski laufen. Er würde fröhlich lachen und mir wieder hochhelfen, wenn ich ab und zu im Schnee landete. Ich würde ihm die Landschaft zeigen, und zwischendurch würden wir immer wieder anhalten und uns küssen. Wenn wir wieder nach Hause kamen, könnten wir uns Tee machen oder heiße Schokolade mit Sahne.

»Mist!«, fluchte ich, als auf der Windschutzscheibe ein

großer Wassertropfen zerplatzte. Dabei klingelten im Radio gerade musikalisch die Schlittenglöckchen. Und der Wetterbericht hatte Schnee angesagt. Was sollte das denn jetzt?

Zum Glück war bis Weihnachten noch eine ganze Woche Zeit. Bisher hatten wir in den knapp zwanzig Jahren, die unserer Familie das Haus in Alptal nun gehörte, nur ein einziges Mal keinen Schnee gehabt. Das durfte sich nicht ausgerechnet in diesem Jahr wiederholen. Schließlich hatte ich Marco wochenlang vom Schnee und vom Skilaufen und der klaren, eisigen Luft am Rand der Alpen vorgeschwärmt.

Während ich das Lied vom Winterwunderland mitsummte und mir dabei vorstellte, wie ich Hand in Hand mit Marco im Schnee spazieren gehen würde, schaltete ich die Scheibenwischer ein. Ich war wild entschlossen, das wunderbarste Weihnachtsfest aller Zeiten vorzubereiten. Und da gehörte Schnee einfach dazu. Also würden wir Schnee haben. Basta!

Als mein Handy sich meldete und ich ein Foto von Katjas fröhlichem Gesicht auf dem Display sah, drückte ich lächelnd auf die Annahmetaste der Freisprechanlage. »Hallo, Schwesterherz. Schön, dass du dich meldest. Ich bin schon unterwegs nach Alptal, und blöderweise regnet es in Strömen. Na ja, aber aus Regen kann ja auch ganz schnell Schnee werden, stimmt's?«

»Nicht dass der Regen gefriert.« Katja klang alarmiert, und ich wusste sofort, woran sie in diesem Moment dachte, und beruhigte sie.

»Nein, nein! Es sind bestimmt fünf Grad über null oder so.« Falls es tatsächlich so war, machte das meine eigene Hoffnung zunichte, dass die Regentropfen sich quasi auf der Stelle in Schneeflocken verwandeln könnten. Aber ich kannte die Angst nur zu gut, die Katja wohl ihr Leben lang nicht loslassen würde. Wenn ich selbst im Auto saß, war es nicht schlimm. Sobald jemand unterwegs war, der mir am Herzen lag, löste jede Glatteismeldung eine mehr oder weniger heftige Panikattacke bei mir aus.

»Fahr trotzdem vorsichtig!«

»Ich passe auf und schicke dir eine Nachricht, wenn ich angekommen bin. Und gleich anschließend mache ich eine Einkaufsliste mit allen Sachen, die wir zum Plätzchenbacken brauchen. Morgen früh fahre ich zum Supermarkt, besorge alle Zutaten und fange schon mal mit dem Backen an.«

»Aber nicht alles allein machen!«

»Keine Sorge, das schaffe ich gar nicht ohne dich. Dieses Jahr brauchen wir mindestens zehn oder zwölf Sorten Plätzchen, und das Haus muss einfach bombastisch geschmückt werden. Also sieh zu, dass du so schnell wie möglich nachkommst. Am besten schon morgen.«

»Ich habe erst ab übermorgen Urlaub. Und dann muss ich ja noch packen. Aber übermorgen Abend könnte ich da sein. Dann haben wir immer noch fast eine Woche Zeit für die Vorbereitungen. Patrick kann aber leider erst am Vierundzwanzigsten kommen.«

Seit Katja im vergangenen Mai geheiratet hatte und mit ihrem Mann von München nach Düsseldorf gezogen war, fehlte sie mir schrecklich. Deshalb waren Weihnachten und der Jahreswechsel, die wir wie immer gemeinsam verbringen würden, dieses Mal besonders wichtig für mich. Und je eher diese Zeit begann, desto besser.

»Und wann kommt dein neuer Freund? Eigentlich brauchen wir ja keine Männer beim Backen, Schmücken und Planen. Oder?«

»Marco ist noch in London, wichtige Geschäfte«, berichtete ich. »Er kommt auch erst an Heiligabend. Ich freue mich so, dass du ihn endlich kennenlernst.«

»Ich bin schon sehr gespannt auf den Wunderknaben.«

»Das kannst du auch sein. Marco ist mein absoluter Mister Right. Endlich!« Ich stieß einen sehnsüchtigen Seufzer hervor und dachte an den Traummann, dem ich nach all den treulosen, unentschlossenen oder schlichtweg vollkommen unpassenden Typen schließlich begegnet war.

»Das hast du bei Thorsten auch geglaubt, und der war wirklich …«

»Thorsten ist Vergangenheit, und ich habe aus meinen Fehlern gelernt«, unterbrach ich Katja hastig.

Aus irgendeinem Grund war ich bisher ständig an Typen geraten, die mir das Blaue vom Himmel versprachen, um mich in ihr Bett zu bekommen, und so gut wie nichts von ihren Versprechungen hielten. Auch mein Ex Thorsten gehörte dazu.

Thorstens Vorgänger Andreas, der Banker, war nach ein paar traumhaften Wochen von jetzt auf gleich aus meinem Leben verschwunden. Plötzlich konnte ich ihn telefonisch nicht mehr erreichen, und als ich in meiner Not bei ihm im Büro auftauchte, ließ er sich von seiner Sekretärin verleugnen.

»Mit Marco bin ich schon seit vier Monaten zusammen, und er ist jedes Mal, wenn wir uns treffen, absolut aufmerksam und zärtlich und … eben einfach toll.«

Jetzt war es Katja, die seufzte. Und das klang kein bisschen sehnsüchtig wie bei mir, sondern wie einer ihrer typischen Große-Schwester-Seufzer. »Ich hoffe wirklich, dass es dieses Mal der Richtige für dich ist, Süße. Ein Kerl, der dich auf Händen trägt und nicht alle Rekorde im Kurzstreckenlauf bricht, sobald von Zukunftsplänen die Rede ist.«

»Marco würde doch wohl nicht mit meiner Familie Weihnachten feiern, wenn es ihm nicht ernst wäre!«

»Und was ist mit seiner Familie?« Katja war einfach zu misstrauisch.

»Seine Eltern leben irgendwo im Süden. In Spanien oder Italien oder so. Er hat kaum Kontakt mit ihnen.«

»Und seine Freunde? Wie verstehst du dich mit denen?«

»Das kann ich noch nicht beurteilen. Wir waren beide in den letzten Wochen beruflich sehr eingespannt. Wenn wir mal Zeit hatten, haben wir die am liebsten allein verbracht«, erklärte ich und hoffte, dass ich ihre Zweifel damit fürs Erste beseitigt hatte.

Dass Marco und ich bisher nicht mal eine Gelegenheit gefunden hatten, uns gegenseitig unsere Freunde vorzustellen, musste Katja nicht unbedingt wissen. Sie war einfach nicht davon abzubringen, mich vor den falschen Männern beschützen zu wollen. Obwohl sie inzwischen Hunderte von Kilometern entfernt wohnte, versuchte sie es immer noch.

»Ich werde die Zeit, bis du kommst, auf jeden Fall nutzen und schon mal mit den Vorbereitungen anfangen«, wechselte ich das Thema. »Es gibt so viel zu tun. Schließlich sollen es das schönste Weihnachtsfest und die tollste Silvesterparty aller Zeiten werden.«

»Du bist die Beste. Ich komme so bald wie möglich und helfe dir. Aber jetzt muss ich los. Meine Pause ist vorbei. Küsschen, Kleine.«

»Küsschen, Große.« Nachdem wir aufgelegt hatten, fuhr ich wieder etwas schneller.

Plötzlich konnte ich es kaum erwarten, unser Ferienhaus zu erreichen. Dort fühlte ich mich meinen Eltern, die seit fast zehn Jahren tot waren, immer noch sehr nahe. In dem urigen Haus hatten wir fast all unsere Schulferien und sämtliche Weihnachts- und Osterfeiertage verbracht. Immer war es eine intensive Zeit gewesen. Wir hatten Ausflüge unternommen, uns gegenseitig aus unseren Lieblingsbüchern vorgelesen, Mensch ärgere dich nicht und Monopoly gespielt, zusammen gekocht und gebacken, gemalt und gebastelt.

Inzwischen schaffte ich es meistens, die anderthalb Stunden von München nach Alptal zu fahren, ohne allzu traurig zu werden. Während der ersten Jahre hatte ich oft anhalten müssen, weil ich vor lauter Tränen nichts mehr sehen konnte.

Bis heute fuhren weder Katja noch ich jemals die Straße entlang, auf der es passiert war. Auch wenn der Weg mindestens zehn Minuten länger dauerte: Er führte dafür nicht an der alten Eiche vorbei, an deren knorrigem Stamm wahrscheinlich immer noch die tiefe Kerbe zu sehen war, die die Motorhaube des schweren Wagens hinterlassen hatte. Bei beginnendem Glatteis hatte unser Vater die Kontrolle über den Wagen verloren und war frontal gegen diesen Baum gekracht.

Katja und ich waren in dem Jahr schon vormittags in Katjas Wagen nach Alptal vorgefahren. Sie hatte seit ein paar Monaten den Führerschein und weigerte sich seitdem, ohne den kleinen italienischen Flitzer, den sie zum Abitur bekommen hatte, irgendwohin zu fahren. Sie musste mobil sein, betonte sie bei jeder Gelegenheit. Sonst hätten wir an jenem Abend im Dezember auch mit im Wagen gesessen.

So aber hängten wir schon überall im Ferienhaus Weihnachtsschmuck auf und scherzten dabei über unsere Eltern, die es mal wieder nicht geschafft hatten, pünktlich Feierabend zu machen. Bis es klingelte und zwei Polizisten uns die schreckliche Nachricht überbrachten, dass Mama und Papa nie wieder durch die Tür kommen würden, um hier mit uns Weihnachten zu feiern.

Ich drosselte die Geschwindigkeit und kniff die Augen zusammen, um im strömenden Regen besser sehen zu können. Die schmale Straße schlängelte sich durch die immer hügeliger werdende Landschaft. Zu meiner Linken schimmerte das Wasser des Tegernsees durch die Bäume, und ringsum erhoben sich die Berge, die in der beginnenden Dämmerung seltsam nah erschienen. Es ging hier steil aufwärts, und schon bald hatte ich den See hinter mir gelassen.

Plötzlich schimmerte an einigen Stellen der Asphalt wie mit Zuckerguss überzogen. Vor einer engen Kurve bremste ich vorsichtig und stellte fest, dass der Wagen schon bei diesem langsamen Tempo ins Rutschen geriet. Jetzt fuhr ich nur noch im Schritttempo. Meine Schultern und Arme schmerzten vor Anspannung, und die Angst kroch mir mit eisigen Fingern den Rücken hinauf.

Nach einer kleinen Ewigkeit – in Wahrheit war es höchstens eine halbe Stunde gewesen – erreichte ich die lang gezogene Senke, in der unser Haus lag. Offiziell gehörte es zu dem winzigen Dorf Alptal, welches aus genau fünf Gehöften bestand, die knapp zwei Kilometer weiter im nächsten Tal lagen. »Unsere« Senke teilten wir uns mit nur einem weiteren Haus, dem der Schneiders. Sie hatten dort schon gewohnt, als wir zum allerersten Mal hierhergekommen waren.

Im Gegensatz zu uns wohnten Magda und Klaus Schneider das ganze Jahr über hier. Sie hatten sich das Haus neben unserem als Altersruhesitz gekauft und sehr liebevoll hergerichtet. Inzwischen mussten sie beide über achtzig sein, waren aber immer noch erstaunlich fit.

Erleichtert, dass ich auf der spiegelglatten Straße heile angekommen war, parkte ich meinen Wagen in der Auffahrt seitlich von der kleinen Treppe, die zu unserem Haus hinaufführte. Die kahlen Äste der Büsche im Vorgarten auf der anderen Seite der Stufen funkelten im letzten Tageslicht. Auch sie waren von einer dünnen Eisschicht überzogen.

Wie versprochen schickte ich Katja eine kurze Nachricht, dass ich Alptal erreicht hatte. Während ich mein Smartphone in die Manteltasche steckte und die große Handtasche vom Beifahrersitz nahm, beschloss ich, als Erstes die Heizung bis zum Anschlag hochzudrehen, ein paar Kerzen anzuzünden und mir eine große Kanne Tee zu machen.

Wie immer, wenn ich unser Haus in den Bergen mit dem tiefgezogenen Dach, dem ringsum laufenden Balkon und den grün gestrichenen Fensterläden nach längerer Zeit wiedersah, machten sich gleichzeitig Freude und Wehmut in mir breit. Eine Weile starrte ich das Holzschild über der Haustür an und musste lächeln. Es war so groß, dass ich es selbst in der inzwischen hereingebrochenen Dämmerung gut erkennen konnte.

Schon während unseres ersten Urlaubs hier hatten Katja und ich in seltener Eintracht beschlossen, dass unser wunderbares Ferienhaus einen Namen bekommen musste. Unsere Eltern unterstützten diese Idee grundsätzlich und überließen uns Kindern die Wahl des Namens.

Ich schlug »Villa Kunterbunt« oder »Snoopy« vor, Katja wollte das Haus unbedingt nach Ricky Martin taufen, für den sie schwärmte. Wir stritten uns lange und lautstark. Schließlich sprach Papa ein Machtwort. Er würde dem Haus einen Namen geben, und es sollte eine Überraschung für uns sein. Nur Mama wurde eingeweiht.

Katja und ich widersprachen aus Prinzip und stritten eifrig weiter, ob nun »Ricky« oder »Snoopy«. Dann wurde eine große Holztafel geliefert, auf der mit geschwungenen Buchstaben *Katina* zu lesen war. Unsere Eltern hatten unsere beiden Namen zusammengefügt, und so hieß nun unser Ferienhaus.

Plötzlich konnte ich es kaum noch erwarten, ins Haus zu kommen. Ich stieß die Wagentür auf und schwang meine Beine nach draußen. Es war so glatt, dass ich um ein Haar hingefallen wäre, wenn ich mich nicht im letzten Moment am Auto festgeklammert hätte. Aber ich lachte nur, denn das bedeutete nichts anderes als Schnee zu Weihnachten.

Ächzend zerrte ich mein Gepäck aus dem Kofferraum und wuchtete die beiden großen Koffer die drei Stufen zur Haustür hinauf. Weil ich mich zu Hause wieder mal nicht hatte entscheiden können, schleppte ich meinen halben Kleiderschrank mit mir herum. Und natürlich eine großzügige Auswahl aus dem Schuhschrank. Ich wollte, dass Marco mich umwerfend fand. Er sollte mich tagsüber mit den Augen auffressen und es abends kaum erwarten können, mir meine wunderschönen Klamotten vom Leibe zu reißen.

Mit klammen Fingern zog ich den Schlüssel aus der Tasche, öffnete die Tür und stieß sie weit auf. Höchst konzentriert schob ich mit dem Fuß erst den einen, dann den anderen Koffer über die Schwelle. Einem zufälligen Beobachter hätte ich mit meinen voluminösen Gepäckstücken eine tolle

Show geboten. Erst recht, wenn er gewusst hätte, dass ich nur bis zum Tag nach Neujahr, also knapp zwei Wochen, bleiben wollte. Aber ich hatte noch nie zu den Leuten gehört, die mit einem winzigen Täschchen auf Weltreise gehen konnten. Und schließlich ging es darum, für die Liebe meines Lebens eine Augenweide zu sein.

Die Luft im Flur war fast so eisig wie draußen. Nachdem ich die Deckenlampe angeknipst hatte, sah ich mich noch immer angestrengt nach Luft schnappend um. Ich liebte meine kleine Münchner Wohnung in der Nähe des Englischen Gartens. Und doch war es jedes Mal, als würde ich nach langer Zeit zurück nach Hause kommen, wenn ich *Katina* betrat.

Das Klirren, mit dem mein Schlüsselbund mit dem kleinen silbernen Schutzengel daran in die Keramikschale auf dem Dielenschränkchen fiel, klang wie eine Begrüßung. Der Schutzengel mit dem funkelnden roten Steinchen auf der Brust hatte meiner Mutter gehört. Als der Unfall passierte, hatte sie ihn nicht bei sich gehabt. Dafür trug ich ihn jetzt immer mit mir herum.

Noch im Mantel eilte ich zum Heizungsschalter und drehte die Temperatur von zwölf auf satte vierundzwanzig Grad hoch. Ich wollte es warm und kuschelig haben.

Abwartend stand ich vor dem kleinen Display und hoffte, dass die stilisierte Flamme erschien, die das Anspringen der Gasheizung anzeigte. Als nach einer guten Minute immer noch nichts passiert war, wurde ich unruhig. Bitte nicht! Die Heizungsanlage im Keller war fast zehn Jahre alt, hatte aber bisher nie gemuckst. Sie würde doch nicht ausgerechnet jetzt anfangen, Ärger zu machen?

Kurzfristig kam mir die Weihnachtsstimmung abhanden. Ich atmete tief durch, nahm die Taschenlampe aus der Schublade des Dielenschranks und machte mich entschlossen auf den Weg in den Keller. Dabei sang ich »Leise rieselt der Schnee«. Schließlich hatte ich mich eben noch darüber gefreut, dass es draußen fror, denn eisige Kälte war die Voraussetzung für eine weiße Weihnacht. Kuschelige Wärme im Haus brauchte ich aber auch, um mich über die funkelnde Pracht draußen zu freuen.

Wahrscheinlich musste ich einfach nur die Flamme des Gasbrenners wieder anzünden, und in einer halben Stunde würde es im ganzen Haus mollig warm sein.

Dreißig Minuten später saß ich immer noch nicht wie geplant mit einer heißen Tasse Tee gemütlich im Wohnzimmer. Stattdessen stand ich vollkommen teelos und halb erfroren im Keller, drückte zum x-ten Mal die Reset-Taste der Heizungsanlage und richtete anschließend den Lichtkegel der Taschenlampe auf die kleine quadratische Öffnung. Immer noch alles schwarz. Eigentlich sollte dort die Gasflamme brennen. Schließlich gab ich auf.

Ich musste versuchen, irgendeinen Installateur in der Nähe zu erreichen. Obwohl es inzwischen deutlich nach Feierabend war, konnte er mich ja schlecht erfrieren lassen.

In dem uralten Notizbüchlein im Wohnzimmer fand ich die Nummer eines Gas- und Wasserinstallateurs. Von Handwerkernummern über die Adresse der nächsten Apotheke bis hin zu Grillrezepten für den Sommer hatte Mama in dieser kleinen Kladde alles notiert, was mit unseren Ferien in diesem Haus zu tun hatte.

Katja und ich hüteten das Notizbuch wie einen Schatz, und wieder einmal zeigte sich, dass es tatsächlich einer war.

Ich wählte auf meinem Handy die Ziffern, die Mama in ihrer großzügigen Schrift notiert hatte, und wartete ziemlich lange, bis sich eine brummige Männerstimme meldete.

»Guten Abend«, grüßte ich höflich. »Hier ist Nina Martens. Ich bin gerade in unserem Ferienhaus angekommen, und die Heizung geht nicht.«

»Aha«, brummte der Mann nicht sonderlich interessiert am anderen Ende der Leitung.

»Könnten Sie bitte kommen?« Der Handwerker musste doch begreifen, dass bei diesen Temperaturen mein Schicksal vollkommen in seinen Händen lag.

»Wann haben Sie die Heizung zuletzt reinigen und warten lassen?«, erkundigte sich mein Gesprächspartner streng.

»Ich weiß nicht … Vorletztes Jahr oder so. Darum kümmert sich meistens meine Schwester, und die ist noch nicht da. Könnten Sie nicht schnell …«

»Ich kann weder schnell noch überhaupt.«

»Aber was soll ich denn tun? Die Flamme brennt nicht, und es ist schrecklich kalt im Haus. Sie müssen mir helfen!«

»Ich bin vor drei Jahren in Rente gegangen und habe den Betrieb aufgegeben«, teilte der Mann am Telefon mir mit. »Mein Werkzeug und alle Ersatzteile, die ich noch hatte, habe ich verschenkt oder verkauft.« Ich konnte mich des Eindrucks nicht erwehren, dass er sich insgeheim freute, mir diese Mitteilung machen zu können. Immerhin musste er sich nicht ins Auto setzen und durch die eisige Nacht zu mir fahren.

»Könnten Sie mir dann bitte einen Ihrer Kollegen nennen, der …« Ein kurzes Tuten in der Leitung informierte mich darüber, dass mein Nicht-Retter-in-der-Not aufgelegt hatte.

Ein Installateur mit einem noch weiteren Anfahrtsweg würde sich garantiert heute Abend nicht mehr auf den Weg machen, falls ich überhaupt noch einen telefonisch erreichte. Mit Grausen erinnerte ich mich an meine kaputte Waschmaschine im Herbst. Es hatte mich zwei Urlaubstage und ein halbes Dutzend Anrufe gekostet, bis der mehrmals angekündigte Installateur dann auch tatsächlich vor meiner Tür stand. Und das in München, wo es Hunderte von Handwerksfirmen gab.

Die Schneiders! Sie kannten garantiert einen zuverlässigen Installateur, der morgen dann auch tatsächlich auftauchte und die Heizung zum Laufen brachte. Und heute würden sie mich einladen, die Nacht in ihrem kuschlig warmen, weihnachtlich geschmückten Haus zu verbringen.

Ich schnappte mir den kleineren meiner beiden Koffer, löschte das Licht, schloss die Haustür hinter mir ab und schlitterte – gehen konnte man das nicht nennen – die glatte Straße entlang zum Nachbarhaus. Zwischen unseren Grundstücken lag Brachland. Hier blühte im Sommer eine herrliche Bergwiese. Jetzt waren die Gräser von Raureif überzogen, bildeten bizarre Muster und funkelten im schwachen Licht.

Das sah zwar schön aus, aber ich hoffte trotzdem inständig, dass die Wiese morgen unter einer dicken Schneedecke lag. Positives Denken half ja angeblich. Vor lauter Wunschdenken vergaß ich das Glatteis unter meinen Füßen und landete mit einem unterdrückten Aufschrei direkt vor den Stufen zu Schneiders Haustür auf dem Po.

Wieso passierte das ständig mir! Schon als Kind war Katja neben mir wie eine Elfe über spiegelglatte Bürgersteige geschwebt, während ich mich bei jedem Schritt an Zäunen oder Laternenpfählen festklammerte und trotzdem dauernd hinfiel.

Mühsam rappelte ich mich hoch und sammelte meinen Koffer wieder ein, der sich selbstständig gemacht hatte und ein Stück zurückgerutscht war. Dabei rieb ich mein geschundenes Hinterteil und betrachtete das Haus der Schneiders.

Im Wintergarten, den Tante Magda und Onkel Klaus vor fünf Jahren hatten anbauen lassen, brannte Licht. Es war aber niemand zu sehen. Nicht mal die üppigen Kübelpflanzen, die Magdas ganzer Stolz waren. Und wieso war die Tanne vor dem Haus nicht wie sonst mit elektrischen Lämpchen und goldenen Kugeln geschmückt?

Ich stieg die Treppe zur Haustür hoch und klammerte mich dabei mit meiner freien Hand am Geländer fest. Als ich vor der Tür stand, sah ich, dass der schöne Adventskranz, der sonst immer dort hing, auch fehlte.

Durch das kleine Fenster neben der Tür konnte ich in die

Diele sehen. Auch hier war kein Weihnachtsschmuck zu erkennen. Ob die arme Magda krank war? Seit Wochen ging eine schlimme Grippe um. Vielleicht hatte es sie erwischt.

Ich atmete tief durch. Aus welchem Grund auch immer die Schneiders ihr Haus in diesem Jahr nicht dekoriert hatten – ich würde ihnen helfen. Und außerdem natürlich Hühnersuppe und Tee kochen, damit die lieben alten Leute bis Weihnachten wieder auf den Beinen waren. Endlich konnte ich mich für all die wunderbaren Eisbecher und Schokoladenkuchen revanchieren, mit denen Tante Magda uns im Laufe der Jahre verwöhnt hatte.

Schon wieder im Weihnachtsmodus, drückte ich energisch auf die Klingel. Während ich wartete, summte ich »Let it snow« vor mich hin und sah dabei beschwörend hinauf zum Himmel. Es hatte aufgehört zu regnen, aber weit und breit war kein Schneeflöckchen zu sehen.

Als sich drinnen im Haus Schritte näherten, verzog sich mein Mund automatisch zu einem strahlenden Lächeln. Ich freute mich jedes Mal, wenn ich die Schneiders wiedersah. Wegen der alten Zeiten und weil ich sie wirklich gernhatte.

»Hallo! Da bin ich, Weihnachten kann kommen«, rief ich, während die Tür langsam aufschwang.

Als sie ganz offen war, starrte ich verblüfft in ein Männergesicht mit modischem Drei-Tage-Bart, dunklen Augen und mit Lippen, die wahrscheinlich fantastisch aussahen, wenn sie lächelten. Jetzt wirkten sie allerdings etwas verkniffen, als wäre ich kein willkommener Gast, sondern eine lästige Störung.

Ich legte den Kopf in den Nacken und erwiderte ungerührt den strengen Blick, mit dem der Fremde mich musterte.

»Hallo. Ich wollte zu Magda und Klaus. Sind Sie Ihr Neffe Lukas? Die beiden haben mir schon viel von Ihnen erzählt, aber bis jetzt sind wir uns leider nie begegnet. Ich bin Nina Martens und wohne nebenan. Das heißt, die meiste Zeit des Jahres lebe ich in München. Meiner Familie gehört das Ferienhaus auf der anderen Seite der Wiese und …«

Ich stockte, als mir bewusst wurde, dass ich einen meiner berüchtigten Monologe hielt. Das passierte mir oft, wenn ich unsicher war. Und der genervte Gesichtsausdruck des Mannes, der groß und breitschultrig in Magdas und Klaus' Tür lehnte, verunsicherte mich ziemlich.

»Darf ich reinkommen?«, erkundigte ich mich nach einer kurzen Pause, weil der Fremde sich immer noch nicht an die elementarsten Regeln der Höflichkeit erinnerte und keine Anstalten machte, mich ins Haus zu bitten.

Ich griff nach meinem Koffer und setzte einen Fuß auf die Schwelle.

»Wollen Sie hier einziehen?«, fragte der Fremde mit unverhohlenem Entsetzen in der Stimme.

»Nur für eine Nacht«, beruhigte ich ihn.

»Und was ist in dem riesigen Koffer?«

»Hauptsächlich Schuhe. High Heels.«

»High Heels?« Der arme Mann klang ein wenig entsetzt.

»Ich weiß, es ist etwas verrückt, weil ich mit hohen Absätzen auf den holprigen Wegen hier in der Gegend nicht weit komme. Aber ich trage sie drinnen. Zu Weihnachten und zu Silvester und an den Tagen dazwischen auch.« Wieso musste ich mich eigentlich vor einem Fremden für meinen Schuhtick rechtfertigen? Ich konnte schließlich mit mir herumtragen, was ich wollte. Es gab Leute, die schleppten noch weitaus absurdere Dinge mit sich herum als zehn Paar Schuhe für einen gut zweiwöchigen Urlaub.

»Nicht in diesem Haus. Tut mir leid.«

»Ich lasse sie im Koffer«, erklärte ich verzweifelt. »Aber da sind auch meine Sachen für die Übernachtung drin, deshalb habe ich ihn mitgebracht.«

»Sie können hier nicht übernachten. Ich kenne Sie doch gar nicht.« Er machte immer noch keine Anstalten, mich endlich ins Haus zu lassen.

2. Kapitel

Paul

Die sehr hübsche, aber ziemlich durchgeknallte Frau vor der Haustür machte den Mund auf und wieder zu, ohne einen Ton herauszubringen. Innerlich klopfte ich mir auf die Schulter, weil es mir tatsächlich gelungen war, sie zum Schweigen zu bringen.

Sie schnappte nach Luft, stellte sich auf die Zehenspitzen, versuchte, über meine linke Schulter hinweg einen Blick in die erleuchtete Diele zu werfen, und rief dann mit lauter Stimme: »Magda? Klaus? Seid ihr da? Könnt ihr dem Mann hier sagen, dass wir uns schon sehr lange kennen? Er will mich nicht reinlassen.«

»Hören Sie …«, fing ich an, doch solange man keinen Klebestreifen zur Hand hatte, war es offenbar fast unmöglich, diese Frau ruhigzustellen.

»Was ist mit den beiden?« Ihre dunkelblauen Augen waren plötzlich fast schwarz. »Haben Sie etwas damit zu tun, dass hier zum ersten Mal seit … seit … immer kein Weihnachtsschmuck hängt?«

»Ich fürchte, ja. Weihnachtsklimbim ist nicht so mein Ding.« Mittlerweile hatte ich ein bisschen Mitleid mit meinem ungebetenen Gast. Nina Martens störte mich mitten in einer produktiven Phase. Solche Momente waren zurzeit nicht gerade häufig, und eigentlich konnte ich es mir nicht leisten, in der Kälte zu stehen und mir ihre Monologe anzuhören.

Sie schien noch nicht über die Schneiders Bescheid zu wissen. Offenbar hatte sie die alten Leute gern. Deshalb wäre es wohl nicht besonders freundlich gewesen, ihr die traurige Wahrheit vor der Haustür mitzuteilen.

Ich unterdrückte einen tiefen Seufzer, trat zur Seite und forderte sie mit einer Handbewegung zum Eintreten auf. Erstaunlicherweise sagte sie kein einziges Wort, während sie ihren Koffer in die Diele zerrte. Dort blieb sie stehen und sah sich mit zusammengekniffenen Augen um. »Was ist hier los?«

Ich schloss die Tür hinter ihr und betrachtete sie jetzt auch leicht verwirrt. An der Rückseite ihres hellen, knielangen Rocks prangte ein großer, nasser Fleck.

»Sind Sie hingefallen?«

Sie zuckte mit den Schultern. »Es ist glatt draußen.«

Ich sparte mir die Bemerkung, dass sie mit vernünftigen Schuhen wahrscheinlich kein Problem gehabt hätte. Die High Heels trug sie nicht nur im Koffer mit sich herum. Ihre hübschen Beine steckten in halbhohen Stiefeln mit Absätzen, die bestens als Waffen geeignet gewesen wären.

»Wo sind denn nun die Schneiders? Ich bin gerade aus München angekommen und möchte sie gerne begrüßen.« Sie schaute sich in der kleinen Diele um, als würde sie sich fragen, ob ich das alte Ehepaar in die große Holztruhe gesteckt oder hinter den Jacken an die Garderobe gehängt hatte.

»Nicht da. Und ich habe nicht sonderlich viel Zeit«, erklärte ich nach einem demonstrativen Blick auf meine Armbanduhr.

Allerdings war längst klar, dass der unerwartete Besuch dieser merkwürdigen Frau mich aus meiner Konzentration gerissen hatte. Und wie ich aus Erfahrung wusste, würde ich auch nicht so schnell wieder in die Stimmung hineinfinden, die ich brauchte, um vernünftig arbeiten zu können. Schon allein aus diesem Grund hätte ich meinen Gast gar nicht ins Haus lassen dürfen.

»Wir müssen uns kurz unterhalten«, sagte ich, als sie mich auch nach ungefähr einer Minute noch immer mit einem forschenden Blick anstarrte. Ihre plötzliche Schweigsamkeit irritierte mich. »Darf ich Ihnen einen Tee anbieten?«

»Tee ist gut«, murmelte sie, ließ ihren Koffer einfach stehen und ging weiter in die Küche. Sie schien sich hier bestens auszukennen und vollkommen zu Hause zu fühlen, was mir nicht sonderlich gefiel. Sobald ich ihr gesagt hatte, was es zu sagen gab, würde ich ihr klarmachen, dass ich meine Ruhe brauchte. Schließlich war ich aus genau diesem Grund nach Alptal gekommen.

Bevor ich sie daran hindern konnte, übernahm Nina in der Küche das Kommando. Sie füllte den Wasserkocher, holte eine Teekanne, die ich noch nie zuvor gesehen hatte, aus dem obersten Fach des Hängeschranks und fand sogar auf Anhieb die Teedose. Während das Wasser anfing zu kochen, verteilte sie vier Tassen mitsamt Untertellern und Teelöffeln auf dem Tisch.

»Für wen sind die alle?«, fragte ich vorsichtig.

»Mögen Sie keinen Tee? Ich kann auch Kaffee machen, falls welcher da ist. Magda und Klaus trinken nur Tee. Schon immer. Liegt das nicht in der Familie?«

»In welcher Familie?«

»Gehören Sie nicht zur Familie?« Verwundert legte sie den Kopf schief, und es juckte mir in den Fingern, die dunkle Locke, die ihr dabei ins linke Auge fiel, zurückzuschieben.

»Meine Familie ist in alle Welt verteilt, und meistens bin ich ganz froh darüber. Verwandte können ganz schön anstrengend sein.« *Nachbarn auch.* Ich nahm zwei der Tassen und räumte sie wieder in den Schrank.

»Sie haben keine Familie? Das ist traurig.« Sie kniff die Lider zusammen und beobachtete misstrauisch mein Tun. »Und was machen Sie dann hier?«

»Erstens: Ich finde es eher angenehm, die Verwandtschaft nicht in der Nähe zu haben, wenn ich sehe, was in anderen Familien so abgeht. Zweitens: Ich wohne hier.« Da sie sich nicht um das inzwischen blubbernde Wasser kümmerte, schüttete ich es auf den Filter, den sie mit Teeblättern gefüllt und in die Kanne gehängt hatte.

»Wie können Sie das sagen?« Plötzlich war ihr Gesicht ganz bleich.

»Was meinen Sie? Ich wohne tatsächlich hier.« Langsam bereute ich meinen menschenfreundlichen Entschluss, Nina möglichst schonend bei einer Tasse Tee die traurige Nachricht zu überbringen.

»Sie können nicht ernsthaft froh darüber sein, dass Sie keinen Kontakt zu Ihren Eltern haben.« Jetzt zitterte auch noch ihre Unterlippe. Was war nur los mit dieser Frau? Sie hatte wunderschöne, volle Lippen, wie geschaffen, zum Lachen und für andere Dinge, über die ich in diesem Zusammenhang nicht nachdenken wollte.

Leider war sie nicht nur sehr attraktiv, sondern besaß auch einen Hang zum Drama, so viel stand fest. Ich hatte in meinem Leben schon genug Frauen kennengelernt, um genau zu wissen, von welchen ich mich fernhalten musste, weil sie nur Ärger machten und jede Menge Nerven kosteten. Nina Martens gehörte definitiv dazu. Abgesehen davon waren Frauen zurzeit genau das, womit ich mich auf keinen Fall beschäftigen wollte.

»Das ist ja wohl meine Sache«, bemerkte ich streng.

Sie nickte langsam. »Natürlich. Ich meine nur. Weil ich …« Sie schluckte, presste ihre Lippen aufeinander und schwieg eine Weile. Dabei versenkte sie ihr Kinn in den dicken bunten Schal, den sie sich locker um den Hals gewunden hatte. Es wäre höflicher gewesen, ihr Jacke und Schal abzunehmen. Aber das bedeutete, sie zum Bleiben aufzufordern, was eigentlich nicht meine Absicht war.

»Und die Schneiders?« Sie löste ihren Blick von der gegenüberliegenden Wand und musterte mich misstrauisch. Was mochte wohl gerade in ihrem Kopf vorgehen? Vielleicht hielt sie mich für einen Schwerverbrecher, der die beiden alten Leutchen auf heimtückische Weise beiseitegeschafft hatte, um sich in ihrem Haus breitzumachen.

Um ihrem forschenden Blick auszuweichen, kümmerte ich mich um den Tee und goss eine der Tassen voll. Feinheiten wie die richtige Zeit, die das Gebräu ziehen musste, waren mir momentan ziemlich egal. Ich trank ausschließlich Kaffee. Aus irgendeinem Grund hatte ich meinem Gast Tee angeboten. In meiner laienhaften Vorstellung wirkte Tee beruhigend und würde sie hoffentlich ein bisschen über die traurige Botschaft hinwegtrösten.

Auffordernd rückte ich Nina einen Stuhl zurecht und schob ihr die dampfende Tasse hin. Sie ließ sich auf das karierte Kissen fallen, und ich setzte mich ihr gegenüber an den Tisch.

»Was die Schneiders betrifft«, begann ich zögernd. Ich wollte zurück an meine Arbeit und wenigstens versuchen, wieder in den Flow zu kommen. Da konnte ich eine schluchzende Frau in meiner Küche, der ich zur Beruhigung eine Tasse Tee nach der anderen einflößen musste, nicht gebrauchen. Vielleicht wurde es ja nicht so schlimm.

»Ja?« Sie nippte an ihrem Tee und verzog angeekelt den Mund.

Entschlossen holte ich Luft und legte los: »Ich kenne die Schneiders überhaupt nicht. Das Haus habe ich von einem entfernten Verwandten des alten Ehepaars gemietet. Ich wohne seit gut zwei Monaten hier, weil … Ich brauche Ruhe für meine Arbeit und habe gehofft, sie hier zu finden.« Als der letzte Satz heraus war, warf ich meinem ungebetenen Gast einen strafenden Blick zu, auf den Nina allerdings nicht reagierte. Stattdessen umklammerte sie mit beiden Händen ihre Tasse und sah mich mit weit aufgerissenen Augen an.

»Wo sind Magda und Klaus?« Ihre Stimme war plötzlich unangenehm schrill, aber ihr Gesicht wirkte hinter dem Dampf, der vom heißen Tee aufstieg, wie mit Weichzeichner bearbeitet. Hübsch. Trotzdem musste sie so schnell wie möglich aus meinem Haus verschwinden.

»Soweit ich weiß, ist Frau Schneider im Herbst gestorben und ihr Mann daraufhin in ein Seniorenheim gezogen. Irgendwo in Norddeutschland. Da stammt er wohl her.« Jetzt war es raus. Ich atmete tief durch und wartete, was jetzt passieren würde.

»Tot?« Ninas Augen schimmerten verdächtig feucht. Sie nahm noch einen Schluck aus ihrer Tasse. Inzwischen hatte ich mir auch etwas eingegossen und das Gebräu probiert. Es handelte sich mehr oder weniger um heißes Wasser. Aber vielleicht wirkte das ja auch beruhigend.

»Tut mir leid.« Weil ich nicht wusste, was ich sonst tun sollte, schenkte ich ihr nach. Wahrscheinlich hätte ich ihr wenigstens Zucker dazu anbieten sollen. Ich hatte aber keinen im Haus, weil ich meinen Kaffee stark und pur liebte.

Ich sah zu, wie Nina das Gebräu in sich hineinschüttete, als könnte sie damit tatsächlich ihren Kummer wegspülen. Schweigend überlegte ich, wie lange ich sie in meiner Küche beherbergen musste, nachdem ich ihr die schlechte Nachricht überbracht hatte.

»Aber wenn Magda tot ist und Klaus in Norddeutschland wohnt, dann sehe ich die beiden wahrscheinlich niemals wieder. Ich kannte sie seit fast zwanzig Jahren. Seit meine Eltern das Haus nebenan gekauft haben.« Wieder bebte die sanft geschwungene Unterlippe ein wenig. Trotz ihrer verdächtig schimmernden Augen ersparte sie mir bisher gnädig Tränen und Schluchzer und alles, was dazugehörte. Für die Beherrschung, die sie zeigte, war ich ihr wirklich dankbar. Wenn ich eine weinende Frau sah, hatte ich immer das Gefühl, irgendetwas Tröstendes sagen oder tun zu müssen. Leider wusste ich meistens nicht, was.

»Das ist wirklich sehr traurig«, stellte ich schließlich fest.

»Wer sind Sie überhaupt?« Plötzlich richtete sie sich kerzengerade auf und runzelte die Stirn.

»Niemand. Ich habe nichts mit Ihren ehemaligen Nachbarn zu tun.«

»Ich kenne nicht mal Ihren Namen.«

»Steht an der Tür. Sie haben doch geklingelt«, sagte ich unwirsch, damit sie sich keine falschen Hoffnungen machte. Bei mir konnte man sich weder Zucker noch Eier leihen und was Nachbarn sonst so taten. Ich selber brauchte auch keine Backzutaten, sondern schlicht und ergreifend meine Ruhe.

Sie kniff die Augen zusammen und funkelte mich böse an. »Da stand jahrzehntelang Schneider, und ich dachte, das steht da immer noch. Warum sollte ich also auf das Klingelschild gucken?«

»Paul Anders«, stellte ich mich knapp vor, weil ich keine Lust auf alberne Streitereien hatte.

Endlich schien sie verstanden zu haben. Mit lautem Klirren stellte sie ihre Tasse auf den Tisch und sprang auf. »Dann gehe ich jetzt wohl lieber.«

Mir rutschte ein erleichterter Seufzer heraus. Eigentlich wollte ich meine Freude über ihren Aufbruch gar nicht derart demonstrativ zeigen. Sie warf mir einen strafenden Blick zu, bevor sie hinaus in den Flur marschierte.

Ich folgte ihr, um sie höflich zur Tür zu begleiten – vor allem aber, um mich zu vergewissern, dass sie auch wirklich ging. Mitten in der kleinen Diele blieb sie so ruckartig stehen, dass ich sie fast umrannte und einen Unfall nur verhindern konnte, indem ich sie von hinten bei den Schultern packte und festhielt.

»Au«, beklagte sie sich prompt, doch das überging ich einfach. Ich ließ die Hände von ihren Schultern gleiten und erwiderte tapfer ihren entschlossenen Blick, als sie sich umdrehte und mir aus nächster Nähe ins Gesicht schaute.

»Kennen Sie zufällig hier in der Nähe einen Installateur, der heute Abend noch kommen würde? Meine Heizung springt nicht an, und es ist eiskalt im Haus.«

»Tut mir leid«, erwiderte ich kopfschüttelnd.

»Die Schneiders hätten sicher jemanden gekannt.« Missbilligend zog sie die niedliche Stupsnase kraus. Ich fand es ziemlich bemerkenswert, wie mühelos eine derart hübsche Person es schaffte, wie eine schlecht gelaunte Oberstudienrätin auszusehen, sobald ihr etwas nicht gefiel. Und in den wenigen Minuten, seit ich sie kennengelernt hatte, hatten ihr eine Menge Dinge nicht gefallen.

»Ich wohne hier seit zwei Monaten. Aber kommen Sie doch in zwanzig Jahren noch mal vorbei. Falls ich dann noch hier sein sollte, was ich eher nicht glaube, kenne ich dann sicher auch einen Installateur, den Sie abends anrufen können.«

»Sie sind nicht besonders hilfsbereit.«

»Tut mir leid.« Ich nickte verständnisvoll. Was sie irgendwie zu ärgern schien.

»Früher bin ich immer gern in dieses Haus gekommen, aber das wird wohl in Zukunft anders sein.«

»Da ich zum Arbeiten hier bin und nicht, um neue Freunde zu finden, kann ich das wahrscheinlich verschmerzen.«

»Ich werde Sie in Ruhe arbeiten lassen, da können Sie sicher sein!« Sie schnaubte so heftig, dass ich mich nicht gewundert hätte, wenn Flammen aus ihrem Mund oder Qualm aus ihrer Nase gekommen wäre.

Sie griff nach ihrem Trolley und beförderte ihn zurück zur Haustür. Ihr Abgang war schwungvoll und ziemlich beeindruckend. Der Effekt wurde allerdings durch die Tatsache geschmälert, dass sie auf den eisglatten Stufen vor der Haustür ins Rutschen geriet. Einen Sturz konnte sie nur verhindern, indem sie den Koffer losließ und sich mit beiden Händen am Geländer festklammerte. Während der Trolley mit Getöse die Stufen hinunterrutschte, zappelte Nina einen Moment hilflos mit den Beinen, bis sie wieder sicher auf den Füßen stand.

»Alles in Ordnung? Oder haben Sie sich wehgetan?« Ein wenig besorgt war ich ja schon. Es wäre schade um ihre hübschen Beine in den roten Stiefeln gewesen. Außerdem hatte ich die Treppe nicht gestreut und war deshalb schuld an der Glätte auf den Stufen. Falls ihr etwas passierte und sie nicht mehr laufen konnte, würde ich mich möglicherweise verpflichtet fühlen, mich um sie zu kümmern, wozu ich nun wirklich überhaupt keine Zeit und Lust hatte.

»Alles gut!«, rief sie mir über die Schulter zu, sammelte ihren Trolley ein und stakste auf der mit schimmerndem Eis überzogenen Straße in Richtung des Nachbarhauses davon.

Während ich ihr hinterhersah, fielen die ersten Schneeflocken. Erst rieselten sie nur vereinzelt zur Erde, doch innerhalb kürzester Zeit tanzten die weißen Kristalle dicht an dicht im Licht der einsamen Straßenlaterne, die genau zwischen meinem und dem Nachbarhaus stand.

Nina Martens blieb stehen, breitete die Arme aus, legte den Kopf in den Nacken und verharrte einen Moment in dieser Haltung. Aus der Entfernung konnte ich nicht genau erkennen, was sie da machte, doch es sah so aus, als hätte sie die Zunge weit herausgestreckt, um die Flocken aufzufangen.

Dann ließ sie die Arme wieder fallen, schüttelte die kinnlangen Locken, in denen es funkelte, als hätte jemand sie mit Diamantstaub geschmückt, und rief: »Es schneit! Ist das nicht wunderbar?«

Dabei sah sie nicht in meine Richtung, und ich war mir nicht sicher, ob sie mit mir redete oder nur ganz allgemein ihrer Freude Ausdruck verlieh.

»Ja. Schön«, murmelte ich halblaut vor mich hin. Schließlich war ich im Grunde meines Herzens ein umgänglicher Mensch.

Einer der Pluspunkte dieses Hauses war in meinen Augen die Tatsache gewesen, dass der Weg bis zum nächsten bewohnten Gebäude mindestens zwei Kilometer betrug. Schließlich stand das Nachbarhaus offenbar leer. Na ja, bis jetzt.

Nach einem letzten Blick die Straße hinunter, wo Nina schon fast ihr Haus erreicht hatte, schloss ich energisch die Tür, um mich endlich wieder an meine Arbeit zu machen.

3. Kapitel

Nina

Als mir die erste Schneeflocke auf die Nasenspitze fiel, wischte ich sie automatisch weg, wie eine lästige Fluse. Und auch die nächste Flocke nahm ich kaum wahr. Erst als mir ein funkelndes Eiskristall an den Wimpern hängenblieb, wurde mir bewusst, was da gerade passierte: Es hatte wahr und wahrhaftig angefangen zu schneien! Spontan hob sich meine Stimmung.

Ich blieb stehen, breitete die Arme aus, legte den Kopf in den Nacken und streckte die Zunge heraus, um die kühlen Vorboten der Weihnacht in meinem Mund schmelzen zu lassen. Das hatte ich schon als Kind geliebt, und die ersten Flocken schmeckten immer am besten. Nach Geheimnissen, Glockengeläut und magischen Momenten.

Ich schluckte und spürte der Kühle in meinem Mund nach. Dann fiel mir ein, dass mir wahrscheinlich der unfreundliche Paul Anders von seiner Haustür aus zusah. Abrupt klappte ich den Mund wieder zu, ließ die Arme sinken und ging weiter, ohne mich umzudrehen.

»Es schneit! Ist das nicht wunderbar?«, rief ich dabei an niemand Bestimmten gerichtet in die Nacht. Er sollte nicht glauben, dass ich mich für meine Freude schämte.

Hinter mir hörte ich Pauls tiefe, samtige Stimme, verstand aber nicht, was er sagte. Immerhin würdigte er mich sogar einer Antwort.

Irgendwie schaffte ich es in meinen wunderschönen knallroten Lederstiefeln über die rutschige Straße zurück zu unserem Haus und schloss die Tür auf. Als mir im Flur nicht wie gewohnt mollige Wärme, sondern kalte Luft entgegenschlug, wurde meine weihnachtliche Stimmung etwas gedämpft. Ohne Jacke und Schal abzulegen, ging ich in die Küche. Leider hatte unser Haus keinen Kamin, aber immerhin gab es einen Backofen. Ich öffnete die Klappe und stellte die Temperatur auf die höchstmögliche Stufe.

Dann füllte ich Wasser in den Kocher. Erst einmal würde ich mir einen ordentlichen Tee machen. Das Gebräu, das Paul Anders mir vorgesetzt hatte, verdiente diesen Namen jedenfalls nicht. Was war nur mit diesem Mann los? Noch nie in meinem Leben war ich als Gast in einem fremden Haus so unfreundlich behandelt worden.

Dabei war der Typ auf den ersten Blick ziemlich attraktiv. Groß und breitschultrig, mit modisch geschnittenen dunkelblonden Haaren und Augen, die aussahen wie goldbrauner Samt. Sie passten zu seiner Stimme, die dunkel und weich klang, obwohl er damit meistens unfreundliche Dinge sagte.

Beim Gedanken daran, wie herzlich Magda und Klaus uns immer in ihrem Haus willkommen geheißen hatten, musste ich schlucken. Aber ich verbot mir das Weinen. Die Situation allein hier in dem eiskalten Haus war schon traurig genug, da sollte ich meine Trauer um Magda lieber noch ein bisschen verschieben, wenn ich nicht als heulendes Häufchen Elend enden wollte.

Suchend schaute ich mich in der gemütlichen Wohnküche um, die durch den heißen geöffneten Backofen langsam warm wurde. Ich musste mich mit irgendetwas ablenken. Die Nacht war noch lang, und ich hatte nicht vor, nach oben in mein

Zimmer zu gehen. Mein Bett war bestimmt vollkommen ausgekühlt. Dort würde es mir bestimmt nicht gelingen zu schlafen. Am besten verbrachte ich die Nacht hier in der Küche. Wenn ich müde wurde, konnte ich versuchen, in dem alten Lehnstuhl in der Ecke ein bisschen zu schlafen, aber momentan war ich putzmunter. Der Besuch bei unserem neuen Nachbarn und seine schlechten Nachrichten hatten mich viel zu sehr aufgeregt.

Plötzlich wusste ich, wie ich die Zeit herumkriegen konnte: Ich würde backen. Da ich mir vorgenommen hatte, bis Weihnachten mindestens zehn verschiedene Sorten Plätzchen herzustellen, war es eine gute Idee, so bald wie möglich damit anzufangen. Der Backofen war sowieso heiß, da konnte ich die Hitze gleich nutzen.

Ich sprang auf, öffnete die Tür zu der kleinen Speisekammer und sichtete die Vorräte. Ein Teil davon stammte noch vom letzten Winter, ließ sich aber problemlos noch verwenden. Es gab Mehl, Backpulver und Vanillezucker. Von der Woche, die ich im Herbst hier mit Katja verbracht hatte, fand ich sogar noch einen nicht angebrochenen Becher Margarine und mehrere Hände voll Walnüsse. Zu einem netten Nachbarn hätte ich jetzt hinübergehen und ein paar Eier ausleihen können. Aber das konnte ich vergessen. Selbst wenn ich davon ausgegangen wäre, dass Paul Anders Eier im Haus hatte – was ich nicht tat –, hätte ich ganz sicher nicht noch mal bei diesem unfreundlichen Kerl geklingelt.

Manche Kekssorten funktionieren auch ohne Eier, überlegte ich. Mürbeteig zum Beispiel. Ich konnte Sterne, Herzen und Tannenbäume ausstechen. Es gab vom letzten Jahr noch eine Menge Zeug zum Verzieren – bunte Perlen und Streusel, Lebensmittelfarbe und Schokoladenguss.

Mittlerweile hatte ich Hunger, aber obwohl in der Speisekammer Knäckebrot und Marmelade standen, beschloss ich, lieber auf die ersten Kekse zu warten. Gab es etwas Besseres als Kekse direkt vom Blech? Schon beim Gedanken an süße, knusprige Plätzchen lief mir das Wasser im Mund zusammen.

Nachdem der größte Ärger über den unfreundlichen Paul Anders schon beim Anblick des ersten Schnees verflogen war, vergaß ich ihn völlig, während ich die Backutensilien auf der Arbeitsplatte neben dem Herd aufreihte. Die Traurigkeit wegen Magdas Tod lag immer noch wie ein schweres Gewicht auf meiner Brust, aber dagegen half das Backen sicher. Als Kinder hatten wir manchmal mit ihr Kekse ausgestochen und mit buntem Zuckerguss verziert. Ein Gedanke, der mich jetzt irgendwie tröstete. Genauso wie die Erinnerung an unsere weihnachtlichen Backorgien mit Mama, während Papa draußen am Haus und an allen Büschen und Bäumen Lichterketten aufgehängt hatte.

Tatendurstig zog ich mir die Jacke aus, warf sie über den Lehnsessel in der Ecke und schob die Ärmel meines Pullovers hoch. In der Küche war es mittlerweile schön warm.

Da der Backofen natürlich auf Dauer die Heizung nicht ersetzen konnte, griff ich nach meinem Smartphone und suchte nach einem Installateur in einem der umliegenden Dörfer. Ich fand einen in nur etwa zehn Kilometern Entfernung und rief ihn an. Zu meinem Erstaunen meldete er sich tatsächlich. Allerdings nur, um mir mitzuteilen, dass er seit zwei Stunden Feierabend hatte und heute auf keinen Fall mehr kommen konnte. Aber morgen Vormittag würde er sich meine Heizung ansehen. Immerhin. Bis dahin hatte ich meinen Backofen.

Anschließend recherchierte ich auf meinem Handy noch ein bisschen im Internet und fand zwar Hunderte von Backanleitungen für Weihnachtsgebäck, aber nichts, was klang wie die Mürbeteigplätzchen, die Katja und ich immer mit unserer Mutter gebacken hatten. Also beschloss ich, mich auf mein Gedächtnis zu verlassen. So schwierig konnte es schließlich nicht sein, einen Teig zustande zu bringen, der fest, aber nicht allzu klebrig war und der sich ausrollen ließ.

Natürlich hätte ich Katja anrufen können. Sie hatte in den ersten Jahren, als wir allein backen mussten, eine spezielle

Kladde angelegt. Darin notierte sie unsere Versuche zu Mamas Rezepten, die vorher niemand schriftlich festgehalten hatte, weil unsere Mutter sie auswendig wusste. Dieses Heft brachte sie immer zu Weihnachten mit. Aber um diese Zeit aßen Katja und Patrick immer zu Abend und sprachen über ihren Tag – bestimmt hielten sie sogar zwischendurch Händchen. Da wollte ich auf keinen Fall mit dummen Fragen stören.

Also warf ich die Hauptzutaten nach Gefühl in die Küchenmaschine, fügte Vanilleextrakt und ein Tütchen geriebene Orangenschale hinzu und schaltete das Gerät ein. Ich wusste noch sehr genau, dass unsere Plätzchen immer nach Butter geschmeckt hatten, aber ausnahmsweise musste es eben mit Margarine gehen.

Während ich wartete, dass die Messer der Maschine einen schönen, glatten Teigklumpen herstellten, meldete sich mein Handy. Ich wischte meine mehligen Finger an einem Küchentuch ab und griff nach dem Smartphone. Der Startbildschirm zeigte eine Nachricht von meiner besten Freundin Vanessa an.

Dass ich Nessie zwei Wochen nicht sehen konnte, war jedes Jahr der einzige Wermutstropfen in meiner Weihnachtsfreude. In München trafen wir uns fast jeden Tag. Zu gern hätte ich sie hier in Alptal auch bei mir gehabt, aber Vanessa hatte drei Geschwister, unzählige Cousins und Cousinen und ihre Eltern wollten sie während der Weihnachtstage auch sehen. Außerdem plante sie, dieses Jahr an Heiligabend mit ihren beiden Schwestern zu einer Singleparty in Schwabing zu gehen. Es blieb uns also nichts anderes übrig, als über unsere Handys Kontakt zu halten.

Nessie: *Hallo Süße, gut angekommen? Ich sitze gerade mit Mona und dem Rest der Bande beim Thailänder und denke an dich. Zwei Tische weiter habe ich einen super süßen Kerl erspäht. Genau dein Typ. Aber du bist ja leider nicht da.*

Wie üblich hatte meine beste Freundin ihre Nachricht mit zahlreichen Emojis versehen. Grinsend schaltete ich mit einer Hand die Küchenmaschine aus, mit der anderen tippte ich ihr bereits eine Antwort.

Nina: *Hi Nessie, es schneit hier in Alptal! Ich freue mich so! Was die heißen Typen betrifft, ist hier direkt nebenan einer eingezogen. Aber wie du weißt, habe ich keinen Bedarf. Ich habe doch Marco. Schon vergessen? Mein neuer Nachbar. Könnte aber durchaus dein Fall sein. Er heißt übrigens Paul Anders. Kannst dir den Namen ja schon mal merken. Vielleicht kommst du ja nächstes Jahr doch mal mit.*

Auch ich hielt mich mit Zwinker-Emojis und anderen lustigen Bildchen nicht zurück. Dass Paul Anders zwar richtig gut aussah, aber ein ziemlicher Kotzbrocken war, behielt ich momentan lieber für mich. Das konnte ich ihr in allen Einzelheiten erzählen, wenn wir uns wiedersahen. Außerdem sollte Vanessa ruhig glauben, dass hier in Alptal ein cooler Typ herumlief. Nicht dass sie sich deshalb sofort auf den Weg in die Berge gemacht hätte. Es konnte trotzdem nicht schaden, ein bisschen mit den Vorzügen des Landlebens anzugeben.

Ich tippte auf *senden*, begutachtete misstrauisch den matschigen Teigklumpen in der Küchenmaschine und schüttete noch etwas Mehl hinein. Dann warf ich einen Blick aus dem Fenster, vor dem immer noch die Schneeflocken tanzten.

Es dauerte höchstens eine Minute, bis mein Smartphone den Eingang einer weiteren Nachricht mit einem »Pling« anzeigte.

Nessie: *Was sagt man dazu! Ein heißer Typ in Alptal!*

Mit gerunzelter Stirn las ich ihre kurze Mitteilung. Was wollte sie mir damit sagen? War das ironisch gemeint? Konnte in Vanessas Augen ein Mann, der in Alptal wohnte, unmöglich cool sein? Mit flinken Fingern tippte ich eine Antwort.

Nina: *Selbst wenn wir hier deiner Meinung nach am Ende der Welt sind: Ich übertreibe nicht! Der sieht echt gut aus. Ist nur nicht besonders freundlich. Blödmann!*

Nessie: *Vielleicht täuscht der erste Eindruck. Ich muss los. Bin noch mit Agneta verabredet.*

Typisch! Wenn es interessant wurde, hatte meine beste Freundin keine Zeit mehr. Nun hätte ich doch noch gern Pauls seltsames Verhalten mit ihr diskutiert. Zum Beispiel, ob er mit jeder Frau so umging oder nur mit mir, vielleicht weil er mich auf den ersten Blick nicht hatte leiden können.

Bevor ich das Handy weglegte, zögerte ich einen Moment. Am liebsten hätte ich Marco auch ein paar Zeilen geschrieben, aber ich wusste, dass er in London bis zum Hals in Arbeit steckte. Also würde er höchstwahrscheinlich nicht antworten – falls er überhaupt Zeit fand, meine Nachricht zu lesen.

Wenn ich aber keine Antwort bekam, frustrierte mich das immer irgendwie. Natürlich war mir klar, dass Marco nichts für seinen Stress konnte. Das war der Preis, den er für seinen beruflichen Erfolg zahlte. Seit er in der Londoner Niederlassung seiner Firma war, hatte er kaum eine Minute Pause. Meistens kam er tagsüber nicht mal zum Essen. Das hatte er mir in einem unserer seltenen längeren Telefongespräche gesagt.

Vor seiner Abreise Anfang Dezember hatten wir abgemacht, jeden Abend zu telefonieren. Aber das funktionierte leider nicht immer. Wegen diverser Konferenzen, Geschäftsessen oder Überstunden meldete er sich an manchen Abenden überhaupt nicht. Aber dann bekam ich wenigstens am nächsten Morgen einen lieben Gruß.

Selbstverständlich beklagte ich mich nicht. Männer mochten keine Frauen, die klammerten und jammerten.

Ich war stolz auf ihn und auf die Tatsache, dass so ein erfolgreicher Mann wie er mich liebte.

Wie immer, wenn ich mich ernsthaft verliebt hatte, war Vanessa skeptisch. Bisher hatte sie mit ihrem Misstrauen meistens recht gehabt. Bei Marco nicht, das würde sie merken, wenn sie ihn endlich kennenlernte. Gleich zu Beginn des neuen Jahres mussten Marco und ich ein Treffen unserer Freunde organisieren. Ich konnte es kaum erwarten, dass Vanessa sah, wie großartig Marco war.

Mit einem Seufzer legte ich mein Handy weg und wandte mich wieder dem Keksteig zu. Also dem, was in absehbarer Zeit ein Teig werden sollte. Vorerst befand sich ein Berg Brösel in der Schüssel der Küchenmaschine. Offenbar war ich im zweiten Anlauf mit dem Mehl zu großzügig gewesen. Beherzt gab ich ein großes Stück Margarine hinzu und ließ das Rührwerk erneut tanzen. Als ich es wieder ausschaltete, hatten sich die Zutaten schon fast in einen festen Klumpen verwandelt. Ich nahm ihn aus der Schüssel und knetete noch ein wenig kaltes Wasser hinein, in der Hoffnung auf diese Weise die Zeit sparen zu können, die der Teig sonst im Kühlschrank ruhen musste. Dann verteilte ich Mehl auf dem Tisch, bestäubte auch das Nudelholz damit und fing mit dem Ausrollen an.

Das funktionierte ganz gut, und eine Viertelstunde später schob ich das erste Blech voller Sterne und Herzen in den heißen Ofen. Während die Plätzchen langsam braun wurden und sich ein köstlicher Duft nach Vanille und Weihnachten in der mollig warmen Küche ausbreitete, belegte ich das zweite Blech mit Keksen, die ich teils mit Hagelzucker, teils mit gehackten Mandeln bestreute.

Mittlerweile war ich richtig in Schwung. Wenn der Teig zwischendurch immer mal wieder nicht so wollte wie ich, knetete ich eiskaltes Wasser unter oder gab noch ein wenig Mehl hinzu. Als die erste Ladung fertig war, knurrte mein Magen schon laut und ungeduldig. Gierig probierte ich von den noch heißen Keksen. Ich verbrannte mir den Mund, aber das war die Sache wert.

Leider gelang es mir nicht, auch nur einen der Kekse in den Mund zu bekommen, ohne ihn vorher zu zerbrechen. Aus irgendeinem Grund waren meine Kunstwerke ziemlich bröselig. Vielleicht lag es an der Margarine, die ich statt Butter nehmen musste, oder an meiner fehlenden Geduld, den Teig im Kühlschrank ruhen zu lassen. Aber sie schmeckten himmlisch – na gut, vielleicht nicht ganz so gut wie die von Mama, aber man konnte sie gut essen. Zumindest wenn man so hungrig war wie ich.

Aus Erfahrung wusste ich, dass zumindest Patrick so ungefähr alles in sich hineinstopfte, was süß war und aus einer Keksdose kam. Er würde gar nicht merken, wenn die Plätzchen auf dem Weg in seinen Mund oder schon vorher in der Dose zerbröselten. Vielleicht konnte ich meine Werke noch ein weniger haltbarer machen, indem ich sie mit Schokoladen- oder Zuckerguss überzog.

Bis ungefähr Mitternacht werkelte ich vor mich hin. Nachdem ich die letzte Fuhre aus dem Ofen geholt, mit Guss überzogen und mit bunten Perlen dekoriert hatte, machte ich ein paar Fotos von den Keksen und schickte sie an Nessie, Katja und Marco. Vanessa bekam die Bilder, damit sie sah, was sie versäumte, Katja und Marco, damit sie sich auf das freuen konnten, was sie hier erwartete.

Marco hatte sich immer noch nicht gemeldet. Entweder war er noch in irgendeiner Konferenz, oder er war zu später Stunde todmüde ins Bett gesunken und nicht mehr in der Lage, noch zu telefonieren.

Ich beschloss, es mir im Lehnstuhl am Fenster bequem zu machen – sofern ich das irgendwie hinbekam. Als ich die Tür zum Flur öffnete, um mir die Wolldecke von der Couch zu holen, schlug mir eisige Luft entgegen. Im Wohnzimmer war es auch nicht wärmer.

Ich knipste das Licht an und durchquerte den Raum. Als ich neben dem Sofa stand, warf ich einen Blick durchs Fenster und schnappte entzückt nach Luft. Draußen war alles weiß! Offenbar hatte es während meines Backmarathons ununterbrochen geschneit.

Ich stürzte zum Fenster und riss es auf. Tief atmete ich die klare, eisige Luft ein. Im gelblichen Schein der Straßenlaterne konnte ich immer noch die Flocken tanzen sehen. Wenn es die ganze Nacht so weiterschneite, würde mir morgen früh der Schnee mindestens bis zu den Knien reichen. Das bedeutete, wenn Marco endlich hier war, konnten wir wunderbare Skiausflüge machen.

Ich streckte eine Hand ins Freie und fing ein paar Eiskristalle auf. Als ich den Arm wieder zurückzog, funkelten glasklare Tropfen auf meiner Haut.

Bevor ich das Fenster schloss, warf ich einen Blick hinüber zum ehemaligen Haus der Schneiders. Durch die wirbelnden Flocken sah ich den hell erleuchteten Wintergarten. Mein Herz zog sich vor Kummer zusammen, als ich daran dachte, wie oft ich in den vergangenen Jahren dort mit Magda und Klaus Tee getrunken hatte.

Im Wintergarten bemerkte ich die hochgewachsene Gestalt des neuen Mieters, der mitten im Raum stand und mit dem Arm herumfuchtelte. Er war zu weit weg, als dass ich ihn oder sein Tun genauer hätte erkennen können. Er schien vollkommen versunken in seine Tätigkeit zu sein. Was machte er da?

Erst als ein Schauer durch meinen Körper lief, wurde mir bewusst, dass ich schon viel zu lange in der eisigen Kälte am offenen Fenster stand. Als hätte mich jemand bei etwas Verbotenem ertappt, schlug ich den Fensterflügel zu und schnappte mir die Wolldecke von der Couch. Dann ging ich zur Tür, machte das Licht aus und eilte zurück in die Küche.

Aufatmend trat ich in den warmen, wohlduftenden Raum, kuschelte mich so gut es ging in den Lehnstuhl, zog die Decke über mich und schloss die Augen. Prompt suchte mich die Erinnerung an den übel gelaunten Paul Anders heim, den ich mit meinem Besuch angeblich von seiner Arbeit abgehalten hatte. Ich sah die dunklen Bartstoppeln, das energische Kinn, die samtbraunen Augen und den verkniffenen Mund vor mir.

Ärger über den blöden Kerl, der jetzt in Magdas und Klaus' Haus wohnte, stieg in mir auf. Ich fragte mich erneut, was er um Mitternacht armfuchtelnd im Wintergarten machte. Während ich noch über diese Frage nachdachte, schlief ich auch schon ein.

4. Kapitel

Paul

Als ich morgens nach dem Aufstehen aus dem Fenster schaute, stellte ich entsetzt fest, dass über Nacht mindestens ein halber Meter Schnee gefallen war. Das bedeutete, ich musste den Weg von der Straße zu meiner Haustür freischaufeln. Wohlgemerkt nicht, um es ungebetenen Gästen leichter zu machen, mir Überraschungsbesuche abzustatten. Aber ich legte Wert darauf, dass der Briefträger mir zuverlässig die Post brachte. Außerdem hatte ich den Mann vom Lebensmittelgeschäft im nächsten Ort gegen ein nettes Sümmchen mühsam überredet, mich regelmäßig zu beliefern. Falls das für ihn mit zusätzlichen Schwierigkeiten verbunden war, würde er diesen Service garantiert sofort wieder einstellen.

Nachdem ich im Keller die Schneeschaufel gefunden hatte, zog ich meine dickste Jacke an und legte mir den Schal drei Mal um den Hals. Eigentlich war ich nicht für Schneeabenteuer ausgerüstet. Schließlich hielt ich mich nicht wegen der Natur in Alptal auf, sondern um zur Ruhe zu kommen. Ich hatte erst recht nicht vor, hier Wintersport zu betreiben. Danach stand mir, mal abgesehen von meinen Terminschwierigkeiten, momentan einfach nicht der Sinn. So wie ich zu fast allem keine Lust hatte. Genau das war seit Monaten mein Problem.

Ein Problem, das sich selbst mit dem Abstand, den ich zwischen mich und den Grund für meine mangelnde Konzentrationsfähigkeit gelegt hatte, nur sehr langsam besserte.

Als ich vor die Haustür trat, traf mich die klare, eisige Luft wie ein erfrischender Schwall Wasser an einem heißen Tag. Erst in diesem Moment fiel mir auf, wie lange ich nicht mehr im Freien gewesen war. Fast eine ganze Woche.

Es hatte aufgehört zu schneien, und der Himmel war knallblau und wolkenlos. Mein Atem schwebte vor meinem Gesicht, als hätte jemand ein weißes Schäfchen in die Luft gemalt, das mir überallhin folgte.

Ein oder zwei Minuten stand ich einfach nur da und füllte meine Lunge mit köstlicher Luft. Ich musste die Augen zusammenkneifen, weil der unberührte Schnee in der Sonne funkelte, als hätte ein schwer verliebter Milliardär für die Dame seines Herzens säckeweise Diamanten verstreut.

Als ich eine Tür laut zuknallen hörte, drehte ich mich um und sah Nina Martens durch den Schnee zum Vogelhäuschen in dem kleinen Vorgarten ihres Hauses stapfen. Soweit ich es aus den etwa sechzig Metern Entfernung erkennen konnte, trug sie an diesem Morgen nicht ihre knallroten Lederstiefel. Ihr Schuhwerk war schwarz oder jedenfalls dunkel. Und sie wankte nicht wieder auf viel zu hohen Absätzen herum, sondern marschierte mit sicheren Schritten durch den Schnee. Den Fußweg, der zwischen Einfahrt und Vorgarten zur Haustür führte, hatte sie schon freigeschaufelt. Wahrscheinlich in aller Herrgottsfrühe. Aus irgendeinem Grund machte sie auf mich den Eindruck, als würde sie morgens um sechs putzmunter aus dem Bett hüpfen und ihre Umgebung mit guter Laune nerven – lange vor der Zeit, zu der normale Menschen aufstanden.

Ich brauchte morgens mindestens zwei bis drei Tassen starken Kaffee und ebenso viele Stunden absolute Ruhe, bis ich ansprechbar war.

Bei Ninas Anblick trat ich mit meiner Schneeschaufel hastig hinter die Ecke an der rechten Seite meines Hauses, die sie von ihrem Grundstück aus nicht sehen konnte. Nach unserem eher unfreundlichen Abschied gestern Abend hatte sie vermutlich eh keine Lust auf nachbarschaftliches Geplauder. Aber man konnte nie wissen.

»Hallo, Herr Anders. Ist das nicht ein wunderbares Wetter? Jetzt kann es Weihnachten werden.« Die helle, fröhliche Frauenstimme ließ mich zusammenfahren. Ich war zu langsam gewesen. Sie hatte mich längst gesehen. Und sie dachte offenbar nicht daran, nachtragend zu sein.

Für den Fall, dass sie mich selbst in meinem vermeintlichen Versteck sehen konnte, hob ich stumm die Hand und winkte knapp in die Richtung, wo ich sie vermutete, momentan aber nicht sehen konnte. Dann begann ich hastig mit dem Schneeschippen, um zu signalisieren, dass ich keine Zeit für einen müßigen Schwatz hatte.

Erleichtert sah ich aus dem Augenwinkel, wie Nina wieder in ihrem Haus verschwand. Kurz darauf fuhr bei ihr der Transporter eines Installateurs vor, was die Aufschrift des Fahrzeugs verriet. Jetzt erinnerte ich mich, dass sie etwas von einer kaputten Heizung erzählt hatte.

Ich hatte gerade den halben Weg von der Straße zur Treppe freigeschaufelt, als der Handwerker schon wieder aus Ninas Haus kam und wegfuhr. Entweder war nur eine Kleinigkeit an der Heizung zu machen gewesen, oder aber das Ding war so kaputt, dass er unverrichteter Dinge wieder ging.

Ich konnte nur hoffen, dass sie wieder heizen konnte und nicht noch mal auf die Idee kam, sich bei mir aufzuwärmen oder sogar bei mir einzuziehen. Jedenfalls hatte sie die Nacht offenbar auch ohne Heizung bei bester Gesundheit und höchst munter überstanden.

Ein etwas schlechtes Gewissen hatte ich dennoch, dass ich sie gestern Abend in ihr kaltes Haus zurückgeschickt hatte.

Aber ich kannte die Frau nicht. Ich wollte sie auch nicht kennenlernen und erst recht nicht bei mir beherbergen. Weder sie noch irgendeine andere Frau auf Erden.

Und ich hatte weiß Gott anderes zu tun, als fremde Leute in meinem Haus zu bewirten. Man konnte sich genauso gut mit Decken, Heizlüftern, heißem Tee und Wärmflaschen behelfen.

Ich erinnerte mich gut an den Winter vor zwei Jahren, als in unserer Münchner Wohnung die Heizung ausgefallen war. Wir hatten den ganzen Tag im Bett verbracht und kein bisschen gefroren.

Energisch strich ich mir mit einem meiner dicken Handschuhe über die Stirn. Das war genau eine der Erinnerungen, die ich zusammen mit München hatte hinter mir lassen wollen. Weil ich den Kopf für meine Arbeit freibekommen musste.

Mit doppelter Kraft schob ich den Schnee vor mir her und warf ihn einen halben Meter in die Luft, sodass er eine glitzernde Wolke bildete, bevor er auf dem Berg neben dem Weg landete.

Als ich mich nach dem Schneeschippen im Flur aus Jacke und Schal schälte, stellte ich erstaunt fest, dass die Bewegung in der klaren, kalten Luft neue Energie in mir geweckt hatte. Voller Tatendrang machte ich mich im Wintergarten an die Arbeit. Allerdings nur, um mich eine halbe Stunde später dabei zu ertappen, dass ich mich an diesem Morgen wieder einmal nicht konzentrieren konnte. Meine Gedanken wanderten aber erstaunlicherweise nicht ständig in Richtung München. Stattdessen sah ich dauernd aus dem Fenster.

Obwohl das einzige Haus in Sichtweite, das von Nina Martens, mindestens sechzig Meter entfernt stand, störte mich das Kommen und Gehen, das seit heute dort herrschte. Bisher war ich mir hier vorgekommen wie ein Einsiedler. Allein am Ende der Welt, umgeben von Stille und Einsamkeit. Ein Gefühl, das mir meistens gefiel und zumindest zeitweise die Konzentration auf meine Arbeit förderte.

Bis gestern Abend hatte niemand außer dem Briefträger und dem Mann vom Lebensmittelladen bei mir geklingelt. Obwohl ich mich bemüht hatte, Nina deutlich zu zeigen, dass ich keinen Wert auf gutnachbarliche Beziehungen legte, traute ich ihr zu, mich mit weiteren Fragen zum Ehepaar Schneider zu nerven. Oder zu irgendwelchen Handwerkern. Womöglich kam sie sogar auf die Idee, sich Zucker und Eier bei mir leihen zu wollen. Was Leute auf dem Land eben so taten. Obwohl sie aus München kam. Aber die Tatsache, dass sie seit Ewigkeiten ihre Ferien hier verbrachte, machte sie praktisch zu einem Landei.

Seufzend wandte ich mich vom Fenster ab und versuchte, mich wieder auf mein Werk zu konzentrieren. Aus dem Augenwinkel beobachtete ich trotzdem, wie Nina, die vor einer knappen Stunde weggefahren war, ihren Wagen neben ihrer Haustür parkte und anschließend Unmengen von Lebensmitteln hineinschleppte. Nicht nur der Kofferraum ihres Autos, auch der gesamte Fahrgastraum war mit Plastiktüten vollgestopft.

Für wen war das alles? Besaß Nina eine vielköpfige Kinderschar, die in Kürze mitsamt dem Vater und einer Menge anderer Verwandter hier eintreffen würde? Dafür hatte sie eigentlich zu jung gewirkt.

Bei dem Gedanken an lauter kleine Ninas in männlichen und weiblichen Ausgaben, die laut kreischend ums Haus tollten, Schlitten fuhren, Schneemänner bauten und womöglich an meiner Tür klingelten, wurde mir ein bisschen schlecht. Ich hatte nichts gegen Kinder, aber ich brauchte Ruhe.

Energisch rückte ich meine Staffelei so herum, dass ich das Fenster im Rücken hatte, von dem aus ich das Nachbarhaus sehen konnte. Jetzt warf mein Kopf einen Schatten auf das halb fertige Bild. Ich rückte die Staffelei noch eine Weile zurecht, bis sie wieder so stand wie vorher. Schließlich war es kein Zufall gewesen, wie ich sie in dem großen Raum ausgerichtet hatte. Daran würde auch die Anwesenheit einer Nina Martens nichts ändern.

Natürlich lag es nicht direkt an dieser Frau, dass ich mich nicht mehr konzentrieren konnte. Noch im vergangenen Jahr hätte ich inmitten einer lärmenden Party arbeiten können. Das war seit dem Sommer vorbei. Erst hier in Alptal hatte ich wenigstens einen kleinen Teil meiner Kreativität und der Freude an der Malerei wiedergefunden. Das durfte mir auf keinen Fall wieder verloren gehen. Schließlich sollte meine Ausstellung Anfang Februar eröffnet werden.

Nach einer Stunde mehr oder weniger konzentrierter Arbeit brauchte ich frische Luft. Ich schob die Glastür des Wintergartens beiseite und machte einen Schritt hinaus auf die überdachte Terrasse. Zu meinem Erstaunen fand ich immer mehr Gefallen an der klaren Kälte draußen. Ich dachte sogar schon über einen Spaziergang nach. Dabei ging ich nie spazieren, weder hier noch in München. In meiner Heimatstadt war ich Mitglied in einem exklusiven Fitnessklub. Und wenn ich hier in Alptal Bewegung brauchte, stellte ich mich auf den Crosstrainer, den ich zu diesem Zweck mitgebracht und in einem der unbenutzten Zimmer aufgestellt hatte.

Wie jeden Morgen hatte ich mir auch heute eine Thermoskanne mit starkem Kaffee gekocht. Ich goss meinen Becher voll und wärmte mir die Hände daran, während ich immer noch in der offenen Tür lehnte. Es fiel mir schwer, die frische Luft wieder auszusperren, um mich erneut an die Arbeit zu machen.

Plötzlich zerriss ein seltsames Geräusch den stillen Vormittag. Was war das? Es klang ein bisschen wie eine verletzte Katze, der jemand den Schwanz eingequetscht hatte. Schrill und gleichzeitig kläglich.

Mit zusammengekniffenen Lidern sah ich zum Nachbargrundstück hinüber. Die seltsamen Laute schienen von dort zu kommen.

Das knallrote Auto stand vor der Tür. Nina war also wahrscheinlich im Haus. Und sie rief um Hilfe – oder kreischte vielmehr aus Leibeskräften. Laut genug, dass ich es aus der Entfernung deutlich hören konnte.

Meine Beine setzten sich automatisch in Bewegung, liefen quer durch den kniehohen Schnee im Garten neben meinem Haus. Dann stand ich vor der langgezogenen Senke, die die Wiese zwischen den beiden Grundstücken quer durchzog. Unter dem Schnee war sie nur schwach zu erkennen. Ich wollte mit einem großen Satz über die Vertiefung springen, als ich bemerkte, dass ich immer noch meinen Kaffeebecher in der Hand hielt. Nachdem ich ihn schnell in den Schnee gestellt hatte, sprang ich mit einem großen Schritt über die Senke und lief um die Hausecke herum zur Tür. Natürlich war sie abgeschlossen.

»Hallo?«, rief ich und bearbeitete das Holz mit den Fäusten. »Nina? Frau Martens? Sind Sie da?«

Als ich erneut die Geräusche hörte, die ich von hier aus einwandfrei als ihr Geschrei identifizieren konnte, lauschte ich angestrengt.

Es klang, als würde sie »Hilfe« rufen. Immer wieder »Hilfe!«. Allerdings schien ihre Stimme selbst jetzt noch, da ich schon vor der Haustür stand, von weit her zu kommen.

»Wo sind Sie?«

»Hilfe!«

Kurz dachte ich darüber nach, die Polizei oder die Feuerwehr zu rufen. Am besten beide. Da es aber weder in Alptal noch in einem der Nachbarorte eine Polizeistation geschweige denn eine Berufsfeuerwehr gab, würde es wahrscheinlich ewig dauern, bis jemand kam, der auf die Rettung kreischender Frauen spezialisiert war.

Nina klang nicht, als würde sie von einem Massenmörder bedroht werden – der hätte sie längst energisch zum Schweigen gebracht. Was auch immer ihr da drinnen zugestoßen war, sie konnte jedenfalls noch sehr ausdauernd und kräftig rufen. Also erschien es vernünftiger, wenn ich selbst nachsah, was mit ihr los war.

Ich kämpfte mich durch den auch hier immer noch sehr tiefen Schnee ums Haus herum. Da ich nur leichte Lederschuhe trug, waren meine Füße vom Sprint durch die Gärten ohnehin schon nass. Im Vorbeigehen stieß ich gegen jeden Fensterrahmen. Keiner gab nach. Schließlich gelangte ich zur Rückseite des Gebäudes. Von hier aus führte eine Terrassentür nach drinnen. Im Garten hinter dem Haus stand, halb verborgen durch ein paar hohe Büsche, ein kleiner Schuppen aus Holz. Auf dem Weg dorthin wurden meine Jeans bis hinauf zu den Knien nass, aber darauf kam es schon längst nicht mehr an.

Ich riss die Tür auf, die dringend geölt werden musste, denn sie quietschte protestierend. Das Holzhäuschen besaß kein Fenster, und ich fand auch keinen Lichtschalter. Also war ich gezwungen, im Halbdunkel herumzutasten und nach einem geeigneten Werkzeug zu suchen, mit dem ich die Terrassentür aufbrechen konnte.

Vom Haus hörte ich immer noch lautes Geschrei.

»Halten Sie durch«, rief ich über die Schulter, während ich zwischen Gartengeräten, leeren Blumentöpfen und zusammengeklappten Holzstühlen herumkramte.

Endlich fand ich eine dünne, aber stabile, etwa einen Meter lange Metallleiste. Damit lief ich auf die Terrasse, schob das Ende der Leiste zwischen Rahmen und Tür und machte mir bei einem kräftigen Druck gegen mein improvisiertes Werkzeug die Hebelwirkung zunutze. Tatsächlich sprang die Tür lautlos auf. Sie öffnete sich in ein großes Wohnzimmer mit einer riesigen Sitzecke, auf deren Polstern zahlreiche bunte Kissen verteilt waren. Außerdem gab es eine große Bücherwand und ein paar niedrige Schränke, auf denen Dutzende von Fotos verteilt waren.

Auf den ersten Blick erkannte ich, dass Nina nicht in diesem Raum war. Im Eilschritt durchquerte ich das Zimmer und fand mich im Eingangsbereich neben einer Treppe wieder.

»Hilfe!« Hier war Ninas Stimme lauter zu hören.

»Wo sind Sie?«, rief ich zurück, und dieses Mal bekam ich eine Antwort.

»Oben!«

Mehrere Stufen auf einmal nehmend spurtete ich in den ersten Stock. Hier gingen mehrere Türen von einem Flur ab. Sie alle waren geschlossen.

»*Wo* sind Sie?«, brüllte ich erneut.

»Hier oben natürlich! Auf dem Dachboden!«

»Natürlich. Wo auch sonst?«, murmelte ich vor mich hin, während ich die nächste Treppe hinaufhastete.

Ich hatte mich durch hohen Schnee und verschlossene Türen bis hierher durchgekämpft, um die schreiende Hausherrin zu retten. Also musste ich mich von ihr jetzt nicht wie ein Idiot behandeln lassen, nur weil mir nicht klar war, dass sie sich auf dem Dachboden versteckt hatte.

5. Kapitel

Nina

Als ich endlich Paul Anders' Schritte auf der Treppe hörte, ließ ich mich einfach nach vorn fallen, lehnte die Stirn gegen die kühle Wand und versuchte, nicht in Tränen auszubrechen. Was gar nicht so einfach war. Schließlich rief und kreischte ich seit über einer Stunde herum. Mein Hals fühlte sich fast so schlimm an wie während der Mandelentzündung, die ich mir im vergangenen Winter eingefangen hatte. Außerdem hatte ich von der ununterbrochenen Schreierei schrecklichen Durst. Obwohl jetzt klar war, dass ich nicht erst irgendwann in ferner Zukunft hier oben entdeckt werden würde, zitterte ich immer noch am ganzen Körper.

»Was machen Sie da?«, fragte es direkt hinter mir.

Ich fuhr herum. Im Gegenlicht, das durch die geöffnete Tür in den schwach beleuchteten Raum fiel, erkannte ich im ersten Moment nur die Umrisse seines hochgewachsenen Körpers mit den breiten Schultern. Er musste fast so groß sein wie Marco, nur wirkte er irgendwie handfester, muskulöser. Für seinen Job brauchte Marco keine Muskeln, sondern seinen Kopf, während Paul Anders eher begriffsstutzig war. Jedenfalls nach den blöden Fragen zu urteilen, die er stellte.

»Was denken Sie denn, was ich hier mache?«, fauchte ich

ihn an. »Ich hatte Langeweile und dachte mir, ich klemme mich mal auf dem Dachboden fest und rufe ein bisschen um Hilfe. Vielleicht hört mich mein einziger Nachbar ja im Laufe der nächsten Tage und kommt irgendwann vorbei, um nachzusehen, was los ist.«

»Wie lange hängen Sie da schon?« Er beugte sich über meine Schulter und warf einen Blick auf mein linkes Bein. Es steckte in der schmalen Lücke zwischen der Truhe mit dem Weihnachtsschmuck und dem Kleiderschrank mit ausrangierten Wintersachen fest.

»Ewig!«

»Ich habe Sie noch vor ungefähr einer Stunde draußen gesehen. Sie sind mit dem Auto vom Einkaufen zurückgekommen.« Er stöhnte leise, während er versuchte, die schwere Truhe zur Seite zu schieben.

»Beobachten Sie mich etwa?« Irritiert betrachtete ich seinen Hinterkopf.

»Ihr rotes Auto und Ihr ständiges Kommen und Gehen sind nicht leicht zu ignorieren.«

Er richtete sich auf und fixierte zweifelnd die hölzerne Truhe mit den Messingbeschlägen. Mit viel Mühe hatte er das schwere Ding höchstens ein oder zwei Zentimeter von der Stelle bewegt. Sie war uralt und stand seit ich denken konnte genau an diesem Platz. Wahrscheinlich war sie festgewachsen.

»Können Sie Ihren Fuß bewegen?«

Vergeblich versuchte ich es. »Geht nicht«, stellte ich fest und spürte, wie erneut Panik in mir aufstieg. Für einen Moment krallte ich mich an Pauls Arm fest. »Sie müssen sich mehr anstrengen. Bitte!«

Ohne mich einer Antwort zu würdigen, befreite er sich aus meinem Griff, packte den Rand der offenen Truhe und zerrte erneut daran. Es gab einen Ruck, ich lehnte mich nach hinten, schrie auf und verlor das Gleichgewicht, weil ich nicht wirklich damit gerechnet hatte, dass ich nicht mehr feststeckte.

Wenn Paul nicht blitzschnell reagiert hätte, wäre ich auf den Boden gekracht. So landete meine Nase mit Schwung an seiner Brust. Er roch nach Tannengrün und frischem Schnee. Fast hätte ich aufgelacht, weil ausgerechnet er nach Weihnachten duftete.

»Sie können jetzt wieder loslassen«, murmelte ich nach einer Weile und hob den Kopf, um ihn anzusehen. Im Dämmerlicht, das durch das schmutzige Dachfenster fiel, wirkten seine Augen fast schwarz. Schwarzer Samt also dieses Mal. Er musterte mich besorgt, dann verzog er plötzlich den Mund zu einem breiten Lächeln. »Sie können ganz schön laut schreien. Respekt.«

»Na ja, es hat ziemlich lange gedauert, bis Sie mich gehört haben.« Ich legte die Hand gegen seine Brust, um mich abzustoßen, ging aber prompt in die Knie, weil ich mein eines Bein plötzlich nicht mehr spürte.

Wieder packte Paul zu, wieder roch ich den winterlichen Tannenwald.

»Setzen Sie sich erst mal hin.« Als wäre ich eine alte, gebrechliche Frau, führte er mich zu einem Stuhl, der unmotiviert mitten im Raum herumstand. Mit einem erleichterten Seufzer ließ ich mich auf das zerschrammte Holz sinken.

»Ich glaube, mein Bein ist eingeschlafen.«

Paul stand neben mir und musterte mich interessiert wie ein seltenes Tier im Zoo. Hatte er noch nie eine Frau gesehen, die in eine Notsituation geraten war? Wahrscheinlich keine, die stundenlang hinter einer Truhe geklemmt hatte.

»Wie ist das denn passiert?«

Ich hatte eine gute Erklärung parat, und eigentlich konnte ich sowieso nichts dafür.

»Ich wollte den Karton mit den Holzfigürchen aus der Truhe holen. Der stand aber ganz hinten in dem Riesending, irgendwo unten. Ich kam von vorne nicht dran, deshalb wollte ich mich seitlich neben den Schrank stellen und bin mit dem

Fuß in einen Spalt gerutscht, der dann zu eng war, um wieder rauszukommen.« Das hätte praktisch jedem passieren können.

»Vielleicht wäre es in vernünftigen Schuhen einfacher gewesen.« Er betrachtete meine hübschen grünen High Heels, die ich im Haus einlief, damit sie mir über Weihnachten keine Probleme machten.

»Die sind von Valentino«, fauchte ich ihn an. »Regulär kosten die über siebenhundert Euro.«

»Regulär?«

Ich biss mir auf die Zunge. »War ein Schnäppchen im Internet.« Den Rest behielt ich nun aber wirklich für mich. Die Frau, der ich die Schuhe abgekauft hatte, hatte beteuert, sie hätte sie nicht ein einziges Mal getragen.

»Schick«, sagte Paul gnädig. »Wenn auch vielleicht etwas fehl am Platz auf einem staubigen Dachboden.«

Er drehte sich um, ging zurück in die Ecke, aus der er mich eben herausgeholt hatte, beugte sich über die Truhe und zeigte mir gleich darauf einen braunen Pappkarton.

»Ist es der hier?«

Kunststück! Mit seinen langen Armen kam er natürlich problemlos in jede Ecke, ohne über Möbel klettern und sich zwischen Holzbretter quetschen zu müssen.

Ich nickte und murmelte so etwas wie einen Dank. Dann stand ich vorsichtig von meinem Stuhl auf. Mein Fuß kribbelte noch ein bisschen, ich konnte ihn aber wieder belasten. Mir war auch nicht mehr so kalt wie vorher. Der Dachboden des Hauses war gut isoliert. Wahrscheinlich hatte ich vor lauter Angst so sehr gezittert. Möglicherweise hätte ich überlebt, bis Katja oder Vanessa aufgefallen wäre, dass ich mich nicht mehr meldete. So gesehen, musste ich Paul wenigstens nicht als meinen Lebensretter betrachten.

Steifbeinig ging ich zur Tür und stieg langsam die Treppe hinunter. Paul folgte mir mit dem Karton unter dem Arm.

»Hier sieht es ja schon ziemlich weihnachtlich aus. Und da wollten Sie noch mehr Weihnachtszeug von oben holen?«

Ich musterte ihn mit unbewegter Miene. »Ich finde es ziemlich traurig, wenn man einem Haus nicht ansieht, dass bald Weihnachten ist.« In seinem Haus hatte ich nicht mal irgendwo eine schlichte Kerze gesehen. »Ich bin noch lange nicht mit dem Schmücken fertig. Die Holzfigürchen haben alle ihren besonderen Platz. Da oben müssen überall noch Lichterketten hin und …«

Als ich ihm zufällig ins Gesicht sah und seine zuckenden Mundwinkel bemerkte, stockte ich. Machte er sich etwa über die Weihnachtsstimmung hier im Haus lustig? Erstens war unser Weihnachtsschmuck geschmackvoll, und zweitens ging es ihn überhaupt nichts an, was ich an den Wänden aufhängte und auf die Schränke stellte. Wenn ihm so was nicht gefiel, sollte er doch in seinen kahlen Zimmern herumsitzen und so tun, als gäbe es Weihnachten gar nicht.

Leider hatte ich manchmal einen fast unbezwingbaren inneren Drang, meine Mitmenschen von dem zu überzeugen, was ich für ihr Glück hielt. Und Weihnachten gehörte definitiv zu einem glücklichen Leben.

»Kommen Sie. Ich habe Plätzchen gebacken.« Schon wieder ganz gut zu Fuß marschierte ich in die Küche, sodass er keine andere Möglichkeit hatte, als mir zu folgen. »Der Anstand gebietet, dass ich mich für die Rettung bedanke.«

»Ich muss dringend wieder nach drüben und …«, erklärte er und stellte den Karton mit den Holzfigürchen auf der Arbeitsplatte ab.

Derweil angelte ich die Keksdose oben vom Schrank. »Tee oder Kaffee dazu?«

»Nichts zu trinken! Wenn es unbedingt sein muss, probiere ich einen Keks, aber dann gehe ich und mache mich wieder an meine Arbeit.«

»Das muss ja eine sehr dringende Arbeit sein, die Ihnen nicht mal Zeit für eine Tasse Tee lässt. Arbeiten Sie über Weihnachten auch?«

Nachdem ich ein paar Plätzchen auf einen der hübschen alten Teller mit Goldrand gelegt hatte, schob ich Paul einen Stuhl hin.

»Meine Arbeit *ist* dringend. Und Weihnachten habe ich noch nie sonderlich wichtig genommen.« Zu meinem Erstaunen setzte er sich tatsächlich hin. Allerdings lehnte er sich nicht mal an, als hätte er vor, im nächsten Moment wieder aufzuspringen.

Ich ließ mich ebenfalls am Tisch nieder und machte es mir bequem, indem ich die Beine übereinanderschlug und mit dem oberen Fuß wippte.

»Die sind ganz frisch. Von gestern Abend.« Auffordernd schob ich ihm den Teller mit den Keksen hin. »Die ersten Weihnachtsplätzchen sind immer was ganz Besonderes, finde ich.«

Ohne große Begeisterung griff er zu, schob sich einen Keks in den Mund und kaute lustlos darauf herum. Nachdem er geschluckt hatte, sprang er auf und eilte hinaus in den Flur.

Verblüfft folgte ich ihm. Vielleicht hatte ich schon bessere Weihnachtsplätzchen gebacken. Aber angesichts der wenigen Zutaten, die im Haus gewesen waren, fand ich das Ergebnis gar nicht so schlecht. Und auf keinen Fall so schrecklich, dass man wortlos die Flucht ergreifen musste.

Paul lief aber nicht etwa zur Haustür, sondern ins Wohnzimmer, aus dem uns durch die offenstehende Tür zum Garten eisige Luft entgegenwehte.

»Sie haben die Terrassentür aufgebrochen?«, stieß ich entsetzt hervor.

»Irgendwie musste ich ja reinkommen.« Er schloss die Tür und hantierte am Griff herum. »So hält es einigermaßen. Trotzdem sollten wir …« Ohne den Satz zu beenden, verließ er den Raum und kehrte gleich darauf mit einem Küchenstuhl zurück, den er so unter den Griff stellte, dass die Tür von außen nicht zu öffnen war – wenn man keine Gewalt anwandte.

»Das sollte sich aber ein Fachmann ansehen. Obwohl es so wahrscheinlich keinen großen Unterschied zu vorher macht. Es hat mich nur einen Handgriff gekostet, hier reinzukommen.«

»Warum haben Sie nicht einfach den Schlüssel genommen?« Jetzt musste ich schon wieder mühsam einen Handwerker überreden, zu mir zu kommen. Ich konnte von Glück sagen, dass für die Reparatur meiner Heizung nur ein Blick und wenige Handgriffe nötig gewesen waren, sonst würde ich wahrscheinlich immer noch zittern und betteln, dass irgendeiner der Männer im Blaumann sich meiner erbarmte. Jedenfalls hatte der Installateur sich aufgeführt, als hätte er mir mit seinem kurzen Besuch wer weiß was für einen Gefallen getan, obwohl das ja eigentlich sein Job war.

»Welchen Schlüssel? Ich habe keinen Schlüssel zu Ihrem Haus.«

»Der liegt unter der Fußmatte. Alle Leute hier in der Gegend legen ihren Schlüssel unter die Matte. Falls man ihn mal vergisst. Oder für den Fall, dass jemand zu Besuch kommt, wenn man gerade nicht zu Hause ist. Die Schneiders haben das auch gemacht.«

»Aha.« Er starrte mich verblüfft an. »Dann ist es allerdings egal, wie leicht sich die Terrassentür aufhebeln lässt.«

»Ich weiß, dass sich das für jemanden, der nur die Großstadt kennt, merkwürdig anhört«, erklärte ich schulterzuckend. »In München lege ich meinen Wohnungsschlüssel selbstverständlich auch nicht unter die Fußmatte. Aber hier gehen die Uhren noch anders. Seit wir dieses Haus haben, gab es in Alptal und den umliegenden Dörfern keinen einzigen Einbruch, soweit ich weiß. Also seit mindestens zwanzig Jahren.« Ich nickte stolz.

»Das ist auch besser so. Es gibt ja hier auch keine Polizei.« Trotz meiner durchaus überzeugenden Argumentation, wie ich fand, musterte er mich immer noch, als hätte ich den Verstand verloren.

»Brauchen wir ja auch nicht.«

»Trotzdem habe ich nicht vor, meinen Schlüssel ab sofort unter die Fußmatte zu legen. Ehrlich gesagt, liegt mir absolut nichts daran, in meiner Abwesenheit besucht zu werden.«

»Sie vermitteln nicht mal den Eindruck, als würden Sie während Ihrer Anwesenheit gern besucht.«

Wir maßen einander mit finsteren Blicken wie zwei Gladiatoren vor Beginn des Gefechts. Noch während ich Paul kampfeslustig in die dunklen Augen schaute, fragte ich mich irritiert, was zwischen uns eigentlich immer wieder Seltsames passierte. Die Stimmung wechselte in Sekundenschnelle von freundlich zu gereizt und wieder zurück. Denn erstaunlicherweise konnte dieser Mann in manchen Momenten ganz nett sein.

»Dann mache ich mich jetzt mal wieder an die Arbeit.« Er hatte mir immer noch nicht verraten, worin diese furchtbar dringende Arbeit bestand, bei der ich ihn angeblich ständig störte.

»Ich gebe Ihnen noch ein paar Kekse mit. Weil Sie mich gerettet haben und so.« Mir sollte niemand nachsagen, dass ich unfreundlich zu meinem einzigen Nachbarn war oder gar undankbar.

Ich wollte in die Küche gehen, aber Paul hielt mich mit einer plötzlichen Handbewegung zurück. »Das ist wirklich nicht nötig.«

»Geht Ihre Ignoranz Weihnachten gegenüber so weit, dass Sie nicht mal Weihnachtsgebäck essen? Oder mögen Sie meine Kekse etwa nicht?«

»Ehrlich gesagt, sind sie mir irgendwie zu … krümelig. Trotzdem vielen Dank.« Er verschwand im Flur, bevor ich in meiner Verblüffung etwas erwidern konnte. Und als ich ihm folgte, sah ich gerade noch, wie er die Haustür hinter sich ins Schloss zog.

»Frechheit«, murmelte ich vor mich hin, ging zurück in die Küche und stopfte mir zur Beruhigung erst mal ein paar Kekse in den Mund.

Als mein Handy die Melodie von »Hey, Soul Sister« von Train spielte, verzogen sich meine Lippen automatisch zu einem Lächeln. Manchmal hatte ich das Gefühl, Katja spürte aus der Ferne, wenn ich Aufmunterung brauchte. Oder jemanden zum Zuhören.

»Hi, Schwesterherz. Du wirst nicht glauben, was mir eben passiert ist.« Ich holte tief Luft, um ihr von meinem Abenteuer auf dem Dachboden zu erzählen – und stockte entsetzt, als ich das leise Schluchzen am anderen Ende der Leitung hörte. »Weinst du, Katja?«

»Ich habe mich mit Patrick gestritten«, kam es nach mehreren weiteren Schluchzern in kläglichem Ton zurück.

Erschrocken biss ich mir auf die Unterlippe und vergaß von einem Moment auf den anderen meinen blöden Nachbarn und die unangenehme Stunde auf dem Dachboden. »Aber ihr streitet euch doch sonst nie.«

»Ich weiß auch nicht … Es ist schrecklich.«

Mir wurde ganz schlecht, als ich meine große Schwester leise vor sich hin weinen hörte. So leicht haute sie nichts um und sie war nach dem frühen Tod unserer Eltern für mich wie ein Fels in der Brandung. Es musste also wirklich etwas Schlimmes passiert sein.

»Worum geht es denn? Das kann man doch sicher wieder hinbiegen?«

Plötzlich kam ich mir total blöd vor, weil ich mich über Paul Anders geärgert hatte, der nichts als ein unbedeutender Nachbar für mich war. Viel schlimmer wäre es gewesen, wenn ich mich mit Marco gestritten hätte.

»Das ist kompliziert. Ich kann noch nicht mit dir darüber reden. Erst muss ich die Sache mit Patrick klären.«

»Welche Sache? Was hat er getan?«

Jetzt kam ein kurzes, ersticktes Lachen durchs Telefon. »Er hat nichts getan. Also, eigentlich schon, aber … Du wirst es zwangsläufig erfahren. Aber noch nicht jetzt. Erst einmal geht es darum, dass Patrick und ich eine Lösung finden.«

Eisige Kälte kroch meinen Rücken hinauf. Mir war sogar noch kälter als oben auf dem Dachboden. »Aber ihr schafft das, nicht wahr? Ganz bald?« Ich durfte mir gar nicht vorstellen, wie es sein würde, wenn meine große Schwester und ihr Mann in eisigem Schweigen unterm Tannenbaum säßen.

Mein Plan, Marco zu zeigen, wie glücklich ein Paar sein konnte, das schon seit Jahren zusammenlebte, würde dann jedenfalls nichts werden. Das Weihnachtsfest würde zusammen mit einem vollkommen zerstritten Paar wohl auch so ziemlich jeden Zauber verlieren, da konnte es noch so gut geplant sein.

»Jedenfalls kann ich nicht wie geplant morgen kommen. Es tut mir furchtbar leid, meine Süße. Ich habe mich so auf unsere gemeinsamen Weihnachtsvorbereitungen gefreut. Aber ich kann hier jetzt nicht weg. Nicht bevor Patrick und ich das geklärt haben.«

»Du darfst auf keinen Fall einfach wegfahren, bevor ihr euch wieder versöhnt habt. Ich mache einfach allein mit den Vorbereitungen weiter, und du stößt dazu, wenn du und Patrick … wenn ihr wieder so glücklich seid wie sonst auch.«

»Ich hoffe, Weihnachten ist alles wieder gut. Ich hoffe es wirklich, meine Süße.« Leider klang Katja nicht sehr optimistisch.

»Natürlich ist dann alles wieder in Ordnung. Ihr kriegt das hin! Wahrscheinlich schon lange vor Weihnachten.«

»Vielleicht.« Sie seufzte tief. »Mach's gut, Nina. Ich melde mich.«

»Ruf auf jeden Fall morgen an, damit ich weiß, dass es dir gut geht«, drängte ich, aber Katja hatte schon aufgelegt.

Nachdem ich eine Weile das Smartphone in meiner Hand angestarrt hatte, wählte ich auf dem Display das Album mit meiner privaten Fotosammlung aus. Es gab eine Menge Bilder von Katja und mir – Fotos, auf denen wir beide breit grinsten, fröhlich die Zungen herausstreckten oder mit Cocktailgläsern in die Kamera prosteten. Wer diese Bilder sah, wäre nie auf den Gedanken gekommen, dass es eine Zeit gegeben hatte, in der wir viel häufiger zusammen geweint als gelacht hatten. Wahrscheinlich lag es daran, dass ich noch heute Katjas Schmerz fühlte, als wäre es mein eigener.

Zum ersten Mal hatte sie mir nicht gesagt, was ihr Kummer bereitete. Auch das tat weh. Obwohl ich wusste, dass sie jetzt verheiratet war und manche Dinge mit ihrem Mann klären musste und nicht mit mir. Besonders wenn es um Probleme ging, die die beiden gemeinsam oder miteinander hatten.

Glücklicherweise gab es in meinem Leben ja nun Marco, mit dem ich alles besprechen konnte. Und er mit mir.

6. Kapitel

Paul

Am nächsten Morgen trieb mich schon wieder eine seltsame Unruhe um. Seltsam im Sinne von neu und anders. Rastlosigkeit, Sehnsucht und eine Art dumpfer Schmerz, als hätte jemand mir eine unzureichende Narkose verpasst, hatten mich während der vergangenen Monate fast ständig begleitet. Jetzt war ich immer noch unruhig, aber auf eine neuartige Weise.

Ich stand vor meiner Staffelei und starrte eine halbe Stunde lang tatenlos das Bild an, mit dem ich mich während der vergangenen drei Tage beschäftigt hatte. Schließlich stellte ich es zur Seite. Nach der merkwürdigen Rettungsaktion im Nachbarhaus hatte ich mich schon am vorherigen Nachmittag nur mit Mühe auf die ruhigen Grün- und Brauntöne dieses großformatigen Gemäldes einlassen können. Zwar hatte ich hier und da ein bisschen herumgetupft und ein paar Schattierungen hinzugefügt, mit meinen Gedanken war ich jedoch ganz woanders gewesen.

Entschlossen spannte ich eine neue Leinwand auf und legte los. Ich wollte ein zusätzliches Bild für meine Serie »Feelings« malen. Seit Nina unvermittelt in meine Ruhe und Abgeschiedenheit eingedrungen war, spürte ich förmlich die roten Strudel und gelben Flecke, die grünen Spiralen und weißen Punkte, die in perfekter Weise den Aufruhr ausdrückten, den diese Frau um sich herum schuf. Genau das sollte der Titel des Gemäldes sein: »Aufruhr«.

Zunächst verteilte ich in großzügigen Schwüngen strahlendes Rot auf der Leinwand. Eine satte Farbe, die lebendig und laut die Aufmerksamkeit des Betrachters forderte.

Grinsend musste ich an das Geschrei denken, das Nina veranstaltet hatte, während sie zwischen Truhe und Schrank eingeklemmt gewesen war.

Diese Frau war oft laut und meistens lebhaft, doch was hinter ihrer höchst lebendigen Fassade vor sich ging, war mir überhaupt nicht klar. Wenn sie sich unbeobachtet fühlte, trat plötzlich ein suchender Ausdruck in ihre Augen. Dann wirkte sie still und in sich gekehrt – um in der nächsten Sekunde wieder vor Leben zu sprühen. So sehr, dass ich mich selbst in hundert Metern Entfernung kaum auf meine Arbeit konzentrieren konnte. Immer wieder wanderte mein Blick durch die Glaswände des Wintergartens hinüber zu ihrem Haus.

Gerade öffnete sie dem Postboten die Haustür, der ihr ein Paket überreichte. Wahrscheinlich Weihnachtsschmuck, vermutete ich grinsend. Oder Schuhe. Nina warf den Kopf in den Nacken und lachte über etwas, das der Paketbote gesagt hatte. Ihre dunklen Locken hüpften vergnügt auf und ab. Es hatte wieder angefangen zu schneien, und obwohl ich es aus der Entfernung nicht sehen konnte, wusste ich, dass die schmelzenden Flocken in ihren braunen Haaren wie kleine Diamanten funkelten.

Als mein Handy sich meldete, zuckte ich wie ertappt zusammen, legte den Pinsel weg, an dem die Farbe längst eingetrocknet war, und griff nach dem Smartphone.

»Hallo Adrian«, begrüßte ich nach einem kurzen Blick aufs Display den Anrufer.

»Störe ich dich gerade in einer kreativen Phase?« Adrian war nicht nur mein bester Freund, sondern auch der Galerist, mit dem ich seit mehr als fünf Jahren zusammenarbeitete. Hätte ich ihn nicht zufällig auf einer Party kennengelernt, würde ich wahrscheinlich heute noch als Kunstlehrer arbeiten und nur abends und an den Wochenenden meine Träume und Albträume auf die Leinwand bannen.

»Du störst nie«, erwiderte ich wahrheitsgemäß.

»Und? Kommst du voran?« Zu Adrians besten Eigenschaften gehörte, dass er nie um die Sache herumredete. Mir war ohnehin klar, dass er sich Sorgen um die Ausstellung machte. Eine Vernissage ohne Bilder, oder sagen wir mit drei bis fünf ausstellungsreifen Gemälden, ist selbst für einen Profi wie Adrian schwierig zu verkaufen.

»Es geht so. Mit dem Bild in Grün und Braun komme ich nicht vorwärts. Habe gerade ein Neues angefangen. »Ich nenne es ›Aufruhr‹.«

»Wieso?« Adrian klang alarmiert.

»In meinem Einsiedlerleben ist ein Störfaktor aufgetaucht.« Ich beobachtete, wie Nina und der Postbote weiter angeregt plauderten.

»Tabea?« Adrian hatte alle Höhen und Tiefen meiner Beziehung mit Tabea aus nächster Nähe miterlebt und musste sich nun mit den Folgen auseinandersetzen. Vor allem mit einer massiven Schaffenskrise, die mich nur langsam aus ihren Krallen ließ.

»Sie weiß doch gar nicht, wo ich bin.« Erst in diesem Moment fiel mir auf, dass ich seit vorgestern erstaunlich selten an meine Ex gedacht hatte.

»Deine Mutter?«

»Kannst du dir meine Ma hier mitten im Nirgendwo vorstellen? Ohne Arzt nebenan und Krankenhaus in Fußnähe?« Bei diesem Gedanken musste ich lachen. Meine Mutter hatte in den vergangenen Jahren eine ausgewachsene Hypochondrie entwickelt, obwohl sie für eine Sechzigjährige erstaunlich fit und gesund war. »Du weißt doch, dass gut fünfzig Meter die sogenannte Straße runter ein zweites Haus steht. Bis jetzt war es leer, aber nun habe ich plötzlich eine Nachbarin. Sie ist ziemlich … anstrengend.«

»Inwiefern?«

Ich runzelte die Stirn. »Sie … ist einfach da und redet viel und bringt mich dazu, ihr Tee zu kochen. Oder sie versucht, mich mit Weihnachtskeksen zu füttern. Zwischendurch klemmt sie sich das Bein auf ihrem Dachboden ein und braucht Hilfe. Solche Sachen.«

»Klingt seltsam.«

»Sag ich doch! Nina ist tollpatschig und lustig und lästig, und sie läuft auf High Heels rum. In Rot und Grün und was weiß ich für Farben. Man weiß nie, wann sie auftaucht oder um Hilfe ruft oder sonst irgendetwas veranstaltet, das mich von der Staffelei wegholt.«

»Nina?« An der Art, wie Adrian ihren Namen aussprach, erkannte ich, dass er aufmerksam geworden war.

»Sie heißt Nina, na und?«

»Wenn ich mal zusammenfassen darf: Diese Nina ist etwas ganz Besonderes, und sie interessiert dich. Was natürlich bei der Arbeit ein bisschen störend ist. Zumal, wenn du dauernd aus dem Fenster nach ihr Ausschau hältst. Das tust du doch, oder nicht?«

»Na hör mal!«, empörte ich mich und sah zu, wie Nina den Paketboten verabschiedete und wieder im Haus verschwand. »Ich habe genug von Frauen. Das ist das Problem.«

Adrians Schweigen sagte alles. Was mich ärgerte. Ich kannte ihn viel zu gut. Und er mich auch.

»Wenn ich die Wahl hätte, sähe ich sie lieber heute als morgen wieder verschwinden. Ich fürchte aber, dass demnächst noch ihre ganze Familie hier auftaucht.«

»Über ihre Familie weißt du auch schon Bescheid?«

»Natürlich *nicht!* Sie redet nur dauernd davon, wie wichtig Familie ist. Und sie schleppt Berge von Lebensmitteln in ihr

Haus und behängt jeden freien Fleck mit Weihnachtsschmuck. Ich befürchte Onkel und Tanten, Eltern und Geschwister zuhauf.«

»Aha.«

»Das heißt aber nicht, dass ich die Leute überhaupt kennenlernen werde. Die meiste Zeit verbringe ich ohnehin vor meiner Staffelei, wie du weißt.«

»Dann ist ja alles in Ordnung.« Mein Freund klang ein winziges bisschen spöttisch.

»Ist es auch!«

Ich schwieg und betrachtete dabei das unvollendete grünbraune Gemälde an der Rückwand des Wintergartens. Es wirkte genauso friedlich und abgeklärt, wie ich es geplant hatte. Nur dass es noch nicht fertig war und ich aus irgendeinem Grund das Gefühl in meinem Inneren nicht wiederfand, das ich hatte ausdrücken wollen. Es hatte eine kurze Phase gegeben, in der ich nach langer Zeit endlich wieder diese Art von Frieden gespürt hatte. In den Momenten, in denen die Gedanken an Tabea mich in Ruhe ließen. Da war das ruhige Grün gekommen. Doch jetzt fühlte ich plötzlich fast nur noch leuchtende Farben. Und dann war da dieses seltsame Kribbeln, das nicht das Geringste mit ruhigem Grün und abgeklärtem Braun zu tun hatte.

»Ich habe ein anderes Bild angefangen. Es heißt ›Aufruhr‹.«

»Aha.«

»Was soll dauernd dieses ›Aha‹?«

»Wie geht es denn mit ›Aufruhr‹ voran?«

»Ganz gut. Allerdings stelle ich mehr und mehr fest, dass ich Bewegung brauche. Gestern fand ich es sogar toll, Schnee zu schippen. Heute Morgen war ich fast enttäuscht, dass es über Nacht nur sehr wenig geschneit hatte. Ich glaube, ich sollte einen langen Spaziergang machen.«

Adrian und ich redeten noch eine Weile über die Geburtstagsparty eines gemeinsamen Freundes, die ich verpasst hatte. Als ich nach Alptal übergesiedelt war, hatte ich mir mit Adrians Zuspruch einen ununterbrochenen Aufenthalt verordnet. Ohne die Möglichkeit, zwischendurch vor mir selbst und meinen Dämonen immer mal wieder nach München zu fliehen. Wo ohnehin die Gefahr bestand, dass ich einem sehr lebendigen Geist aus meiner jüngsten Vergangenheit begegnete, der mühelos in der Lage war, noch viel mächtigere Dämonen heraufzubeschwören.

Als Adrian und ich unser Gespräch beendeten, war vor Ninas Haus immer noch alles still. Niemand fütterte die Vögel, niemand fuhr mit dem Auto weg oder schleppte Unmengen von Lebensmitteln ins Haus. Es herrschte Ruhe.

Nachdem ich noch ein bisschen rote und gelbe Farbe auf der Leinwand verteilt hatte, beschloss ich, dass es Zeit für eine Pause war. Also stellte ich meine Pinsel in ein Glas mit Terpentin und ging in die Küche, um eine Tiefkühlpizza in den Ofen zu schieben.

Dann stieg ich hinunter in den Keller. Ebenso wie die gesamte Einrichtung war auch der übrige Kram der Schneiders zurückgeblieben. Ich hatte das Haus möbliert gemietet. Auch wenn die Einrichtung nicht gerade meinem Geschmack entsprach, war es einfach praktischer für mich. Neben einer komplett ausgestatteten Küche und allen wichtigen Möbeln hatte ich so auch Gegenstände für den Alltagsbedarf wie Putzzeug und Schneeschaufeln.

Jetzt suchte ich aber etwas ganz anderes – und fand es in einer Ecke des hinteren Kellerraums. Hier lehnten zwei Paar Langlaufskier ordentlich nebeneinander an der Wand. Ich suchte mir die längeren aus, ließ die Bindung auf- und zuschnappen und testete, ob die Bretter sich biegen ließen, ohne gleich zu brechen.

Auch mehrere Paar Skistiefel waren vorhanden. Ich probierte die größten an und stellte fest, dass sie ein bisschen zu eng waren. Für eine kurze Tour würde es aber gehen.

Nachdem ich meine Pizza gegessen hatte, suchte ich alles zusammen, was ich an warmer Kleidung besaß, packte mich dick ein, zog die Skistiefel an und verließ voller Tatendrang das Haus.

Die Luft war immer noch herrlich, auch wenn die Sonne mittlerweile schon fast die Baumwipfel im Westen zu berühren schien. Immerhin blieb mir bis zum Eintritt der Dunkelheit noch mindestens eine Stunde. Ich schnallte mir die Skier an und stellte fest, dass ich immer noch erstaunlich gut damit vorwärtskam. Und das, obwohl ich seit drei oder vier Jahren nicht auf Brettern gestanden hatte.

In Schwüngen, die ich selbst ziemlich elegant fand, glitt ich die Straße zum Nachbarhaus entlang. An der nächsten Kurve zweigte ein Fußweg ab, der vom Tal bis ganz nach oben auf den bewaldeten Hügel führte. Den wollte ich nehmen.

Vor Ninas Haustür stand ihr knallrotes Auto. Offenbar hatte sie inzwischen alles besorgt, was sie brauchte, und war jetzt damit beschäftigt, Girlanden und Lichterketten um alles zu wickeln, was sich nicht wehren konnte.

Mit einem tiefen Atemzug tauchte ich in den lichten Tannenwald ein und fuhr zwischen den Bäumen talwärts. Der Hang war nicht steil, und schon nach einigen Minuten hätte es gern eine richtige Abfahrt sein können. Da die Hänge hier im Alpenvorland eher sachte anstiegen, war dies ein Ferienort für Langläufer, nicht für Menschen wie mich, die gern mal dem Geschwindigkeitsrausch erlagen.

Trotzdem genoss ich meinen Ausflug. Vom Tal aus fuhr ich wieder ein Stück bergauf und stellte oben angekommen begeistert fest, dass es auf der anderen Seite steil nach unten ging.

Der abschüssige Weg durch den Tannenwald führte in einem Bogen zurück nach Alptal, sodass ich in wenigen Minuten wieder zu Hause sein würde. Ich war noch gar nicht so lange unterwegs, aber die Stiefel quetschten mir mittlerweile schmerzhaft die Zehen zusammen. Immerhin wusste ich jetzt, was ich hatte herausfinden wollen: Das Skilaufen machte mir immer noch Spaß. Selbst unter Termindruck konnte es nicht schaden, wenn ich mich ab und zu an der frischen Luft bewegte. Also würde ich mir in den nächsten Tagen Skischuhe besorgen, die mir passten.

Ich atmete tief durch, stieß die Stöcke kräftig in den Schnee und fuhr zwischen den Tannen bergab. Hier standen die Bäume dichter als in dem Wäldchen vor meinem Haus. Das störte mich jedoch nicht im Geringsten, denn auf diese Weise konnte ich fast so etwas wie Slalom fahren. In schwungvollen Bögen bewegte ich mich abwärts. Der Schnee stob neben mir auf, die Tannen huschten als große dunkle Schatten an mir vorbei.

Den roten Fleck zwischen den grünen Zweigen bemerkte ich erst, als es schon zu spät war. Zwar versuchte ich noch abzubremsen, indem ich einen Schneepflug machte, aber ich war zu schnell und die rote Jacke schon direkt vor mir. Ich konnte nur noch die Skistöcke wegwerfen und mich zur Seite schmeißen, um das Schlimmste zu verhindern. Trotzdem riss ich die rote Jacke mit zu Boden. Aber zum Glück landete ich nicht auf, sondern neben ihr.

Noch während wir gemeinsam umkippten, brachte ein gellender Aufschrei mein Ohr zum Schrillen. Dann war erst mal alles dunkel. Nicht weil ich das Bewusstsein verlor, sondern weil mein Gesicht in den lockeren Schnee eintauchte.

Als ich den Kopf hob, sah ich immer noch nichts, der Schnee pappte überall fest. Erst musste ich meine Hand befreien, die irgendwo festgeklemmt war. Es kostete mich einige Mühe, mir das Gesicht abzuwischen, weil natürlich auch der Handschuh voller Schnee war.

Dann konnte ich endlich wieder etwas sehen. Neben mir im Weiß war ein großer roter Fleck. Er jagte mir zunächst einen Heidenschrecken ein, bis ich ihn als rote Wollmütze erkannte, die einsam im Schnee lag. Direkt unter meinem Kinn wippten dunklen Locken. Flüchtig nahm ich den Blütenduft wahr, den sie verströmten. *Frühling im Dezember* huschte es mir durch den Kopf. Im gleichen Moment ächzte es neben mir dumpf und leise.

»Geht es Ihnen gut?« Hastig rappelte ich mich hoch.

»Nein! Ich bin eben über den Haufen gefahren worden«, fauchte mein Unfallopfer in den lockeren Schnee unter sich.

Ich bückte mich, um der armen Frau beim Aufstehen zu helfen. Als ich sie beim Arm packte, schrie sie so laut, dass ich sofort wieder losließ.

Mit einem Ruck hob sie den Kopf, und ich starrte überrascht in ein Paar große dunkelblaue Augen, die mich zwischen schneebestäubten Wimpern hervor ansahen.

»Nina?«

»Allerdings! *Paul.*« Beim Sprechen sprühte Schnee von ihren Lippen durch die Luft.

»Ich habe hier im Wald niemanden erwartet. Und Sie schon gar nicht. Ihr Wagen stand vor dem Haus, als ich losfuhr, und ich dachte, Sie sind …«

»Muss ich Ihnen Bescheid sagen, bevor ich in den Wald gehe? Das wäre wohl wirklich besser. Man sollte das gesamte Gelände sperren lassen, während Sie als Rambo durch die Wälder toben.« Sie saß jetzt aufrecht im Schnee, hielt sich den rechten Arm, machte aber keine Anstalten aufzustehen.

»Darf ich …?« Ich streckte ihr die Hände entgegen, wagte aber nicht, sie wieder anzufassen.

Wortlos hob sie ihren linken Ellbogen in meine Richtung. Ganz vorsichtig, als wäre sie aus zartem Porzellan, schob ich die Hand unter ihren Arm und stützte sie.

Während sie mit meiner Hilfe aufstand, verzog sie schmerzlich das Gesicht. Jetzt fiel mir auf, dass sie fast so weiß wie der Schnee war. Ihre Augen schimmerten verdächtig feucht. Der Gedanke, jemanden verletzt zu haben, machte mich fertig.

»Tut Ihnen noch was weh? Außer dem Arm?«

Sie warf mir einen Blick zu, der einen weniger mutigen Kerl wahrscheinlich dazu gebracht hätte, sich hinter dem nächstbesten Baumstamm zu verstecken. Ich blieb tapfer neben ihr stehen.

»Die Schmerzen im Arm reichen mir. Danke!« Aus ihrem linken Augenwinkel löste sich eine Träne. *Auch das noch!*

»Glauben Sie, er ist gebrochen? Soll ich einen Krankenwagen rufen?« Hektisch sah ich mich um, weil mir im selben Augenblick klar wurde, dass hierher wahrscheinlich kein Krankenwagen vordringen würde. »Oder vielleicht einen Rettungshubschrauber?«, fügte ich zögernd hinzu.

»Jetzt werden Sie albern.« Fast war ich erleichtert, als sie die Augen verdrehte, als hätte sie den größten Idioten auf Erden vor sich. Immerhin waren ihren Schmerzen nicht so schlimm, dass sie nicht noch über mich spotten konnte.

»Ich habe einen Schlitten dabei.« Tatsächlich stand einige Meter entfernt ein schlichter Holzschlitten, dessen knallrotes Zugband sich wie ein Rinnsal aus Blut durch den Schnee kringelte.

»Wollten Sie rodeln?«, fragte ich verdutzt.

»Ich wollte auf dem Schlitten unseren Tannenbaum nach Hause bringen. In diesem Wäldchen kann man sich einen Baum aussuchen und ihn selbst schlagen.« Sie sah mich an, als wäre es extrem blöd von mir, das nicht zu wissen.

Das erstaunte mich allerdings viel weniger als die Tatsache, dass diese zarte Frau allein im Wald herumlief, um Bäume zu fällen. Als hätte sie meine Gedanken gelesen, sah sie hinüber zu der Axt, die neben dem Schlitten im Schnee lag.

Ich nickte und bemühte mich um einen nichtssagenden Gesichtsausdruck. Momentan hatten wir definitiv andere Sorgen als Weihnachtsbäume. Ich jedenfalls. Nina traute ich jedoch zu, dass sie selbst mit gebrochenen Armen und Beinen noch versuchen würde, ihr Haus weihnachtlich zu schmücken.

7. Kapitel

Nina

Mein rechter Arm fühlte sich an, als hätte jemand ein Messer hineingebohrt und würde es jetzt wieder und wieder genüsslich drehen. An allem war dieser Typ schuld, der offenbar vollkommen überrascht war, dass es außer ihm noch andere Menschen gab, die sich im Wald aufhielten. Und der Gedanke, selbst einen Weihnachtsbaum zu schlagen, wie wir das seit zwanzig Jahren machten, war offensichtlich vollkommen absurd für ihn.

Seit Paul Anders im Nachbarhaus aufgetaucht war, war die heile Welt von Alptal irgendwie ins Ungleichgewicht geraten, und es ging so ziemlich alles schief. Natürlich konnte ich ihm nicht die Schuld an Magdas Tod geben. Und er konnte auch nichts dafür, dass ich mich auf dem Dachboden zwischen Truhe und Wand sozusagen verkeilt hatte. Aber das hier war zweifellos seine Schuld!

Ich funkelte ihn böse an und biss dabei die Zähne zusammen, weil das »Messer« gerade wieder heftig gedreht wurde. Gleichzeitig spürte ich, wie mir trotz der Kälte der Schweiß ausbrach.

»Ich muss zum Arzt. Schnell, wenn's geht.«

»Soll ich Sie auf dem Schlitten ziehen?« Ganz überzeugt schien Paul Anders von dieser Idee nicht zu sein.

»Sie können mich auch tragen, wenn Ihnen das lieber ist. Allerdings befürchte ich, dass Sie dann unterwegs zusammenbrechen.« Vorsichtig ließ ich mich auf die Holzlatten des Schlittens sinken.

»Obwohl ich nicht sonderlich viel wiege«, fügte ich eilig hinzu, um keine Missverständnisse aufkommen zu lassen.

»Sie scheinen zu Unfällen zu neigen. Gestern die Sache auf dem Dachboden und heute …«

Ich zog die Brauen zusammen. »Was heißt hier, *ich* neige zu Unfällen? *Sie* haben mich rücksichtslos umgefahren.«

»Sie sind wie aus dem Nichts zwischen den Bäumen aufgetaucht.«

»Ich stand einfach nur da. *Sie* sind plötzlich hinter der Tanne da drüben hervorgeschossen. Sehr plötzlich!«, stellte ich richtig.

Wortlos wickelte er sich den Schal vom Hals, bückte sich zu mir herunter, legte ihn als Schlinge um meinen Hals und half mir, meinen verletzten Arm hineinzuschieben. Das fühlte sich deutlich besser an als vorher. Trotzdem bedankte ich mich nicht. Ohne ihn wäre das schließlich gar nicht nötig gewesen.

Mit entschlossener Miene sammelte er dann Skier und Stöcke ein, legte sie sich über die Schulter und griff mit der freien Hand nach der Plastikleine, die an der vorderen Querstange des Schlittens befestigt war. Es gab einen Ruck, und ich schrie auf, weil das imaginäre Messer in meinem Oberarm Pirouetten drehte.

»Tut mir leid.« Erschrocken blieb er stehen.

»Vorsichtig!«, schrie ich ihn an. »Außerdem liegt die Axt da noch.«

Normalerweise hielt ich mich nicht für besonders zickig, aber ich fand, dass ich in dieser Situation das Recht hatte, meine schlechte Laune herauszulassen. Ich hatte genug damit zu tun, das fiese Schneiden und Brennen in meinem Arm irgendwie unter Kontrolle zu halten. Wenn ich nicht aufpasste, würde ich noch in Tränen ausbrechen, und das wollte ich nicht.

Gehorsam sammelte Paul die Axt ein und fügte sie dem Bündel aus Skiern und Skistöcken auf seiner Schulter hinzu. Trotz meiner Schmerzen drehte ich mich noch einmal zu dem wunderschönen Baum um, den ich für den Weihnachtsabend ausgesucht hatte.

»Merken Sie sich die Stelle!«, befahl ich meinem Peiniger. »Ich will diesen Baum da.«

»Klar. Oder soll ich ihn gleich fällen und mit auf den Schlitten laden?«

»Haha.« Der Kerl ging mir auf die Nerven, aber das sagte ich ihm lieber erst, wenn er mich beim Arzt abgeliefert hatte.

Dieses Mal setzte er den Schlitten sehr behutsam in Bewegung. Trotzdem musste ich mir heftig auf die Unterlippe beißen.

»Wenn der Arm gebrochen ist, bekomme ich einen Gips oder so was«, rief ich Paul zu, als wir den Hügel halb hinunter waren. »Einen ungünstigeren Zeitpunkt als kurz vor Weihnachten hätten Sie sich nicht aussuchen können, um mir das anzutun.«

»Dann entschuldige ich mich ganz besonders für den Zeitpunkt!«, rief er mir über die Schulter zu. »Nächstes Mal dann lieber im Sommer.«

Vor dem Hintergrund des rosigen Abendhimmels konnte ich deutlich sein Profil erkennen. Er sah fast so gut aus wie Marco, was ich für eine gigantische Verschwendung hielt. Mein Freund hätte mich jedenfalls nicht einfach über den Haufen gefahren. Marco mochte keinen Sport, der draußen stattfand. Er ging täglich ins Fitnessstudio. Dort konnte er relativ wenig Unheil anrichten, außer sich selbst Zerrungen und Muskelkater zu holen. Warum waren nicht alle Männer so rücksichtsvoll?

»Kein Grund, ironisch zu werden.« Ich jaulte auf, als die vorderen Kufen des Schlittens gegen eine Baumwurzel stießen, die dicht unter dem Schnee verborgen gewesen war.

Wieder blieb Paul stehen und entschuldigte sich kleinlaut. Na bitte, langsam begriff er, was er mir angetan hatte, und der Spott verging ihm.

Endlich erreichten wir den Fuß des Hügels und fuhren in flottem Tempo die kleine Straße entlang, die zu unseren beiden Häusern führte. Ohne anzuhalten, zog Paul mich bis in seine Einfahrt und hielt den Schlitten direkt neben der Beifahrertür seines Wagens an. Dann warf er seine Skier und meine Axt achtlos in den Schnee.

»Bleiben Sie sitzen. Ich hole nur die Autoschlüssel«, rief er mir zu, als er schon fast an der Haustür war.

Innerhalb von Sekunden kehrte er zurück, entriegelte die Türen und half mir in den Wagen. Zu dem kleinen Krankenhaus, das zuständig für sämtliche umliegenden Dörfer war, fuhr man zum Glück nur eine gute Viertelstunde. Als Kinder waren wir wegen Verletzungen, die wir uns beim Toben zugezogen hatten, öfter mal zum Röntgen oder zum Nähen von Platzwunden dort gewesen. Deshalb konnte ich den Weg genau beschreiben. Bis auf meine Richtungsangaben redeten wir auf der kurzen Fahrt kaum. Angesichts dessen, was Paul angerichtet hatte, gab es sowieso nichts mehr zu sagen.

»Helfen Sie Ihrer Frau schon mal beim Ausziehen. Der Oberkörper muss frei sein, wenn wir den Gipsverband anlegen«, kommandierte die Schwester und verließ im Laufschritt das Behandlungszimmer. Ich war an diesem Abend nicht die einzige Patientin in der Notaufnahme. Offenbar hatte der frisch gefallene Schnee eine Menge Leute dazu verlockt, sich zum ersten Mal seit Monaten auf Skier zu stellen. Zahlreiche Knochenbrüche waren die Folge. Paul war ganz raffiniert gewesen. Er hatte nicht sich selbst, sondern mir den Arm gebrochen.

Als die Schwester weg war, starrte ich Paul an, und er guckte wortlos zurück. Dass er mich vor dem Röntgen vorsichtig aus Jacke und Pullover geschält hatte, war gerade eben noch in Ordnung gewesen. Zumal er sich nicht ungeschickt angestellt hatte und die Schmerzen einigermaßen erträglich gewesen waren. Das hieß aber nicht, dass ich bereit war, mir von ihm auch noch Hemdchen und BH ausziehen zu lassen.

»Soll ich rausgehen?«, fragte er, nachdem wir uns eine Weile angeschwiegen hatten.

Ich wollte mit den Schultern zucken, beließ es dann aber bei einem kläglichen Versuch. Das tat viel zu weh. Selbst ich hatte auf dem Röntgenbild den langen Knochensplitter erkannt, der einige Zentimeter vom Oberarmknochen abstand. Vier bis sechs Wochen würde es nach Aussage des Arztes dauern, bis ich den Arm wieder benutzen konnte.

Weil die Schmerzen im Laufe der Zeit eher schlimmer als besser geworden waren, hatte die Schwester mir eben eine Spritze gegeben. Bisher spürte ich noch keine Wirkung. Nach wie vor schien jemand mit einem stumpfen Messer an meinem Oberarm herumzusägen. Allerdings zogen nun seltsame rosige Nebel durch meinen Kopf und hüllten jeden meiner Gedanken sorgfältig in einen pastellfarbenen Schleier.

Ich schaute Paul an und konnte ihn für das, was er mir angetan hatte, gar nicht mehr richtig hassen. Ich sah einfach nur einen sehr attraktiven Mann, der mich mit seinen schönen dunklen Augen ratlos betrachtete.

Während ich seinen fragenden Blick erwiderte, hatte ich plötzlich das Gefühl, einige Zentimeter über der Untersuchungsliege zu schweben, auf deren Rand ich eben noch gesessen hatte. Mir war schwindelig, aber es war ein schönes Gefühl, so als hätte ich zu lange getanzt.

»Sie sind ja noch gar nicht fertig vorbereitet! Bitte beeilen Sie sich. Der Doktor ist gleich da, dann bekommen Sie Ihren Gips.«

Bevor ich etwas erwidern konnte, war die Schwester schon wieder verschwunden. Ohnehin lag meine Zunge plötzlich ungewohnt behäbig in meinem Mund herum und weigerte sich, flott wie sonst Worte und Sätze zu bilden. Zum Glück ließen jetzt aber auch die Schmerzen im Arm nach. Genau wie meine Fähigkeit, klar zu denken, lösten sie sich im rosigen Nebel auf.

»Wenn du nicht hinguckst, kannst du mir helfen«, hörte ich mich wie durch mehrere Lagen Tüll sagen. Ganz kurz wunderte ich mich, dass ich diesen fremden Mann plötzlich duzte, aber wie alles andere erschien mir diese Frage unwichtig und im nächsten Moment hatte ich sie auch schon wieder vergessen.

»Sie … du meinst, ich soll dir beim Ausziehen helfen?« Paul wirkte irritiert, falls ich überhaupt noch in der Lage war, so etwas zu beurteilen. Der wabernde Nebel schimmerte inzwischen nicht nur rosa, sondern auch gelb, blau und grün.

Ich nickte und wunderte mich, dass ein Typ wie er so zögerlich reagierte. Er hatte doch bestimmt schon Dutzenden Frauen die Klamotten vom Leib gerissen. »Ich gehe mal davon aus, du weißt, wie das geht«, erklärte ich streng und wunderte mich, dass ich klang, als hätte ich mir eine Flasche Schnaps einverleibt.

»Könnte sein.« Mit einem entschlossenen Ruck stand er von dem Hocker am Fußende der Liege auf.

»Aber du guckst nicht hin!«, wiederholte ich lallend.

»Natürlich nicht.«

Als ich den Kopf hob, sah ich, dass er krampfhaft in Richtung Fenster starrte, während er nach dem Saum meines Hemdchens tastete, ihn aber nicht fand.

Obwohl ich seit dem Unfall fast die ganze Zeit den Tränen

nahe gewesen war, musste ich plötzlich kichern. Jetzt hatte er den unteren Rand meines Hemdchens gefunden, und ich beugte mich vor, sodass er mir das Ding über den Kopf ziehen konnte.

»Du hast kalte Finger!«, beschwerte ich mich glucksend, als er mit einer Hand meinen verletzten Arm stützte, während er mit der anderen den Stoff vorsichtig in Richtung meiner Hand führte. Jetzt trug ich nur noch meinen BH.

Ich bemerkte, dass Pauls Blick meinen Oberkörper streifte, bevor er sich hastig abwandte. Wieder musste ich glucksend lachen.

»Der gefällt Marco auch.« Ich biss mir auf die Unterlippe und fragte mich, was ich da redete. Hatten die mich unter Drogen gesetzt?

Paul verzog keine Miene und tat, als hätte er nichts gehört.

»Den Rest lassen wir lieber die Schwester machen.« Ohne meine Antwort abzuwarten, drehte er sich um und verließ das Zimmer.

»Feigling«, sagte ich zu der Tür, die er mit einem Ruck hinter sich ins Schloss gezogen hatte. Dann musste ich wieder kichern.

8. Kapitel

Paul

»Vorsicht!« Ich wollte Nina stützen, doch sie ließ sich einfach mit Schwung auf den Beifahrersitz meines Wagens fallen. Die Spritze, die sie gegen die Schmerzen bekommen hatte, leistete offenbar ganze Arbeit. Nicht nur das – zusätzlich verschaffte das Zeug Nina auch eine erstaunlich gute Laune. Sie wollte sich die ganze Zeit vor Lachen ausschütten.

»Kein Problem«, beruhigte sie mich kichernd. »Von so einem winzig kleinen Gipsarm lasse ich mich nicht aufhalten. Schließlich muss ich die Weihnachtsfeier vorbereiten. Und die Silvesterparty natürlich auch.« Sie betrachtete ihren eingegipsten Arm in der Schlinge vor ihrer Brust stolz wie ein Baby und streichelte ihn zärtlich mit ihrer gesunden Hand.

»Na ja«, wagte ich skeptisch zu bemerken, nachdem ich um den Wagen herum gegangen war und mich hinters Steuer gesetzt hatte. »Mit nur einem Arm sind manche Dinge gar nicht so einfach zu erledigen. Aber man braucht ja auch nicht unbedingt zehn Sorten selbst gebackene Kekse. Die Läden sind schließlich voller Lebkuchen und Spekulatius.« Dass das Autofahren zu besagten Läden mit einem Arm wahrscheinlich auch nicht funktionierte, behielt ich lieber für mich.

»Natürlich braucht man selbst gebackene Kekse! Das gekaufte Zeug schmeckt nicht. Es ist lieblos, die Familie Weihnachten mit so was abzuspeisen.« Vor lauter Eifer vergaß Nina sogar das Kichern. »Man braucht mindestens zwanzig Sorten, na ja, wenigstens fünfzehn. Und ein zauberhaft geschmücktes Haus und natürlich den schönsten Weihnachtsbaum von allen. Unserer steht immer noch im Wald. Weil du mich umgefahren hast, als ich ihn gerade gefunden hatte.« Trotz ihrer guten Laune wusste sie noch ganz genau, was passiert war.

Ich startete den Motor und tat, als hätte ich nichts gehört. Wie ich das sah, war die Tanne oben auf dem Hügel gut aufgehoben und momentan ohnehin Ninas geringste Sorge. Sobald die Wirkung des Schmerzmittels nachließ, würde sie das wahrscheinlich auch begreifen. Wie sich bei der Behandlung im Krankenhaus gezeigt hatte, war sie kaum in der Lage, sich selbst an- und auszuziehen. Aber sie redete ja dauernd von ihrer Familie. Da musste eben einer von denen kommen, um ihr zu helfen. Oder dieser Marco, dem ihr schwarzer Spitzen-BH angeblich so gut gefiel.

»Dieses Jahr soll alles ganz besonders feierlich sein«, plapperte sie weiter.

»Warum?« Besonders feierlich klang erst recht nicht so, als könnte sie das mit Gipsarm bewältigen.

»Wegen Marco.« Durch die Windschutzscheibe sah sie hinauf in den dunklen Himmel, aus dem sich gerade wieder die ersten Flocken lösten. Sie tanzten fröhlich im Licht der Scheinwerfer, bevor sie die Straße mit frischem Weiß bestäubten.

»Marco?«

»Marco ist mein Freund. Und er ist so was von toll. Dieses Jahr wird er an Weihnachten meine Schwester und ihren Mann kennenlernen. Viel mehr Familie habe ich nicht mehr, seit unsere Eltern …« Sie schluckte und fing sich dann wieder. »Unsere Großeltern gibt es noch. Aber Opa weigert sich seit ein paar Jahren, zu Weihnachten irgendwo hinzufahren. Früher haben wir immer in *Katina* alle zusammen gefeiert.«

»Katina? Ich habe das Schild außen am Haus gesehen. Was bedeutet der Name?« In ihrer momentanen Stimmung würde Nina mir alles verraten. Was ich natürlich nicht gedachte auszunutzen. Aber einige Dinge interessierten mich schon.

»Das ist doch ganz einfach. Katja und Nina – Katina. Hat sich unser Papa ausgedacht.«

»Und dieser Marco hat gar keine Angst vor so viel Familie und Weihnachtsseligkeit und all dem?« Offenbar war der Typ mutiger, als ich an seiner Stelle gewesen wäre.

»Warum sollte er Angst vor einer wunderschönen Weihnachtsfeier haben? Und wenn er sieht, wie gut Katja und Patrick sich verstehen, und dann ist da noch der duftende, funkelnde Tannenbaum, es gibt tolles Essen und leckere Plätzchen … Dann wird er sofort verstehen …« Sie wedelte mit ihrer gesunden Hand durch die Luft, offenbar um anzudeuten, was dieser Marco alles begreifen würde, wenn er auf ihre in Weihnachtsseligkeit badende Familie traf.

»Wie lange kennt ihr euch denn schon?« Ich drosselte das Tempo etwas, denn der Schnee fiel immer dichter.

»Ein halbes Jahr oder so.«

Oder so. Das kaufte ich ihr nicht ab. Sie wusste garantiert das genaue Datum, an dem sie diesen Marco kennengelernt hatte. Und den Tag ihres ersten Kusses – ganz zu schweigen von anderen wichtigen Fortschritten in ihrer Beziehung.

»Und er kennt deine Schwester und den Rest der Familie überhaupt noch nicht?«

»Na ja, Marco ist letztes Jahr befördert worden. Er hat jetzt Prokura und unheimlich viel zu tun. Aber wir haben uns fest vorgenommen, dass wir nächstes Jahr die Freunde des anderen kennenlernen.« Nina klang begeistert.

»Wie? Du bist seinen Freunden noch nicht ein einziges Mal begegnet?«

Wenn ich eine Frau kennenlerne, die ich auch nur ansatzweise interessant finde, stelle ich sie immer so bald wie möglich Adrian vor. Manchmal auch Tom und Christian, falls es sich gerade so ergibt. Aber am wichtigsten ist Adrian. Leider habe ich ein, zwei Mal schon wegen einem Paar langer Beine oder einem gekonnten Augenaufschlag einen Teil meines klaren Verstands eingebüßt. In solchen Situationen holt mich mein bester Freund fast immer schnellstens auf den Boden der Tatsachen zurück. Er legt sofort den Finger auf die Schwachstellen der betreffenden Frauen. In kürzester Zeit hat er bis jetzt immer herausgefunden, ob sie nur scharf auf mein Vermögen war, hinter geheimnisvollem Schweigen gekonnt ihre Dummheit verbarg oder grundsätzlich nicht zuhörte, weil sie sich ausschließlich für sich selbst interessierte. Die Einzige, die auf Anhieb Gnade vor seinen kritischen Augen und seiner scharfen Beobachtungsgabe gefunden hatte, war Tabea gewesen. Na ja. Trotzdem war mir sein Urteil immer noch wichtig.

»Keinem Einzigen.« Nina hatte lange gebraucht, um meine Frage zu beantworten.

»Vielleicht hat er keine.«

»Doch, hat er! Jedenfalls trifft er sie jeden Freitag in einer Cocktailbar. Das ist so eine Art Stammtisch.«

»Aha.«

Nina atmete tief durch, dann sprudelte es nur so aus ihr heraus: »Erst fand er es immer zu früh, und in letzter Zeit hatte er all diesen Stress. Überstunden, Geschäftsreisen, Wochenenden, an denen er sich Arbeit aus dem Büro mit nach Hause nahm und nicht mal ich ihn sehen konnte. Aber bei mir war es ganz ähnlich. Das passte dann doch wieder gut. Und jetzt ist Weihnachten.« Den letzten Satz sang sie fast. In der Melodie von »Leise rieselt der Schnee«, wenn mich nicht alles täuschte.

Ich ließ den Wagen vor ihrem Haus ausrollen und sah sie nachdenklich von der Seite an. Ihre kinnlangen Locken waren vom Unfall zerzaust, aber mir gefiel das. Auf mich wirkte sie sowieso nicht wie eine Frau, die jeden Morgen eine Stunde mit Glätteisen und Föhn vor dem Spiegel verbrachte.

Wieso riss sie sich ein Bein für einen Typen aus, der sie nicht mal an den Wochenenden treffen wollte? *Irgendwann* hatte ja wohl jeder mal Zeit. Und ihre Stupsnase war wirklich süß. Genau wie die großen blauen Augen und die großzügig geschwungenen Lippen, die sie gerade zu einem wunderschönen Lächeln verzog.

Na ja, sie konnte auf eine etwas nervtötende Art sehr gesprächig sein. Und weihnachtsselig und wild entschlossen, bestimmte Dinge durchzuziehen, so unwichtig sie auch sein mochten. Tollpatschig war sie auch, aber mit diesem Urteil sollte ich mich wohl lieber zurückhalten, da ich für ihre Misere verantwortlich war.

Heute trug sie sogar wieder ihre vernünftigen Boots, auch wenn sie bei näherer Betrachtung nicht grau waren, sondern lila schimmerten. Immerhin besaßen sie eine flache, geriffelte Sohle, und man konnte sie fest schnüren.

»Ich freue mich ja so, so sehr auf Weihnachten, Silvester und die Zeit mit Marco. Und natürlich mit Katja und mit Patrick und überhaupt.« Zur Bekräftigung ihrer Worte nickte Nina so heftig, dass ihre Locken wippten.

»Dann bringe ich dich jetzt mal in dein Haus«, schlug ich vor, weil sie keine Anstalten machte auszusteigen.

»Tu das.« Aus unerfindlichen Gründen kicherte sie schon wieder.

Vielleicht hatte sie normalerweise gar nicht so viel zu lachen. Ihre Schwester, an der sie offenbar sehr hing, lebte weit entfernt, und dieser Marco war … zumindest ein schwieriger Fall. Ein Typ, der nicht mal ihre Freunde kennenlernen wollte und sich mit seinen lieber allein in einer Cocktailbar traf.

Ich öffnete die Beifahrertür und stützte ihren gesunden Arm, um ihr aus dem Auto zu helfen. »Wann kommt Marco denn?«, erkundigte ich mich dabei ganz nebenbei.

»Erst an Heiligabend. Er ist auf Geschäftsreise in London.« Munter hüpfte sie neben mir zur Haustür. Ihr Gipsarm in der jetzt professionell angelegten weißen Schlinge schien sie dabei kaum zu behindern. Was war nur in dieser Spritze gewesen? So was sollte ich mir auch mal verpassen lassen, wenn mir von einem langen Tag und einer halben Nacht vor der Staffelei der Rücken wehtat. Oder wenn meine Gedanken mal wieder in der Vergangenheit festhingen. »Aber wir telefonieren jeden Abend miteinander. Oder jedenfalls fast. Marco hat auch abends viele Meetings und Geschäftsessen und solche Sachen. Aber dann ruft er mich morgens an und sagt mir lauter süße Sachen.«

Nachdem Nina, fröhlich vor sich hin redend, eine gute Minute mit der linken Hand in ihrer rechten Jackentasche gewühlt hatte, zog sie sie leer wieder hervor.

»Könntest du bitte mal sehen, ob du meinen Hausschlüssel findest? Der muss da in der Tasche sein.«

Während ich vorsichtig meine Finger unter die Schlinge schob und in ihre Jackentasche gleiten ließ, hoffte ich inständig, dass sie den Schlüssel nicht bei unserem Zusammenstoß oben auf dem Hügel verloren hatte. Ich sah mich schon den morgigen Tag oben auf dem Hügel verbringen und den Schnee umgraben.

Schon lange wusste ich, dass Frauen in ihren Handtaschen alles Notwendige für eine spontane Städtereise mit sich herumschleppten. Allerdings hatte ich nicht geahnt, dass es einzelnen Vertreterinnen des weiblichen Geschlechts sogar gelang, ihre gesamte Notfallausrüstung in ihren Jackentaschen zu verstauen.

Ich ertastete mehrere kleine Schachteln mit Gott weiß was darin (Halspastillen, Kopfschmerztabletten, Sicherheitsnadeln?), ein Päckchen Papiertaschentücher, etwas, das sich anfühlte wie ein Lippenstift, ein paar Münzen, eine Plastikkarte …

»Wozu brauchst du da oben auf dem Berg eine Kreditkarte?«, fragte ich an dieser Stelle meiner Nachforschungen leicht entnervt.

»Das ist keine Kreditkarte.« Ihr Kichern irritierte mich kaum noch. Mittlerweile hatte ich mich daran gewöhnt, dass sie momentan alles lustig fand. »Das ist die Kundenkarte von Rewe.«

»Hier in der Nähe gibt es gar keinen Rewe-Markt.« Ich musterte sie verblüfft von der Seite.

»Aber in München.« Sie strahlte mich an.

»Ach so.« Dieser Logik konnte ich natürlich nichts entgegensetzen, und ich suchte weiter. Noch war ich nicht bereit, die Hoffnung aufzugeben.

Meine Hartnäckigkeit wurde belohnt. Ganz unten, verborgen unter einem zusammengefalteten Zettel, den ich gleich mit ans Tageslicht beförderte, fand ich einen Schlüsselbund.

»Sag ich doch, dass er da drin ist«, stellte Nina zufrieden fest. Wenigstens sie hatte offenbar keinen Gedanken daran verschwendet, dass der Schlüssel vielleicht im Tiefschnee verloren gegangen war.

Stumm öffnete ich die Haustür und überließ Nina den Vortritt.

»Ich habe Durst«, verkündete sie, nachdem ich ihr die Jacke abgenommen und an die Garderobe gehängt hatte.

»Aber kein Alkohol!«

Sie wandte sich um und warf mir einen verächtlichen Blick zu. Ich hielt gelassen dagegen. Die letzten gemeinsamen Wochen mit Tabea hatten mir gezeigt, dass ich aus Verbalgefechten und Blickschlachten wenn nicht als Sieger, so doch als Überlebender hervorgehen konnte.

»Ich trinke, was ich will. Nur weil du mich mit deinen Skiern krankenhausreif gefahren hast, bist du nicht berechtigt, mir Vorschriften zu machen.« Sie sah mich kühl und entschlossen an, wandte sich mit einer energischen Bewegung ab und verschwand in der Küche.

»Ich bin vollkommen in der Lage, meine eigenen Entscheidungen zu treffen. Schließlich hast du nur meinen Arm erwischt und nicht meinen Kopf«, verkündete sie aus dem Off.

Ich hörte, dass sie irgendwelche Schränke öffnete und mit Gläsern herumklapperte.

Eilig folgte ich ihr. Wenn sie jetzt tatsächlich Alkohol trank, würde es eine Katastrophe geben – angesichts der Wirkung, die schon das Schmerzmittel allein auf sie hatte. Und ich war absolut nicht gewillt, die ganze Nacht aufzupassen, dass sie nicht aufs Dach kletterte, weil sie glaubte, sie könnte fliegen. Oder dass sie nicht barfuß zu einer nächtlichen Schneewanderung aufbrach.

In dem Moment, in dem ich in die Küche trat, klirrte es laut. Nina stand neben der offenen Schranktür und betrachtete die Scherben zu ihren Füßen. Dann hob sie den Kopf und sah mich an. Erschrocken bemerkte ich die Tränen in ihren Augen. Eine davon löste sich aus ihrem Augenwinkel und rollte langsam über ihre Wange.

»Das war die Lieblingsteekanne meiner Mutter«, flüsterte sie und wischte sich mit dem Handrücken übers Gesicht. »Meine Schwester und ich haben sie immer benutzt, wenn wir hier waren und Sehnsucht nach unseren Eltern hatten.«

»Tut mir leid.« Ich begann, die blau-weißen Porzellanstücke aufzusammeln. Die Kanne war in sechs oder sieben Teile zerbrochen, die ich auf dem Küchentisch aufreihte.

»Vielleicht kann man sie kleben.« Als ich ihr einen fragenden Blick zuwarf, weinte sie zu meinem Entsetzen still vor sich hin und schüttelte dabei den Kopf.

»Es gibt Fachleute für so was«, sagte ich hilflos.

Ihr Kopfschütteln wurde heftiger. »Man kann nicht alles reparieren. Manche Dinge sind für alle Zeiten fort.« Den letzten Satz beendete sie mit einem lauten Schluchzen. Offenbar brachte das Schmerzmittel sie nicht nur zum Lachen, sondern verstärkte auch andere emotionale Reaktionen.

Vor einigen Jahren hatte ich mich bei einem Spaziergang mal einem galoppierenden Pferd entgegengestellt, das mit einem Kind auf dem Rücken durchgegangen war. Und vor gar nicht allzu langer Zeit war ich in eine Kneipenschlägerei verwickelt worden, weil ein paar besoffene Typen einen älteren Mann angemacht hatten und ich mich zusammen mit ein paar Freunden einmischen musste. Alles kein Problem – aber wenn ich eine Frau weinen sehe, bin ich einigermaßen hilflos. Dann würde ich am liebsten die Beine in die Hand nehmen und das Weite suchen. Weil ich einfach nicht weiß, was ich tun soll.

Ich starrte Nina hilflos an, während sie sich mit dem Ärmel ihres Pullovers übers Gesicht wischte und dabei immer noch laut schluchzte.

Ein Taschentuch! Das war etwas, das ich tun konnte. Ich wühlte ein leicht zerknautschtes Päckchen Papiertaschentücher aus meiner Hosentasche und streckte es ihr hin.

Sie reagierte nicht, möglicherweise weil sie mich hinter ihrem Ärmel gar nicht sah. Zögernd trat ich dichter an sie heran und hielt das blaue Päckchen so, dass sie es bemerken musste.

Schlagartig hörten die unterdrückten Schluchzer auf, und ihr linkes Auge sah mich über den erhobenen Arm hinweg prüfend an. An ihren langen dunklen Wimpern hingen funkelnd ein paar Tränen.

»Taschentuch?«, murmelte ich, als sie immer noch keine Anstalten machte, nach dem zerdrückten Päckchen zu greifen.

»Danke.« Zitternd atmete sie ein. Dann streckte sie ihren gesunden Arm endlich nach den angebotenen Taschentüchern aus, nahm sie aber nicht etwa, sondern ließ sich im nächsten Moment vorwärts an meine Brust fallen.

Automatisch öffnete ich meine Arme für sie, hielt sie fest und streichelte tröstend ihren Rücken. Funktionierte das etwa? Still und stumm lehnte sie an mir, und ich war fast stolz auf mich. Konnte ich vielleicht doch mit weinenden Frauen umgehen? Zumindest wenn ich selbst nicht der Grund für ihre Tränen war?

Kaum war ich zu dieser erfreulichen Ansicht gelangt, fing Nina wieder laut an zu schluchzen, unterbrochen von einem heftigen Schluckauf. Schon nach kurzer Zeit spürte ich Feuchtigkeit auf meiner Haut. Sie hatte meinen Pullover mit ihren Tränen durchnässt.

»Manche Dinge muss man loslassen. Aber es bleibt die Erinnerung«, flüsterte ich in ihre Locken.

Die Worte klangen überzeugend und richtig, aber ich wusste nur zu gut, wie unglaublich schwierig es war, die Theorie in die Praxis umzusetzen.

»Ich weine nicht wegen der Teekanne«, teilte Nina mir mit, nachdem wir eine Weile aneinandergelehnt mitten in der Küche gestanden hatten. Ihre Locken waren nun von meinen hilflosen Versuchen, sie zu trösten, noch ein bisschen mehr zerzaust.

»Ich weiß. Es war die Lieblingskanne deiner Mutter. Und deine Mutter ist … nicht mehr da.«

Sie hob ihr tränennasses Gesicht und sah mich von unten an. »Jetzt denkst du bestimmt, dass ich eine Heulsuse bin, aber das stimmt nicht. Es ist nur …« Sie schniefte leise vor sich hin und runzelte die Stirn, als würde sie angestrengt überlegen. »Keine Ahnung. Es muss an dir liegen.«

Wohl eher an der Spritze. Vielleicht aber auch daran, dass sie sich sonst keine Tränen erlaubte. Ich ging dazu über, beruhigend ihren Rücken zu streicheln. »Du hast Schmerzen, da ist es doch klar, dass du ein bisschen dünnhäutiger bist als sonst.«

»Schon vorbei.« Sie schniefte noch einmal leise und stieß sich dann mit ihrem gesunden Arm von meiner Brust ab.

Ich gab sie aufatmend frei. Letztendlich war es nicht meine Aufgabe, Ninas Tränen zu trocknen. Dafür war dieser Marco zuständig. Der war allerdings deutlich besser darin, durch Abwesenheit zu glänzen.

Ein paar Sekunden stand Nina etwas verloren da, dann

marschierte sie entschlossen zum Herd und riss ein Blatt von der Küchenrolle ab, die daneben stand. Damit wischte sie sich übers Gesicht, schnäuzte hinein und warf es anschließend weg – um sofort ein weiteres Blatt abzureißen, mit dem sie zu mir kam. Energisch rubbelte sie mit dem Krepppapier auf dem feuchten Fleck herum, den sie auf meinem Pullover hinterlassen hatte.

»Lass doch. Das trocknet von allein.« Ich schob die offenbar überflüssigen Papiertaschentücher wieder in meine Hosentasche und wich zurück, denn ihre Bemühungen hinterließen unzählige weiße Flusen auf dem teuren Kaschmir. Sie kümmerte sich nicht darum, dass ich rückwärts um den Tisch herumtanzte, sondern folgte mir mit ihrem krümeligen Papier durch die ganze Küche.

Als ich mit dem Rücken am Fenster stand, war sie endlich zufrieden, zerknüllte das Küchenkrepp und warf es ebenfalls in den Mülleimer. Dann betrachtete sie nachdenklich die Scherben auf dem Tisch.

»Soll ich Tee kochen?«, bot ich eilig an, bevor die Traurigkeit sie erneut übermannte.

»Das wäre toll.« Sie deutete entschuldigend auf ihren Gipsarm, als hätte ich in der Zwischenzeit unseren Unfall auf dem Hügel vergessen können.

Unter Ninas Anleitung fand ich in den Küchenschränken eine schlichte Glaskanne, einen Teefilter und eine Dose mit Assamtee, den ich großzügig in den Filter löffelte. Während wir darauf warteten, dass das Wasser kochte, räumte ich die Scherben vom Tisch und wickelte sie in Papier ein. Dann brachte ich sie hinaus in den Flur, damit sie Nina vorerst nicht wieder vor die Augen kamen. Wegwerfen wollte ich sie nicht. Weil mir nichts Besseres einfiel, steckte ich das Päckchen mit den Scherben in meine eigene Jackentasche.

Auf dem Garderobenschränkchen lag noch der Zettel, den ich auf der Suche nach Ninas Hausschlüssel aus ihrer Jackentasche genommen hatte.

Ich nahm ihn, um ihn wieder an seinen angestammten Platz zurückzubefördern. In meiner Hand klappte er auseinander, und ich konnte nicht anders, als die wenigen Sätze zu lesen, die in einer großen, krakeligen Handschrift darauf standen.

Danke für die tolle Nacht. Du warst wunderbar, Süße. Wir sehen uns. M.

Eindeutig war das eine Nachricht von Marco an Nina. Es rührte mich irgendwie, dass sie sie offenbar überall mit sich herumschleppte. Na ja, zusammen mit der Kundenkarte von Rewe. Aber trotzdem.

Als ich aus der Küche die Melodie eines Handys hörte, zuckte ich zusammen und stopfte den Zettel schnell in Ninas Jackentasche.

Die Stimme, mit der Nina sich meldete, war seltsam zwitschernd. »Hallo, Marco. Wie schön, dich zu hören!«

Daraufhin folgte offenbar eine längere Rede am anderen Ende der Leitung, jedenfalls hörte ich längere Zeit nichts von Nina.

Ich stand ein wenig ratlos im Flur und wusste nicht, ob ich zurück in die Küche gehen sollte, während sie mit ihrem Freund telefonierte. Andererseits belauschte ich sie hier draußen zwangsläufig. Dann hörte ich das Wasser blubbern und beschloss, dass ich mich um den Tee kümmern musste. Wenn sie mich sehen konnte, wusste Nina wenigstens, dass ich sie hörte.

Während ich den Tee aufgoss und auf dem Kurzzeitwecker drei Minuten einstellte, wie es auf der Packung angegeben war, schwieg Nina immer noch ins Telefon.

»Ich dich auch. Ganz schrecklich. Besonders abends«, säuselte sie schließlich.

Ich holte Tassen und eine Zuckerdose aus dem Hängeschrank und warf Nina zwischendurch einen kurzen Blick zu. Obwohl ihre Lider vom Weinen noch gerötet waren, leuchteten ihre Augen vor Freude. Irgendetwas muss dieser Marco ja wohl draufhaben, wenn ein paar Worte aus der Ferne seine Freundin so glücklich machten. Fast beneidete ich ihn um diese Fähigkeit.

»Es geht mir gut«, antwortete Nina gerade zu meinem Erstaunen. »Ich freue mich ganz schrecklich, dich bald zu sehen. Letzte Nacht habe ich von Weihnachten geträumt. Wir saßen alle … Was? Du hast auch von Weihnachten geträumt? Stimmt, das ist so was wie Magie.«

Aha, Magie! Wenn der Trick darin bestand, billige Behauptungen über angebliche Träume aufzustellen, hatte ich es vielleicht doch drauf. Allerdings wunderte mich, dass Nina darauf hereinfiel. Wahrscheinlich kam es tatsächlich vor, dass zwei Menschen das Gleiche träumten. Aber ausgerechnet zwischen dem ständig abwesenden Marco und Nina? Irgendwie wollte ich das nicht recht glauben.

Als der Küchenwecker anfing, ungeduldig zu piepen, beeilte ich mich nicht sonderlich, ihn auszustellen. Irgendwie ärgerte mich das Gesäusel am Telefon. Erst als Nina mich mit gerunzelter Stirn ansah, brachte ich die kleine Uhr zum Schweigen, nahm den Teefilter aus der Kanne und schob das Geschirr mit einigem Geklapper auf dem Tisch zurecht.

»Ja. Ich bin gerade dabei, Tee zu machen«, behauptete Nina, die offenbar nicht wollte, dass Marco von einem anderen Mann in ihrem Haus erfuhr.

Du liebe Güte! War er etwa auch noch eifersüchtig? Und wollte sie ihm denn nicht sagen, dass sie einen gebrochenen Arm hatte und Hilfe beim Teekochen brauchte? Mit Schwung stellte ich die Keksdose, die ich oben auf dem Schrank entdeckt hatte, auf den Tisch.

»Dann wünsche ich dir viel Erfolg bei der Besprechung heute Abend. In welchem Restaurant trefft ihr euch denn?«

Offenbar bekam Nina keine Antwort mehr auf ihre Frage, denn sie legte mit einem leisen Seufzer das Handy weg.

»War das dein Freund?«

Sie nickte stumm.

»Du hast ihm nichts von deinem Unfall erzählt.«

»Das sage ich ihm morgen. Er war in Eile. Heute Abend findet ein wichtiges Arbeitsessen statt. Er muss seinen Kopf frei haben. Und mir geht es gut. Du bist ja da.«

»Ist dein gebrochener Arm unwichtiger als irgendein Arbeitsessen?«

»Was soll er aus der Ferne schon tun?« Sie zuckte mit den Schultern.

»Ich wäre ziemlich wütend, wenn meine Freundin mir so etwas Wichtiges verheimlichen würde.«

Der Tee, der aus der Kanne in die Tasse floss, war goldbraun. Eine deutliche Verbesserung zu meinem ersten Versuch, für Nina Tee zu kochen.

»Du könntest von London aus auch nichts an einem gebrochenen Arm im Voralpenland ändern.«

»Ich könnte zumindest versuchen, so bald wie möglich in die Alpen zu kommen, um besagter Freundin zu helfen.«

Sie rollte mit den Augen. »Theoretisch. Praktisch redest du auch dauernd nur von deiner Arbeit und davon dass du keine Zeit hast.«

»Weil nicht ich dein Freund bin, sondern dieser Marco. Außerdem bin ich jetzt hier, obwohl nebenan meine Arbeit wartet.«

»Du bist ja auch derjenige, der mir das angetan hat. Und nicht Marco.« Sie griff nach der dampfenden Tasse und nahm einen kräftigen Schluck. »Hu, das schmeckt ja richtig nach Tee!«

»Pass auf, dass du dich nicht verbrennst. Mit deinen Schmerzmitteln merkst du das wahrscheinlich gar nicht.«

»Mir geht es gut. Ich merke alles.« Nina sprang auf und fing an, in einer der Schubladen zu wühlen.

»Was suchst du?«

»Eine Schere. Die war hier gestern noch. Hast du die Schere gesehen?« Als sie mich ansah, glänzten ihre Augen noch mehr als vorher. Entweder hatte der fabelhafte Marco ihr einen Kick versetzt, oder das war immer noch die Wirkung der Spritze.

»Ich finde nicht, dass du jetzt mit einer Schere …«

»Ich muss unbedingt da oben über dem Fenster eine schöne Weihnachtskugel aufhängen. Ich habe so große durchsichtige mit kleinen Figuren drin. Und da oben ist es noch so kahl.« Nina zeigte hinauf zur Gardinenstange, an der schon allerhand glitzerndes Zeugs baumelte.

»Wieso brauchst du dann eine Schere?«

»Ich muss einen Faden zurechtschneiden und dann die Leiter holen …«

Sie riss eine weitere Schublade auf und räumte lauter Gabeln und Messer auf die Arbeitsplatte. Energisch packte ich das Besteck wieder in die dafür vorgesehenen Fächer und schloss die Schublade.

»Nicht heute, Nina. Es ist spät, und du stehst unter Schmerzmitteln.«

»Was für Schmerzmittel? Da oben muss ich unbedingt …«

»Wir packen jetzt ein paar Sachen für dich zusammen. Ich kann dich hier nicht allein lassen. Du musst bei mir übernachten.«

Sie schüttelte kichernd den Kopf. »Ich kann nicht bei dir schlafen. Was würde Marco dazu sagen? Ich glaube, er ist eifersüchtig. Vorsichtshalber habe ich ihm nicht mal gesagt, dass du Tee für mich kochst.«

»Wenn es ihn stört, soll er gefälligst selbst kommen und sich um dich kümmern. Wo sind die Sachen, die du für eine Übernachtung brauchst?«

Natürlich war es verrückt, sie mit in mein Haus zu nehmen, in meine Oase der Ruhe, in der ich so dringend weiterarbeiten musste. Aber leider sah ich keine andere Möglichkeit.

Da ich der einzige zurechnungsfähige Erwachsene in der Nähe war, war ich zwangsläufig für sie und ihr Wohlergehen verantwortlich. Und wenn ich sie mitnahm, konnte ich vielleicht ein bisschen malen, wenn sie irgendwann schlief.

Mittlerweile schien Nina den Gedanken an einen Ausflug ins Nachbarhaus lustig zu finden. Sie kicherte schon wieder vor sich hin. Wahrscheinlich erwartete sie eine Pyjamaparty oder etwas in der Art.

»Okay, wir gehen in mein Schlafzimmer.« Vor sich hin summend stieg sie vor mir die Treppe in den ersten Stock hinauf.

Ich folgte ihr, und obwohl ich mich bemühte, hinunter auf die Stufen zu sehen, kehrte mein Blick immer wieder zu ihren geschwungenen Hüften zurück. Verdammt – ich war Maler, Schönheit war mein Beruf, und ich konnte nicht umhin, festzustellen, dass Nina Martens einen süßen Hintern hatte.

Im oberen Flur verschwand sie hinter der ersten Tür auf der linken Seite. Als ich ins Zimmer kam, saß sie auf der mit bunten Blüten bedruckten Tagesdecke ihres Betts und lächelte mich strahlend an.

»Wo sind deine Sachen?«

»Welche Sachen?« Ihr Lächeln wurde noch breiter, und sie klopfte einladend auf die große knallrote Mohnblüte neben sich. »Komm her, mein liebster Liebling. Ich habe dich so vermisst.«

»Ich bin nicht Marco. Ich bin Paul.« Das hatte mir noch gefehlt!

»Oh, Paul … Natürlich weiß ich, wer du bist. Erst dachte ich, du bist ein fieser Typ, aber jetzt finde ich dich nett. Oder bist du gar nicht nett und tust nur manchmal so?« Sie schlug die Beine übereinander und wippte mit dem oberen Fuß.

»Ich tue nur so. Dass du das nicht durchschaust, liegt an der Spritze, die sie dir im Krankenhaus verpasst haben. Ich kümmere mich nur notgedrungen um dich. Weil sonst niemand da ist.« Langsam ging mir meine Rolle als Pfleger einer desorientierten Patientin doch etwas auf die Nerven.

»Du bist da. Das reicht doch.« Sie legte den Kopf schief und zwinkerte mir zu.

»Morgen früh geht es dir sicher besser.«

»Es geht mir ganz wunderbar. Ich muss heute Nacht gar nicht schlafen, weil ich kein bisschen müde bin.« Sie riss die Augen ganz weit auf.

»Sind deine Sachen da in der Kommode? Ich würde sagen, du brauchst erst mal nur ein Nachthemd und für morgen vielleicht frische Unterwäsche. Wenn du noch mehr Sachen brauchst oder dich umziehen willst, kannst du ja jederzeit hierherkommen.«

Gleichgültig zuckte sie mit den Schultern und ließ sich unvermittelt rückwärts aufs Bett fallen.

»Nicht einschlafen. Jetzt noch nicht!«

»Natürlich nicht. Ich bin ja gar nicht müde.« Ihr Kichern war schon erheblich leiser als vorher, und als ich zu ihr hinübersah, blinzelte sie zwischen halbgeschlossenen Lidern zur Decke hinauf.

Ich öffnete die oberste Schublade der Kommode, in der ich Ninas Wäsche vermutete, und schnappte nach Luft. Es gab nur schwarz. Schwarze Spitze und schwarze Seide, einige Teile fast durchsichtig. Wahllos griff ich mit beiden Händen in die zarten Dessous und stopfte das Zeug in die Plastiktüte eines Münchner Modehauses, die zusammengefaltet auf der Kommode lag.

»Wo hast du Nachthemden oder so was in der Art?« Als ich mich zu Nina umdrehte, sah ich sofort, dass sie schlief. Ihr Kopf war zur Seite gerollt, ihre geschlossenen Lider zuckten leicht, und sie atmete durch den halb geöffneten Mund.

Seufzend machte ich mich auf die Suche nach dem Bad, um dort die Zahnbürste und andere in meinen Augen notwendige Gegenstände einzusammeln. Ein T-Shirt für die Nacht konnte ich ihr leihen.

Als ich zurück ins Zimmer kam, hatte Nina sich auf dem Bett zusammengerollt. Ich rüttelte sie an der Schulter, doch sie reagierte nur mit einem unwilligen Knurren.

»Nina?«, sagte ich dicht an ihrem Ohr, doch sie wedelte mit ihrem gesunden Arm durch die Luft, als wollte sie eine lästige Fliege verscheuchen.

Selbst lautes Rufen und gleichzeitiges Gerüttel brachten nichts. Ich gab auf, klemmte mir den gefüllten Plastikbeutel unter den Arm und hob Nina vom Bett hoch. Sie war schwerer, als ich angesichts ihrer schlanken Figur vermutet hatte. Das lag wahrscheinlich daran, dass sie vollkommen entspannt in meinen Armen lag.

»Marco«, murmelte sie und kuschelte sich zufrieden an meine Brust.

»Ich bin nicht Marco«, stellte ich energisch richtig, obwohl ich sicher war, nicht zu ihr durchzudringen.

Der Weg die Treppe hinunter war mühsam. Auf halbem Weg brach mir der Schweiß aus. Ich überlegte, ob ich nicht lieber umkehren und Nina in ihrem eigenen Bett schlafen lassen sollte. Es gab sicher ein weiteres Zimmer, in dem ich mich bei geöffneter Tür hinlegen konnte, um sie unter Kontrolle zu haben. Das hätte aber bedeutet, dass ich nicht malen konnte. Und wenn sie jetzt schlief, blieben mir noch ein paar ruhige Stunden für meine Arbeit.

Entschlossen schleppte ich sie weiter die Stufen hinab. Tatsächlich gelang es mir, sie ins Erdgeschoss zu tragen, ohne ihren Gipsarm gegen das Geländer oder die Wand zu rammen.

Unten setzte ich sie in einen Sessel in der Diele. Sofort fiel ihr Kopf in den Nacken, und sie stieß mit geöffnetem Mund leise Pfeiftöne aus, die ein bisschen klangen, als wäre ein Vogel aus dem Nest gefallen.

Ich schaltete überall das Licht aus, nahm den Schlüsselbund von dem niedrigen Schränkchen und öffnete die Haustür weit. Als ich zu Nina zurückkam, war sie gerade dabei, in Zeitlupe zur Seite zu kippen. Im letzten Moment bekam ich sie zu fassen und hob sie wieder hoch.

Es war nicht einfach, mit einer Frau auf den Armen die Tür wieder zu schließen.

Entschlossen marschierte ich los und ignorierte die Tatsache, dass die Last in meinen Armen mit jedem Schritt schwerer wurde. Kurz vor der Treppe zu meiner Haustür geriet ich ins Stolpern und hätte Nina fast in den Schnee geworfen. Im letzten Moment fand ich das Gleichgewicht wieder. Der Ruck war so heftig, dass sie ihre Lider öffnete.

Es hatte aufgehört zu schneien, und der fast volle Mond spiegelte sich in ihren Augen.

»Paul«, flüsterte sie, und die Tatsache, dass sie mich erkannte und nicht etwa für Marco hielt, löste ein warmes Gefühl in meinem Bauch aus. »Wo bringst du mich hin?«

»Zu mir nach Hause. Schlaf weiter.«

Daraufhin schloss sie die Augen wieder und öffnete sie nicht einmal, als ich sie vor meiner Haustür auf die Füße stellte und mit einem Arm stützte, während ich öffnete. Immer noch schlafend, lehnte sie an meiner Schulter. Sie vertraute mir offenbar blind. Aber natürlich stand sie immer noch unter Drogen, also zählte das wohl nicht.

9. Kapitel

Nina

Als ich erwachte, lag ich in einem fremden Bett, und vor dem gardinenlosen Fenster tanzten fröhlich Schneeflocken durch die Luft. Erschrocken drehte ich mich um und unterdrückte einen Aufschrei. Mein Arm tat höllisch weh. Ich hob einen Zipfel der Decke, und erst als ich den dicken Gipsverband sah, fiel mir alles ein. Jedenfalls fast alles.

Ich wusste noch, dass ich in den Wald gegangen war, um einen Tannenbaum zu schlagen. Schließlich war es nicht mein erstes Weihnachtsfest in Alptal, und mir war klar, dass die schönsten Bäume in Bauer Hubers Wäldchen schon früh weg waren. Also war Eile geboten, denn dieses Weihnachtsfest musste einfach perfekt werden.

Tatsächlich hatte ich oben auf dem Hügel einen Baum gefunden, der in Rot und Gold dekoriert wunderschön aussehen würde. Doch bevor ich ihn fällen konnte, war Paul aufgetaucht und hatte mich auf seinen Skiern über den Haufen gefahren.

Verschwommen erinnerte ich mich auch an die Stunden im Krankenhaus, wohin Paul mich gebracht hatte. Ich wurde geröntgt, bekam einen Gips, und zwischendurch war immer wieder der Ärger über unseren neuen Nachbarn in mir aufgestiegen. Was für eine blöde Jahreszeit, um sich den Arm zu brechen. Natürlich war so etwas immer lästig, aber ausgerechnet während ich dabei war, das zauberhafteste Weihnachtsfest aller Zeiten vorzubereiten, konnte ich einen Gipsarm so überhaupt nicht gebrauchen. Es gab noch schrecklich viel zu tun. Ich musste unbedingt sofort nach Hause.

Hastig richtete ich mich im Bett auf und sah mich erstaunt um. *Wo um Himmels willen war ich?* Aus irgendeinem Grund hatte ich geglaubt, ich wäre im Krankenhaus. Doch das hier war auf keinen Fall ein steriles Zimmer in einer Klinik. Die Bettwäsche war mit einem Blütenmuster bedruckt, auf dem Holzfußboden lag ein beigefarbener Teppich, und eine Wand des Zimmers wurde vollständig von einem Regal bedeckt, das von oben bis unten mit Taschenbüchern vollgestopft war.

Ich schlug die Decke zurück, stellte meine nackten Füße auf den Boden und hievte mich von der Bettkante hoch. Verwundert sah ich an mir hinunter. Ich trug ein viel zu weites T-Shirt, das mir fast bis zu den Knien reichte. Einer der kurzen Ärmel war abgeschnitten, damit mein Gipsarm hindurchpasste. Nach einigen Kopfverrenkungen gelang es mir, den Spruch zu entziffern, der auf den Stoff über meiner Brust gedruckt war: *Hot and wild! Wer mit mir nicht auskommt, muss an sich arbeiten!*

»Haha«, murmelte ich vor mich hin und tappte zur Tür. Wer bitte war hier heiß und wild, und wer musste an sich arbeiten? Ich konnte auf beides verzichten.

Ich versuchte, nicht daran zu denken, wie ich in das hässliche Kleidungsstück hineingekommen war. Bei jedem Schritt spürte ich das dumpfe Bohren in meinem verletzten Arm. Außerdem war meine Kehle vor Durst ganz rau.

»Hallo«, rief ich zaghaft, nachdem ich mit meiner gesunden Hand die Türklinke heruntergedrückt und den Kopf in den Flur gestreckt hatte. Nichts!

Während ich zum Fenster am Ende des Ganges ging, tastete ich unter dem T-Shirt herum. Wenigstens trug ich noch meinen Slip. Und sogar ein Unterhemd.

Vor dem Fenster blieb ich stehen und betrachtete Katina, unser geliebtes Ferienhaus, das mir in der Morgensonne mit seinen Fenstern fröhlich zublinzelte. Schlagartig begriff ich, dass ich in der oberen Etage von Pauls Haus war.

Aber warum wusste ich nicht, wie ich hierhergekommen war? Mein Kopf war doch nicht verletzt, nur mein Arm. Verschwommen erinnerte ich mich an Pauls Duft nach Leder und herber Tanne. Er war mir beruhigend in die Nase gestiegen, während die Welt um mich herum schwankte und das einzig Verlässliche die Arme waren, die mich umschlangen und sicher festhielten, während ich einen Meter über dem Boden schwebte. Hatte er mich wirklich hergetragen? Den ganzen Weg die Straße entlang?

Auf Zehenspitzen ging ich die Treppe hinunter. Im Erdgeschoss lagen die Küche, Wohn- und Esszimmer und der Wintergarten. Oben in den Schlafzimmern war ich nie gewesen, aber hier unten kannte ich mich von meinen Besuchen bei Magda und Klaus bestens aus.

Am Fuß der Treppe blieb ich stehen und lauschte. Es war vollkommen still. Hatte Paul mich allein im Haus gelassen?

Ich ging in die Küche, füllte ein Glas mit Leitungswasser und trank es in einem Zug leer. Dann schaute ich ins Esszimmer, wo auch niemand war. In der Tür zum Wohnzimmer blieb ich erschrocken stehen.

Die Schiebetür zum Wintergarten war weit geöffnet. Paul stand vor einer Staffelei und schien vollkommen in seine Arbeit versunken zu sein. Mit zusammengekniffenen Augen betrachtete er gerade das halb fertige Bild, das ich von der Tür aus ebenfalls gut erkennen konnte. Dann tupfte er mit einem feinen Pinsel rote Farbe in die rechte obere Ecke, trat einen Schritt zurück und musterte erneut sein Werk.

Langsam durchquerte ich auf meinen bloßen Füßen das Wohnzimmer, ohne dass er mich bemerkte. Neben der Sitzecke mit den vielen bunten Kissen, die Magda so geliebt hatte, blieb ich unschlüssig stehen. Es gab keinen Grund, Paul beim Malen zu stören. Unter der Arbeit, von der ich ihn angeblich dauernd abhielt, hatte ich mir etwas anderes vorgestellt. Einen Schreibtisch voller Papiere, einen Computer, ein Homeoffice – irgendetwas in der Art.

Kurzentschlossen drehte ich mich um und wollte ebenso leise verschwinden, wie ich gekommen war. Kurz vor der Tür zum Flur holte mich Pauls Stimme jedoch ein.

»Wie geht es deinem Arm? Falls du immer noch Schmerzen hast – der Arzt hat uns Tabletten mitgegeben. Allerdings hoffe ich, sie haben nicht so eine durchschlagende Wirkung wie die Spritze, die du gestern im Krankenhaus bekommen hast. Auf jeden Fall solltest du vorher etwas essen.«

Ich fuhr herum und starrte ihn quer durch das große Zimmer an. Den Pinsel in der Hand, lehnte er in der Schiebetür zum Wintergarten und musterte mich aufmerksam. Ich spürte seinen Blick auf meinen nackten Beinen, und seltsamerweise fühlte es sich an, als würde er mich dort berühren. Hektisch zerrte ich am Saum des Shirts. Da ich aber nur eine Hand zur Verfügung hatte, rutschte die eine Seite immer hoch, wenn ich die andere in Richtung Knie zog.

»Dein Pinsel tropft«, bemerkte ich schließlich erleichtert und deutete auf den Fliesenboden vor seinen Füßen. Nun würde er erst einmal abgelenkt sein.

Wortlos wandte er sich dem kleinen Tisch neben der Staffelei zu und stellte den Pinsel in ein Glas mit einer klaren Flüssigkeit, die sich sofort rosa färbte. »Frühstück?«

»Ich kann zu Hause frühstücken. Wo sind meine Sachen? Ich ziehe mich schnell an und dann …«

»Darf ich dich daran erinnern, dass du mit der linken Hand so gut wie nichts hinbekommst?«

»Seit wann duzen wir uns eigentlich?« *Daran konnte ich mich jedenfalls nicht erinnern. Wie auch sonst an viel zu wenig. Das machte mir Angst.* Mit dem Unterarm schob ich mir die Haare aus der Stirn, die mir immer wieder in die Augen fielen. »Ich habe nichts dagegen. Aber trotzdem weiß ich nicht, seit wann …«

»Du hast mit dem Duzen angefangen. Im Krankenhaus. Sonst hätte man mich vielleicht nicht für deinen Ehemann gehalten.«

Ich stieß ein schrilles Lachen aus und hätte es am liebsten sofort in meine Kehle zurückgestopft. »Diesen Irrtum hast du hoffentlich aufgeklärt.«

»Ich hatte genug damit zu tun, dich zu bändigen, nachdem du die Spritze gegen die Schmerzen bekommen hattest. Du warst außer Rand und Band.« Grinsend wischte er sich die Hände an einem Lappen ab und kam auf mich zu. »Tee? Oder doch lieber Kaffee?«

»Egal. Außer Rand und Band? Was soll das heißen?« Ich zog mich hinter die Lehne der Couch zurück. Dort fühlte ich mich in meinem albernen Shirt nicht ganz so unwohl. »Habe ich mich irgendwie … komisch verhalten?«

»Kann man so sagen.« Er lachte leise vor sich hin. »Ist es dir wirklich egal, ob ich dir Kaffee oder Tee mache?«

»Ja!« Definitiv hatte ich momentan andere Sorgen. »Kannst du mir ein Beispiel nennen?«

»Ich habe nur eine Sorte schwarzen Tee. Der ist noch von den Schneiders. Und …«

»Ich rede nicht vom Tee, sondern von meinem angeblich komischen Verhalten!« *Machte er das mit Absicht?*

»Du hast mich Marco genannt und solche Sachen.« Er ging an mir vorbei in Richtung Küche. Hatten seine Mundwinkel gezuckt?

Ich blieb ihm auf den Fersen. Komisches Shirt hin oder her. Ich musste mehr über den gestrigen Abend herausfinden.

»Solche Sachen?«

Paul wandte sich so plötzlich um, dass ich schon wieder an seiner Brust landete. Mittlerweile waren dieser Ort und sein Duft mir schon ziemlich vertraut. Viel zu vertraut!

»Du warst benommen von dem Schmerzmittel. Den ganzen Abend hast du gelacht, gekichert und zwischendurch geweint. Dann dachtest du auch mal kurz, ich sei dein Freund Marco. Aber keine Sorge – *das* habe ich aufgeklärt.«

Ich kniff die Lider zusammen und starrte ihn finster an. Manche Männer hätten es gar nicht so schlecht gefunden, wenn ich sie für meinen Freund gehalten hätte. Aber ich war wählerisch. Das sagte ich ihm lieber nicht. Jedenfalls nicht jetzt. In meiner Situation war es unklug, ihn wütend zu machen.

Paul warf mir einen prüfenden Blick zu, wandte sich ab und kramte im Küchenschrank.

»Du hast also die Situation nicht irgendwie … ausgenutzt?« Ich lehnte mich gegen den Rahmen der offenen Küchentür.

Mit einem Ruck drehte Paul sich um. »Wie bitte?«

»Ausgenutzt?«, wiederholte ich ein bisschen unsicher.

»Sehe ich aus wie ein Mann, der Spaß daran hat, willenlose Frauen zu … was auch immer?«

»Nein. Natürlich nicht.« Ich schluckte, weil seine Miene plötzlich sehr finster war. »Immerhin hast du mich ausgezogen«, verteidigte ich mich und deutete auf mein Shirt.

»Ich habe dir geholfen. Zwischendurch warst du tatsächlich mal wach, jedenfalls hast du den Anschein erweckt. Und du hast deine Unterwäsche noch an.« Er nahm ein Paket Toastbrot aus einem Fach und knallte unnötig laut die Schranktür zu. Offenbar hatte ich ihn nun doch ernsthaft wütend gemacht.

»Tut mir leid«, murmelte ich und stand unschlüssig in der Gegend herum.

»Das mit dem Frühstück dauert ein paar Minuten. Es macht mich nervös, wenn du mir zuguckst und haltlose Anschuldigungen heraustrompetest. Warte doch einfach nebenan.«

Wortlos wandte ich mich ab, trottete in den Wintergarten und stellte mich vor die Staffelei. Da ich offenbar Probleme hatte zu begreifen, was in diesem Mann vorging, half mir vielleicht seine Kunst weiter. Ich kniff die Augen zusammen und schüttelte sofort den Kopf. Schon nach wenigen Sekunden war mir klar, dass mir eine Interpretation seines Bildes nicht weiterhelfen würde. Auf der Leinwand waren merkwürdige Strudel, Wellen und Punkte, ein leuchtendes Rot, das an Feuer erinnerte, und das grelle Gelb der sengenden Augustsonne. Was das Ganze darstellen sollte, blieb mir vollkommen verborgen.

Als sich von hinten warmer, weicher Stoff über meine Schultern legte, fuhr ich aus meiner Versunkenheit auf.

»Nicht dass du dir auch noch eine Grippe holst und ich dir Hühnersuppe kochen muss.« Das klang weniger besorgt als genervt.

»Ist das deiner?« Verwirrt sah ich an mir hinab. Das goldbraune Frottee des Bademantels reichte bis hinunter auf die Waden. Für einen winzigen Moment stellte ich mir vor, wie Paul nach dem Duschen seinen nackten Körper in den kuscheligen Stoff hüllte.

»Keine Sorge, er ist frisch gewaschen.« Seine Mundwinkel verzogen sich zu einem spöttischen Lächeln. Nicht zum ersten Mal an diesem Morgen hatte ich das unheimliche Gefühl, er könnte Gedanken lesen. Ich spürte, dass meine Wangen rot wurden.

»Ich hätte gern meine eigenen Sachen«, erklärte ich steif.

»Deinen Bademantel konnte ich gestern nicht finden. Und die Klamotten, die du anhattest, habe ich heute Morgen gleich als Erstes in die Waschmaschine geworfen. Es roch alles nach

Krankenhaus und war dreckig vom Wald. Der Trockner müsste in etwa einer halben Stunde fertig sein. Frische Unterwäsche habe ich dir von drüben mitgebracht.«

»Unterwäsche?« Schon wieder so ein Bild, das ich mir lieber nicht vorstellen wollte. Paul, wie er in der Schublade mit meinen Dessous wühlte.

»Keine Sorge. Ich habe gar nicht hingeguckt und einfach nur eine Handvoll von dem Zeug in einen Beutel gestopft.«

Jetzt stand es fest. Der Kerl war tatsächlich in der Lage, meine Gedanken zu lesen.

»Ich habe Hunger.« Kraftlos ließ ich mich auf einen der Korbstühle im Wintergarten sinken.

»Kein Wunder. Gestern Abend hast du nichts gegessen. Du wolltest nichts und warst offenbar zu müde. Lag wohl auch an der Spritze. Frühstück kommt sofort.« Er verschwand wieder in Richtung Küche.

Wenige Minuten später stellte er ein Tablett mit einem dampfenden Becher Tee, einigen Scheiben Toast, Butter, Aufschnitt, Marmelade und etwas Obst vor mir auf den Tisch.

»Lass es dir schmecken. Es stört dich doch nicht, wenn ich weiterarbeite?«

Stumm schüttelte ich den Kopf, nippte am Tee, wollte den Toast mit Butter bestreichen und stellte fest, dass das mit nur einem funktionsfähigen Arm schwierig war.

»Könntest du vielleicht…?« Es war mir peinlich, Paul zu bitten, mich wie ein Kleinkind zu versorgen. Andererseits war er ja schuld daran, dass ich seine Hilfe überhaupt brauchte.

Er setzte sich in den Korbsessel gegenüber, erkundigte sich, welchen Belag ich wollte, bereitete mir zwei Scheiben Toast zu und zerteilte sie in mundgerechte Stücke.

Natürlich wäre es nicht nötig gewesen, mir das Brot in Häppchen zu schneiden wie einem Kleinkind. Schließlich waren meine Zähne vollkommen in Ordnung. Aber wenn es ihm half, sein Gewissen zu beruhigen, sollte er es ruhig tun.

Während ich meinen Toast aß und zwischendurch in kleinen Schlucken den starken, heißen Tee trank, ging er zurück zu seiner Staffelei. Er wandte mir den Rücken zu und strich in großzügigen Schwüngen leuchtend gelbe Bahnen in das satte Rot auf dem Bild. Dabei verdeckte er zwar einen Teil des Gemäldes, ich konnte aber gut sehen, was er da machte.

»Gefällt es dir?«

Die Frage kam so plötzlich, dass ich wie ertappt zusammenzuckte.

»Es ist abstrakt.«

»Ich weiß. Ich male niemals gegenständlich.« Jetzt tupfte er mit einem dünnen Pinsel kleine gelbe Flecke unter den oberen Rand des Gemäldes.

»Das … gefällt mir nicht so gut.« Ich schob den leeren Teller weg und lehnte mich mit dem Teebecher in der Hand in meinem Korbsessel zurück.

»Warum nicht?«

»Weil ich es nicht verstehe.« Das hörte sich an, als wäre ich zu dumm für seine Kunst. »Ich meine, ich sehe darin irgendwie … nichts.«

»Tatsächlich nicht?« Meine Ablehnung schien ihn kein bisschen zu ärgern. Er klang einfach nur interessiert. Als würde er tatsächlich Wert auf meine Meinung legen.

»Das sind irgendwelche bunten Flächen, Linien und Punkte.«

»Und es löst nichts in dir aus? Kein Gefühl? Irgendeine Reaktion?« Er betrachtete mich forschend.

»Sollte es das?«

»Im Idealfall schon. Aber Abwehr ist auch gut. Es lässt dich nicht kalt.«

»Dieses Bild macht mich ganz unruhig.«

»Hervorragend!«

Es war nicht meine Absicht gewesen, ihm mit meiner Bemerkung eine Freude zu machen. »Ich finde, da draußen gibt es eine wirklich wunderschöne Landschaft. Schnee, Tannen, Himmel und nachts die Sterne ... Das sind Motive, die ich malen würde. Wenn ich malen könnte.« Vielleicht konnte er es ja auch nicht und malte deshalb Kleckse und Linien.

»Hast du es schon mal versucht?«

»Ich kann nicht malen.« Um diese unsinnige Diskussion zu beenden, sprang ich auf. »Wo sind meine Sachen? Ich möchte mich anziehen und endlich nach Hause gehen.«

»Wir haben gestern Abend doch schon festgestellt, dass du allein nicht sonderlich gut zurechtkommst. Und gerade konntest du dir nicht mal allein ein Brot machen.«

»Ich muss noch eine Menge bis Weihnachten erledigen. Das wird schon irgendwie gehen«, sprach ich mir selbst Mut zu.

»Wie du meinst. Komm mit.«

In der Diele hing an einem der Garderobenhaken ein Plastikbeutel. Zwischen den teuren Jacken und den Kaschmirschals wirkte er wie ein Fremdkörper. Wortlos griff Paul nach dem Beutel und ging weiter in den Hauswirtschaftsraum neben der Küche. Ich trottete hinter ihm her.

Das kleine Zimmer war immer noch so eingerichtet wie früher. Rechts standen Waschmaschine und Trockner, links lehnte das Bügelbrett an der Wand, und in dem Regal daneben hatten das Bügeleisen, die Waschmittel und mehrere Behälter zum Sortieren der Schmutzwäsche ihre Plätze.

Paul öffnete die Klappe des Trockners, griff hinein, zog ein paar Sachen heraus, in denen ich unter anderem meinen Pullover und meine Hose erkannte, und legte sie auf den Stehhocker, den Magda immer zum Bügeln benutzt hatte. Dann reichte er mir die Plastiktüte.

»Vielen Dank.« Misstrauisch befühlte ich den fast leeren Beutel. Als ich die ersten Teile herausfischte, schnappte ich erschrocken nach Luft. Ausgerechnet die fast durchsichtigen schwarzen Spitzendessous hatte er eingepackt. War das Absicht oder Zufall? Die hatte ich extra für die Weihnachtsferien gekauft. Bisher kannte nicht mal Marco sie.

»Machst du bitte die Tür hinter dir zu? Von außen.«

Paul stand immer noch halb abgewandt da und schien zu zögern. »Wenn du Hilfe brauchst, ruf einfach.« Mit einem nachdrücklichen Klicken zog er die Tür des Hauswirtschaftsraums hinter sich ins Schloss.

Als ich endlich allein war, zerrte ich mir mit dem gesunden Arm mühsam das riesige T-Shirt über den Kopf und zog mir einen frischen Spitzenslip an. In dem Plastikbeutel steckten außerdem zwei BHs, ich entschied aber nach kurzem Nachdenken, dass es mir nie und nimmer gelingen würde, die Häkchen mit einer Hand zu schließen. So was wie ein Hemd gab es nicht. Vielleicht hatte Paul beim Einpacken tatsächlich nicht hingesehen.

Also stülpte ich mir den frischgewaschenen Pullover über und schaffte es irgendwie auch, meinen gesunden Arm in den Ärmel zu bekommen. Der Gipsarm beulte die dunkelblaue Wolle unförmig aus, doch mir war ohnehin klar, dass ich momentan nicht gerade ein Sinnbild von Eleganz und Schönheit war.

Mit nur einer Hand eine enge Jeans anzuziehen kam ebenfalls einem Kunststück gleich. Irgendwie bewältigte ich auch diese Schwierigkeit. Vor allem, weil ich wild entschlossen war, auf keinen Fall Paul um Hilfe zu bitten.

Dann fehlten nur noch die Strümpfe. Eine der Socken war auf links gedreht, und ich hielt den oberen Rand mit den Zähnen fest, während ich versuchte, sie umzudrehen. Als es an die Tür klopfte, rief ich laut »Augenblick noch!«, dabei rutschte mir der Strumpf aus dem Mund, glitt mir zwischen den Fingern hindurch und landete auf dem Boden. Mit einem unterdrückten Fluch hob ich ihn auf.

»Alles in Ordnung? Brauchst du Hilfe?«, fragte Paul durch die geschlossene Tür.

»Nein.« Nervös fummelte ich mit der Wollsocke herum, doch aus irgendeinem Grund funktionierte plötzlich nichts mehr.

»Bist du noch da?«

Schweigen.

Ich lauschte einen Moment, ging dann barfuß durch den kleinen Raum und riss die Tür auf. Tatsächlich lehnte Paul entspannt an der gegenüberliegenden Wand und zog fragend die Brauen hoch, als er mich sah. »Fertig?« Er richtete den Blick auf meine nackten Füße.

»Natürlich nicht! Glaubst du, ich laufe barfuß durch den Schnee?« Wie ich es hasste, von diesem Mann abhängig zu sein.

Wir gingen zurück in den Hauswirtschaftsraum, ich setzte mich auf den Hocker, und er kniete sich vor mir auf den Boden. Jetzt war ich diejenige, die grinsen musste, während ich auf seinen gesenkten Kopf mit den dunkelblonden Haaren hinunterblickte. Sie sahen immer ein bisschen so aus, als hätte er gerade einen Spaziergang durch Wind und Wetter gemacht. Eine der kurz geschnittenen Strähnen stand senkrecht in die Höhe. Spontan streckte ich meinen gesunden Arm aus und strich sie glatt.

Erstaunt blickte er auf.

»Deine Haare«, murmelte ich verlegen. »Standen zu Berge. Sozusagen.«

»Kein Wunder.« Er griff nach dem Strumpf, der mir heruntergefallen war. »Dein Fuß.«

Gehorsam hob ich ein Bein. Er umschloss meinen Knöchel mit den Fingern und streifte das Hosenbein ein wenig nach oben.

»Du hast schöne Beine«, stellte er fest, bevor er die weiche Socke über meine Zehen zog.

»Bitte keine Bemerkungen über meinen Körper«, erwiderte ich und kam mir gleichzeitig blöd vor. Vielleicht hätte ich mich einfach für das Kompliment bedanken sollen.

»Ich bin Maler. Wenn ich etwas Schönes sehe, erkenne ich es.«

Während er mir auch noch die Stiefel anzog, schwieg ich stur. Dann sprang ich auf und wäre fast wieder rückwärts umgekippt, weil ich noch nicht daran gewöhnt war, mit einem Gipsarm in der Schlaufe die Balance zu halten. Durch meinen Körper ging ein Ruck, und ich stieß einen leisen Schrei aus, weil mir wieder der Schmerz durch den Arm schoss.

Paul hielt mich schon fast gekonnt an den Schultern fest. »Der Arzt hat dir gestern noch Schmerztabletten mitgegeben. Sie liegen in der Küche. Möchtest du eine nehmen?«

Ich zuckte mit den Schultern – keine gute Idee, wie mein Arm mir direkt zu verstehen gab. »Warum nicht? Vielleicht tut es dann nicht mehr ganz so weh, wenn ich mich bewege. Und ich habe vor, mich noch ziemlich viel zu bewegen. Es ist nicht mehr lange bis Weihnachten.«

»Willst du nicht warten, bis du Hilfe bekommst? Ich dachte, deine Schwester …«

»Meine Schwester wird vorerst nichts von meinem Unfall erfahren. Sie hat andere Sorgen. Wenn sie kommt, dann kommt sie. Wenn sie noch keine Zeit hat, kommt sie nicht. Letztlich ist nur wichtig, dass alle zu Weihnachten da sind. Und dass dann alles vorbereitet ist.«

»Aber du kannst nicht allein …«

Ich kniff die Augen zusammen und musterte ihn nachdenklich. »Muss ich ja auch nicht. Du bist schließlich da.«

10. Kapitel

Paul

»Wie? Kekse backen? So was kann ich gar nicht!«

Nina, die mit tatendurstigem Ausdruck im Gesicht in ihrer Wohnküche neben dem Tisch stand, zuckte mit den Schultern, sodass der leere Ärmel ihres Pullovers angriffslustig hin und her schwang. Seit sie eine Tablette genommen hatte, bewegte sie sich viel freier. Und hatte für meine Begriffe ein bisschen zu viel Energie, was ihre Weihnachtspläne betraf.

»Was heißt hier, du kannst nicht? Ich erst recht nicht. Und irgendjemand muss es machen.«

»Tut mir leid. Ich habe keine Zeit zu solchen … solchen Sachen. Meine Ausstellung … Es gibt Termine, die ich einhalten muss … Plätzchen kann man schließlich in jedem Supermarkt kaufen.«

»Mag sein, dass es Termine gibt. Es gibt aber auch Familientraditionen. Zu unserer gehört, dass wir Weihnachten *absolut niemals* gekaufte Kekse essen.«

»Manche Dinge ändern sich, wenn man einen Unfall hatte.« Ich kniff die Augen zusammen, um meinem Blick einen gewissen Nachdruck zu verleihen, aber im Grunde war mir klar, dass ich längst verloren hatte. Ich konnte nur noch hoffen, dass es nicht zu den Traditionen der Familie Martens gehörte, zum Backen geblümte Kittelschürzen zu tragen. Oder dabei Weihnachtslieder zu singen.

»Ich hätte keinen Unfall gehabt, wenn du nicht wie ein Wilder im Wald herumgefahren wärst.« Nina riss die Augen weit auf, als würde sie mich gerade jetzt zwischen den Bäumen auf sich zurasen sehen.

»Wie lange dauert es denn traditionell so, Kekse zu backen?« Vielleicht hatte ich ja Glück und in ein, zwei Stunden war alles erledigt.

»Wenn wir uns ranhalten, drei, vier Tage.«

Ich schnappte nach Luft, sagte aber nichts. Es gab ja immer noch die Möglichkeit, mich so blöd anzustellen, dass Nina nach kurzer Zeit aufgab.

»Wasch dir die Hände, wir fangen an«, kommandierte sie und bückte sich, um aus einem der Küchenschränke Mehl und eine Unmenge an bunten Päckchen herauszuholen.

»Das braucht man alles?«

»Das Meiste davon ist zum Dekorieren. Das ist nämlich das Wichtigste an den Plätzchen: dass sie weihnachtlich aussehen.«

Gehorsam trottete ich über den Flur in das kleine Gästebad. Während ich meine Hände mit flüssiger Seife bearbeitete und hinterher warm abspülte, dachte ich an mein immer noch nicht beendetes Bild mit dem Titel »Aufruhr«. Möglicherweise trug der Umgang mit Nina Martens dazu bei, dass mir dieses Bild wirklich gut gelang. Denn wenn sie etwas konnte, dann Unruhe in mein Leben bringen. Blieb die Frage, ob mir der von ihr verursachte Aufruhr die Zeit ließ, das Bild jemals fertig zu malen.

Auf dem Weg zurück in die Küche hörte ich Nina laut lachen. Hatte sie etwa schon die Kittelschürze für mich hervorgeholt?

»Du bist wunderbar«, säuselte sie, als ich in die offene Tür trat. Verblüfft starrte ich sie an und bemerkte erst auf den zweiten Blick das Handy an ihrem Ohr.

Sie saß in dem Lehnstuhl, hatte die Knie angezogen und

strahlte über das ganze Gesicht. Offenbar sprach sie mit dem fantastischen Marco.

»Freust du dich auf Weihnachten?«, hauchte sie gerade mit jener fremden Stimme, die ich nie zu hören bekam. »Es wird wunderschön. Ich habe schon eine herrliche Tanne im Wald gefunden. Die muss ich nur noch schlagen. Und heute fange ich mit dem Backen an. Magst du lieber Schokoladen- oder Zuckerguss?«

Überrascht sah ich sie an. Wollte sie dem herrlichen Marco weiterhin ihren Unfall verschweigen? Immerhin bestand die Möglichkeit, dass er als Ritter in schimmernder Rüstung herbeieilte, um ihr beizustehen. Was für mich die Befreiung von meinen Frondiensten bedeutet hätte.

Suchend sah ich mich um. Ich musste etwas finden, mit dem ich so viel Radau machen konnte, dass Marco selbst im fernen London meine Anwesenheit nicht überhören konnte. Dabei streifte mein Blick Nina, die gerade auf eine Weise lächelte, die mich wieder verunsicherte, was meine schlechte Meinung über den abwesenden Marco betraf. Er machte sie auf geheimnisvolle Art glücklich. Offenbar gelang ihm das schon mit ein paar Worten.

Möglicherweise lag es an Ninas übertriebener Rücksichtnahme auf seine vermeintlichen Bedürfnisse und seinen beruflichen Stress, dass er scheinbar nichts in die Beziehung investierte. Sie hinderte ihn praktisch daran. Vielleicht aus Bescheidenheit, vielleicht aus Gewohnheit, weil sie sonst auch immer auf sich gestellt war.

Während ich noch über eine Beziehung nachdachte, die mich eigentlich gar nichts anging, beendete Nina ihr Gespräch und starrte verzückt das Handy an.

»Er hat mir Fotos von der Wachablösung vor dem Buckingham Palace geschickt. Willst du mal sehen?«

»Hat er keine anderen Sorgen? Weiß er immer noch nichts von deinem Unfall?«

Ruckartig drehte sie den Kopf in meine Richtung. »Hörst du bitte auf, meine Telefongespräche zu belauschen und dich in meine Beziehung einzumischen?«

»Soll ich mir Nüsse in die Ohren stopfen?« Ich nahm eine Tüte mit Haselnusskernen von der Arbeitsplatte und schüttelte sie. »Mir gefällt es auch nicht, dein Liebesgesäusel mitanhören zu müssen. Schließlich bin ich zum Backen hier. Es sei denn, Marco hilft dir demnächst. Aber dazu müsste er ja erst mal was von deinem gebrochenen Arm wissen.«

Betont locker zuckte Nina schon wieder mit den Schultern. »Er würde sich nur Sorgen machen, wenn er es wüsste. Außerdem soll er sich auf Weihnachten freuen. Alles andere ist Nebensache. Ich bin schließlich nicht lebensgefährlich verletzt.«

Ich rollte mit den Augen und brummte vor mich hin. Dann nahm ich die Rührschüssel vom Tisch und stellte sie mit lautem Geklapper zurück auf die Holzplatte. Das hätte ich machen sollen, während Nina noch telefonierte. Aber dann hätte sie wahrscheinlich behauptet, die Müllabfuhr sei da.

»Marco und ich – wir wollen, dass es dem anderen gut geht.« *Du liebe Güte, jetzt gab sie mir noch Unterricht in Beziehungsführung.* »Er belastet mich auch nicht mit irgendwelchen Kleinigkeiten. Und jetzt sollten wir endlich mit dem Backen anfangen. Wir haben eine Menge zu tun.«

»Ja, fangen wir an«, stimmte ich eifrig zu. »Heute Nachmittag muss ich auf jeden Fall weitermalen.«

»Das kannst du machen, wenn wir mit den Keksen und allem Übrigen fertig sind.« Nina kramte eine Küchenwaage aus einem der oberen Schrankfächer hervor.

Vorsichtshalber sparte ich mir die Frage, was ich mir unter »allem Übrigen« vorzustellen hatte. Es war zu befürchten, dass ich das früh genug erfahren würde.

»Die Mandelkekse mit Schokosplittern sind der Hammer!« Zehn von den Dingern hatte ich mindestens schon frisch vom Blech verdrückt.

»Ich mag die Vanillekipferl am liebsten. Schon immer«, teilte Nina mir kauend mit.

»Die sind auch gut. Aber Mandeln und Schoko, die Kombination ist nicht zu überbieten.«

»Geschmackssache. Zum Glück gibt es bei uns ja mehr als eine Sorte.«

»Gut. Dann kann ich endlich nach nebenan gehen und …«

»Die Plätzchen müssen noch verziert werden. Bis jetzt sehen sie nicht gerade sehr weihnachtlich aus.«

Mein Seufzer kam aus tiefster Brust. Jede andere Bemerkung sparte ich mir. Längst wusste ich, dass Widerspruch zwecklos war.

»Wir zerlassen Schokolade, rühren Zuckerguss mit und ohne Zitronensaft an und schütten die Schoko- und die Zuckerstreusel, die Krokantstückchen und die Nüsse in kleine Schüsseln. Das kommt in verschiedenen Kombinationen oben auf den noch warmen Guss. Wir haben aber auch Lebensmittelfarbe. Damit können wir die Kekse hübsch bemalen.«

»Aha«, antwortete ich kraftlos und zerrte ergebnislos an der Vakuumverpackung irgendwelcher bunter Bröckchen.

Wortlos reichte Nina mir eine Schere und schob mir ein Glasschälchen hin, in das ich gehorsam die Streusel schüttete, nachdem ich das Päckchen aufgeschnitten hatte.

Eine halbe Stunde später waren meine Hände so klebrig, dass ich auf allen Oberflächen Fingerabdrücke hinterließ. In meinem Mund mischte sich der Geschmack von Zucker, Schokolade, Nüssen und irgendwelchen für mich undefinierbaren Streuseln zu einem himmlischen Aroma. Vom vielen Probieren war mir schon ein bisschen übel, aber das kümmerte mich nicht. Während ich mit der rechten Hand mit farbigem Zuckerguss kleine Sternchen auf einen großen Mürbeteigstern malte, schob ich mir mit der Linken einen weiteren Mandelkeks zwischen die Lippen.

»Iss nicht alles auf!«, ermahnte Nina mich nicht zum ersten Mal, allerdings mit einem Augenzwinkern. Glücklicherweise schien es zur häufig erwähnten Familientradition zu gehören, schon beim Backen so viel zu essen, wie nur irgend ging.

»Keine Sorge. Ich platze sowieso gleich.«

Ninas Kichern klang übermütig, und als ich den Kopf hob, sah ich, dass ihre Augen leuchteten. Für einen kurzen Moment war ich stolz, dass sie Spaß mit mir hatte. Immerhin wurde sie sowohl von ihrem Freund als auch von ihrer Schwester schmählich im Stich gelassen. Obwohl natürlich niemand von ihnen ahnte, wie dringend sie Hilfe brauchte.

»Tut dein Arm eigentlich gar nicht mehr weh? Ich kann dir eine Schmerztablette holen.« Mehrmals hatte ich gesehen, wie sie nach einer unvorsichtigen Bewegung das Gesicht verzog.

»Da denke ich jetzt einfach nicht dran.« Mit ihrer gesunden Hand wischte sie sich eine ihrer Locken aus der Stirn und hinterließ eine breite Schokoladenspur, die wunderbar zu den Mehlflecken auf ihren Wangen passte.

»Was grinst du denn so?«

»Nichts.« Hastig beugte ich mich wieder über meine Kekskunstwerke. Ich hätte es zwar nicht mal unter Folter zugegeben, aber mittlerweile hatte ich sogar Spaß daran, mit den verschiedenen Lebensmittelfarben hübsche Muster, Sternchen und Herzchen auf unsere Kekse zu malen.

»Irgendwas ist doch.« Aus dem Augenwinkel sah ich, dass sie verunsichert an ihren Haaren herumzupfte.

»Mir gefällt deine Frisur«, sagte ich, weil sie offenbar irgendeine Antwort erwartete. »Fast alle Frauen haben lange

Haare, aber dir stehen diese halblangen Locken ganz wunderbar.« Dass die dunkelblaue Lebensmittelfarbe in ihrem Pony wie ein modisches Statement wirkte, behielt ich lieber für mich.

»Oh«, machte sie und riss erstaunt die Augen auf, die tatsächlich fast dieselbe Farbe hatten wie der Zuckerguss in ihren Haarspitzen. »Eigentlich bin ich gerade dabei, mir die Haare wachsen zu lassen. Marco mag lange Haare lieber und …«

Sie stockte und biss sich auf die Unterlippe. »Ist auch egal«, murmelte sie dann und verteilte bunte Streusel auf einem Keks, den sie vorher mit Zitronenguss bepinselt hatte. Wie bei allem, was sie mit ihrer linken Hand tat, ging ungefähr die Hälfte daneben, aber darum kümmerte sie sich nicht.

Eine Weile machten wir stumm weiter. Es waren eine Menge Kekse, die wir verzieren mussten. Überall auf den Arbeitsflächen, dem großen Holztisch und den niedrigen Schränken an den Wänden standen zum Auskühlen Bleche und große Platten mit unserem Backwerk. Nackte Kekse gab es bei Nina nicht, hatte sie mir energisch erklärt. Das Mindeste war eine dicke Schicht Puderzucker auf den Vanillekipferln.

Inzwischen waren nicht nur die meisten Kekse verziert, sondern auch ein großer Teil der Küche. Bei jedem Schritt knirschte es unter meinen Schuhen, oder ich klebte ein bisschen fest. Aber nicht mal der Gedanke, dass wahrscheinlich ich es war, der am Ende die Küche putzen musste, schreckte mich im Moment ab.

»Deine Plätzchen sind wirklich hübsch«, stellte Nina fest, während sie mit schiefgelegtem Kopf meine neusten Werke betrachtete – große runde Kekse, auf die ich mit Zuckerguss funkensprühende Sternschnuppen gemalt hatte.

»Ich bin Maler. Da sollte ich ja wohl ein paar Sterne hinbekommen.«

»Das sind die Letzten für heute.« Nina zeigte auf ein Blech voller Mürbeteigplätzchen. Ich hatte höchstpersönlich den

Teig ausgerollt und daraus Herzen, Sterne und Tannenbäume ausgestochen. Die Tannen verzierte ich am liebsten. Sie wurden mit grünem Zuckerguss bemalt, auf den ich winzige Kerzen, rote Girlanden und kleine goldene Sternchen malte, wie bei einem richtigen Tannenbaum.

»Dann backen wir heute also keine Kekse mehr?« Ich griff nach der grünen Lebensmittelfarbe, um mein Werk zu beginnen. Es war zwei Uhr nachmittags. Mir blieben also noch einige Stunden Zeit, mich mit »Aufruhr« zu beschäftigen und das Bild zu beenden.

»Mit den Keksen machen wir morgen weiter. Wenn wir uns beeilen, können wir heute noch den Baum fällen. Nicht dass ihn sich sonst noch jemand anders holt. Fast alle Leute aus der Umgebung schlagen sich da oben ihre Weihnachtsbäume und der, den ich ausgesucht habe, ist der schönste von allen.«

»Aber es wird schon gegen vier dunkel. Und du hast einen gebrochenen Arm. Wir finden sicher irgendwo einen Christbaumhändler, der gefällte Bäume anbietet.« Vor lauter Entsetzen über Ninas Pläne machte ich einen großen grünen Zuckerguss-Fleck auf den Fußboden. Ans Backen hatte ich mich mittlerweile gewöhnt. Aber jetzt sollte ich auch noch Bäume im Wald schlagen. Das ging wirklich zu weit. »Ich muss heute Nachmittag unbedingt …«

»*Wir* müssen unbedingt einen *wirklich schönen* Baum haben«, verbesserte Nina mich mit einem unschuldigen Augenaufschlag. »Wir hätten ihn längst, wenn du nicht auf Skiern des Weges gekommen wärst. Oder soll ich sagen, gerast wärst?«

»Das ist moralische Erpressung«, murmelte ich und begann, den nächsten Keksbaum grün einzufärben.

»Kann sein. Andererseits will ich kein Geld von dir und drohe auch nicht, deine Schandtat irgendjemandem zu erzählen. Ich möchte einfach nur, dass alles so ist, als wenn du mich nicht über den Haufen gefahren hättest. Das ist doch eigentlich nicht zu viel verlangt, oder?«

»Ist ja schon gut.« Ich griff nach der roten Farbe und malte rote Linien auf das Grün der Tanne. Möglicherweise waren diese Girlanden nicht ganz so gleichmäßig wie die anderen, die ich im Laufe des Vormittags gezeichnet hatte, aber momentan ging es mir vor allem darum, schnell zu sein.

»Wir können eine Taschenlampe mitnehmen. Für den Fall, dass wir von der Dunkelheit überrascht werden. Hast du dir gemerkt, wo die Tanne stand?«

»Wieso ich?« Dieses Mal bekam der Tisch einen grünen Klecks.

»Ich kann mich nicht sonderlich gut orientieren. Das liegt bei uns in der Familie.« Nina lächelte mich so strahlend an, als hätte sie mir von einem ganz besonderen Talent erzählt, mit dem sie und ihre Verwandten gesegnet waren.

»Aber du hast mich doch völlig problemlos zum Krankenhaus gelotst.«

»Da war ich ja auch sehr oft. Katja und ich haben uns früher beim Spielen ziemlich häufig verletzt. Meistens ich.«

»Ach so.« Irgendwie wunderte mich das nicht sonderlich.

»Du musst ja nur die Stelle wiederfinden, an der du mich umgefahren hast.« Nina fing an, die schon getrockneten Kekse in eine bunte Metalldose zu räumen.

11. Kapitel

Nina

»Ist es der hier?« Paul richtete den Lichtkegel der Taschenlampe auf ein kümmerliches Bäumchen, das sich schüchtern in die langen Schatten der großen Tannen duckte.

»Darauf antworte ich nicht.« Ich warf ihm einen genervten Blick zu.

»Es war nicht gerade eine gute Idee, am späten Nachmittag loszugehen.« Jetzt leuchtete er mir ins Gesicht, als wollte er mir mit brutalen Verhörmethoden ein Geständnis abringen.

Ich wandte ihm den Rücken zu und sah mich suchend um. Ohne das Licht der Taschenlampe konnte ich fast besser sehen, denn der Schnee reflektierte das Mondlicht und es war so hell, dass man fast hätte ein Buch lesen können. Insofern war Pauls Gemecker vollkommen überflüssig.

»Ich will meinen Baum! Der, den ich mir schon ausgesucht hatte. Und ich will nicht, dass jemand anders ihn mir wegschnappt.«

»Dann hätten wir gleich heute Morgen losziehen sollen.«

»Ich wollte erst Kekse backen. Damit sie auskühlen. Außerdem dachte ich, das hier geht ganz schnell. Du führst mich an die Stelle, wo du mich über den Haufen gefahren hast, wir sägen den Baum ab. Fertig!«

»Schnell geht es, wenn man zu einem Händler fährt und sich dort einen schönen Baum kauft.«

»Du kapierst es einfach nicht. Wir haben das immer so gemacht, und ich kann nicht einfach …« Weil ich plötzlich einen dicken Kloß im Hals hatte, wandte ich mich ab und ließ den Rest des Satzes in der Luft hängen.

»Tut mir leid.« Hinter mir hörte ich seine Schritte durch den Schnee knirschen. »Ich wollte nicht verächtlich über die Gewohnheiten in eurer Familie reden. Entschuldige bitte.«

Ich blieb stehen, drehte mich aber nicht um. »Was ist eigentlich mit deiner Familie? Wieso findest du angeblich alles blöd, was man zu Weihnachten so macht? Habt ihr Weihnachten nicht gefeiert?«

Neben meiner rechten Schulter hörte ich ihn nach Luft schnappen. Nun drehte ich mich doch um und sah ihm ins Gesicht. Im matten Widerschein des Schnees waren seine Augen dunkel wie die schwärzeste Nacht.

»Irgendwie schon, aber es war … nichts Besonderes. Einmal bekam ich von meinem Vater zwei Jahre hintereinander einen Chemiebaukasten. Dabei hatte ich den ersten nicht mal ausgepackt, weil ich mit Chemie nicht das Geringste am Hut hatte. Ohnehin kam er immer nur am zweiten Feiertag für eine Stunde oder so vorbeigehetzt. Ansonsten war er bei seiner richtigen Familie und seinen richtigen Kindern, also den Kindern, die er mit seiner Ehefrau hatte. Als ich zwölf war, trennte meine Mutter sich endlich von ihm. Seitdem habe ich keinen Kontakt mehr zu ihm.«

Erschrocken presste ich mir meinen Wollfäustling vor den Mund. Ich wollte etwas sagen, aber Paul redete schon weiter, als müsste er es hinter sich bringen.

»Ein paar Monate später hatte meine Mutter einen neuen Freund. Auch verheiratet. Und wieder glaubte sie jahrelang, er würde sich demnächst von seiner Frau trennen. Ich liebe meine Mutter, aber die Art, wie sie sich ihr Leben selbst kaputtgemacht hat, war schwer zu ertragen. Besonders die Feiertage, wenn sie immer nur wartete, ob ihr Freund sich irgendwann zwischendurch von seiner Frau loseisen konnte.«

»Das ist … schrecklich.« Spontan legte ich ihm meine Hand mit dem dicken Fäustling auf den wattierten Ärmel. Seltsamerweise meinte ich, trotz der dicken Kleidung seine Wärme zu spüren.

»Ich habe nichts gegen Weihnachten. Aber auch keine besondere Schwäche dafür.« Obwohl er ganz still hielt, zog ich ein bisschen verlegen meine Hand wieder weg. »Mittlerweile ist das alles lange her. Ich bin dreißig und führe mein eigenes Leben.«

»Trotzdem …«

»Es ist wirklich alles in Ordnung, Nina. Normalerweise rede ich nicht von meinen Eltern. Aber du hast gefragt. Nun vergiss es wieder. Man sollte meinen, du hast genug eigene Probleme. Immerhin treibt dein Freund sich in London rum, deine Schwester streitet sich mit ihrem Mann, und du kannst deine Lieblingstanne nicht finden.«

Mir war gar nicht klar gewesen, wie viel Paul schon über mich wusste. Andererseits waren wir seit dem Unfall fast ununterbrochen zusammen gewesen. Und er hatte ständig meine Telefongespräche belauscht.

»Okay.« Zögernd kehrte ich mich wieder den Bäumen zu. Während ich weiterging und mir jede Tanne ganz genau ansah, musste ich immer noch an das denken, was Paul mir erzählt hatte.

Vielleicht war es ja wirklich einfacher, vollkommen unfähige Eltern zu haben, von denen man sich als Erwachsener dann distanzieren konnte, als ganz wunderbare Eltern an einem eisigen Wintertag für immer zu verlieren. Vielleicht tat Paul aber auch nur so, als spielte es keine Rolle mehr für ihn, wie seine Kindheit verlaufen war.

»Die hier sieht gut aus.« Er ließ den Lichtkegel seiner Taschenlampe über die Zweige einer Nordmanntanne tanzen.

»Das ist sie nicht. Meine war viel größer. Also wirklich!«

Der Moment, in dem ich Paul als kleinen Jungen mit traurigen Augen vor mir gesehen hatte, war vorbei. Er war dieser Junge nicht mehr. Definitiv nicht. »Du musst doch wissen, wo du langgefahren bist.«

»Das war bei Tageslicht, und jetzt ist es dunkel.« Schon wieder klang er leicht gereizt.

Langsam bewegte ich mich in die Richtung, wo ich den Rand der Schonung vermutete. Irgendwo schräg hinter mir huschte der helle Kreis des Taschenlampenlichts über den Schnee, aber ich kümmerte mich nicht darum.

Dann entdeckte ich einige Meter vor mir eine Stelle, an der der Schnee plattgetreten war. Ich eilte darauf zu, so schnell es im tiefen Schnee mit einem vor die Brust gebundenen Gipsarm ging.

»Da ist es! Da stand ich, als du um die Ecke gebrettert bist und …«

Als ich den Baumstumpf entdeckte, ließ ich mich vor Enttäuschung rückwärts in den Schnee sinken.

»Hast du dir wehgetan?« Sofort war Paul an meiner Seite und leuchtete mir schon wieder ins Gesicht.

»Nimm die blöde Taschenlampe weg!« Schließlich musste er nicht unbedingt sehen, dass mir vor Enttäuschung Tränen in die Augen gestiegen waren.

»Kannst du aufstehen?« Er klang besorgt.

»Natürlich kann ich aufstehen. Keine Panik. Ich habe mir nicht auch noch den zweiten Arm gebrochen. Du hast ja nur Angst, dass du die restlichen Kekse allein backen musst. Und natürlich das Haus fertig schmücken. Es ist noch eine Menge zu tun.« Ich streckte ihm meine linke Hand hin. »Hilfst du mir?«

Sanft zog er mich hoch und ließ mich erst los, als er sicher war, dass ich fest auf meinen Füßen stand.

»Mein Baum ist weg«, teilte ich ihm finster mit.

»Wieso?« Verdutzt sah er sich um, als hätte sich der Tannenbaum, den ich ausgesucht hatte, hinter seinen Artgenossen versteckt.

Ich deutete auf den Stumpf, der sich mehrere Handbreit über dem Schnee erhob. »Andere Leute sind auch nicht blind. Er war der schönste Baum in der Schonung. Jetzt weiß ich nicht, ob ich überhaupt noch einen einigermaßen guten Baum finde. Die meisten, die jetzt noch hier stehen, sind irgendwie krumm oder zu klein, oder die Zweige sind auf einer Seite dichter als auf der anderen.«

»Das kann man alles irgendwie kaschieren«, sagte Paul zu meiner Überraschung.

»Was meinst du mit kaschieren?«

»Man stellt den Baum so hin, dass die schöne Seite vorn ist. Oder man sägt einzelne Zweige raus. Wahrscheinlich lässt sich auch mit Weihnachtsschmuck einiges ausgleichen.«

»Ich dachte, du hast keine Erfahrung mit Weihnachtsbäumen und solchen Sachen.«

»Du meine Güte. Trotzdem habe ich einen Kopf zum Denken.« Er wandte sich ab und betrachtete die Bäume in der Nähe. Dann deutete er auf ein windschiefes Ding, dessen Spitze wie ein Zeigefinger waagerecht in die Gegend zeigte. »Daraus könnten wir einen prachtvollen Christbaum machen, wetten?

»Der ist schrecklich!« Energisch schüttelte ich den Kopf.

»Dann nehme ich ihn. Wo ist die Axt?«

»Was willst du denn damit? Hast du überhaupt Weihnachtsschmuck und Kerzen? Außerdem dachte ich, du willst mit *Weihnachtsklimbim* nichts zu tun haben.« Aus diesem Mann wurde ich einfach nicht schlau.

»Ich finde, dieses Bäumchen ist etwas ganz Besonderes. Nicht so ein kerzengerades sogenanntes Prachtexemplar. Perfekte Dinge sind langweilig.« Er sah mich herausfordernd an.

»Deine Sache.« Stumm sah ich zu, wie er, gar nicht mal so ungeschickt, das klägliche Bäumchen fällte und auf den Schlitten lud.

»Ich habe jedenfalls einen Tannenbaum«, stellte er anschließend zufrieden fest. »Möchtest du dir lieber morgen bei Tageslicht einen aussuchen? Dann kommen wir eben noch mal her.«

»Okay. Du musst jedenfalls morgen zu Bauer Huber fahren und den Baum bezahlen. Ich beschreibe dir den Weg zu seinem Hof. Eigentlich zahlt man vorher.«

»Du hast ja schon deinen Baum bezahlt und immer noch keinen mitgenommen. Dann betrachten wir das als Bezahlung für diesen Baum, und ich bezahle dann deinen. Nicht dass wir noch wegen Christbaumdiebstahls festgenommen werden.«

»Wenn jemand festgenommen wird, dann du. Ich habe ja bezahlt.«

»Und du würdest tatsächlich tatenlos zusehen, wie ich abgeführt und in eine Zelle geworfen werde, ohne zu erklären, dass deine Bezahlung für meinen Baum gilt? Dann hättest du niemanden, der dir beim Keksebacken hilft.«

»Auch wieder wahr.« Ich musste grinsen. »Trotzdem. Fahr morgen einfach zu Hubers Hof und bezahl deinen Baum.«

Dann trottete ich hinter ihm und dem Schlitten her hinunter ins Tal. Dabei war ich mir nicht so sicher, ob Paul derjenige war, der dumm gehandelt hatte, oder vielleicht doch ich. Möglicherweise eignete sich die kleine, mitleiderregende Tanne tatsächlich besonders gut als Weihnachtsbaum. Weil sie … den Weihnachtsgedanken transportierte.

Doch dieser Gedanke erschien mir nur ganz kurz sinnvoll. Genau so lang, bis mir einfiel, dass ich zum ersten Mal mit Marco feiern würde. Und Marco war ein Ästhet. Er liebte schöne Dinge, und genau deshalb würde ich ihn zu Weihnachten auch nur mit Schönheit umgeben.

Paul dagegen malte seltsame abstrakte Bilder. Was verstand der schon von Ästhetik? Na gut, er fand meine Beine schön. Aber wer sagte denn, dass seine Meinung einem fachmännischen Urteil standhalten konnte.

Ich jedenfalls würde morgen für Marco, Katja, Patrick und mich die schönsten aller Tannen für unser wundervoll geschmücktes Haus und unser zauberhaftes Weihnachtsfest finden.

»Was war das?« Als ich ein seltsames Geräusch aus der Dunkelheit unter den dicht stehenden Bäumen hörte, fuhr ich zusammen und blieb erschrocken stehen.

»Was meinst du?« Vor mir hielt Paul den Schlitten an.

»So eine Art Zischen. Da unten.« Ich beeilte mich, an seine Seite zu kommen, und deutete dann in die Schwärze unter den Tannen.

»Ich habe nichts gehört.«

Gleichzeitig mit Pauls Worten knackte es laut zwischen den Bäumen dicht neben uns.

Mit meiner linken Hand krallte ich mich in seinen Ärmel.

»Gibt es hier in der Gegend Weihnachtsgeister?«, erkundigte er sich gespielt ernsthaft bei mir.

»Blödmann!« Ich ließ ihn los und schlug gegen seine Schulter. Vorsichtshalber blieb ich aber dicht neben ihm, als wir uns wieder in Bewegung setzten.

»Jetzt habe ich es auch gehört«, sagte er nach nicht mal einer Minute ganz leise. »Ich glaube, das ist ein Tier.«

»Leben hier irgendwelche Tiere, die uns gefährlich werden können?«, flüsterte ich zurück.

»Wie soll ich das wissen? Ich denke, du kommst seit Ewigkeiten in den Ferien hierher.« Bildete ich mir das ein, oder ging Paul ein wenig schneller.

»Hört sich aber nicht an wie ein großes Tier«, stellte ich zu meiner eigenen Beruhigung fest.

Den Rest des Weges legten wir stumm zurück. Ein oder zwei Mal glaubte ich noch, das Zischen zu hören, tat aber, als hätte ich nichts bemerkt. Als wir den Wald verließen und sich vor uns unter dem dunkelblauen Himmel die Dächer unserer beiden Häuser abzeichneten, atmete ich heimlich auf. Vielleicht war es doch keine gute Idee gewesen, so spät noch auf den Hügel zu steigen. Blöderweise hatte die Aktion nicht mal etwas gebracht. Außer dass Paul jetzt einen Tannenbaum hatte, wenn auch einen furchtbar hässlichen. Ich aber stand immer noch ohne da.

»Eine Fertigpizza hätte es auch getan. Oder ein paar belegte Brote«, sagte ich etwas verlegen, als Paul auf einem Tablett das Essen in den Wintergarten trug.

Er hatte darauf bestanden, dass ich auch die kommende Nacht in seinem Haus verbringen sollte. Weil er keine Lust hatte, durch Kälte und Schnee zu laufen, wenn ich Hilfe brauchte – wie er mir auf seine sehr direkte und manchmal nicht sonderlich charmante Art mitgeteilt hatte.

»Und du brauchst ständig Hilfe«, hatte er mit einem energischen Kopfnicken hinzugefügt.

»Was definitiv nicht meine Schuld ist.« Als Antwort hatte ich mit anklagender Miene meinen Gipsarm ein wenig gehoben, eine Geste, die ich immer mal wieder zu Hilfe nahm.

»Ich kümmere mich ja um dich. Ich backe sogar Kekse, wie du weißt. Aber mach es mir nicht noch schwerer, als es ohnehin ist, und bleib in meiner Nähe.«

Also war ich mit ihm nach Hause gegangen, nachdem ich dieses Mal persönlich ein paar Kleidungsstücke für den nächsten Morgen eingepackt hatte. Unter anderem Unterwäsche, die eher vernünftig als verführerisch war und die ich hinten in meiner Schublade aufbewahrte.

Was Kerzen betraf, hatte ich mich getäuscht. Paul besaß

doch welche. Oder hatte zumindest welche mit dem Haus übernommen. Er brachte mindestens zehn Stück von einem kurzen Rundgang durch alle Räume im Erdgeschoss mit, verteilte sie im Wintergarten und zündete sie an. Sie standen in lauter verschiedenen Leuchtern und waren alle schlicht und nicht besonders weihnachtlich. Ich fühlte mich im Glasanbau seines Hauses unter dem dunklen Nachthimmel mit zahllosen funkelnden Sternen, als wäre ich in einer Raumkapsel. Der Mond war inzwischen hinter den Bergen untergegangen.

Nachdem er dafür gesorgt hatte, dass ich bequem in einem der Korbsessel saß, verkündete Paul, er werde uns jetzt etwas zu essen kochen. Mein Angebot, ihm in der Küche zu helfen, lehnte er mit einer ungeduldigen Handbewegung in Richtung meines Gipsarms ab.

»Ich krieg das schon hin. Entspann dich einfach.«

Er hatte kaum zwanzig Minuten gebraucht, ein duftendes Gemüseomelett mit frischen Tomaten, Paprika und Zucchini zuzubereiten. Dazu gab es warme Roggenbrötchen, die sicher aus der Tiefkühltruhe kamen, aber köstlich dufteten.

»Du kannst kochen?« Aus irgendeinem Grund hatte ich ihm das nicht zugetraut.

Diese überflüssige Bemerkung würdigte er keiner Antwort. Er stellte die beiden Teller mit den Omeletts auf den runden Tisch und legte Besteck daneben. Eine kleine Glasplatte mit den aufgebackenen Brötchen und ein paar Butterscheiben kam in die Mitte. Schließlich holte er eine bereits geöffnete Rotweinflasche und zwei Gläser und goss uns beiden ein.

»Heute darfst du auch ein Glas Wein trinken. Deine letzte Schmerztablette hast du ja nach dem Frühstück genommen.«

»Was soll das heißen? Bestimmst du, ob und wie viel Alkohol ich trinken darf?«

»Du hast dich gestern im Schmerzmittelrausch nicht erlebt. Dazu noch ein Glas Wein … Ich möchte mir gar nicht vorstellen, was du dann gemacht hättest.«

Ich spürte, dass ich rot wurde. »Was kann ich dafür, wenn die mir so ein starkes Zeug spritzen.«

Am liebsten hätte ich ihn ganz genau über den gestrigen Abend ausgefragt, aber ich traute mich nicht. Mir reichten schon seine Andeutungen darüber, dass ich ihn zeitweise für Marco gehalten hatte.

Als Paul mir zuprostete, nippte ich ebenfalls an meinem Glas. Der Wein schmeckte nach reifen Beeren und Sonne, und schon der erste Schluck entspannte mich ein bisschen.

Erstaunt sah ich zu, wie Paul ein Brötchen aufschnitt und mir auf den Tellerrand legte, ohne dass ich ihn darum bitten musste. Offenbar hatte er sich entschlossen, heute den fürsorglichen Gastgeber zu spielen.

Mein Blick wanderte zu der kleinen, schiefen Tanne, die in der Ecke lehnte. Ob er das Bäumchen nur wegen meiner entschiedenen Ablehnung mitgenommen hatte? Sozusagen als Protest? Oder empfand er tatsächlich so etwas wie Mitleid für das verkümmerte Gewächs? Allerdings würde das komische kleine Ding mit ein bisschen Christbaumschmuck vielleicht tatsächlich irgendwie niedlich aussehen.

Ich richtete meine Aufmerksamkeit wieder auf meinen Teller und probierte von dem Essen. Es schmeckte wunderbar. Als ich den ersten Bissen im Mund hatte, merkte ich erst, wie hungrig ich war. In Minutenschnelle hatte ich meine Portion vertilgt. Dann aß ich noch eins von den warmen Brötchen, auf denen die Butter köstlich zerlief.

Paul konzentrierte sich ebenfalls auf seine Mahlzeit. Er kaute genussvoll mit halb geschlossenen Augen. Nur ab und zu warf er mir einen kurzen Blick zu. Wir schwiegen, aber das störte mich nicht. Wenn ich mit Marco aß, gab es immer sehr viel zu erzählen. Es war mir einfach wichtig, dass wir trotz der wenigen gemeinsamen Zeit, die wir hatten, immer auf dem neusten Stand blieben.

»Weiß deine Schwester inzwischen von dem Unfall?«, unterbrach Paul das Schweigen, nachdem er mir Rotwein nachgeschenkt hatte. Natürlich hatte er mitbekommen, dass ich vor dem Essen mit Katja telefoniert hatte.

»Nein.« Herausfordernd sah ich ihn an. Schließlich gab es nichts, wofür ich mich ihm gegenüber rechtfertigen musste.

»Ich habe meine Gründe«, platzte ich schließlich doch heraus. »Katja darf nicht kommen, bevor sie sich mit Patrick versöhnt hat.«

»Manchmal tut bei einem Streit ein bisschen Abstand gut. Die beiden werden sich ja wohl zwangsläufig unter dem Weihnachtsbaum sehen. Eine gute Gelegenheit, sich wieder in die Arme zu fallen, würde ich meinen.«

»Sie müssen sich vorher versöhnen.«

Er runzelte die Stirn.

Natürlich beschäftigte ihn die Frage, wann endlich Hilfe für mich auftauchen würde, damit er Ruhe vor mir hatte und an seine Staffelei zurückkehren konnte. Was das betraf, war er selbst schuld. Wäre er nicht wie ein Verrückter durch den Wald gefahren, könnte er jetzt malen, bis ihm die Finger abfielen. So aber war er eben für die Folgen seines Handelns verantwortlich.

»Meine Schwester und ihr Mann sind ein echtes Traumpaar. Was auch immer das Problem ist, sie werden es lösen. Früher oder später.«

»Wenn sich deine Schwester ohnehin wieder mit ihrem Mann versöhnt, könntest du es Katja auch selbst überlassen, ob sie jetzt kommen möchte oder nicht. Ich finde, du solltest ihr von dem Unfall erzählen. Meinst du nicht, dass sie dir dein Schweigen übel nehmen wird?«

»Ich will nicht, dass sie vor Marco streiten«, rutschte es mir heraus. »Außerdem geht es dich nichts an, wem ich wann was erzähle.«

»Ist der Ärmste so empfindlich, dass er eine kleine Meinungsverschiedenheit unter Eheleuten nicht aushält?«

»Natürlich nicht. Aber ich wollte ihm doch zeigen, wie schön …« Ich biss mir auf die Unterlippe. Wahrscheinlich sollte ich mit dem Wein aufpassen. Er machte mich gesprächig, das wusste ich aus Erfahrung.

»Ach!« Paul lehnte sich auf seinem Stuhl zurück und lachte in sich hinein.

»Was *ach?*«, fauchte ich ihn an und schob den Teller mit den restlichen Brötchen von der Tischmitte aus in seine Richtung. Ich hatte damit geliebäugelt, noch eins zu essen, aber jetzt war mir der Appetit vergangen.

»Du möchtest deinem Freund eine heile Familie vorspielen, und da kannst du selbst eine klitzekleine Meinungsverschiedenheit auf keinen Fall gebrauchen. Eigentlich nicht mal einen Gipsarm. Aber das lässt sich ja leider nicht ändern. Also verschweigst du ihm deinen Unfall so lange wie möglich.«

»Ich muss Marco nichts vorspielen, weil wir eine heile Familie *sind.* Und das jetzt ist eine absolute Ausnahmesituation. Sonst sind Katja und Patrick immer ein wunderbares Beispiel dafür, wie glücklich zwei Menschen noch nach drei Jahren Zusammenleben und über einem halben Jahr Ehe sein können.«

Plötzlich sah ich Paul auf der anderen Tischseite ganz verschwommen. Ich griff nach meiner Serviette und wischte mir damit über die Augen. Es kam gar nicht infrage, dass ich ihm etwas vorheulte. Wahrscheinlich hatte ich zu viel Wein getrunken, mein Arm tat auch wieder weh, und außerdem machte ich mir Sorgen wegen Katja und Patrick. Dazu all die Weihnachtsvorbereitungen, die ich jetzt zwangsläufig mit diesem widerwilligen Maler gemeinsam durchziehen musste. Da konnten einem wirklich schon mal die Tränen kommen. Aber dieses Mal würde ich die Kontrolle behalten.

»Du weinst doch nicht etwa?«, erkundigte Paul sich alarmiert.

»Nein.«

»Dann ist ja gut.« Er legte sein Besteck weg, lehnte sich zurück und ließ mich dabei nicht aus den Augen.

»Bekomme ich noch einen Schluck Wein?« Natürlich war es ein Fehler, noch mehr zu trinken. Aber irgendwie musste ich die Zeit mit Paul überstehen und dabei konnte ich jede Hilfe gebrauchen, die ich kriegen konnte.

12. Kapitel

Paul

Ein schriller Schrei zerriss die friedliche Stille des Abends. Ich zuckte zusammen und verharrte mit erhobener Hand vor der Staffelei, während ich angestrengt in Richtung Bad lauschte. Das kräftige Rot, das ich mit etwas Braun vermischt hatte, um eine Ruhe anzudeuten, die vielleicht gelegentlich auf einen Aufruhr folgen konnte, tropfte auf den Fliesenboden.

Offenbar konnte in meinem Haus momentan von Ruhe keine Rede sein.

»Paul? Hilfe?«

Ninas Rufe klangen eher wie Fragen. Als sei sie sich nicht ganz sicher, ob sie meine Unterstützung tatsächlich wünschte. Aber sie meldete sich entschieden zu laut, um überhört zu werden.

Ich ließ meinen Pinsel in eines der leeren Marmeladengläser fallen und spurtete los. Vor der Tür zum Bad blieb ich stehen. Drinnen war alles still.

»Nina?« Ich klopfte so leise an, dass sie vorgeben konnte, nichts zu hören. Natürlich würde ich ihr helfen, wenn sie Hilfe brauchte. Andererseits war ich nicht unbedingt scharf darauf, die Freundin eines anderen Mannes möglicherweise halb nackt anzutreffen.

Ein jämmerlicher Ton war die Antwort auf meine vorsichtige Frage. Entschlossen drückte ich die Klinke herunter und schob die Tür ein kleines Stück auf. »Brauchst du …?«

»Nicht gucken!«, schallte es mir entgegen.

Ich starrte das gemaserte Holz der Tür an. »Was ist denn?«

»Ich hab Shampoo in den Augen. Weil ich mir die blaue Lebensmittelfarbe auswaschen musste. Das geht aber mit einer Hand und dann noch über dem Waschbecken nicht richtig. Jetzt sehe ich nichts mehr … Es beißt wie verrückt. Kannst du mir die Haare ausspülen, bitte?«

»Ich fand die blaue Farbe stylish.« Mit abgewandtem Kopf tastete ich mich in Richtung Waschbecken vor.

»Du hast das gesehen? Warum hast du denn nichts gesagt?«

Wahrscheinlich war ich jetzt wieder an allem schuld. »Sorry. Ich wusste nicht, dass man mit einem gebrochenen Arm nicht in den Spiegel sehen kann.«

»Ich gucke auch sonst nicht dauernd in den Spiegel.«

Mit dem Knie stieß ich gegen den schweren Hocker mit den Metallbeinen, der sonst rechts neben der Tür stand. Laut scheppernd fiel das Ding auf die Fliesen.

»Was machst du da? Beeil dich! Das Shampoo brennt höllisch in den Augen.«

Ich riskierte einen Blick in Ninas Richtung und sah schnell wieder weg. Wenn mich nicht alles täuschte, trug sie nichts außer ihrem Gipsarm.

Der Arzt im Krankenhaus hatte uns erklärt, dass der Gips nicht nass werden durfte. Duschen wäre daher schwierig. Baden würde funktionieren, wenn sie den verletzten Arm mit einem großen Plastikbeutel schützte und über dem Wasserspiegel hielt. Dann müsste aber jemand bereitstehen, der ihr in die Wanne und wieder heraus half.

Aus naheliegenden Gründen und durchaus zu meiner Erleichterung erschien ich Nina in dieser Sache als Helfer nicht geeignet. Leider sah das bei ihren Weihnachtsvorbereitungen ganz anders aus. Was möglicherweise daran lag, dass sie beim Keksebacken und auf der Jagd nach dem perfekten Tannenbaum vollständig bekleidet war.

Mittlerweile hatte ich das Waschbecken erreicht und musste Ninas Kopf finden. Ich wagte einen kurzen Blick, denn schließlich musste ich verhindern, dass meine tastenden Hände sie irgendwo berührten, wo es auf keinen Fall passieren durfte. Der verbotene Blick war eigentlich schon zu viel. Ich schnappte nach Luft.

Als ich ihr am Abend nach dem Unfall beim Ausziehen geholfen hatte, war es mir gelungen, dabei die ganze Zeit durchs Fenster in die Ferne zu sehen. Im Halbschlaf hatte sie selbst die meiste Arbeit übernommen, und ich musste ihr nur wegen des Gipsarms ein wenig zur Hand gehen. Jetzt traf es mich fast wie ein Schock, was für einen schlanken, biegsamen Körper sie unter ihrer dicken, sportlichen Kleidung verborgen hatte. Wäre diese Art von Bildern mein Stil gewesen und nicht die abstrakte Kunst, hätte ich sie in einem mutigen Moment vielleicht gebeten, mir in dieser Haltung Modell zu stehen. Ihr Rücken bildete eine wunderbar geschwungene Linie bis hin zur schmalen Taille. Dort ging der Umriss ihres Körpers in ein wunderschönes Halbrund …

Ich zwang mich wegzusehen. Diese Frau war vergeben und tabu für mich, auch wenn ich ihren Freund unbekannterweise nicht mochte. Es gab Dinge, die ich niemals tun wollte und unter keinen Umständen tun würde. Dazu gehörte, mich nicht mit Frauen einzulassen, die in einer festen Beziehung mit einem anderen Mann waren. Meine ganze Kindheit lang hatte ich miterlebt, wie viel Kummer und welch unwürdige Situationen entstanden, wenn man sich auf jemanden einließ, der eigentlich in festen Händen war.

Und Nina war so was von vergeben. Bis über beide Ohren verknallt in diesen Typen namens Marco, dem sie nicht mal sagen konnte, dass sie sich den Arm gebrochen hatte.

»Du guckst mich an«, jammerte sie, dabei konnte sie unmöglich sehen, wo ich hinschaute, denn ihre nassen eingeschäumten Haare bedeckten ihr halbes Gesicht.

»Ich musste dich ja irgendwie finden. Außerdem habe ich Kunst studiert und eine Klasse für Aktmalerei besucht. Das bedeutet, dass ich schon Unmengen nackter Menschen gesehen und sogar sehr genau betrachtet habe.«

Allerdings hatten die Aktmodelle niemals ähnliche Gefühle bei mir ausgelöst, wie die vor dem Waschbecken kauernde, um Hilfe rufende Nina mit dem Berg aus weißem Schaum auf dem Kopf. Ich wollte ihr helfen, sie aber gleichzeitig küssen und halten und nie mehr loslassen. Was war plötzlich mit mir los? Schließlich hatte ich das Teenageralter längst hinter mir. Damals hatte es genügt, dass eine Frau etwas Haut zeigte, um mich in einen Taumel der Gefühle und des Begehrens zu versetzen. Aber das war schon seit einer Ewigkeit nicht mehr passiert.

»Wenn du schon so viele nackte Frauen gesehen hast, ist es ja nicht nötig, mich anzusehen.«

Du meine Güte, Nina fing noch Diskussionen an, während ihr das Haarshampoo die Augen wegätzte! Hastig griff ich nach einem der großen Badelaken im Regal und legte es ihr um die Schultern.

»Soll ich dir jetzt die Haare ausspülen? Und die Augen?«, fragte ich und betrachtete ihren zarten Nacken, über dem sich ein Löckchen kringelte, dem es gelungen war, dem Schaumgebirge auf ihrem Kopf zu entgehen.

»Bitte.« Sie brachte es fertig, das klingen zu lassen, als würde sie mir eine große Gnade gewähren.

Mit den Fingerspitzen überprüfte ich die Temperatur des Wassers, das aus dem aufgedrehten Hahn lief. Dann füllte ich einen der sauberen Becher aus dem Regal mit lauwarmem Wasser und tastete an Ninas nassem Hals entlang nach ihrem Kinn.

»Was machst du da?«

»Dreh deinen Kopf ein wenig zur Seite und mach den Mund zu, sonst läuft dir das ganze Wasser rein. Ich versuche, dir den Schaum aus den Augen zu spülen.«

Endlich war sie still und ließ zu, dass ich ihr vorsichtig Wasser ins Gesicht laufen ließ. Das wiederholte ich zwei oder drei Mal.

»Besser? Kannst du wieder was sehen?«

»Ja, danke«, flüsterte sie.

»Dann sollten wir jetzt gucken, dass wir das Shampoo aus deinen Haaren bekommen.« Ich hob den Hocker vom Boden auf und stellte ihn neben die Badewanne. »Am besten setzt du dich da hin und beugst den Kopf vor. Ich nehme den Becher, um dir die Haare auszuspülen. So habe ich es besser unter Kontrolle als mit der Handbrause, dass du nicht noch mal Schaum in die Augen bekommst.«

Ich sah, wie sie kurz zögerte, doch dann setzte sie sich hin und lehnte sich nach vorn gegen den Wannenrand. Dabei hielt sie mit der Linken krampfhaft das Badelaken vor ihrer Brust zusammen.

»Augen fest zukneifen«, befahl ich, bevor ich anfing. Unter dem Hahn der Badewanne füllte ich den Becher erneut mit Wasser und goss es vorsichtig über ihre Haare. Der Schaum, der auf das weiße Porzellan lief, war zart hellblau von der Lebensmittelfarbe, die beim Keksebacken in ihren Haaren gelandet war.

Ich musste den Becher sehr oft füllen und über ihrem Kopf leeren, weil sie äußerst großzügig mit dem Shampoo umgegangen war. Irgendwann bemerkte ich, dass sie sich entspannte. Sie schloss die Augen und schien das warme Wasser und meine Finger in ihrem Haar sogar ein bisschen zu genießen. Warum hatte ich das eigentlich bei Tabea nie gemacht? Hätte es ihr überhaupt gefallen?

»Paul?« Ninas Stimme holte mich in die Gegenwart zurück. »Du machst das wirklich gut, aber ist der Schaum nicht langsam raus?«

Schnell stellte ich das Zahnputzglas weg. »Das genügt wahrscheinlich.«

Nina richtete sich auf und nahm das Handtuch, das ich ihr reichte, damit sie sich die Haare frottieren konnte. Dabei rutschte ihr das Badelaken von den Schultern.

Ich drehte mich zur Tür um, war aber nicht schnell genug. Wieder hatte ich einen verbotenen Blick auf ihren Körper erhascht, und wieder durchlief mich ein heißer Schauer.

Nina blieb erstaunlich ruhig. »Danke. Das war nett von dir. Den Rest schaffe ich allein.«

Erleichtert rettete ich mich vor meine Staffelei. Von dort aus hörte ich Nina aus dem Bad kommen und die Treppe hinauf ins Gästezimmer gehen. Nur ganz kurz fragte ich mich, ob sie es mit ihrem Gipsarm schaffen würde, ein Nachthemd oder so was Ähnliches anzuziehen. Sonst könnte ich ihr wieder eins meiner T-Shirts leihen. Darin hatte der Arm auf jeden Fall mehr Platz als in ihren eigenen Sachen.

Als ich die roten Kleckse vor mir auf dem Boden bemerkte, riss ich mich zusammen und konzentrierte mich auf mein Bild.

Kaum hatte ich ein paar weitere rote Tupfer untergebracht, da hörte ich neben mir ihre Stimme: »Morgen früh um sieben? Dann können wir um acht mit den Keksen anfangen. Oder vielleicht besser mit dem Schmücken des Hauses. Den Tannenbaum holen wir dann gegen Mittag.«

Ich fuhr herum und starrte in ihr strahlendes Gesicht. Wie hatte sie es geschafft, wieder herunterzukommen, ohne dass ich es gehört hatte?

Ihre Augen waren noch ein wenig rot, und die dunklen Haare kringelten sich feucht an den Schläfen. Ansonsten hatte sie sich von dem Desaster im Bad gut erholt. Sie trug ein knielanges weißes Nachthemd, das sie sich mitgebracht hatte. Der linke Ärmel reichte bis zum Handgelenk, den rechten hatte sie mit einer schwungvollen Wellenlinie herausgeschnitten. Immerhin war sie nicht zimperlich, wenn es darum ging, sich an ihre neue Situation anzupassen.

»Frühstück um sieben?«, wiederholte sie, als ich immer noch nicht antwortete.

Ich nickte ergeben.

»Gute Nacht, Paul.«

»Gute Nacht, Nina.«

Sie verschwand ebenso lautlos, wie sie aufgetaucht war.

Ich wartete, bis ich die Gästezimmertür ins Schloss fallen hörte, dann bückte ich mich, um die zahlreichen Farbspritzer wegzuwischen, die ich schon wieder auf dem Fußboden hinterlassen hatte. Anschließend reinigte ich meine Pinsel und ging ebenfalls ins Bett. Das mit dem Bild würde heute sowieso nichts mehr werden. Also sorgte ich besser dafür, dass ich morgen ausgeschlafen war, um solche wichtigen Dinge wie die Herstellung von Weihnachtsplätzchen und das Schmücken eines fremden Hauses in Angriff nehmen zu können.

»Höher!«, kommandierte Nina mit vollem Mund.

Während ich auf einer Leiter balancierte und versuchte, sämtliche Wände im Eingangsbereich ihres Hauses hinter Funkelgirlanden, riesigen Strohsternen und Kränzen aus künstlichen Tannenzweigen zu verbergen, knabberte sie einen Keks nach dem anderen.

Schwungvoll riss ich einen weiteren Streifen Klebeband von der Rolle und befestigte damit das dünne Kabel einer Lichterkette. Jeder einzelne Türrahmen musste nämlich von beleuchteten Sternchen umgeben sein.

»So«, stellte ich zufrieden fest, stieg von der Leiter und wollte mir einen wohlverdienten Keks aus der mit Goldsternchen verzierten Keksdose nehmen, die Nina auf das niedrige Garderobenschränkchen gestellt hatte. So ungefähr die einzige sinnvolle Deko, wie ich fand.

Sie war jedoch schneller und zog mir die Dose weg. »Später. Du musst beide Hände frei haben. Die Lichterkette hängt schief.« Mit zusammengekniffenen Augen begutachtete sie mein Werk. »Die rechte Seite hängt höher als die linke.«

Während ich wortlos wieder auf die Leiter stieg, beschloss ich, nie, nie wieder auf Skiern durch einen Wald zu fahren. Weder schnell noch langsam noch überhaupt. Die Strafe für das, was ich angerichtet hatte, war einfach zu hart.

Vorsichtig pulte ich einen der Klebestreifen wieder ab, während unter mir Nina eines der Weihnachtslieder mitsummte, die schon den ganzen Vormittag aus den Lautsprechern im Wohnzimmer schallten. Dann machte ich mich daran, das linke Ende der Lichterkette nach ihrer Anweisung wieder anzubringen. Dabei versuchte ich krampfhaft, die Musik auszublenden. Die musikalische Untermalung bedeutete für mich Arbeit unter erschwerten Bedingungen. Momentan ließ Nina zum etwa dritten Mal Santa Claus in die Stadt kommen.

»Noch ein bisschen höher. Nein, doch tiefer und mehr nach links«, kommandierte sie zwischendurch.

Als direkt neben mir die Klingel ging, zuckte ich zusammen. Leise Hoffnung regte sich in mir. War das Marco? Oder vielleicht Ninas Schwester Katja? Irgendjemand aus ihrer Familie oder ihrem Freundeskreis, der herbeigeeilt war, um ihr zu helfen und mich von meinem Leid zu befreien?

»Erwartest du Besuch?«

Am Fuß der Leiter schüttelte Nina den Kopf. »Ist bestimmt nur die Post. Bleib oben. Herr Lukas kann die Briefe durch den Schlitz werfen. Wir haben jetzt sowieso keine Zeit für einen Plausch. Da ist es richtig! Kleb sie da fest.«

Um die Tür öffnen zu können, hätten wir die Leiter zur

Seite rücken müssen. Die exakte Ausrichtung ihrer Lichterkette war Nina aber offenbar wichtiger. Mit einem unterdrückten Seufzer riss ich ein weiteres Stück Klebestreifen ab.

Es klingelte erneut, und dieses Mal fragte ich nicht, sondern stieg von der Leiter, zog sie zur Seite und riss die Haustür auf. Es war definitiv nicht Herr Lukas, der Briefträger.

Vor der Tür stand eine alte Dame mit einer tief in die Stirn gezogenen Pudelmütze, auf deren leuchtend rosafarbener Wolle unzählige Schneeflocken funkelten. Seit dem frühen Morgen schneite es wieder heftig. Wenn das so weiterging, würden wir einschneien, und es würde ohnehin niemandem gelingen, nach Alptal durchzudringen, um mit Nina Weihnachten zu feiern. Eine Möglichkeit, die sie sicher nicht daran hindern würde, sicherheitshalber noch zehn Sorten Weihnachtsplätzchen zu backen.

»Wer sind Sie?«, erkundigte die alte Dame sich in strengem Ton mit noch strengerer Miene bei mir. Sie hob ihren Krückstock ein wenig an, als wollte sie mich bei der falschen Antwort damit verprügeln. »Dieser Marco?«

»Nein. Ich bin nicht Marco. Ich bin Paul«, versuchte ich das Missverständnis aufzulösen. Erstens legte ich keinen Wert drauf, mit *diesem Marco* verwechselt zu werden. Zweitens schien die alte Dame vor der Tür ihn ebenfalls nicht zu mögen. Da hatten wir schon mal was gemeinsam. Angesichts ihres knorrigen Wanderstocks hielt ich es für eine gute Idee, mich gut mit ihr zu stellen. Ich war zwar kein Mann, der sich fürchtete, abends durch eine dunkle Gasse zu gehen, aber wie bitte verteidigte man sich gegen eine circa Achtzigjährige, die handgreiflich wurde? Da durfte man sich ja wohl kaum ernsthaft wehren.

Neben mir tauchte jetzt Nina auf. »Oma Rosa! Wo kommst du denn plötzlich her?«

»Von zu Hause. Erst mit dem Zug und dann mit dem Taxi. Was anderes fährt ja nicht in diese Einöde. Ich wollte nicht, dass du bei diesem Wetter mit dem Auto losfahren musst, um mich vom Bahnhof abzuholen. Außerdem weiß ich doch, dass du dir mit den Weihnachtsvorbereitungen immer so viel Mühe machst.«

Nina strich verwirrt mit ihrer gesunden Hand über ihren Gipsarm.

»Was ist das denn? Hast du dich verletzt?« Rosa zog sich die Pudelmütze vom Kopf, unter der sich eine flotte Kurzhaarfrisur in glänzendem Silberweiß verborgen hatte. Den Frauen dieser Familie standen kurze Haare unglaublich gut. Noch jetzt sah man der Großmutter an, dass sie vor fünfzig Jahren ebenso schön gewesen sein musste, wie es jetzt ihre Enkelin war.

Nina murmelte etwas von Armbruch und dass es kaum noch wehtat.

»Aber wie ist das denn passiert, mein Kind?« Die alte Dame schüttelte verwundert den Kopf.

»Hingefallen und Pech gehabt.«

Angesichts des Stocks, den die alte Dame immer noch in der Hand hielt, war ich erleichtert, dass Nina nicht auf der Stelle die ganze Geschichte herausposaunte.

»Darf ich Ihnen das abnehmen?«, mischte ich mich ein, griff nach der rosafarbenen Mütze und hoffte, auf diese Weise auch die übrige Ausrüstung der alten Dame außer Reichweite schaffen zu können.

»Den Stock brauche ich auch drinnen.« Sie stampfte damit energisch auf den Boden. »Und jetzt erzähl mir endlich, wer dieser Paul ist, Nina, mein Kind. Hast du schon wieder einen neuen Freund?« Sie warf mir einen misstrauischen Blick zu.

»Nein, Oma, natürlich nicht.« Mit der linken Hand strich sich Nina die Haare aus dem Gesicht, die ihr bei ihrem wilden Kopfschütteln in die Augen gefallen waren. So schlimm machte ich mich ja nun auch nicht als fester Freund! In München kannte ich einige Frauen, die Interesse an mir hatten. Wenn es natürlich auch eine gab, die … Aber das tat momentan nichts zur Sache.

»Das ist Paul Anders. Er ist schuld an meinem gebrochenen Arm.«

»Es war keine Absicht. Natürlich nicht. Und es tut mir furchtbar leid«, beteuerte ich eilig.

Die alte Dame starrte mich mit ihren funkelnden Augen so drohend an, dass ich automatisch einen Schritt zurückwich.

»Und das ist meine Großmutter Rosa Martens«, stellte Nina mir den unerwarteten Gast vor. »Eigentlich Lieselotte, aber wir Kinder haben sie wegen ihrer Lieblingsfarbe immer Rosa genannt.«

»Freut mich. Nett von Ihnen, dass Sie gekommen sind, um Nina beizustehen.« Ich wedelte mit der Klebstreifenrolle in der Luft herum, um meiner Begeisterung Ausdruck zu verleihen.

»Mir hat ja niemand was von dem Unfall gesagt.« Frau Martens sah mich anklagend an, als wäre es meine Aufgabe gewesen, sie zu informieren. Wenn es nach mir gegangen wäre, hätte ich liebend gern Ninas Großmutter und den Rest der Welt angerufen.

»Mir erzählt nie jemand irgendwas.« Jetzt bekam Nina einen bösen Blick ab. »Wie ist das passiert?«

»Äh. Es war ein Unfall. Paul ist in mich reingekracht.«

So formuliert hörte sich das fast noch schlimmer an, als es in Wirklichkeit gewesen war. Prompt erntete ich einen bösen Blick von Ninas Oma.

»Nina beistehen ist eine Sache. Ansonsten bin ich eine alte Frau. Glauben Sie, ich werde auf Leitern herumklettern und den Tannenbaum schmücken? Das bleibt auch weiterhin Ihre Aufgabe, junger Mann. Wie Sie es geschafft haben, meiner Enkelin den Arm zu brechen, will ich lieber gar nicht wissen. Wahrscheinlich bei irgendeinem Liebesgetändel. Irgendwelche Knutschereien, wie ihr jungen Leute gerne sagt.« Sie verzog missbilligend den Mund, ließ aber die Spitze ihres Stocks am Boden, wo sie hingehörte.

»Kein Liebesgetändel«, murmelte ich vor mich hin, obwohl ich mir nicht ganz sicher war, ob ich mit der Wahrheit besser dastand.

»Er ist nicht mein Freund, Oma. Marco kommt erst an Heiligabend. Paul hat mich im Wald über den Haufen gefahren. Auf Skiern.«

»Aha«, machte Oma Rosa und nahm die Eröffnung erstaunlich gelassen hin. »Du solltest besser nicht allein im Wald herumlaufen, Nina.«

»Ich musste unseren Tannenbaum fällen. Das wird man ja wohl noch dürfen.«

»Warum war dein sogenannter Freund nicht dabei, um dir mit dem Tannenbaum zu helfen?«

»Marco ist in England, das sagte ich doch schon. Außerdem hätte Paul mich auch umgefahren, wenn Marco dabei gewesen wäre. Er hätte sich ja wohl schlecht in den Weg werfen können.«

»Warum denn nicht?«

Langsam gefiel mir die alte Frau.

»Bringst du das mit der Lichterkette bitte noch in Ordnung, Paul?« Ohne meine Antwort abzuwarten, hakte Nina ihre Großmutter unter und zog sie in die Küche.

Ich stieg wieder auf die Leiter und beschloss, dass es gar nicht so schlecht für mich aussah. Natürlich würde Oma Rosa nicht auf Leitern herumklettern und Weihnachtsschmuck unter die Decke hängen. Aber möglicherweise verzierten die beiden Martens-Frauen in der Küche schon mal die Kekse, die wir heute Morgen gebacken hatten. Vielleicht konnte ich mein Bild schneller fertigstellen, als ich zu hoffen gewagt hatte.

13. Kapitel

Nina

Natürlich freute ich mich, Oma Rosa zu sehen. Obwohl sie mit meinem Großvater in Nürnberg wohnte, also gar nicht so weit von München entfernt, trafen wir uns höchstens zwei oder drei Mal im Jahr. Mein stressiger Job als Direktionsassistentin ließ mir wenig Zeit für Familienbesuche. An den Wochenenden holte ich oft Arbeit nach, die ich in der Woche nicht geschafft hatte. Und in letzter Zeit verbrachte ich natürlich so viel Zeit wie möglich mit Marco. Wenn es auch leider oft so endete, dass ich vergeblich auf ihn wartete, weil er sich dann doch nicht aus dem Büro loseisen konnte. Als Frau mit Karriereambitionen hatte ich natürlich Verständnis dafür.

In ruhigen Minuten hatten wir schon mehrmals beschlossen, für eine bessere Work-Life-Balance zu sorgen. Bis jetzt war uns das aber nicht wirklich gelungen.

Nach dem gemeinsamen Weihnachtsfest würde sich das sicher ändern. Marco würde sehen, wie glücklich meine Schwester und ihr Mann miteinander waren. Um eine solche Beziehung aufzubauen, brauchte man Zeit. Gemeinsame Zeit, die man sich irgendwie schaffen musste.

»Katja und Patrick haben sich gestritten. Weißt du, was da

los ist?«, fragte ich Oma Rosa, nachdem ich sie in den Lehnstuhl verfrachtet hatte.

»Die werden sich schon wieder versöhnen.« Oma machte eine wegwerfende Handbewegung, als würde sie den beiden Turteltauben einen ordentlichen Streit nicht zutrauen. Nach meinen letzten Telefongesprächen mit Katja war ich mir da aber nicht mehr so sicher.

Eilig füllte ich den Wasserbehälter der Kaffeemaschine. Oma trank immer und überall Kaffee. Unmengen von Kaffee. Sie behauptete, sie brauche wegen ihres niedrigen Blutdrucks aus medizinischen Gründen viel Koffein.

»Ich habe Opa verlassen«, erklärte sie so unvermittelt, dass mir vor Schreck die Dose mit dem Kaffeepulver aus der Hand fiel. Eine Wolke des feinen braunen Staubs erhob sich in der Küche und verteilte sich auf dem Boden und den Möbeln. Ich kümmerte mich nicht darum, sondern starrte quer durch den Raum meine Großmutter an, die mich gelassen anlächelte.

»Du bist achtzig Jahre alt und seit fast sechzig Jahren mit Opa verheiratet!«

»Ich weiß, mein Kind. Und ich finde, das ist lange genug.«

Ohne mich um das Kaffeepulver auf der Sitzfläche zu kümmern, ließ ich mich auf einen der Stühle fallen und versuchte, an Omas Gesichtsausdruck abzulesen, ob sie mich gerade gewaltig auf den Arm nahm.

Allerdings hatte Oma Rosa noch nie zu Späßen geneigt. Was sie sagte, meinte sie normalerweise ernst.

»Aber warum?«

Oma zuckte mit den Schultern und erhob sich vom Sessel. »Er hat den Bogen überspannt. Lass mich das mit dem Kaffee machen.« Sie hob die bunte Dose vom Boden auf, in der zum Glück noch ein Rest Kaffee war. Konzentriert löffelte sie die doppelte Menge von dem, was ich genommen hätte, in den Filter und setzte mit ein paar Handgriffen die Kaffeemaschine in Gang.

»Was hat Opa denn angestellt, dass du dich so über ihn ärgerst?«

Fragend sah ich Oma an, die sich neben mir am Tisch niederließ, während gemütliches Blubbern den Raum füllte. Entsetzt stellte ich mir vor, wie Katja und Patrick erbittert miteinander rangelten und dabei den wunderschön geschmückten Tannenbaum umwarfen. Natürlich nur falls es mir jemals gelang, mit dem unwilligen Paul einen Baum vom Hügel zu holen. Und neben meiner kämpfenden Schwester stritten sich Oma und Opa lautstark über … worüber auch immer sich Leute nach sechzig Jahren Ehe stritten.

Und dann war da natürlich noch mein supercooler neuer Freund, dem ich das wunderbarste Weihnachtsfest aller Zeiten bieten wollte. Festtage, die ihm zeigen sollten, wie schön die Liebe war und wie wunderbar Familie sein konnte. Angesichts der Katastrophe, die sich in meiner sonst so zauberhaften Familie anbahnte, würde er wahrscheinlich schreiend die Flucht ergreifen und mich niemals seinen Freunden und schon gar nicht seinen Eltern vorstellen.

»Hannes hat den Bogen überspannt«, erklärte Oma mit einem fast heiteren Lächeln. »Ich habe fast sechzig Jahre seine überall herumfliegenden Socken ertragen, seine ewige schlechte Laune und die Pralinenschachteln, die er mir zu jedem Geburtstag in letzter Minute von der Tankstelle geholt hat.«

»Und jetzt magst du keine Pralinen mehr?« Oma Rosa war zwar schon immer eine energische Frau gewesen, aber Opas Eigenarten hatte sie stets mit Humor genommen. Obwohl sie ihn gern als »sturen, alten Kerl« bezeichnet hatte, waren die Blicke, die sie Opa dabei zuwarf, liebevoll gewesen. Sie behandelte ihn wie ein ungehorsames Kind, das man trotz allem liebt. Was war jetzt passiert? Die neunundfünfzigste Pralinenschachtel konnte doch nicht plötzlich zu viel für sie gewesen sein.

»Er hat ihr Blumen zum Geburtstag geschenkt«, platzte

Oma unvermittelt heraus. »Und ein Buch mit Gedichten. Weil sie Heine liebt.« Obwohl sie bei ihrem letzten Satz ironisch die Augen verdrehte, sah ich Tränen darin schimmern.

»Wem hat er Blumen geschenkt?« Meine Kehle war plötzlich so eng, dass ich nur noch flüstern konnte.

»Renate, unserer Nachbarin.« Auch Oma sprach nur noch ganz leise. »Letztes Jahr ist Ludwig gestorben, ihr Mann. Und jetzt …« Das Ende ihres Satzes schwebte unausgesprochen über uns in der Luft.

Ich sprang auf und legte ihr meine gesunde Hand auf die Schulter. »Vielleicht tut sie ihm einfach nur leid. Weil sie allein ist oder so.«

Oma schnaubte verächtlich durch die Nase und würdigte meine hilflose Bemerkung keiner Antwort.

»Aber ihr werdet euch doch wieder vertragen?« Ich versuchte, an ihrer Miene abzulesen, wie ernst es ihr war.

Ruhig erwiderte sie meinen Blick. »Ich glaube nicht, dass ich das will. Tut mir leid, Liebes.«

Hilflos strich ich ihr noch einmal über den Arm und holte zwei Tassen aus dem Schrank. Der Kaffee war durchgelaufen, und ihr Lieblingsgetränk würde Oma wahrscheinlich mehr Trost spenden als ich. Zumal mir angesichts dieser Katastrophe die Worte fehlten. Trotz ihrer feucht schimmernden Augen wirkte Oma plötzlich fast heiter. Mit einem verhaltenen Lächeln hob sie die Tasse mit ihrem schwarzen Kaffee zum Mund, probierte, nickte zufrieden und nahm gleich noch einen Schluck.

Nach kurzem Klopfen öffnete Paul die Tür und steckte den Kopf in die Küche. »Ich bin in der Diele fertig. Die Leiter habe ich wieder in den Keller gebracht.«

»Dann setzen Sie sich und trinken eine Tasse Kaffee mit uns, junger Mann«, befahl Oma.

Paul zögerte nur kurz, bevor er sich eine Tasse aus dem Schrank nahm, sie mit Kaffee füllte und einen weiteren Stuhl am Tisch besetzte. Immerhin tranken wir alle drei unseren Kaffee schwarz. Wenn wir auch sonst nicht viel gemeinsam hatten.

Wortlos stand ich auf, legte einen kleinen Berg von den frischen Keksen auf einen Teller und stellte ihn in die Tischmitte. Ich konnte mich noch gut daran erinnern, wie unhöflich Paul sich zu den Backversuchen von meinem ersten Abend im kalten Haus geäußert hatte. Jetzt stopfte er die Plätzchen, die wir gemeinsam gebacken hatten, begeistert in sich hinein. Und zwar jede Sorte.

Unsere Fingerspitzen stießen gegeneinander, als wir beide nach dem letzten Mandelkeks griffen. Ich zuckte zurück, und gleichzeitig zog auch er die Hand weg. Also griff ich wieder zu. Er auch. Über den Tisch hinweg sahen wir uns kurz an.

»Bitte«, sagten wir wie aus einem Mund und ließen unsere Hände wieder sinken.

Oma lachte, nahm den begehrten Keks, brach ihn in der Mitte durch und legte die eine Hälfte Paul und die andere Hälfte mir auf den Unterteller. Ich ignorierte den halben Stern und sah haarscharf an Pauls Ohr vorbei zum Fenster hinaus.

»Es schneit schon wieder.«

»Höchste Zeit, dass ich mich an die Arbeit mache.« Paul sprang von seinem Stuhl auf. Nebenbei griff er nach seiner Kekshälfte und schob sie sich in den Mund. Dann war er auch schon an der Tür. »Du hast ja jetzt Hilfe, Nina.«

Angesichts seines hastigen Aufbruchs nickte ich verwirrt. Oma Rosa ließ sich nicht so leicht irritieren.

»Wir werden ab und zu einen starken Mann brauchen. Also halten Sie sich auf alle Fälle bereit. Wenn ich recht verstanden habe, ist es Ihre Schuld, dass Nina auf Hilfe angewiesen ist. Ich schlage vor, dass Sie erst einmal draußen vor dem Haus Schnee schippen, bevor Sie sich wieder Ihren eigenen Angelegenheiten widmen, welche das auch immer sein mögen.«

Paul stieß einen tiefen Seufzer aus, dann nickte er ergeben. »Kein Problem.«

»Wenn wir weitere Hilfe brauchen, melden wir uns.« Wortlos ergriff Paul die Flucht. Oma Rosa sah ihm zufrieden hinterher.

Wenig später tauchte unser eher unfreiwilliger Helfer draußen vor dem Küchenfenster auf. Mit kräftigen, gleichmäßigen Bewegungen schob er den Schnee auf dem Weg zur Straße zusammen. Eine Weile sahen Oma und ich ihm dabei zu.

»Ein netter junger Mann«, stellte Oma zufrieden fest.

»Geht so«, erwiderte ich schulterzuckend und hoffte im Stillen, dass wir Pauls Unterstützung jetzt nicht mehr so oft brauchen würden.

Oma zog die Brauen hoch und musterte mich prüfend. »Ist dein Freund auch so nett?«

»Ach, Omchen. Warte, bis du ihn kennenlernst.« Ich stockte. »Oder meinst du, du bist Heiligabend nicht mehr hier? Dann wäre ja Opa allein zu Haus. Falls er dir nicht nachreist.«

»Ich habe vor, die Weihnachtstage endlich mal wieder mit euch zu verbringen. Und ich hoffe, Opa kommt nicht.« Oma schüttelte unwillig den Kopf und wechselte das Thema, als gäbe es dazu nichts mehr zu sagen. »Erzähl mir von Marco. Was magst du besonders an ihm?«

Ich holte tief Luft. »Da ist so viel, dass ich gar nicht weiß, wo ich anfangen soll. Er sieht unglaublich gut aus und ist in seinem Job sehr erfolgreich. Erst konnte ich gar nicht glauben, dass er sich wirklich für mich interessiert. Weil er so cool ist und so selbstbewusst.«

Das Klingeln meines Handys unterbrach die Aufzählung von Marcos wunderbaren Eigenschaften, die wahrscheinlich endlos geworden wäre. Hastig griff ich nach meinem Smartphone auf dem Tisch. Meine linke Hand wurde langsam geschickter.

»Das ist Marco«, hauchte ich nach einem Blick aufs Display entzückt. »Manchmal denke ich, das ist so was wie Gedankenübertragung. Ich rede von ihm, und im selben Moment ruft er an.«

Meistens war es umgekehrt. Ich rief ihn an, und er sagte dann, dass er gerade an mich gedacht hatte. Umso schöner fand ich es, dass es dieses Mal andersherum war.

»Entschuldige bitte, da muss ich rangehen, Oma. Solange er in London ist, haben wir so selten Gelegenheit, miteinander zu sprechen.« Meine Wangen brannten vor Aufregung, während ich das Gespräch annahm und das Handy fest ans Ohr presste.

Oma hasste es, wenn Katja oder ich in ihrer Gegenwart Gespräche auf dem Handy annahmen und zum Telefonieren aus dem Zimmer verschwanden. Wenn wir fertig telefoniert hatten, mussten wir uns dann immer bissige Bemerkungen darüber anhören, dass es Zeiten gegeben hatte, in denen man seine Gesprächspartner nicht einfach sitzenließ, um mit abwesenden Menschen zu sprechen. Aber darauf konnte ich in diesem Fall leider keine Rücksicht nehmen.

»Hallo, Marco. Wie schön, dass du anrufst. Ich habe gerade von dir gesprochen.« Ich stand auf und ging zum Fenster, um wenigstens ein bisschen Privatsphäre zu haben. Draußen hantierte Paul immer noch mit dem Schneeschieber.

Es war peinlich, vor den Ohren meiner Großmutter mit meinem Freund zu telefonieren. Andererseits traute ich mich nicht, das Zimmer zu verlassen und Oma so kurz nach ihrer Ankunft allein hier sitzenzulassen. Das würde sie mir ziemlich übel nehmen.

»Wir machen gerade fünf Minuten Pause, und ich dachte, ich melde mich kurz, um dir zu sagen, dass es heute Abend mit einem Anruf nichts wird. Geschäftsessen. Das kann sich bis lange nach Mitternacht hinziehen.« Marco klang gestresst.

Ich unterdrückte einen Seufzer. Bis jetzt war ich immer

noch nicht dazu gekommen, Marco von dem Unfall im Wald zu erzählen. Irgendwie schien es nie die richtige Gelegenheit zu sein.

Wenn Marco mir einen Armbruch verschwiegen hätte, wäre ich nicht wütend, aber sehr verunsichert gewesen. Vielleicht auch traurig. Es war möglicherweise nicht fair von mir, ihn schützen zu wollen. Nun war auch Oma Rosa da, und er würde nicht das Gefühl haben, seine wichtigen Meetings absagen und nach Alptal kommen zu müssen.

»Schade. Es gibt so viel zu erzählen«, fing ich vorsichtig an.

»Morgen vielleicht.« Ich hörte, wie er noch einmal kräftig an seiner Zigarette zog. Er wollte mit dem Rauchen aufhören. Irgendwann, wenn er mal nicht so im Stress war, dass er dringend zwischendurch die schnelle Entspannung brauchte, die ihm Zigaretten nach seiner Aussage brachten.

Natürlich gefiel es mir nicht, dass mein Freund rauchte. Schon allein weil ich mir Sorgen um seine Gesundheit machte. Trotzdem fand ich Marco mit Zigarette in der Hand unglaublich sexy. Das musste Liebe sein: Sogar die Dinge, die ich eigentlich ablehnte, störten mich an Marco nicht.

»Ich hatte einen Unfall«, platzte ich heraus, weil ich es plötzlich keine Sekunde länger aushielt, Marco anzulügen.

Einen Moment blieb es am anderen Ende der Leitung still. »Was ist passiert?« Er klang beunruhigt.

»Es ist nur mein Arm. Er ist gebrochen. Erst tat es ziemlich weh, aber jetzt spüre ich ihn kaum noch. Natürlich bin ich gehandicapt. Aber …«

»Aber du kommst klar?« Im Hintergrund hörte ich eine Frau lachen und Geschirr klirren. Wahrscheinlich wurde im Konferenzraum frischer Kaffee serviert.

»Einigermaßen. Es ist im Wald passiert, als ich einen Tannenbaum fällen wollte.«

»Ist der Baum auf deinen Arm gefallen? Warum kaufst du ihn nicht einfach bei einem Händler?«

Hinter mir hörte ich einen Stuhl scharren und Porzellan klappern. Oma war aufgestanden, um sich Kaffee nachzugießen. Draußen stützte Paul sich auf den Stiel des Schneeschiebers und betrachtete sein Werk. Der Weg zur Straße war frei. Die Schneeberge rechts und links vom Weg reichten mir jetzt sicher schon bis zu den Hüften.

Als Paul sich umdrehte und zum Haus zurückging, bemerkte er mich am Fenster. Er lächelte und winkte mir zu. Weil ich meine einzige funktionsfähige Hand zum Telefonieren brauchte, konnte ich nur lächeln und nicken.

Dann verschwand Paul aus meinem Blickfeld, und ich hörte, wie der Holzstiel des Schneeschiebers gegen die Hauswand fiel, als er sein Arbeitsgerät dort abstellte. Anschließend tauchte er auf der tief verschneiten Wiese auf, über die er zurück zu seinem Haus stapfte.

Auf halbem Weg drehte er sich noch einmal um und sah zu meinem Fenster zurück. Er war schon so weit weg, dass ich nicht erkennen konnte, ob er wieder lächelte. Eigentlich war es schade, dass er nach Omas Ankunft die restlichen Kekse nicht dekorieren würde. Es würde ein schweres Stück Arbeit werden, Oma Rosa davon zu überzeugen, dass nicht *jede* Plätzchensorte mit einer zentimeterdicken Schicht aus Schokoladenguss, in deren Mitte eine Mandel klebte, perfekt harmonierte. Das war nämlich ihre Standarddeko für Weihnachtsgebäck. Die Muster und Motive, die Paul mit Zuckerguss auf die Kekse gemalt hatte, waren einfach perfekt. Kein Wunder, schließlich …

»Hörst du mich, Nina?«

Ich zuckte zusammen. Für einen Moment hatte ich vergessen, dass Marco am Telefon war.

»Ich will den schönsten Baum. Und die gibt es nun mal in Bauer Hubers Wäldchen. Außerdem ist es in unserer Familie sozusagen ein Ritual, dort oben …«

»Ich weiß nicht, was ich von einem Ritual halten soll, bei dem Leute sich die Arme brechen.«

»Das ist noch nie passiert. Es war ja auch nicht der Baum. Ich bin gar nicht dazu gekommen, einen zu fällen. Paul hat mich auf seinen Skiern über den Haufen gefahren.«

»Wer ist Paul?«

Ich horchte auf. Bisher hatte Marco niemals irgendwelche Anzeichen von Eifersucht gezeigt. Er hatte auch nichts dabei gefunden, als mein Chef mir ein Gebinde aus cremefarbenen Rosen geschickt und sich auf der beiliegenden Karte für die vielen gemeinsamen Abende bedankt hatte.

Zwar war Bruno Westermann, der Geschäftsführer von *Thielkamp Küchengeräte*, über 60, hatte eine Glatze und trug eine Brille mit fingerdicken Gläsern – aber das wusste Marco schließlich nicht. Von meinen unzähligen Überstunden wegen der Markteinführung der neuen Küchenmaschine *Ingemarie* hatte Marco nur ganz am Rande etwas mitbekommen. Schließlich war er noch häufiger als ich bis spätabends im Büro gewesen. Also hatte ich ihm den Grund für den geschenkten Strauß ausführlich erläutert.

Marco hatte nur mit den Schultern gezuckt und mir gratuliert, dass mein Chef so viel Geld für mich ausgab. Das sei ein gutes Zeichen für eine baldige Beförderung. Ich dagegen beglückwünschte mich zu dem Vertrauen, das Marco mir entgegenbrachte.

»Meinst du, wir können ihn verklagen?« Marcos Frage riss mich erneut aus meinen Gedanken.

»Wieso verklagen?«

»Diesen Paul. Wenn er dich umgefahren hat und für den Armbruch verantwortlich ist, bedeutet das Schmerzensgeld. Vielleicht muss er dir auch eine Haushaltshilfe bezahlen, wenn du nicht selbst kochen und sauber machen kannst.«

»Nein, ich glaube … Paul hat mir nach dem Unfall geholfen. Er hat sogar mit mir Kekse gebacken. Und jetzt ist Oma Rosa hier.«

»Du hast mit dem Typ Kekse gebacken?« Marco beendete seinen Satz mit einem merkwürdigen Schnauben.

»Natürlich hätte ich das viel lieber mit dir gemacht. Aber das ging ja leider nicht. Vielleicht nächstes Jahr. Das wäre schön. Wenn wir unsere Urlaube rechtzeitig planen …«

»Das sehen wir dann, Liebling.«

Wie immer, wenn er mich mit einem Kosenamen anredete, wurde mir ganz warm.

»Wenn du dir das mit der Klage überlegst, sag mir Bescheid. Ich kenne einen hervorragenden Anwalt in München, der kennt sich bestens damit aus, wie man Unfallfolgen zu Geld macht. Schmerzensgeld solltest du auf jeden Fall fordern, auch wenn der Typ mit dir Kekse backt. Muss ein richtiges Weichei sein.«

»Wieso Weichei?« Verdutzt sah ich hinüber zu Pauls Haus, in dem er längst verschwunden war. Nur seine Fußstapfen im frisch gefallenen Schnee waren noch zu sehen.

»Der scheint sich ja vor Angst in die Hose zu machen, dass du ihn anzeigst. Sonst würde er doch nicht mit dir Kekse backen.«

»Vielleicht ist er einfach nur nett.«

»Das macht der nicht aus lauter Nettigkeit, glaube mir. Lass dich von dem nicht einlullen.«

»Vielleicht stand ich irgendwie gedankenlos im Weg herum. Oder ich hätte ihn warnen müssen, als ich ihn um die Ecke kommen sah. Keine Ahnung. Jedenfalls ist er eigentlich ganz hilfsbereit. Also …«

Marco unterbrach meine lange Rede mit einem lauten Seufzer. »Du bist zu gut für diese Welt, meine Süße.«

Ich lachte glücklich. »Es geht mir gut. Bis auf den gebrochenen Arm natürlich. Aber der heilt. Ich habe dich, und ich freue mich wie verrückt auf Weihnachten. Also möchte ich am liebsten, dass es allen Menschen auf der Welt gut geht. Paul hat das nicht absichtlich gemacht.«

»Er ist trotzdem verantwortlich für sein Handeln. Wenn du Hilfe brauchst …«

»Rufe ich dich an«, beendete ich fröhlich seinen Satz.

»Klar. Ich muss jetzt wieder rein. Pass auf dich auf. Damit sonst noch alles an dir heile ist, wenn ich komme.«

»Natürlich. Ich freue mich so auf dich.«

»Ich mich auch. Mach's gut.«

Ich ließ mein Handy sinken und wandte mich wieder Oma Rosa zu, die mit ihrer dampfenden Kaffeetasse in der Hand am Tisch saß und mich ansah.

»Das war also dein neuer Freund? Dieser Marco?« Ihre hochgezogenen Brauen verschwanden fast unter den silbrigen Stirnfransen.

Ich nickte.

Oma sah mich mit ausdrucksloser Miene an. »Sollen wir noch ein paar Kekse backen? Wie ich sehe, gibt es erst fünf oder sechs Sorten.«

»Gern.« Eilig begann ich, die Backzutaten zusammenzusuchen. Weihnachten würde toll werden. Mit ganz vielen verschiedenen Plätzchen und dem schönsten Baum der Welt, vor dem sich meine wunderbare Familie versammeln würde. Oma würde sich mit Opa versöhnen, Katja und Patrick würden verliebt sein wie eh und je, und Marco und ich … Wir würden noch glücklicher sein als vorher, falls das überhaupt möglich war.

14. Kapitel

Paul

Den restlichen Vormittag malte ich wie im Rausch. Endlich wieder Zeit und Ruhe. Weder wurde ich zum Keksebacken genötigt noch gezwungen, tonnenweise Weihnachtsschmuck im Haus einer fremden Familie zu verteilen. Ich musste mir nicht einmal mehr Sorgen um die Frau machen, die durch meine Schuld nur noch einen gesunden Arm zur Verfügung hatte. Da Nina mit ihrem Gips manchmal ziemlich tollpatschig wirkte, hatte ich ständig befürchtet, dass ihr irgendein weiteres Unheil zustieß.

Ab sofort passte ihre Großmutter auf sie auf. Und so wie ich Rosa kennengelernt hatte, konnte sie es in puncto Willenskraft mit ihrer Enkelin aufnehmen. Also würde sie zu verhindern wissen, dass Nina auf Leitern herumkrabbelte oder im Garten Schneemänner baute.

Da Nina mit ihrem gebrochenen Arm nicht ständig unterwegs sein konnte, sah ich sie auch nicht dauernd drüben vor dem Haus. Nichts lenkte mich von meinen Gefühlen ab, die ich auf die Leinwand bannen wollte.

Nachdem ich »Aufruhr« innerhalb einer Stunde endlich fertiggestellt hatte, fing ich spontan ein neues Bild an. Auch dieses war nicht für die Ausstellung geplant, aber erfahrungsgemäß wurden die Gemälde, die ich aus einer Stimmung heraus schuf, die besten.

»Hallo Adrian«, meldete ich mich fröhlich, als mein Handy klingelte. Eine kleine Pause würde mir jetzt guttun. Immerhin konnte ich meinem Freund und Galeristen berichten, dass er mich bei der Arbeit störte und nicht beim Keksebacken.

»Wie sieht es aus?«, erkundigte er sich vorsichtig. Seit einigen Monaten begannen unsere Gespräche fast immer so.

»Gut.« Mit schief gelegtem Kopf betrachtete ich die ersten Pinselstriche meines neuen Werks. Das konnte was werden.

»Was heißt gut?« Adrian blieb misstrauisch. Schließlich hatte er in letzter Zeit einiges mit mir durchgemacht.

»Gut im Sinne von gut.«

»Das ist gut.« Er lachte kurz. »Arbeitest du gerade?«

»Ich habe ›Aufruhr‹ beendet und ein neues Bild angefangen.«

»Eins von den Porträts?«

»Nee. Es heißt ›Family‹.«

Am anderen Ende der Leitung herrschte vielsagendes Schweigen.

Ich schwieg stur zurück. Immerhin war ich Künstler, und als solcher stand mir eine gewisse Spontaneität zu.

»Passt das zu einem der Themenkreise in der Ausstellung?«

»Erstens musst du das Bild nicht ausstellen. Zweitens wirst du es ausstellen wollen. Es wird nämlich gut, das spüre ich schon jetzt. Dann findet es auch einen Käufer.«

»Es ist ein bisschen unprofessionell, jetzt plötzlich Bilder zu malen, die irgendwie gar nicht in die Ausstellung passen.«

»Ich bin Profi und ich bin Künstler.«

»Was ist los mit dir? Du hörst dich …« Adrian stockte. »… fröhlich an.« Er klang erstaunt.

»Ich bin zumindest endlich mal wieder inspiriert. Vielleicht ist es der Schnee. Oder die Sonne. Oder beides.«

»Aha. Da war doch diese Frau. Deine Nachbarin, die …«

»Der Schnee oder die Sonne«, wiederholte ich, weil ich keine Lust auf eine Diskussion über Nina hatte. Was dieses Thema betraf, wusste ich selbst nicht recht, was ich davon halten sollte.

»Dann will ich dich nicht aufhalten.« Durch die Leitung kam ein tiefer Seufzer. »Allerdings wäre es schön, wenn du zwischendurch das eine oder andere Bild aus den Serien für unsere Ausstellung malst. Es war ein Risiko für mich, die Ausstellung anzukündigen, ohne auch nur annähernd genug Bilder zu haben. Immerhin hatten wir uns auf drei Themenkreise geeinigt. Wenn du jetzt allerdings ganz andere Bilder malst, weiß ich wirklich nicht …«

»Es hat vor ein paar Tagen langsam angefangen, aber seit heute Vormittag ist es ganz deutlich: Ich male wieder so wie früher. Von innen heraus. Das ist ein wunderbares Gefühl, also lass mir bitte die Freude daran.«

Ich schielte hinüber zu meiner Staffelei. Tatsächlich konnte ich es kaum abwarten weiterzumachen. Das war nach all der Zeit, in der ich mich meistens gequält hatte, um überhaupt etwas fertig zu bekommen, ein gutes Gefühl.

Nachdem ich mich von Adrian verabschiedet hatte, legte ich mein Smartphone weg und griff wieder zum Pinsel. Kaum hatte ich jedoch ein paar schwungvolle Striche auf die Leinwand gesetzt, wurde ich erneut unterbrochen. Dieses Mal läutete es an der Tür.

Ich stellte mich taub und malte weiter.

Es klingelte erneut. Dieses Mal Sturm.

Seufzend ließ ich meinen Pinsel auf eine der bereitliegenden Pappen fallen, eilte zur Tür und riss sie auf.

»Frau Martens, ist etwas passiert?« Erschrocken starrte ich Ninas Großmutter an.

Sie schüttelte den Kopf und verzog ihren Mund zu einem Lächeln, bei dem sich ein Strahlenkranz aus Fältchen um ihre

Augen bildete, die fast ebenso blau waren wie Ninas. Überhaupt war die Ähnlichkeit zwischen den beiden Frauen trotz des großen Altersunterschieds frappierend.

»Wir haben immer noch keinen Tannenbaum«, erklärte sie lächelnd. »Wenn wir den Baum vor der Dämmerung schlagen wollen, müssen wir uns beeilen.«

»Wir?«

Die alte Frau nickte. »Sie, Nina und ich.«

»Weiß Nina davon?«

»Sie weiß, dass wir einen Weihnachtsbaum brauchen. Falls Sie wissen wollen, ob sie mich hergeschickt hat: Nein. Sie sticht gerade die letzten Plätzchen für heute aus.«

»Der Weg den Hügel hinauf ist ziemlich steil«, gab ich zu bedenken.

Die alte Dame machte eine verächtliche Handbewegung. »Ich würde den Baum gern mit aussuchen. Und der Spaziergang wird mir guttun.«

Ich sparte mir die Bemerkung, dass es sicher angenehmere Spazierwege für Achtzigjährige gab. Inzwischen war klar, dass Nina und ihre Großmutter sich nicht nur sehr ähnlich sahen, sondern sich auch in puncto Sturheit in nichts nachstanden.

»Ich ziehe mich an«, erklärte ich ergeben.

»Dann sage ich meiner Enkelin Bescheid, dass Sie gleich kommen.« Unten an der Treppe vor der Haustür drehte sie sich noch einmal um. »Sie sind Single, nicht wahr?«

»Wieso wollen Sie das wissen?«

Ich fand diese Frage schon seltsam, wenn sie mir von einer Fünfundzwanzigjährigen in einer Münchner Cocktailbar gestellt wurde. Wieso die Großmutter einer bis über beide Ohren in einen anderen Mann verliebten Frau das wissen wollte, verstand ich überhaupt nicht.

»Nur so. Aus Interesse. Es gibt im Internet Bilder von Ihnen mit einer blonden Frau.« Mit ihren schmalen Händen, deren Haut an feines, zerknittertes Pergament erinnerte, deutete Lieselotte Martens Tabeas Haarlänge an.

Du liebe Güte, sie hatte mich gegoogelt. Bisher war mir gar nicht klar gewesen, dass Leute in ihrem Alter so etwas konnten.

»Ich bin seit ein paar Monaten getrennt.« Natürlich ging das die alte Frau nichts an, aber ich hatte einfach keine Lust, mich mit ihr über mein Recht auf Privatsphäre auseinanderzusetzen. Wenn man lange genug den Münchener Klatsch und Tratsch der letzten Monate im Netz recherchierte, fand man garantiert Bilder von Tabea mit ihrem Neuen.

»Das ist gut.«

»Nina hat einen Freund«, erinnerte ich sie, denn etwas anderes, als mich mit ihrer Enkelin zu verkuppeln, konnte sie eigentlich nicht im Kopf haben.

»Auf was für Gedanken kommen Sie denn nur, junger Mann! Aber ich kann Sie verstehen. Nina ist zauberhaft.« Sie zwinkerte mir zu.

»Es kommt für mich absolut nicht infrage, mich in eine Beziehung zu drängen und außerdem …« Ich wollte noch erwähnen, dass Nina ganz sicher kein Interesse an mir hatte. Vielleicht hätte sie nicht einmal einen Gedanken an mich als Mann verschwendet, wenn Marco nicht ihr Freund wäre. Aber ich redete nur noch mit dem Rücken der alten Dame, die sich erstaunlich schnell in Richtung des Nachbarhauses entfernte.

Seit heute wusste ich, wie Nina in fünfzig Jahren sein würde. Immer noch sehr anstrengend, irritierend direkt, äußerst entschlossen, eigensinnig und noch genauso bezaubernd wie jetzt.

Ich beeilte mich, meine Pinsel auszuwaschen. Dann zog ich meine dicke Jacke und meine Stiefel an und verließ das Haus. Nebenan standen Rosa und Nina schon vor der Haustür und warteten auf mich.

»Der ist einfach zu groß«, lehnte Rosa mit einem entschiedenen Kopfschütteln den dritten Vorschlag ihrer Enkelin ab.

»Er ist aber fast symmetrisch. Und guck mal, wie schön die Zweige geschwungen sind. Aber der da drüben ist auch schön.« Nina lief eifrig zwischen den Tannen herum und schien die ausufernde Diskussion über den perfekten Weihnachtsbaum in vollen Zügen zu genießen.

Ich hielt mich konsequent aus der Sache raus, weil es mir vollkommen egal war, welchen Baum wir am Ende ins Tal zerrten. Außerdem war ich vom Aufstieg noch vollkommen fertig. Es hatte sich nämlich herausgestellt, dass Oma Rosa dem *Spaziergang* auf den Hügel selbstverständlich nicht gewachsen war. Das störte sie jedoch überhaupt nicht, weil wir zum Transport des Baumes ja den Schlitten dabei hatten. Mit erstaunlicher Grandezza hockte sich die alte Dame nach der Hälfte des Weges auf das niedrige Holzding und ließ sich von mir ziehen. Obwohl sie zierlich und nicht sonderlich groß war, entpuppte es sich als echte Quälerei, sie auf dem Schlitten durch den hohen Schnee zu ziehen.

Als wir endlich in Bauer Hubers Wäldchen ankamen und Rosa sich munter erhob, um jede einzelne Tanne von allen Seiten zu inspizieren, ließ ich mich entkräftet auf den Schlitten fallen.

»Was meinst du denn, Paul?«, rief Nina mir zu, als ihre Großmutter den nächsten in Augenschein genommenen Baum »ein kleines bisschen schief« fand.

»Keine Ahnung. Ich habe ja schon einen Baum.«

»Du bist keine große Hilfe.«

Ich sparte mir den Hinweis, dass ich immerhin ihre Großmutter auf den Hügel geschafft hatte und nun dafür vorgesehen war, den Baum nicht nur nach unten zu bringen, sondern ihn vorher auch noch zu schlagen.

»Schade, dass Katja nicht da ist«, hörte ich nach weiteren fünf Minuten fruchtloser Diskussion Oma Rosa sagen. »Sie hat ein Auge für solche Dinge.«

»Ich auch. Der da ist der Schönste.«

»Wir haben alle ein Auge für Schönheit. Das liegt in der Familie. Es ist einfach nur Geschmackssache. Allerdings täuschst du dich mit dem Baum da drüben. Der ist irgendwie … unharmonisch.«

»Es wird bald dunkel«, rief ich den beiden Frauen zu.

Sie überhörten mich gekonnt.

»Ich habe mit Katja telefoniert«, erzählte Rosa, während sie um eine Tanne herumging und sie so misstrauisch begutachtete, als könnte der arme Baum einen krummen Ast irgendwo heimlich versteckt haben.

Nina, die gerade ein anderes Nadelgehölz im Visier hatte, blieb wie angewurzelt im Schnee stehen. »Und?«

»Ich konnte auch nicht aus ihr herauskriegen, was eigentlich los ist.«

Unbekannterweise empfand ich Hochachtung für Ninas Schwester, die der energischen Art ihrer Großmutter Widerstand geleistet hatte. Ich wäre wahrscheinlich innerhalb kürzester Zeit eingeknickt.

Die alte Dame hob einen der unteren Zweige einer Tanne hoch und musterte den Stamm. »Sie hat nur gesagt, dass sie einiges mit Patrick zu klären hat und dass sie deshalb noch nicht kommen können.«

»Genau das hat sie mir auch erzählt. Hat sie dir denn wenigstens versprochen, an Heiligabend da zu sein? Es sind nur noch drei Tage.« Nina schien vorübergehend das Interesse am perfekten Tannenbaum verloren zu haben.

»Sicher ist sie am Vierundzwanzigsten da.« Oma Rosa klang gelassen. Ihr war zuzutrauen, dass sie Katja höchstpersönlich an den Haaren nach Alptal schleifte, wenn sie nicht freiwillig kam.

»Und Patrick auch?«

»Das will ich ja wohl hoffen.« Rosa nickte energisch.

»Wie wäre es mit dem da drüben?«, mischte ich mich an dieser Stelle ein. Mittlerweile war die Sonne schon fast hinter einem der Berge im Westen verschwunden, deren Namen ich immer noch nicht kannte.

Die beiden Frauen wandten mir gleichzeitig die Köpfe zu und sahen dann die Tanne an, auf die ich zeigte. Sie war etwa zwei Meter hoch, kerzengerade und sah genauso aus, wie ich eine perfekte Tanne gemalt hätte.

»Das ist er!«, rief Nina und stürzte auf den Baum zu.

Rosa war etwas weniger enthusiastisch, aber ebenfalls interessiert.

Trotz aller Bemühungen konnten Großmutter und Enkelin keinen entscheidenden Fehler an der Tanne entdecken. Schließlich reichte Rosa mir die Axt.

Es gelang mir erstaunlich schnell, die riesige Tanne zu Fall zu bringen. Da machte sich die Erfahrung bezahlt, die ich beim Fällen meines kümmerlichen Bäumchens gesammelt hatte – auch wenn ich dieses eher aus Trotz mitgenommen hatte.

Nachdem ich das arme Ding zu Boden gerungen hatte, warf ich es auf den Schlitten, band es mit dem Seil fest, das Nina aus der Jackentasche zog, und wir machten uns endlich wieder auf den Weg ins Tal.

Die letzten Sonnenstrahlen schienen über den Berggipfel. Der Frost knisterte in der Luft, und der Schnee knirschte unter unseren Füßen. Es würde eine weitere eisige Winternacht werden.

»Sie sind durchaus zu gebrauchen, junger Mann«, stellte Oma Rosa zufrieden fest, während sie neben der mit den Zweigen wippenden Tanne den Hügel hinunterstapfte. Abwärts würde sie den Weg hoffentlich schaffen.

»Danke«, erwiderte ich artig und ein bisschen stolz, weil

ich das Gefühl hatte, dass es gar nicht so einfach war, vor den Augen der alten Dame Gnade zu finden.

»Kommen Sie heute Abend zum Essen. Gegen sieben.« Das war keine Frage, sondern ein Befehl.

Nina warf mir einen Seitenblick zu und sah schnell wieder weg. Ich hatte keine Ahnung, ob sie mit dieser Einladung einverstanden war.

»Herzlichen Dank. Aber ich muss arbeiten.«

Es wurde Zeit, dass ich wieder mein eigenes Leben führte, den Kopf für meine Malerei freibekam und nicht so was wie ein soziales Leben mit den beiden Frauen im Nachbarhaus begann.

»Papperlapapp. Genau wie alle anderen Menschen müssen Sie essen. Also können Sie das genauso gut bei uns tun. Ich mache einen Rinderbraten. Dazu gibt es Kartoffelklöße. Zum Glück hat Nina ein paar Vorräte angelegt, bevor Sie ihr den Arm gebrochen haben.«

»Es war ein Unfall. Und es tut mir schrecklich leid.«

»Das will ich hoffen. Heute Abend um sieben.«

Ich nickte. Was blieb mir schon anderes übrig?

15. Kapitel

Nina

»Du hast ihn praktisch gezwungen, heute Abend zu kommen«, stellte ich missmutig fest, während ich den Salat in mundgerechte Stücke zupfte – was mit anderthalb Händen gar nicht so einfach war.

»Als ob jemand wie Paul Anders sich zu irgendetwas zwingen ließe.« Gelassen griff Oma nach einem Löffel, um die Soße abzuschmecken. Offenbar unterschätzte sie ihre Überzeugungskraft, die zum Teil in ihrem hohen Alter bestand, wenn auch nicht nur. Niemand wagte es, sich den energisch vorgebrachten Wünschen einer Achtzigjährigen zu widersetzen. Nicht einmal Paul, wie sich herausgestellt hatte.

Ohnehin war Paul zu höflich, eine direkte Bitte abzulehnen, das hatte ich schließlich auch schon ausprobiert. Wenn er auch nie einen Zweifel daran gelassen hatte, dass ihm Weihnachtsvorbereitungen ziemlich auf die Nerven gingen und er eigentlich seine Ruhe haben wollte, hatte er mir trotzdem sogar beim Keksebacken geholfen.

»Er sagt ständig, dass er keine Zeit hat und malen muss.« Mit einem Schneebesen ging ich auf das Salatdressing los und verrührte es so gründlich, dass Essig und Öl durch die halbe Küche spritzten.

Oma nahm mir die Schüssel weg, die gefährlich auf dem Tisch herumtanzte, weil mir die zweite Hand fehlte, um sie festzuhalten.

»Wie wäre es, wenn du schon mal den Tisch deckst? Kannst du das mit einer Hand?«

»Mit links.«

Wir hatten beschlossen, in der Küche zu essen. Das war gemütlicher als zu dritt im großen Esszimmer. Oma hatte behauptet, dass Paul definitiv ein Typ für informelle Essen in der Küche war. Woran auch immer sie das erkannt haben wollte. Mir war egal, ob es ihm in unserer Küche gefiel. Wenn wir Marco zum Essen erwartet hätten, wäre nur das Esszimmer infrage gekommen. Mit einer schönen Tischdecke, den weißen Damastservietten und Kerzen.

Die Sehnsucht schlug wie eine hohe Welle über mir zusammen. Ich griff nach meinem Handy, hoffte, dass Oma das nicht bemerkt hatte, und verschwand im Flur.

Nina: *Du fehlst mir, und ich kann es kaum erwarten, dass endlich Weihnachten ist. Ich liebe dich!*

Die Antwort kam fast sofort und brachte mich dazu, mein Handy für einen Moment fest an meine Brust zu drücken.

Marco: Du bist in meinem Herzen und in meinem Kopf. Bald ist Weihnachten!

»Was machst du da draußen?«, rief Oma aus der Küche. »Falls du deinem Marco schon wieder schreiben willst, lass es sein. Soll er sich doch melden.«

Reflexartig ließ ich das Smartphone in der Tasche meiner Jeans verschwinden. Konnte sie durch Wände gucken? Sie bekam es fast immer mit, wenn ich Marco schrieb, und neuerdings sagte sie dauernd, ich solle das lieber sein lassen.

»Ich schicke Vanessa schnell eine Nachricht«, rief ich zurück und holte das Handy wieder vor.

»Und warum musst du das draußen vor der Tür machen?«

Seufzend ging ich zurück in die Küche, stellte mich ans Fenster und tippte ein paar Zeilen an Nessie.

Nina: *Hilfe! Meine Oma hat unseren Nachbarn zum Essen eingeladen, aber ich will Marco!*

Wieder dauerte es nur wenige Sekunden, bis ich eine Antwort kam.

Nessie: *Ich würde Paul Anders nicht gerade als Spatz in der Hand bezeichnen ;-).*

Nina: ???

Vanessas Antwort bestand in einem Foto. Einem Foto von Paul! Entsetzt starrte ich mein Handy an.

»Ein sehr gut aussehender Mann. Und wirklich fotogen. Das habe ich auch schon festgestellt.«

Ich fuhr zusammen, als ich bemerkte, dass Oma mir über die Schulter geschaut hatte.

»Du hast auch Bilder von ihm gesehen? Wo? Im Internet?«

Ich starrte meine Großmutter verblüfft an. Seit wann hatte Oma Internet? Und vor allem: Seit wann konnte sie Leute googeln?

»Du nicht?« Mit leisem Tadel schüttelte sie den Kopf. »Ich wundere mich sowieso, dass du ihn nicht aus München kennst. In mehreren Artikeln wird er als einer der begehrtesten Junggesellen der Stadt bezeichnet.« Oma kicherte fröhlich vor sich hin, während sie jetzt selbst den Tisch deckte.

»Du bist eine Online-Stalkerin«, stellte ich entsetzt fest.

»Machst du die Tür auf? Es hat schon zwei Mal geklingelt. *Manche* Männer sollte man nicht zu lange warten lassen.«

Widerstrebend ging ich öffnen. Viel lieber hätte ich erst einmal festgestellt, was offenbar alle außer mir über Paul wussten. Plötzlich fiel mir ein, dass Nessie auch so komisch auf seinen Namen reagiert hatte. Kannte sie etwa auch längst ein Foto von ihm und hatte im Internet alles Wissenswerte über Paul nachgelesen?

Er stand mit dem Rücken zur Tür auf der obersten Treppenstufe und sah in den dunklen Vorgarten.

»Kommst du rein?«, fragte ich, als er sich nach ein paar

Sekunden immer noch nicht gerührt hatte. Zumindest musste er doch das Licht sehen, das durch die offene Tür in die Winternacht fiel.

»Gehört die zu dir?« Kurz drehte er sich zu mir um und sah dann wieder ins Dunkle.

»Wer?« Ich spähte über seine Schulter, sah aber nur den Schnee schimmern.

»Die Katze da. Ich habe sie hier noch nie gesehen.«

»Ich sehe keine Katze.« Neugierig stellte ich mich auf die Zehenspitzen.

»Kein Wunder. Sie hat schneeweißes Fell. Mir ist nur ihr Ohr aufgefallen. Es ist schwarz.«

»Das nächste Haus ist fast zwei Kilometer entfernt. Das muss ein Streuner sein. Meinst du, sie hat Hunger?« Sofort machte ich mir Sorgen um das Tier, das ohne jeden Schutz in der Kälte unterwegs war.

»Davon gehe ich aus.«

»Ich hole ihr was.« Eilig lief ich zurück in die Küche, nahm einen kleinen Teller aus dem Schrank und tat etwas Leberwurst und Käse darauf. Oma war am Herd beschäftigt und wandte mir den Rücken zu.

»Wo bleibt ihr denn? Das Essen ist fertig.«

»Gleich. Wir müssen nur erst …« Erklärungen hätten viel zu lange gedauert. Ich hatte Sorge, dass die arme Katze auf der Suche nach Nahrung und Wärme weiterlief, bevor ich ihr Futter anbieten konnte. Mit meinem Tellerchen in der Hand verließ ich im Laufschritt die Küche.

Paul stand immer noch vor der Haustür.

»Siehst du sie noch?«, flüsterte ich.

»Da drüben, neben dem Busch.« Er sprach ebenfalls mit gesenkter Stimme. »Ich bin mir nicht sicher, aber ich glaube, sie zittert. Entweder vor Kälte oder vor Angst.«

Sofort schmolz ich vor Mitleid mit dem armen Tier dahin, das ich im dunklen Garten immer noch nicht erkannt hatte.

Ohne mich darum zu kümmern, dass ich zu meinen engen Jeans die hochhackigen roséfarbenen Pumps trug, stapfte ich mit dem Futter durch den verschneiten Vorgarten zu den Büschen vorn an der Straße.

»Langsam! Sie ist sehr scheu.« Paul war mir gefolgt und befand sich direkt hinter mir.

Dann hörte ich ein Fauchen und sah einen undeutlichen Schatten vor mir durch den Schnee huschen.

»Jetzt ist sie weg«, verkündete Paul überflüssigerweise.

»Danke für den Hinweis.« Ich blieb stehen und spürte, wie der Schnee in meinen Schuhen schmolz. »Heute Nacht sollen es bis zu minus fünfzehn Grad werden. Sie könnte erfrieren.«

Nach kurzem Überlegen ging ich ums Haus herum zu dem kleinen Schuppen, in dem wir unsere Gartenmöbel und den Rasenmäher unterstellten. Wieder ging Paul wortlos hinter mir her. Ich öffnete die Tür, fand nach längerem Herumtasten den versteckten Schalter auf Kniehöhe, knipste das Licht an und schaute mich suchend um. Da ich keine Jacke trug, zitterte ich mittlerweile vor Kälte, aber das war mir egal.

In einer Ecke stand immer noch der Pappkarton mit alter Kleidung, die Katja und ich irgendwann aussortiert, aber nie wie geplant zur Altkleidersammlung gebracht hatten. Pullover, Jacken und Kleider quollen unter dem halb geöffneten Deckel hervor. Ich griff mit beiden Händen in die Textilien, zog einen Teil davon heraus und warf die Sachen vor dem Karton auf den Boden, sodass sie eine dicke, weiche Schicht auf den Holzdielen bildeten.

»Jetzt kann sie sich in den Karton legen oder davor. Jedenfalls hat sie es einigermaßen warm.« Mit einem zufriedenen Nicken stellte ich den Teller mit Wurst und Käse vor den ausrangierten Klamotten auf den Boden.

»Solange wir hier sind, traut sie sich sicher nicht rein. Offenbar ist sie nichts Gutes von Menschen gewohnt. Wir sollten zurück ins Haus gehen. Du zitterst schon.« Paul legte mir seine Jacke über die Schultern. In der Kälte, die uns umgab, war seine Körperwärme, die in dem dicken Futter hing, fast ein Schock – aber ein sehr angenehmer.

»Ich hoffe, wir haben sie nicht verjagt.« Ich trat neben Paul in die offene Schuppentür.

»Sie hockt wieder unter den Büschen, glaube ich.« Er sah hinüber zur Grundstücksgrenze.

»Weißt du was? Dieses Fauchen vorhin … Ich glaube, das war das Geräusch, das wir gehört haben, als wir neulich im Dunkeln den Hügel hinunterkamen. Sie ist uns durch den Wald hierher gefolgt.« Vor Aufregung packte ich Pauls Hand. Sie war eiskalt, denn jetzt war er derjenige ohne Jacke.

»Kann sein. Wenn sie kein Zuhause hat und sich selbst versorgen muss, wird das immer schwieriger, je höher der Schnee liegt. Da war es schlau, in die Nähe von menschlichen Behausungen zu kommen.«

»Aber warum frisst sie dann nicht?«

»Weil sie Angst hat. Wir sollten ins Haus gehen.«

»Wo bleibt ihr denn? Das Essen wird kalt«, tönte um die Ecke herum von der offenen Haustür Oma durch die Dunkelheit.

»Leise!«, rief ich ihr mit gedämpfter Stimme zu. »Du verscheuchst die Katze.«

»Was sagst du? Du musst lauter sprechen. Ich kann dich nicht verstehen, Kind.« Omas Stimme schallte durch den Garten wie über einen Exerzierplatz. Opa sagte immer, als Feldwebel hätte sie eine glänzende Karriere machen können, wenn sie sich nicht für die noch reizvollere Laufbahn als seine Ehefrau entschieden hätte. Falls Oma tatsächlich nicht mehr Opas Frau sein wollte, war es jetzt wohl leider zu spät für einen Job bei der Bundeswehr.

Nachdem ich mich vergewissert hatte, dass die Tür zum Schuppen angelehnt war, sodass die Katze hineinkonnte, lief ich, so schnell es ging, durch den tiefen Schnee zurück zur

Haustür. Meine Füße waren inzwischen klatschnass, und trotz der Jacke zitterte ich am ganzen Körper vor Kälte. Paul folgte mir etwas langsamer.

In der Diele erwartete uns Oma. »Was macht ihr zwei Hübschen denn da draußen im Schuppen?« Sie musste uns durchs Küchenfenster hinten im Garten gesehen haben. Nun musterte sie uns interessiert, als würde sie vermuten, dass wir in der Eiseskälte zwischen Gerümpel und Gartenmöbeln unanständige Dinge getan hatten.

»Da war eine Katze. Ich habe ihr ein warmes Lager gemacht und ihr Futter gebracht.«

»Ach, die weiße Katze mit dem schwarzen Ohr? Die habe ich gestern schon gesehen. Ich dachte, sie gehört Herrn Anders.« Oma ließ ihren Blick immer noch aufmerksam zwischen Paul und mir hin und her wandern. »Obwohl sie längst nicht so nett ist wie er. Jedes Mal, wenn ich sie angesehen habe, fauchte sie in meine Richtung.«

»Hoffentlich nimmt sie das Futter an. Es wäre schrecklich, wenn sie verhungert. Oder erfriert.«

»Warum sollte sie nicht fressen, wenn sie Hunger hat? Apropos Futter. Kommt ihr dann? Sonst wird das Essen kalt.« Oma verschwand in Richtung Küche.

Paul wartete geduldig und sah mir dabei zu, wie ich meine nassen Schuhe und Strümpfe abstreifte. Ich griff nach meinen knallroten High Heels, überlegte es mir dann aber anders und entschied mich für die dicken bunten Socken, die ich sonst nur trug, wenn ich allein zu Hause war.

Sie waren nicht gerade geeignet, um darin elegant durchs Haus zu schweben. Wenn Marco da gewesen wäre, hätte ich die Dinger wahrscheinlich nicht angezogen. Aber sie waren trocken und meine eisigen Füße würden darin hoffentlich schnell warm werden.

Bereit mich zu stützen blieb Paul mit vorgestreckten Armen ganz in meiner Nähe stehen.

»Keine Sorge, ich kriege es hin, mir ein paar Strümpfe anzuziehen. Aber du bist sehr fürsorglich. Ist das der Grund, warum man dich für einen von Münchens begehrtesten Junggesellen hält?«

»Ist das so?« Als hätte er noch nie davon gehört, runzelte er die Stirn. Diese Unwissenheit kaufte ich ihm natürlich nicht ab.

»Meine Oma behauptet es jedenfalls. Sie hat es aus dem Internet.«

»Aha.« Mehr sagte er nicht dazu.

Ich zupfte das knallrote Bündchen meiner Socken zurecht und konnte es nicht lassen, weiter zu bohren: »Und was ist der Grund für diese Behauptung?

»Welche Behauptung?«

»Die mit dem begehrten Junggesellen.« Ohne zu blinzeln hielt ich seinem amüsierten Blick stand.

»Da du nicht selbst draufkommst, bringt es nichts, wenn ich es dir sage, nicht wahr? Außerdem sollte man nicht jedes Gerücht für bare Münze nehmen.«

Er lächelte mir freundlich und sehr unverbindlich zu und ging an mir vorbei in Richtung Küche, von wo lautes Geschirrgeklapper zu hören war.

Ich folgte ihm. Als ich hinter Paul durch die Tür trat, stellte Oma gerade die Sauciere mit dem hübschen blauen Zwiebelmuster auf den Tisch.

»Eben hat dein Handy geklingelt. Es war Marco.« Sie sah zum Fensterbrett, wo ich mein Smartphone liegengelassen hatte.

»Bist du etwa drangegangen?« Ich schnappte nach Luft. Bei Oma wusste man schließlich nie. Womöglich hatte sie Marco erzählt, dass eine Ehe nach sechzig Jahren noch enden konnte. Oder dass ich mich mit unserem attraktiven Nachbarn im Schuppen herumdrückte. Vielleicht auch beides.

»Sollte ich nicht?« Ehrlich erstaunt schaute sie mich an.

»Kein Problem«, gab ich mich gelassen.

Energisch stellte Oma die Schüssel mit den Klößen mitten auf den Tisch und wandte sich dann unserem Gast zu. »Setzen Sie sich, Herr Anders. Vorher können Sie aber gern noch die Flasche aufmachen, die Sie die ganze Zeit mit sich herumtragen. Der Korkenzieher liegt in der Schublade oben rechts, wenn ich mich nicht täusche.«

»Sie kennen sich mit dem Internet aus?«, begann Paul an Oma gewandt eine Unterhaltung, während er den Wein öffnete. »Das finde ich bewundernswert.«

Oma kicherte fröhlich. »Meinen Sie, weil ich meinen achtzigsten Geburtstag schon hinter mir habe, müsste ich auf die Segnungen der modernen Zeit verzichten.«

»Auf keinen Fall«, stimmte Paul ihr zu. »Ich habe gehört, Sie haben einiges über mich herausgefunden.« Er sagte das leichthin, ohne jeden anklagenden Ton.

»Wenn niemand es ausplaudert, merkt es auch keiner.« Oma warf mir einen strafenden Blick zu. »Die Informationen im Internet sind allen Menschen zugänglich. Ich finde es viel unhöflicher, immer mitten im Gespräch Handy-Anrufe anzunehmen, aufzuspringen und das Zimmer zu verlassen. *Das* mache ich jedenfalls nicht.«

»Bravo! Dafür geht du an fremde Handys. Worüber hast du denn nun eigentlich mit Marco geredet?« Diese Frage konnte ich mir einfach nicht verkneifen, während wir uns nun alle drei setzten und die Servietten auseinanderfalteten.

»So über dies und das.« Oma nahm sich gleich zwei von den Kartoffelklößen, bevor sie die Schüssel an Paul weiterreichte.

Wieso zwinkerte sie mir zu? Alarmiert richtete ich mich auf meinem Stuhl auf.

»Solltest du mir vielleicht etwas ausrichten?«

»Ich glaube nicht. Er hat nicht viel gesagt.«

Du lieber Himmel! Sie hatte ihn nicht zu Wort kommen lassen. Ich durfte mir gar nicht ausmalen, was sie ihm alles erzählt hatte. Über mich und sich und unsere Familie.

»Ich versuche nachher, ihn zu erreichen.« Am liebsten hätte ich sofort nach meinem Handy gegriffen, aber das ging natürlich nicht.

Paul ließ seinen Blick forschend zwischen Oma und mir hin und her wandern.

»Soll ich einschenken?« Er deutete auf die geöffnete Flasche. »Ein leichter Bordeaux. Er passt gut zu Rindfleisch, denke ich.«

»Unbedingt! Machen Sie mein Glas richtig voll. Nicht nur so eine Pfütze, wie Leute das immer beim Rotwein machen, weil sie glauben, das sei vornehm. Ich liebe Wein, aber mein Ex-Mann mochte nur Bier. Ich habe also eine Menge nachzuholen.« Oma lächelte beseelt, während sie uns allen Braten auf die Teller legte.

»Du kannst Opa doch nicht deinen Ex-Mann nennen. Ihr seid nicht geschieden. Du bist gerade mal einen Tag von zu Hause weg.« Was war nur plötzlich mit meiner Familie los? Wenn Katja das hörte, kam sie am Ende auch noch auf dumme Gedanken.

»Gleich nach Weihnachten werde ich zu einem Anwalt gehen. Und dann mache ich mich natürlich auf Wohnungssuche. Meinst du, bis ich was Eigenes gefunden habe, kann ich bei dir wohnen, mein Liebes?«

Mit einem verzweifelten Röcheln griff ich nach meinem Glas und leerte es mit zwei, drei großen Schlucken zur Hälfte. Das brauchte ich jetzt, um mich zu sammeln. Da Marcos Junggesellenwohnung am Stadtrand lag, verbrachten wir unsere gemeinsamen Abende bei mir, falls wir wirklich einmal beide frei hatten. Demnächst dann zusammen mit Oma auf der Couch?

»Das … sehen wir dann. Ich bin mir sicher, du versöhnst dich wieder mit Opa.«

Als ich ein seltsam ersticktes Geräusch hörte, wandte ich mich Paul zu. Er hielt sich die Serviette vor den Mund. Darüber funkelten seine Augen vergnügt in meine Richtung. Lachte er etwa über mich?

Ich funkelte ebenfalls – und zwar wütend. Was ging Paul denn bitte schön das momentane Chaos in meiner Familie an?

Mit todernster Miene tupfte er sich die Mundwinkel ab, die allerdings verräterisch zuckten. Dann breitete er die Serviette auf seinem Schoß aus, hob sein Glas und prostete Oma und mir zu.

»Ich versöhne mich *nicht* mit Opa«, betonte Rosa nachdrücklich und griff ebenfalls nach ihrem Wein.

»Das sehen wir noch!« Ich schwenkte mein Glas in einer weiten Kurve über dem Tisch und nahm einen großen Schluck.

»Manchmal weiß man einfach, dass es kein Zurück gibt«, sagte Paul unvermittelt in die Runde.

»Genau.« Oma nickte zufrieden zu seinen Worten.

Das hatte mir noch gefehlt. Wollte sich meine offenbar geistig verwirrte Großmutter mit meinem seltsamen Nachbarn verbünden?

»Halt dich da raus, Paul!«

Rosa warf mir einen strengen Blick zu. »Sei bitte nicht unhöflich zu unserem Gast, Nina. Ich bin sehr an Herrn Anders' Meinung interessiert. Er ist ein Mann mit Verstand und Gefühl.«

»Woher willst du das denn wissen? Ihr kennt euch doch kaum.«

»Menschenkenntnis.« Mit einem zufriedenen Nicken machte Oma sich über den Braten auf ihrem Teller her.

»Was deine Meinung zu Omas Verhalten betrifft, Paul: Wie oft hast du dich denn schon getrennt?« Quer über den Tisch blickte ich ihn drohend an. »Bei meiner Oma wäre es jedenfalls das erste Mal. Da sollte man vielleicht besser überlegen als beim zehnten oder zwanzigsten Mal, glaubst du nicht?«

Paul sah mich lange an, während er ruhig weiterkaute. Dann schluckte er, bevor er mir schließlich antwortete: »Ich traue Frau Martens durchaus zu, dass sie es sich gut überlegt, bevor sie eine so weitreichende Entscheidung trifft. Ganz besonders, wenn sie so etwas noch nie zuvor getan hat.«

»Und du?«

»Was meinst du? Wie oft ich mich schon getrennt habe oder wie lange ich vorher überlege?« Sein Ton war spöttisch, aber sein Blick seltsam ernst.

»Beides.« Ich stocherte in meinem Rotkohl herum. Plötzlich hatte ich keinen Appetit mehr.

»Ich weiß zwar nicht, was dich das angeht, aber ich habe mich zwei Mal von einer Partnerin getrennt und einmal war es die Entscheidung meiner Freundin. Leicht gemacht habe ich es mir nie. Aber wenn ich mir sicher war, habe ich gehandelt. Das ist ein Prozess, dessen genaue Dauer wahrscheinlich niemand kennt. Irgendwann beginnt man zu zweifeln, und zunächst unterdrückt man dieses Gefühl. Doch der Zweifel kehrt zurück, wieder und wieder. Bis man ihn nicht mehr ignorieren kann und ernsthaft anfängt, über Trennung nachzudenken. Doch auch in dieser Phase gibt es immer wieder Tage, in denen man es für eine absurde Idee hält, die Beziehung zu beenden. Oder sich das zumindest einredet.«

»Genauso ist es.« Oma nickte heftig, bevor sie wieder nach ihrem Glas griff. Paul hatte ihr nachgeschenkt, und der Alkohol schien ihr noch mehr Entschlossenheit zu verleihen.

»Drei Beziehungen und sonst nur unverbindliches Geplänkel? One-Night-Stands und dergleichen?« Ich wusste nicht, was mich ritt, ihm diese Frage zu stellen. Vielleicht wollte ich Oma Rosa klarmachen, dass Paul längst nicht so ein toller Mann war, wie sie scheinbar dachte. Und dass er ganz sicher niemand war, dessen Verhalten in Bezug auf Beziehungen sich irgendjemand zum Vorbild nehmen sollte.

»Also Nina! Wirklich. So was fragt man doch nicht!« Unvermittelt entdeckte Oma ihre diskrete Seite.

»Ich habe kein Problem mit der Frage.« Paul zwinkerte mir zu. Starr erwiderte ich seinen Blick. »Es gab immer mal wieder eher unverbindliche Affären, aber ich habe stets mit offenen Karten gespielt. Wenn ich nicht mehr als lockeres Geplänkel will, sage ich das auch.«

»Wie nett«, murmelte ich und stopfte mir einen halben Kloß in den Mund. Das hinderte mich zumindest daran, ausfallend zu werden.

»Unverbindlichkeit ist okay, wenn beide es so wollen.« Paul lächelte strahlend in die Runde und säbelte ein Stück von seiner Bratenscheibe ab.

»Die arme Nina hatte bisher kein Glück mit den Männern«, mischte Oma sich an dieser Stelle ein. »Ich glaube, es liegt daran, dass sie Angst hat, verletzt zu werden, und sich deshalb immer die Falschen aussucht.«

»Ich habe mir den absolut Richtigen ausgesucht. Es dauert eben eine Weile, bis man den findet.« Hastig griff ich nach der Weinflasche.

»Noch Wein, Oma?«, rief ich verzweifelt und schenkte ihr ohne eine Antwort abzuwarten so schwungvoll ein, dass die Hälfte auf dem weißen Tischtuch landete.

Oma kümmerte sich nicht um mein Tun. Nicht mal der große Fleck neben der Bratenplatte schien sie zu interessieren.

»Am Ende wird sie immer belogen und betrogen, und die Kerle brechen ihr das Herz.«

»Mein Herz ist nicht gebrochen! Und das wird auch nie wieder passieren.« Ich knallte die Flasche wieder auf den Tisch. »Außerdem geht mein Liebesleben euch beide nichts an. Experten seid ihr beide nicht. Soweit ich weiß, ist Paul Single und du, Oma, erzählst dauernd, dass du dich nach sechzig Ehejahren scheiden lassen willst.«

»Du mischst dich die ganze Zeit in mein *Liebesleben* ein,

Nina-Kind. Und ich verstehe auch, dass du dir Sorgen um deine Großeltern machst. Ebenso wie ich mir gelegentlich Gedanken um dich mache. Möglicherweise sorgst du dich sogar um den netten Herrn Anders und fragst ihn deshalb danach, wie er es mit der Liebe hält.« Omas Gesichtsausdruck war so harmlos wie der einer alten Dame, die über ihr Lieblingsrezept redet. Aber ich kannte sie gut genug, um zu wissen, dass sie ihre verbalen Pfeile sehr überlegt abschoss.

Ich sprang auf und eilte zur Tür. »Ich gehe jetzt nach der Katze gucken. Die kann wenigstens nicht sprechen.«

Wutentbrannt lief ich aus dem Haus und stapfte durch den Schnee hinüber zum Schuppen. Als ich bemerkte, dass ich nur Socken trug, war es längst zu spät. Nasse Füße waren jedoch an diesem Abend eines meiner kleineren Probleme.

Vorsichtig streckte ich den Kopf in den Schuppen. Durch den Türspalt fiel das Mondlicht überraschend hell in den kleinen Raum. Auf den ersten Blick erkannte ich, dass der Unterteller leer war. Dann sah ich den großen weißen Fleck im offenen Pappkarton. Weit aufgerissene grüne Augen starrten mich an. Mir war klar – wenn ich nur einen einzigen Schritt in den Raum machte, würde die Katze fliehen.

»Schlaf gut«, murmelte ich und zog mich hastig zurück.

Als ich ins Haus zurückkehrte, hörte ich Oma und Paul im Esszimmer lachen. Während ich nach trocknen Schuhen suchte und mich schließlich doch für meine roten High Heels entschied, stellte ich erleichtert fest, dass sie inzwischen über Kunst redeten.

Ich tastete in der Tasche meiner Jeans nach dem Handy. Bevor ich wieder da reinging, musste ich unbedingt Marcos Stimme hören.

An der Wand lehnend wählte ich seine Nummer und wartete mit angehaltenem Atem. Mein Herz schlug schneller, meine Haut fing an zu kribbeln – wie immer stellte ich fest, dass ich noch nie so verliebt gewesen war.

»Hallo?« Als unvermittelt seine tiefe, warme Stimme in mein Ohr kroch, schnappte ich nach Luft.

»Hi Marco, ich bin's, Nina. Du hast vorhin angerufen, und da war meine Oma dran.«

»Ach, du bist's. Ich habe gar nicht aufs Display geguckt. Ja. Vorhin hat sich deine Oma gemeldet. Energische alte Dame.«

»Tut mir leid, ich hatte mein Handy in der Küche vergessen, und meine Oma, ihre Generation … Sie weiß nicht, dass man nicht einfach ans Handy von anderen Leuten geht.« Dass ich mit Paul im Garten gewesen war, erwähnte ich lieber nicht. Vielleicht hatte Oma ihm ja nichts gesagt. Natürlich würde ich mit Marco über alles reden, was während seiner Abwesenheit hier in Alptal passiert war. Aber nicht jetzt. Nicht am Telefon.

»Kein Problem. Ich hatte nur einen Einfall und wollte dich spontan fragen, was du davon hältst.« Irgendwo im Hintergrund hörte ich Musik.

»Aber meine Oma? Sie hat dir nichts gesagt?«

»Was hätte sie mir sagen sollen? Sie hat über den vielen Schnee gesprochen. Und erzählt, dass sie auch über Weihnachten in dem Ka… in dem Dorf bleibt.«

»In Alptal. Ja. Sie wird wohl bleiben. Ob mein Opa kommt, ist noch nicht entschieden.«

»Werden wir ja früh genug sehen.« Marco klang gleichgültig. Heimlich atmete ich auf. Scheinbar hatte Oma ihm nichts von ihren Scheidungsplänen und Katjas Problemen erzählt.

»Wo bist du?«, erkundigte ich mich irritiert. Der Bassrhythmus klang eher nach Housemusik als nach dem Geklimper, das in vielen Restaurants vom Band kam.

»Wir sind in einem hippen Restaurant. Die Musik stört ein bisschen, aber es geht. Trotzdem nimmt die Besprechung wieder mal kein Ende. Ständig tauchen neue Punkte auf, die geklärt werden müssen.« Sein Seufzer kam aus tiefstem Herzen, und ich hätte ihn am liebsten tröstend in den Arm genommen.

»Aber Heiligabend seid ihr fertig?«

»Ich denke schon.« Er schwieg eine Weile, und ich spürte, wie mein Herzschlag sich erneut beschleunigte, während ich seinem Atem lauschte. Es würde wunderbar sein, ihn wieder neben mir auf dem Kissen zu hören.

»Was hältst du davon, wenn wir Weihnachten zusammen in London verbringen? Du könntest Heiligabend einfliegen, und wir machen während der Feiertage die Stadt unsicher. Es gibt hier die tollsten Discos und Restaurants. Und massenhaft Theateraufführungen. Stehst du auf Musicals?«

»Das geht nicht, Marco«, flüsterte ich. »Normalerweise würde ich schrecklich gern ein paar Tage mit dir in London verbringen, aber Weihnachten ...« Ich schluckte krampfhaft.

»Weihnachten in einem Dorf in den Bergen ist sicher ganz nett, aber mal ehrlich – mit London kann euer Ferienhaus nicht mithalten.«

»Du kennst es doch gar nicht. Und du kennst auch meine Familie noch nicht. Wir haben doch beschlossen ... Du hast mir versprochen ...«

»Na klar. Kein Problem. War nur so eine Idee.« Marco klang enttäuscht.

»Wir können ein andermal nach London fliegen. Übers Wochenende zum Beispiel. Vielleicht im Frühling.«

»Weihnachten ist hier eine Menge los. Partys und so. Aber wenn du nicht willst, vergessen wir es. Ich muss jetzt wieder rein.«

»Du bist mir aber nicht böse und freust dich trotzdem auf unser Weihnachtsfest hier?«

»Klar. Wird sicher ganz nett. Bye, Kleines.«

Ich atmete auf. Immerhin hatte er mich Kleines genannt. Das hieß, er war mir nicht böse.

»Ich liebe ...«, fing ich an, aber die Leitung war schon tot.

Eine Weile stand ich noch in der Diele und dachte nach. Marco hatte kaum Kontakt zu seiner Familie. Kein Wunder, dass Feiertage ihm bis jetzt nichts bedeutet hatten. Da fiel ihm einfach nichts Besseres ein, als seine freie Zeit inmitten fremder Menschen zu verbringen.

Ich würde Marco zeigen, wie es war, Weihnachten zusammen mit geliebten Menschen zu feiern – vielleicht zum ersten Mal in seinem Leben. Bei diesem Gedanken wurde mir ganz warm ums Herz. Trotz meines Armbruchs hatte ich mit Oma Rosas und Pauls Hilfe ein wunderschönes Weihnachtsfest vorbereitet. Aber vielleicht kam es gar nicht so sehr darauf an, wie viele Sorten Kekse es gab und dass das Weihnachtsmenü perfekt war. Noch viel wichtiger war, dass Marco sich angenommen und aufgehoben fühlte. Dass er erlebte, wie wunderschön Familie sein konnte.

Ich lächelte versonnen vor mich hin. Dann atmete ich tief durch und kehrte ins Esszimmer zurück, wo Oma und Paul gerade wieder laut lachten.

16. Kapitel

Paul

Auf meiner Palette mischte ich Weiß mit ganz wenig Schwarz zu einem zarten Grau. Dabei sah ich hinüber zu Ninas Haus. Gerade tapste die Katze über die noch unberührte Fläche aus frisch gefallenem Schnee auf die Schuppentür zu. Nina rief sie inzwischen »Snowflake«, und das so laut, dass ich es selbst durch die geschlossenen Fenster hörte, aber das hübsche Tier ignorierte sie gekonnt. Das Futter, das Nina mindestens zweimal am Tag in den Schuppen stellte, holte sie sich aber offenbar zuverlässig ab.

Vor dem Hintergrund des funkelnden Schnees war deutlich zu erkennen, dass die Katze nicht etwa schneeweiß war, sondern zartgrau. Die Farbe ihres Fells war die von silbergrauem Wasserdampf.

Nachdem ich in Rekordzeit das Gemälde »Family« beendet hatte, drängt es mich, die Katze zu malen. Mein Bild trug den Arbeitstitel »Scheue Tigerin«. Ich wollte die Aura aus Verletzlichkeit und Wehrhaftigkeit darstellen, die die wilde Katze umgab. Schon mit dem ersten Pinselstrich auf der Leinwand liebte ich das Grau. Ich tupfte und malte eine Wolke mit spitzen Zacken und sanften Linien in die Mitte des Bildes.

Dann legte ich den Kopf schief, kniff die Augen zusammen

und wusste plötzlich, dass ich als Kontrast und Ergänzung ein strahlendes Blau brauchte. Es würde schwierig werden, genau den richtigen Farbton zwischen Sommersonnen- und Nachthimmel zu treffen, aber ich musste es versuchen.

Erst nach über einer Stunde, in der ich mehr als ein Dutzend Blautöne auf meiner Palette angemischt und versuchsweise mehrere davon übereinander aufgetragen hatte, war ich zufrieden und begann mit dem Versuch, die eisig-klare Stille der Landschaft einzufangen.

Als es an der Tür klingelte, warf ich einen Blick auf die Uhr. Es war schon fast vier und dämmerte bereits. Ich stellte meinen Pinsel in eines der Marmeladengläser und ging zur Tür. Das konnte nur Nina sein, denn der Postbote war schon da gewesen, und eine Lebensmittellieferung erwartete ich nicht.

Schon seit zwei Tagen hatte ich nichts von Nina und ihrer Großmutter gehört. Die beiden kamen offenbar zurecht. Ab und zu sah ich eine von ihnen vor dem Haus. Nina stapfte regelmäßig durch den Schnee, um der Katze Futter in den Schuppen zu stellen. Auch die Vögel vergaß sie nie. Das Schnee schippen übernahm jetzt ein junger Typ, der zu Fuß die zwei Kilometer aus dem Dorf kam und sich wahrscheinlich über das Taschengeld freute.

Und ich freute mich, in Ruhe arbeiten zu können. Ich kam voran, wenn ich auch ausschließlich Motive malte, die Adrian nur mit Mühe in irgendeine der geplanten Bildserien würde einordnen können. Aber die Bilder waren gut. Also würde Adrian sich nur kurz aufregen und sich dann über das Klingeln seiner Kasse freuen.

Vor allem konnte ich endlich wieder malen, ohne mich zwingen zu müssen. Ich arbeitete nicht mehr uninspiriert einfach nur die Liste der Bilder ab, die ich vorab mit Adrian abgesprochen hatte. Dieses Vorgehen war seine Idee gewesen, weil er meinte, auf diese Weise würde meine Arbeit wieder

Struktur bekommen und ich einen gewissen Druck verspüren zu malen. Jetzt jedoch stand ich nicht nur pflichtbewusst vor der Staffelei, sondern spürte wieder den Drang, mich mit Pinsel und Farbe auszudrücken. Ein gutes Gefühl, ich musste nicht einmal mehr befürchten, anschließend nicht wieder in die Arbeit hineinzufinden, wenn ich zwischendurch abgelenkt wurde.

Schon durch die kleine Scheibe erkannte ich eine rosafarbene Mütze. Für einen kurzen Moment blieb ich irritiert stehen, dann öffnete ich die Tür.

»Guten Tag, Frau Martens«, begrüßte ich Ninas Oma mit einem Lächeln.

»Sie haben sich seit zwei Tagen nicht bei uns blicken lassen.« Lieselotte Martens warf mir einen strengen Blick zu und ging an mir vorbei ins Haus.

»Meine Arbeit«, verteidigte ich mich, während ich ihr verdattert in den Wintergarten folgte. Offenbar kannte sie sich auch bestens in diesem Haus aus. »Ich hinke ohnehin meinem Zeitplan hinterher.«

»Oh, die weiße Katze«, erklärte sie zu meiner Überraschung, als sie mein Bild sah. »Nina nennt sie Snowflake.«

»Ich weiß.«

Mit einem Ruck drehte Rosa den Kopf und sah mich prüfend an. »Woher wissen Sie das? Nina sagt, sie hätte seit unserem Abendessen neulich nicht mit Ihnen gesprochen.«

»Nina ruft im Garten nach der Katze. Ich habe sie öfter gehört.« Als müsste ich mich für mein Wissen verteidigen, zeigte ich durch die Scheiben in Richtung des Nachbargartens.

Ninas Großmutter nickte huldvoll. »Ein sehr scheues Tier, aber inzwischen lässt sie meine Enkelin schon fast auf einen Meter an sich heran. Und sie sieht nicht mehr ganz so verhungert aus.«

»Wie geht es Nina? Vor allem ihrem Arm?«

»Das sollten Sie sie selbst fragen.« Die blauen Augen, die

bei Tageslicht deutlich heller waren als Ninas, fixierten mich anklagend. »Wir müssen für Weihnachten noch eine Menge einkaufen, aber Nina kann natürlich nicht Auto fahren. Und ich habe keinen Führerschein.«

Sie machte eine Pause, offenbar um mir Gelegenheit zu einer Reaktion zu geben.

»Soll ich etwas für Sie besorgen?«

»Nina und ich kommen natürlich mit. Erstens kennen Sie sich mit den Sachen, die wir brauchen, ganz sicher nicht aus. Und zweitens ist das Einkaufen vorher der halbe Spaß an Weihnachten. Finden Sie nicht?«

»Ich fürchte, damit habe ich keine Erfahrung.«

»Dann wird es Zeit, dass Sie es lernen.« Frau Martens zwinkerte mir zu. »In zehn Minuten. Mit Ihrem Wagen.«

Ich nickte verdattert.

»Das Blau von Ninas Augen haben Sie übrigens ganz wunderbar getroffen.«

»Wie kommen Sie darauf, dass das Ninas Augen sein sollen? Ich habe zwar an die Katze gedacht, aber ansonsten … Ich male Stimmungen und Gefühle. Das Bild ist abstrakt.«

Sie lachte leise. »Wenn Sie nicht wollen, dass irgendjemand Ihre Bilder versteht, müssen Sie noch ein bisschen abstrakter werden, junger Mann.«

Verdutzt betrachtete ich mein eigenes Bild, wusste aber nicht, was ich sagen sollte.

»Es ist schön, wie Nina auf die Katze aufpasst. Meine Enkelin behütet Menschen und Tiere. Nur auf sich selbst passt sie nicht sonderlich gut auf. Das muss jemand anders für sie übernehmen.« Mit diesen Worten drehte Ninas Großmutter sich um und marschierte in Richtung Ausgang.

Ich brauchte einen Moment, um mich von meiner Verwirrung zu erholen und ihr zu folgen, um sie wie ein höflicher Gastgeber zu begleiten. Als ich die Tür erreichte, hatte sie schon das Haus verlassen und stapfte bereits durch den

Schnee zurück zum Nachbargrundstück. Mir blieb nur noch, die Haustür zu schließen und mich zu beeilen, um befehlsgemäß in zehn Minuten abfahrtbereit zu sein.

Ins nächste größere Dorf brauchte man mit dem Auto eine gute Viertelstunde. Hier gab es einen Supermarkt und einige kleine Läden. Ich parkte auf einem der letzten freien Plätze vor dem Edeka-Markt. Offenbar war es einen Tag vor Heiligabend allerhöchste Zeit für die letzten Einkäufe.

»Die Lebensmittel besorge ich«, erklärte Ninas Oma energisch, nachdem sie erstaunlich behände aus dem Wagen gestiegen war. Mittlerweile war ich zu der Ansicht gelangt, dass ihr Spazierstock eher ein Accessoire als eine Notwendigkeit war. Oder eine Waffe für Notfälle, denn bei unserer ersten Begegnung hatte sie mir damit durchaus Respekt eingejagt. »Wenn ich fertig bin, warte ich in dem Café da drüben.«

Sie deutete auf die Kneipe schräg gegenüber. Falls dort kein Kuchen auf der Speisekarte stand, würde sie den Wirt garantiert dazu bringen, welchen zu backen.

»Und was machen Nina und ich inzwischen?« Ich suchte Ninas Blick, aber sie war damit beschäftigt, in ihrer großen Tasche zu kramen. Überhaupt hatte sie während der Fahrt nur wenige knappe Bemerkungen gemacht und ihrer Großmutter und mir die Unterhaltung überlassen.

»Nina hat ihre eigene Liste. Und sie hat nur einen Arm zur Verfügung. Also braucht sie jemanden, der ihr die Einkäufe trägt.«

Ich half der alten Dame, einen der wenigen Einkaufswagen zu ergattern, die noch vor dem Supermarkt standen. Sie hängte ihren Stock an den Griff und schob los, ohne sich umzudrehen.

»Wo müssen wir zwei denn hin?«, fragte ich, nachdem Rosa im Getümmel verschwunden war.

»Ich glaube, das mache ich lieber allein.« Nina wich meinem Blick aus. »Was hältst du von einem Kaffee in der *Alten Post?* Meine Großmutter kommt ja auch gleich, und dann könntet ihr …«

»Vergiss es! Was glaubst du, was ich von ihr zu hören bekomme, wenn sie erfährt, dass du allein unterwegs bist? Außerdem brauchst du tatsächlich jemanden, der dir tragen hilft.«

»Ich muss nicht viel besorgen. Eigentlich nur ein Geschenk für Marco. Ich habe zwar schon ein paar Kleinigkeiten, aber es soll noch etwas Besonderes sein. Es ist schwierig, das Richtige zu finden.«

Die Frage, was es in einem winzigen Ort wie diesem Besonderes als Geschenk für einen Typen wie Marco geben könnte, behielt ich lieber für mich. Nina wirkte auch so schon mutlos genug.

»Wo fangen wir an?«

»Vielleicht in der Buchhandlung. Die haben zwar keine besonders große Auswahl, aber ich kann es versuchen.«

»Ich finde, angesichts der Umstände musst du deinem Freund nichts Besonderes schenken. Schließlich hast du ein bombastisches Weihnachtsfest vorbereitet, wenn ich das recht sehe. Noch dazu mit einem gebrochenen Arm. Du hast gebacken, alles geschmückt und überhaupt alles gemacht, was man tun kann.«

»Ich hatte ja eine große Hilfe«, erinnerte sie mich. Als würde das ihren fast verbissenen Einsatz schmälern.

Ich musste an die seltsame Bemerkung ihrer Großmutter denken. Tatsächlich schien Nina sich für die Menschen, die sie liebte, vollkommen zu verausgaben. Blieb die Frage, ob sie von diesen Menschen auch etwas zurückbekam.

»Trotzdem sollte es für deinen Freund Geschenk genug

sein, wenn du ihn in einem geschmückten Haus, mit tollem Essen und leckeren Keksen empfängst.«

»Das sagst ausgerechnet du? Ich denke, du stehst nicht auf *Weihnachtsklimbim?*« Nina fixierte mich fast drohend. Aber ich dachte nicht daran, mir von ihr Angst machen zu lassen. Wenn ihr meine Meinung nicht passte, konnte ich es auch nicht ändern.

»Ich bin jetzt nicht direkt ein Weihnachtsfan, aber ich begreife trotzdem, wenn jemand sich meinetwegen ein Bein ausreißt. Noch dazu mit gebrochenem Arm.«

Jetzt lächelte sie breit und für einen kurzen Moment ging die Sonne auf, obwohl sich am Himmel schon wieder gelbliche Schneewolken türmten. »Es gehört ganz einfach zum Weihnachtsfest, dass die Familie vor dem Tannenbaum sitzt und Geschenke auspackt. Marco wird das lieben. Dazu muss er aber möglichst viel zum Auspacken haben.«

»Okay. Wie wäre es mit einer Mütze? Es ist kalt hier in der Gegend, da kann man nie genug Mützen haben.« Ich deutete in das Schaufenster des kleinen Kurzwarenladens, vor dem wir gerade standen. Zwischen Unmengen von Weihnachtskugeln, die auf einem Bett aus Tannenzweigen verteilt waren, lag die hässlichste Pudelmütze, die ich je gesehen hatte. Rot mit einem undefinierbaren Muster aus Blau, Grün und Gelb und einem riesigen schwarzen Bommel.

»Wenn ich ihm die schenke, redet er nie wieder ein Wort mit mir.« Sie kicherte leise. Immerhin.

»Ich finde, das ist ein modisches Statement«, behauptete ich kühn.

»Komm mit!« Energisch schob Nina die Tür auf und verschwand in dem kleinen Laden.

Irritiert folgte ich ihr. Hatte sie mir etwa die Sache mit dem modischen Statement abgekauft?

Die Ladeninhaberin war etwa in Oma Rosas Alter. Allerdings trug sie anstelle von Rosa ausschließlich Braun und verschmolz fast mit den dunklen Wänden ihres Geschäfts. Nur ihre grauen Haare leuchteten im Licht der Funzel über dem Tresen, unter dessen Glasdeckel Nähgarn, Sicherheitsnadeln und Knöpfe lagen.

»Ich möchte die Mütze aus dem Schaufenster kaufen«, verkündete Nina entschieden.

»Gern.« Die alte Frau lächelte so breit, dass wir ihr Gebiss mit den großen gelblichen, plastikartigen Zähnen ausführlich bewundern konnten. »Soll ich Sie Ihnen hübsch einpacken?«

»Das ist nicht nötig. Vielen Dank.« Als die Ladeninhaberin ihr die Mütze reichte, ließ Nina sie auf der Spitze ihres Zeigefingers tanzen. Aus der Nähe sah der schwarze Bommel noch gigantischer aus.

»Die habe ich selbst gestrickt«, berichtete die Verkäuferin stolz. »Jetzt geht das ja nicht mehr, wegen der Arthritis in den Fingern. Aber vor zehn Jahren war ich noch flott mit den Stricknadeln.«

Vor zehn Jahren. Aha.

Nina zahlte einen stolzen Preis für die Mütze. Immerhin handelte es sich um Handarbeit. Dann wünschten wir der vergnügten Dame ein fröhliches Weihnachtsfest und verließen ihr Geschäft.

Draußen blieb Nina stehen. »Bückst du dich bitte ein bisschen?«

Gehorsam senkte ich den Kopf. Natürlich war mir schon längst klar, was mir blühte.

Mittlerweile war Nina mit der linken Hand richtig geschickt. Sie hatte kein Problem damit, mir die Mütze über die Haare zu stülpen.

Dann betrachtete sie mich prüfend. »Gar nicht so schlecht. Du hast dir ein Geschenk verdient. Immerhin opferst du deinen Nachmittag, um mit uns einzukaufen.«

»Das kann ich nicht annehmen.« Schon jetzt kratzte die Wolle an meinen Ohren und meiner Stirn.

Nina überhörte meinen zugegebenermaßen sehr verhaltenen Protest und ging einfach weiter. Als ich mein Spiegelbild im Schaufenster einer Bäckerei sah, lachte ich laut auf. Mit der Mütze auf dem Kopf, deren großer Bommel bei jedem Schritt fröhlich wippte, hatte ich eine gewisse Ähnlichkeit mit einem der sieben Zwerge. Wenn Nina dachte, ich wäre zu eitel, mit dem Ding rumzulaufen, hatte sie sich getäuscht.

»Gar nicht so schlecht«, stellte ich fest und fügte artig einen Dank hinzu. Dabei ignorierte ich tapfer das Kratzen, das ich jetzt auch auf der Kopfhaut spürte.

Nina schien ihr großherziges Geschenk an mich schon vergessen zu haben. Aufmerksam sah sie sich in der kleinen Geschäftsstraße um, offenbar schon längst wieder in Gedanken beim fantastischen Marco.

»Der Weihnachtsmarkt ist noch geöffnet«, stellte sie entzückt fest, als wir die Straßenecke erreichten. »Da finde ich sicher ein schönes Geschenk.«

Der Weihnachtsmarkt in diesem winzigen Ort bestand aus etwa zehn mit Lichterketten und Tannenzweigen geschmückten Buden. In der hereinbrechenden Dunkelheit leuchteten die elektrischen Kerzen anheimelnd.

Außer dem obligatorischen Glühweinstand gab es einen Maronimann, eine Bude mit Fettgebackenem und einige Stände mit Weihnachtsschmuck und anderen überteuerten Dekogegenständen.

»Möchtest du Glühwein, wenn wir schon hier sind?« Heimlich kratzte ich mein Ohr unter dem Rand der Mütze. »Es ist ziemlich kalt.«

Insgeheim hoffte ich, dass der Glühwein Nina ein bisschen aufheiterte. Was auch immer sie bedrückte, das Leuchten, das ich beim Kauf der Mütze in ihren Augen gesehen hatte, war schon fast wieder erloschen.

Sie zögerte. »Nur wenn du auch welchen trinkst.«

»Ich muss noch Auto fahren. Aber ich probiere einen Schluck bei dir. Und ich esse Maronen.«

»Okay.« Sie stellte sich an einen Stehtisch und wartete, bis ich die dunkelblau lasierte Tasse vor ihr abstellte. Im Licht der schwachen Beleuchtung stieg der Dampf als weiße Wolke auf, die sich mit ihren Atemwölkchen vermischte.

Nachdem ich am Nachbarstand eine Tüte Maronen geholt hatte, standen wir zufrieden nebeneinander und beobachteten das Treiben um uns herum. Wie auf Bestellung hatte es wieder angefangen zu schneien. Die Flocken verfingen sich in Ninas dunklem Haar, und ein besonders großer Kristall fiel auf ihre Unterlippe und schmolz dort.

Plötzlich wurde mir seltsam heiß, was wohl an meiner neuen Mütze lag. Ich riss sie mir mit einem Ruck vom Kopf.

»Hier. Du bekommst ganz nasse Haare.« Sie trug eine Wolljacke ohne Kapuze und ließ es sich tatsächlich gefallen, dass ich ihr die Mütze über die Locken zog. Jetzt sah sie wie ein zauberhafter Zwerg mit riesigen blauen Augen aus.

Als sie an ihrem Glühwein nippte, tanzte der riesige Bommel lustig im Kreis, und der Alkohol sorgte dafür, dass ihre Wangen sich rosig färbten.

Ich reichte ihr eine Marone, die ich aus der Schale gelöst hatte, und sie streckte mir den Kopf entgegen und öffnete den Mund. Eigentlich hatte ich ihr den Leckerbissen in die Hand legen wollen, dabei aber nicht bedacht, dass sie nur die Linke zur Verfügung hatte, mit der sie ihren Keramikbecher festhielt.

Also schob ich ihr nach kurzem Zögern die Marone zwischen die Lippen. Ihr warmer Atem an meinen Fingerspitzen sorgte erneut dafür, dass mir trotz des eisigen Wintertags heiß wurde. Als hätte ich mich verbrannt, zog ich die Hand zurück. Warum reagierte ich so merkwürdig auf diese Frau? Immerhin wusste ich, dass sie einen Freund hatte, auf den sie sehnsüchtig wartete.

Im Licht der bunten Lämpchen am Dach der Glühweinbude musterte ich sie prüfend. Unter dem knallroten Rand der Wollmütze hervor kringelten sich feuchte dunkle Löckchen über ihrer Stirn. Sie hielt die Tasse gegen ihre Wange, um sich kurz daran zu wärmen, und nahm dann einen großen Schluck. Anschließend streckte sie mir den Becher entgegen. »Probier.«

Ich legte meine Hand in dem dicken Handschuh über ihren Fäustling und kippte den Rand der Tasse meinen Lippen entgegen. Erst stieg mir der kräftige Geruch nach Rotwein und Zimt in die Nase, dann explodierte der Geschmack auf meiner Zunge.

»Gut, nicht wahr?«

»Schmeckt nach Weihnachten. Herrlich.«

Sie runzelte die Stirn. »Jetzt weißt du sogar schon, wie Weihnachten schmeckt?«

»Immerhin habe ich mit deinen Keksen geübt. Und ich besitze sogar einen Tannenbaum.«

»Du hast einen armen, kleinen verkrüppelten Baum aus dem Wald mitgenommen. Ohne Kerzen und Schmuck ist es kein Tannenbaum.« Sie legte den Kopf in den Nacken und trank die letzten Tropfen aus.

»Noch einen?«

»Lieber nicht. Wir haben noch eine Menge zu besorgen.« Sie trug ihren Becher zum Stand, packte mich beim Ärmel und zog mich den schmalen Gang zwischen den Bretterbuden entlang. An diesem Spätnachmittag waren nicht sehr viele Besucher auf dem Weihnachtsmarkt. Die meisten Leute waren wohl zu Hause mit ihren Vorbereitungen für die Feiertage beschäftigt.

Vor dem kleinsten Stand, ganz am Rand des Kirchplatzes, auf dem der Weihnachtsmarkt stattfand, blieb sie stehen. »Sieh nur.«

Erstaunt betrachtete ich zarte Glaskugeln, die im schwachen Licht schillerten wie Seifenblasen, kleine Figürchen und Eiszapfen aus Glas.

Nina brauchte nur ein oder zwei Minuten, dann griff sie nach einem Kristall, einer stilisierten Schneeflocke aus Glas. »Die ist für Marco. Als Erinnerung an unser erstes gemeinsames Weihnachtsfest im Schnee.«

Ich sah zu, wie sie die gläserne Flocke bezahlte und in Seidenpapier einwickeln ließ, damit sie sie unbeschadet nach Hause tragen konnte.

»Jetzt du!« Auffordernd stieß sie mich in die Seite.

»Die Sachen sind schön, aber ich weiß nicht …«

»Du brauchst wenigstens ein paar Sachen, die du an dein armes schiefes Bäumchen hängen kannst. Und natürlich Kerzen. Die gibt es da drüben.«

Fünf Minuten später hatte ich mit Ninas Hilfe einige schillernde Glaskugeln, einen kleinen Glasengel und zwei im Licht funkelnde Eiszapfen ausgesucht. Nach längerer Diskussion wählte ich dazu zwei Stände weiter dunkelblaue Wachskerzen aus.

Dass ich dieses Jahr auf einem Weihnachtsmarkt Schmuck und Kerzen für meinen eigenen Tannenbaum aussuchen würde, hätte ich noch vor einer Woche nicht für möglich gehalten. Noch weniger hatte ich geahnt, dass ich gar nicht versuchen würde, mich dagegen zur Wehr zu setzen.

Allerdings war ich mir noch nicht sicher, ob ich das Zeug wirklich an mein armes verkrüppeltes Bäumchen hängen würde, das ich eigentlich nur mit in mein Haus genommen hatte, weil Nina diesen kleinen Baum so vehement abgelehnt hatte. So weit, einen Tannenbaum zu schmücken, ging es dann wahrscheinlich doch nicht.

Männer, die Weihnachten allein waren, öffneten eine Flasche Rotwein und sahen sich einen erotischen Film auf einem Privatsender an. Sie hingen keine Glasanhänger an Tannenzweige und starrten dann sentimental ins Kerzenlicht.

»Wir müssen uns beeilen«, stellte Nina nach einem Blick auf ihre Armbanduhr fest. »Oma ist sicher schon bei der dritten Tasse Kaffee. Dann kann sie nachher wieder nicht schlafen und will bis zwei Uhr früh Rommé spielen.«

Während wir in Richtung der *Alten Post* eilten, sah ich Nina prüfend von der Seite an. Auf dem Weihnachtsmarkt war sie fröhlich und fast ausgelassen gewesen, jetzt lag um ihren Mund wieder der traurige Zug, und ihre Augen sahen suchend in die Ferne.

»Kommt deine Schwester denn eigentlich morgen?«

Mit einem Ruck blieb Nina stehen und sah mich an. »Ich glaube schon. Seit dem Tod unserer Eltern haben wir jedes Weihnachtsfest zusammen hier in Alptal verbracht. Und in den letzten Jahren war Patrick immer dabei. Sie wird kommen.«

»Warum bist du dann so traurig?«, fragte ich leise, als sie wieder nach vorn schaute und weiterging.

»Ich habe Angst, dass Katja und Patrick sich so zerstritten haben, dass sie nicht zusammen kommen. Wenn Katja ihn einfach in Düsseldorf lässt, um Weihnachten mit Oma und mir zu verbringen, könnte der Riss zwischen ihnen noch tiefer werden. Das macht mir Angst. Aber ich kann ihr auch nicht sagen, dass sie lieber bei ihm bleiben soll, bis sie ihr Problem geklärt haben. Dann wären wir Weihnachten getrennt, und Marco und sie würden sich wieder nicht kennenlernen.«

»Das tut mir leid. Ich weiß, wie sehr du dich auf Weihnachten gefreut hast.« Vorsichtig strich ich über ihren Ärmel, und sie ließ es zu.

»Was zwischen Katja und Patrick steht, muss so schlimm sein, dass sie es nicht mal mir sagen kann. Und wir haben uns immer alles erzählt. Vor allem seit unsere Eltern bei dem Unfall ums Leben gekommen sind und wir nur noch uns hatten. Jetzt ist Katja mit Patrick verheiratet, und ich kann verstehen, dass sie über Eheprobleme mit ihrem Mann reden muss und nicht mit mir. Aber es ist schwierig.«

Spontan streckte ich die Arme aus und zog Nina an meine Brust. Ihr Gipsarm war ein wenig im Weg, aber sie legte für einen Moment den Kopf an meine Schulter und ließ es sich gefallen, dass ich durch die dicke Jacke ihren Rücken streichelte. Dabei kitzelte mich der Bommel der bunten Mütze an der Wange.

»Wie lange ist das mit deinen Eltern denn her?«, fragte ich nach einer Weile leise.

Sie hob den Kopf und sah mich von unten an. »Es ist am Tag vor Weihnachten passiert, als sie auf dem Weg in unser Ferienhaus waren. Vielleicht fühlt es sich Weihnachten deshalb immer ein bisschen so an, als wäre es gestern gewesen. Trotz allem liebe ich diese Zeit. Katja und ich machen immer etwas Besonderes daraus. So wie es früher mit unseren Eltern war. Wir reden nicht dauernd über sie, aber wir erinnern uns besonders während der Feiertage an sie. Ohne meine Schwester wäre es kein Weihnachten für mich.«

Ich nickte und musste mich räuspern, weil ich plötzlich einen Kloß in der Kehle hatte. Gerne hätte ich etwas Tröstliches gesagt, aber mir war klar, dass Worte über einen solchen Verlust nicht hinwegtrösten konnten. Also zog ich Nina noch ein bisschen dichter an mich heran, und sie legte ihren Kopf wieder gegen meine Brust.

Eine Weile standen wir so aneinander gelehnt auf dem Gehweg. Die paar Leute, die zu Fuß im Ort unterwegs waren, gingen um uns herum.

»Fröhliche Weihnachten«, sagte eine junge Frau leise. Sie klang ein wenig sehnsüchtig. Wahrscheinlich war sie einsam und hielt uns für ein Liebespaar.

Nina nahm noch einen tiefen, zittrigen Atemzug, dann löste sie sich aus meinen Armen und lächelte mich traurig an. »Das mit Oma und Opa und Katja und ihrem Mann wird schon wieder. Das wäre nicht so schlimm, wenn ich nicht Marco so viel von unserer harmonischen Familienweihnacht vorgeschwärmt hätte. Ich wollte ihm so gern zeigen, wie schön es sein kann, wenn das Haus geschmückt ist und alle verstehen sich gut und haben eine wunderschöne gemeinsame Zeit.«

Irgendwie hatte ich diesen Marco die ganze Zeit schon nicht gemocht. Warum auch immer. Doch in diesem Moment wurde ich wütend auf ihn. Wieso fühlte Nina sich nicht von ihm unterstützt, wenn es Probleme in ihrer Familie gab? Wieso glaubte sie, ihm ein Weihnachtsmärchen frei Haus liefern und all ihre Sorgen vor ihm verbergen zu müssen?

Ich holte tief Luft, um sie zu fragen, ob Marco wirklich ein Typ war, der nichts mit der wahren Nina und ihren Gedanken und Gefühlen zu tun haben wollte. Oder ob sie sich das nur einredete und selber schuld war, wenn sie sich ihrem Freund nicht anvertraute. Doch Nina hatte sich schon weggedreht.

»Wir müssen uns beeilen. Oma Rosa denkt sicher schon, wir hätten sie vergessen. Außerdem verträgt sie eigentlich keine Torte, aber meistens kann sie nicht widerstehen. Mach schnell, bevor sie noch ein zweites oder sogar ein drittes Stück isst.«

Sie stürmte den Gehweg entlang, und mir blieb nichts anderes übrig, als ihr zu folgen.

17. Kapitel

Nina

Auf der Heimfahrt war Paul ungewöhnlich still. Oma, die auf dem Beifahrersitz saß, sagte ebenfalls nichts. In ihrem Fall kannte ich den Grund. Wir waren zu spät gekommen. Sie hatte in der *Alten Post,* wo es erstaunlicherweise neben mehreren Biersorten auch eine Glasvitrine mit einer ziemlich großen Kuchenauswahl gab, die Haselnusstorte und die Zitronenrolle probiert.

Als ich mich vorbeugte und über ihre Schulter sah, presste sie sich die Hand auf den Bauch. Wenn sie zu fett aß, hatte sie Probleme mit der Galle.

Ich überlegte, ob ich Paul bitten sollte, bei der Apotheke vorbeizufahren, ließ es aber sein. Oma hasste es, mit Fremden über Krankheiten zu reden. Hoffentlich hatte sie ein Mittel dabei, das ihr und ihrer Galle half.

Als wir in unsere Straße einbogen, sah ich sofort den schwarzen Mercedes vor unserer Tür. Ich schnappte nach Luft und wusste nicht, ob ich mich freuen sollte.

Oma bemerkte den Wagen erst, als Paul schwungvoll in unsere Einfahrt fuhr und neben dem großen Auto hielt.

»Besuch!«, verkündete er fröhlich.

»Oh nein, nicht jetzt. Eigentlich überhaupt nicht, aber auf

keinen Fall jetzt«, ächzte Oma und machte keine Anstalten auszusteigen.

Wenn ich irgendwie konnte, würde ich verhindern, dass meine Großeltern sich am Tag vor Weihnachten stritten. Nachdem ich tief durchgeatmet und all meinen Mut zusammengenommen hatte, hüpfte ich betont munter aus der hinteren Tür von Pauls SUV. Auf meinen Gipsarm konnte ich jetzt keine Rücksicht nehmen. Dann ging ich auf Opa zu, der mit einem riesigen, in Papier eingeschlagenen Blumenstrauß vor der Haustür stand.

»Du wartest hoffentlich noch nicht allzu lange in der Kälte.« Zur Begrüßung küsste ich ihn auf die Wange. So wie immer. Schließlich war und blieb er mein Großvater.

»Was hast du denn mit deinem Arm gemacht, Nina-Kind?«, erkundigte Opa sich besorgt.

»Skiunfall. Tut aber nicht mehr weh. Nur der Gips ist ein bisschen lästig.«

Über meine Schulter hinweg sah Opa zu Pauls Wagen hinüber. Ich drehte mich um.

Paul war ausgestiegen und hatte Oma die Tür geöffnet. Jetzt streckte er ihr die Hand entgegen, sodass ihr nichts anderes übrig blieb, als endlich auszusteigen.

Dann stand Oma neben dem Auto, rührte sich aber wieder nicht und sah nur wie versteinert zu Opa hinüber. Mein Blick wanderte wie hypnotisiert zwischen meinen Großeltern hin und her. Auch Paul beobachtete die Szene fasziniert.

Oma stand wie angewurzelt da, Opa machte einen Schritt in ihre Richtung. Gleichzeitig fing er an, die Blumen von mehreren Lagen Papier zu befreien, in die die Floristin sie zum Schutz gegen die Kälte eingeschlagen hatte.

Als ich die ersten blutroten Blüten zwischen dem weißen Papier auftauchen sah, zuckte ich entsetzt zusammen. Ich machte eine kleine Bewegung auf Opa zu, aber mir war klar, dass ich nichts tun konnte. Sollte ich ihm den Strauß gewaltsam entreißen und im Schnee vergraben? Also stand ich hilflos da und beobachtete die Szene wie ein Zuschauer den unausweichlichen Zusammenstoß zweier Autos.

Mit großer Geste zog Opa das Papier von dem riesigen Strauß und drückte es mir in die Hand. Ich fand nicht einmal die Kraft, das Blumenpapier zusammenzuknüllen. Entsetzt starrte ich die Blumen an, die Opa stolz zu Oma trug. Es mussten mindestens dreißig rote Rosen sein. Wahrscheinlich mehr.

»Für dich«, erklärte er, als er vor ihr stand.

Lange sah sie ihn wortlos an. Dann machte sie einen Schritt zur Seite und ging an ihm vorbei zur Haustür.

»Aber Lieselotte! Du hast dir doch immer Blumen gewünscht. Ich weiß, dass ich dir schon früher welche hätte schenken sollen, aber man sagt doch, es ist nie zu spät. Wir können neu anfangen. Wenn du möchtest, bekommst du ab sofort jede Woche einen Strauß von mir.«

Nachdem sie die drei Stufen zur Haustür hinaufgestiegen war, drehte Oma sich um. »Schenk das Gestrüpp Renate. Jede Woche oder jeden Tag, wie du möchtest, Hannes. Ich will es nicht.«

»Lilo, bitte!« Die Rosen wie eine Fackel im Dunkeln vor sich her tragend ging Opa erneut auf Oma zu.

Ich wusste nicht, ob er mir leidtat oder ob ich Oma in diesem Moment endlich verstand. Wohl beides. Jedenfalls begriff ich jetzt, was Oma meinte, als sie versuchte, mir die Gründe für ihre Trennung zu erklären. Tatsächlich ging es wohl nur sehr am Rande um ihre Nachbarin Renate, der Opa zum Geburtstag Blumen geschenkt hatte. Es ging darum, dass er Oma, mit der er schon fast ein ganzes Leben verheiratet war, nicht zuhörte. Dass er sie nicht wahrnahm.

Bevor er die unterste Stufe erreicht hatte und mit seinen Blumen zu Oma hinaufsteigen konnte, trat ich ihm in den Weg.

»Ach, Opa. Erinnerst du dich denn nicht?« Ich unterdrückte einen Seufzer. »Oma hasst Rosen. Sie fasst sie nicht mal mehr an, seit sie sich an einer Dorne gestochen hat und die schlimme Blutvergiftung hatte.« Sanft drückte ich seinen Arm nach unten, damit er die Rosen nicht mehr so demonstrativ in Omas Richtung streckte.

»Aber das ist doch schon ewig her.« Opa schüttelte verständnislos den Kopf. »Mindestens zwanzig Jahre.«

»Eher dreißig. Ich kann mich nicht daran erinnern. Wahrscheinlich war ich noch gar nicht geboren. Aber ich weiß es trotzdem, weil Oma so oft erwähnt, dass sie keine Rosen in ihrer Nähe ertragen kann.« Mit gesenkter Stimme fuhr ich fort: »Hörst du ihr denn nicht zu, Opa?«

»Schließt du mir bitte die Tür auf, Nina?«, mischte sich Oma an dieser Stelle ein. »Mir ist schlecht.«

Wahrscheinlich war ihr schon vorher von der Sahnetorte übel gewesen, aber das konnte Opa natürlich nicht wissen. Für ihn musste sich ihre Bemerkung furchtbar anhören.

Stumm stieg ich die Stufen hinauf, zog den Hausschlüssel aus der Jackentasche und öffnete Oma die Tür. Ohne sich umzublicken, ging sie ins Haus.

Als ich mich umdrehte, sah ich in das blasse, erstaunte Gesicht meines Großvaters. »Das war wirklich gar nicht gut, Opa. Sie hat vorher schon gesagt, dass sie es sich nicht wieder anders überlegen wird, aber da habe ich ihr nicht geglaubt. Da dachte ich, weil ihr so lange zusammen wart, wird sie sich nicht jetzt, nach all den Jahren, noch von dir trennen. Aber das mit den Rosen … Wenn du sie nach so langer Zeit so wenig kennst … Ich glaube, es ist besser, wenn du nach Hause fährst.«

»Aber es ist Weihnachten«, stotterte Opa.

»Ja … Aber leider sieht es so aus, als würde dieses Jahr allein durch die Tatsache, dass Weihnachten ist, nicht automatisch alles gut. Tut mir leid.«

Ich ging zu Paul, der neben seiner geöffneten Kofferraumklappe stand und betreten nach irgendetwas über den Wipfeln der Bäume im nahegelegenen Wald Ausschau hielt. Offenbar ließ ihn das Drama, das sich zwischen meinen Großeltern abspielte, auch nicht kalt.

»Lass uns die Einkäufe ins Haus bringen«, forderte ich ihn auf.

Er räusperte sich und nickte, sagte aber nichts.

Dann standen wir aber beide nur da, kümmerten uns nicht um die Tüten auf der Ladefläche, sondern sahen zu, wie Opa die Rosen neben der untersten Treppenstufe in den Schnee legte. Dann ging er zu seinem Auto.

»Tut mir leid, Opa«, rief ich, während ich durch den Schnee zu ihm lief. Kurz vor seinem Wagen holte ich ihn ein und schlang ihm die Arme um den Hals. »Ich rufe dich im neuen Jahr an.«

Er nickte, ohne etwas zu erwidern. Dann stieg er ein und zog die Wagentür so sachte hinter sich zu, dass es in der ländlichen Stille kaum zu hören war. Während er den Motor startete und langsam von der Einfahrt fuhr, sah ich ihm hinterher, bis er um die Kurve verschwunden war. Dann kehrte ich zu Paul zurück.

»Hut ab«, sagte er leise.

»Was meinst du?« Ich griff nach einem der Einkaufsbeutel.

»Deine Großmutter. Sie zieht ihr Ding durch. Und wie es aussieht, hat sie recht, auch wenn dein Opa mir leidtut. Aber letztlich kann ich mir kein Urteil darüber erlauben.«

»Nein. Das kannst du ganz sicher nicht«, fauchte ich ihn an.

Wie unangenehm, dass Paul die Szene zwischen meinen Großeltern miterlebt hatte. Andererseits – besser er als Marco. Aus irgendeinem Grund schien Marco stets nach Belegen zu suchen, dass Beziehungen sowieso nicht gut gingen. Ihm musste man zeigen, wie oft die Liebe siegte. Bei Paul war das anders. Er machte auf mich den Eindruck, die dunklen und die hellen Seiten sehen zu können und zu wissen, dass wir uns eben Mühe geben mussten, um nicht im Dunkel zu landen.

Wenn ich recht darüber nachdachte, war es mir aber ohnehin egal, was Paul über die Ehe meiner Großeltern dachte. Was ging es unseren Nachbarn an, dass Oma und Opa nicht miteinander klarkamen?

Stumm trotteten wir mit den Einkäufen durch die Haustür, die Oma hinter sich offengelassen hatte. Sie saß in der Küche am Tisch, immer noch in Mantel, Schal und Mütze.

»Kannst du mir bitte einen Wermuttee machen, Liebes?«, fragte sie, als sie mich sah.

»Natürlich.« Ich musterte sie prüfend, konnte aber natürlich nicht sehen, ob ihre Blässe von der Begegnung mit Opa herrührte oder von ihren Bauchschmerzen.

Paul räusperte sich. »Wenn es sonst nichts mehr zu tun gibt, mache ich mich drüben wieder an die Arbeit.« Sicher war er froh, unsere von Dramen geschüttelte Familie verlassen zu können, um sich wieder seiner Kunst zu widmen.

Mit einem Ruck hob Oma den Kopf. »Was haben Sie morgen vor?«

Paul blieb in der offenen Küchentür stehen und runzelte die Stirn. »Normalerweise mache ich keine Pläne für Weihnachten. Erst recht nicht dieses Jahr. Ich habe sehr viel zu tun.«

»Sie können unmöglich an Heiligabend allein in Ihrem Haus sitzen. Oder sogar arbeiten«, erklärte Oma ihm streng.

Er zuckte mit den Achseln. »Das kann ich durchaus. Außerdem habe ich jetzt sogar Kerzen für meinen Tannenbaum.«

»Sie feiern mit uns. Um neunzehn Uhr sind Sie hier.« Omas Ton duldete keinen Widerspruch.

»Aber … Sie feiern mit Ihrer Familie. Da störe ich nur.«

»Papperlapapp. Weihnachten stört niemand. Fast niemand.« Omas Blick wanderte zum Fenster. Wahrscheinlich dachte sie an den Mann, mit dem sie während der vergangenen sechzig Jahre Weihnachten gefeiert hatte. »Sie jedenfalls sind ein gern gesehener Gast bei uns.«

Paul sah mich fragend an. Ich schluckte. Mittlerweile reichte meine Fantasie nicht mehr aus, um mir vorzustellen, wie der morgige Abend verlaufen würde. Oma als frisch getrennter Single mit dem Plan, sich sehr bald eine Wohnung in der Stadt zu suchen. Katja und Patrick womöglich immer noch zerstritten. Oder Katja allein und weinend unterm Tannenbaum. Und jetzt auch noch Paul, ein attraktiver Typ, der zu unverblümten Äußerungen neigte und mich außerdem schon nackt gesehen hatte.

Wie sollte ich Marco das als die harmonische Weihnachtsfeier im Kreis meiner Lieben verkaufen, die ich ihm seit Wochen versuchte, schmackhaft zu machen?

Mühsam unterdrückte ich einen Seufzer und nickte ergeben. »Sicher. Du kannst auf keinen Fall allein nebenan rumsitzen.«

»Wenn ich störe, musst du es sagen.«

»Du störst nicht.«

»Ich kann nicht versprechen, dass ich komme. Bis Februar muss ich noch so viel schaffen. Mittlerweile kommt es fast auf jeden Tag an.« Mit dieser seltsamen Erklärung verschwand er im Flur.

Ich eilte hinter ihm her und hielt ihn auf. »Kannst du mir noch einen Gefallen tun?«, flüsterte ich hektisch und sah dabei zur offenen Küchentür. »Nimmst du bitte den Rosenstrauß mit, den mein Opa draußen in den Schnee gelegt hat, und wirfst ihn in den Müll? Wenn Oma den sieht … Er muss weg.«

»Kein Problem.« Er nickte und verließ das Haus.

»Hast du ihm noch mal gesagt, dass er unbedingt kommen muss?« Oma zog sich die rosa Mütze vom Kopf und legte sie vor sich auf den Tisch.

»Nicht direkt.« Ich schaltete den Wasserkocher ein, um Oma gleich ihren Tee zu machen, und fing dann an, die Einkäufe im Kühlschrank und der Speisekammer zu verstauen.

»Wenn er nicht kommt, hole ich ihn persönlich rüber. Oder noch besser – du machst das.« Über das, was eben vor der Haustür passiert war, wollte Oma offenbar nicht reden. Hatte sie wirklich schon so endgültig mit ihrem Ehemann abgeschlossen?

»Das sehen wir dann.« Ich legte den Zuckerhut auf das unterste Regalbrett in der Speisekammer und fing an, die leeren Plastikbeutel zusammenzufalten. »Sag mal, da ihr ja offenbar alle so gut über Paul Bescheid wisst: Was ist denn das für eine äußerst wichtige Ausstellung, von der er immer redet?«

Oma zuckte mit den Schultern. »Eine Kunstausstellung, auf der seine Bilder verkauft werden, nehme ich an. Kannst ja selber mal im Internet nachgucken.«

»Ich denke nicht dran. Das macht man nicht.«

»Offenbar bist du doch aber neugierig. Paul Anders ist ein sehr erfolgreicher Künstler. Sogar in den USA wird über seine Ausstellung berichtet. Ich bin fast in Ohnmacht gefallen, als ich die Preise seiner Bilder gesehen habe.« Oma zwinkerte mir zu. »Aber das Geld ist meiner Meinung nach nicht der einzige Grund, weshalb er als begehrtester Junggeselle Münchens gilt.«

»*Das* wollte ich sowieso nicht wissen. Was interessieren mich irgendwelche Junggesellen? Begehrt oder nicht.« Nun war ich es, die demonstrativ mit den Schultern zuckte.

»Wie du meinst.« Oma war aufgestanden, um sich aus ihrem Mantel zu schälen. »Wo hast du die schöne Mütze her?«

»Oh.« Seltsamerweise hatte ich die bunte, kratzige Pudelmütze völlig vergessen. Reflexartig nahm ich das Ding von meinem Kopf. »Die ist nur geliehen. Ich habe sie Paul gekauft.«

»Das mit der Mütze ist praktisch. Du kannst sie hübsch

einpacken und für Paul unter den Tannenbaum legen. Oder hast du noch ein anderes Geschenk für ihn?«

»Natürlich *nicht.*« Ich goss das heiße Wasser so schwungvoll in den Becher, dass eine Menge danebenging.

Zum ersten Mal seit wir Weihnachten ohne unsere Eltern feiern mussten, war mir beim Gedanken an die Feiertage unbehaglich zumute. Sonst fand ich es immer wunderschön und tröstlich, diese Zeit mit Katja zu verbringen. Und dieses Jahr hatte ich mir schon im November ausgemalt, wie wunderbar das Fest mit Marco und meiner Familie sein würde.

Aber vielleicht geschah ja ein kleines Wunder, und alles wurde trotz des seltsamen Starts einfach zauberhaft. Dazu war Weihnachten schließlich da: damit Dinge, die aus dem Lot geraten waren, wieder geradegerückt wurden. Durch Liebe und Verständnis und die Erkenntnis, dass man zusammengehörte.

Wobei selbst ich nicht glaubte, dass Oma und Opa in den vierundzwanzig Stunden bis Weihnachten noch die Kurve kriegten. Aber Oma schien ja vorerst auch ohne Opa glücklich zu sein. Vielleicht sogar ein bisschen glücklicher als vorher. Und Opa? Vielleicht ging er in sich und überlegte, was er tun konnte, um Oma zurückzuerobern. Was Katja und Patrick betraf … Das würde schon wieder werden. So ein Traumpaar trennte sich doch nicht wegen eines blöden Streits.

Alles wird gut, sagte ich mir immer wieder, während ich den bitteren Dampf einatmete, der von Omas Wermutkrauttee aufstieg.

»Wenn du da runterfällst, brichst du dir ausgerechnet an Heiligabend noch den zweiten Arm und verbringst die Weihnachtstage im Krankenhaus«, orakelte Oma finster. »Geh rüber und bitte Paul um Hilfe.«

»Nicht schon wieder«, murmelte ich und reckte mich noch ein bisschen mehr, um die goldene Spitze oben an unserem Tannenbaum zu befestigen. Der Hocker, auf dem ich stand, wackelte gefährlich. Trotzdem würde ich ganz sicher nicht schon wieder nach nebenan gehen und Paul holen. Er hatte schon geholfen, den Weihnachtsbaum ins Haus zu tragen und in den Ständer zu stellen, wozu die unteren Äste abgesägt werden mussten. Oma betonte ununterbrochen ihr hohes Alter, das sie bisher bei absolut nichts behindert hatte, was sie tun wollte. Neuerdings tat sie, als könnte sie nicht mal einen Grashalm von der Stelle bewegen, und rief immer gleich nach Paul. Dieses Mal würde ich mich nicht darauf einlassen. Schmücken konnte ich den Baum auch mit einer Hand. Basta.

»So ist es perfekt!«, stellte ich triumphierend fest, als die goldene Spitze fast gerade zur Decke zeigte. Ich sprang vom Hocker, geriet ins Stolpern und hielt mich im letzten Moment an der Sofalehne fest.

»Siehst du!« Oma tat, als wäre ich dem Tod gerade noch von der Schippe gesprungen.

Ich antwortete nicht, sondern nahm mein Handy vom Tisch und starrte beschwörend aufs Display. Warum meldete Marco sich nicht? Er musste längst in München gelandet sein, wenn er wie geplant den Neun-Uhr-Flug ab Heathrow genommen hatte. Vielleicht wollte er mich überraschen, saß längst im Auto und klingelte schon bald unverhofft an der Tür.

Bei diesem Gedanken beschleunigte sich mein Herzschlag so rasant, dass ich meinen Puls bis in die Fingerspitzen spürte. In jenen Fingern, die schon bald Marcos Haut berühren würden. Für einen kurzen Moment schloss ich die Augen und genoss die Vorfreude auf den Moment, wenn Marco mich zur Begrüßung umarmen und küssen würde. Wir hatten uns fast zwei Wochen nicht gesehen, aber es kam mir wie eine Ewigkeit vor.

Ich wählte seine Nummer, aber wie bei den drei oder vier Versuchen vorher teilte mir nach einer Weile die Stimme vom Band mit, dass der Teilnehmer vorübergehend nicht zu erreichen sei. Vielleicht meldete er sich nicht, damit die Überraschung größer war, wenn er plötzlich vor der Tür stand. Bei dieser Vorstellung musste ich breit lächeln.

»Hast du eine gute Nachricht bekommen?« Oma entging einfach nichts.

»Heute ist Heiligabend. Ich freue mich.«

Da ich mein Handy schon in der Hand hatte, wählte ich Katjas Nummer. Auch hier ließ ich es klingeln, bis sich die Mobilbox meldete, hinterließ aber keine Nachricht. Was hätte ich sagen sollen? Ich wollte mit meiner Schwester sprechen und sie fragen, warum sie noch nicht da war.

»Hast du von Katja gehört?«, erkundigte Oma sich in diesem Moment. »Ich habe vorhin versucht, sie zu erreichen, aber sie meldet sich nicht. Und wann kommt überhaupt dein Marco?«

»Ich glaube, sie sind alle schon unterwegs und können deshalb nicht telefonieren.«

»Lass uns mit dem Kochen anfangen. Der Baum ist fertig. Schöner kann er gar nicht mehr werden.« Oma stand von der Couch auf. Zur Feier des Tages hatte ich ihr eine Schleife um den Spazierstock gebunden, die fröhlich durch die Luft flatterte, während sie den Raum durchquerte.

Wie der Heilige Abend in unserer Familie ablief, stand seit vielen Jahren fest. Gegessen wurde um sieben. Das war schon so gewesen, als unsere Eltern noch lebten. Marco hatte ich das viele Male erzählt, und für Katja war dieser Ablauf ebenso selbstverständlich wie für mich. Dennoch war ich mir mittlerweile überhaupt nicht mehr sicher, ob wir dieses Jahr um sieben Uhr abends alle gemeinsam am Tisch sitzen würden. Bis jetzt waren jedenfalls nur Oma und ich da und alle anderen verschollen.

Weihnachtswunder, wiederholte ich im Stillen immer wieder, wie ich es während der vergangenen Stunden so oft getan hatte. *Weihnachten ist die Zeit der Wunder.*

Eine weitere Tradition in unserer Familie besagte, dass es an Heiligabend gedünsteten Lachs mit Kräuterreis und Salat gab. Das hatte Mama irgendwann eingeführt, weil es ein schnelles, gesundes Essen war, das Papa und sie liebten. Katja und mir schmeckte Fisch eher mäßig, aber Mama fand, dass wir ruhig etwas für unsere Geschenke tun konnten. Sie sagte das stets mit einem Augenzwinkern, und wir machten jedes Jahr ein großes Getue um den Lachs, den wir an jedem anderen Tag ohne Begeisterung, aber auch ohne Protest aßen. Wir jammerten und klagten und erklärten, wenn wir unsere Teller leer äßen, hätten wir einen *wirklich großen* Berg Geschenke verdient.

Natürlich hätten wir nach dem Tod unserer Eltern beschließen können, an Heiligabend lieber etwas anderes zu essen. Aber das taten wir nicht. Lachs mit Kräuterreis war und blieb eine unserer weihnachtlichen Familientraditionen.

»Wir hätten Paul fragen sollen, ob er Lachs mag«, überlegte Oma laut, während sie die Filets mit Zitronensaft beträufelte. »Rufst du ihn an? Jetzt ist noch Zeit, etwas anderes für ihn vorzubereiten.«

»Lachs ist Tradition. Es gibt Lachs und sonst gar nichts. Marco liebt Fisch.«

»Dann ist ja gut.« Oma griff nach der Pfeffermühle und bewegte sie in großen Kreisen über dem Fisch, sodass sie die Arbeitsplatte gleich mit pfefferte.

»Bin gleich wieder da.« Ich stellte die Salatschleuder auf die Arbeitsfläche und ging ins Bad. Für den Fall, dass Marco plötzlich vor der Tür stand, wollte ich gut aussehen, selbst wenn ich gerade beim Kochen war.

Ich puderte mir die Nase, tuschte mir noch mal die Wimpern und benutzte den tiefroten Lippenstift, den ich mir extra gekauft hatte. Die Farbe erinnerte mich an den Mantel des Weihnachtsmanns.

Ungeduldig zupfte ich an meinen Locken. Als ich meinen kinnlangen Bob alle vier Wochen hatte nachschneiden lassen, waren meine Haare immer viel zu schnell gewachsen. Jetzt stellte ich fest, dass es ewig dauerte, bis man überhaupt eine Veränderung sah. Ob Marco bemerkte, dass die Spitzen schon fast meine Schultern berührten?

Großzügig verteilte ich Stylingschaum in meinen Haaren. Wenn ich alles schön glatt föhnte, sah man ganz bestimmt, dass die Seitenpartien schon *fast* lang waren.

Wegen des lauten Föhns schrak ich zusammen, als plötzlich Oma neben mir stand. Sie reckte sich und zog den Stecker aus der Dose.

»Was machst du da? Es ist schon nach sechs, und wir haben nicht mal den Fisch im Ofen. Ein paar Sachen gibt es, die du mit einer Hand machen kannst, damit es vorwärtsgeht.«

»Ich wollte mich nur schnell ein bisschen stylen. Für den Fall …«

»Sollten wir uns nicht besser erst hübsch machen, wenn die Küchenarbeit erledigt ist?« Oma runzelte die Stirn.

»Guck mal, wie lang meine Haare schon sind«, wechselte ich das Thema und strich mir eine glatte Strähne hinters Ohr.

»Mir hat es vorher besser gefallen.« Oma Rosa sagte immer genau das, was sie dachte.

Ich lachte und schüttelte stolz meine Mähne. »Marco liebt lange Haare. Und ich liebe ihn. Ein bisschen wichtiger ist es mir dann doch, ihm zu gefallen als dir. Du bist meine Oma, und irgendwie ist es deine Pflicht, mich mit jeder Frisur zu lieben.«

»Das tue ich auch, meine Kleines. Aber die wilden Locken und du – ihr gehört irgendwie zusammen. Und du mochtest deine kurzen Haare immer. Letztes Jahr hast du noch gesagt, du findest es blöd, dass alle Frauen die gleiche langweilige Frisur haben – lang und glatt.«

»Dann habe ich eben meine Meinung geändert. Das wird ja wohl erlaubt sein.«

»Wenn es wirklich deine Meinung ist.« Bevor ich antworten konnte, hatte sie das Bad verlassen.

Ich folgte ihr in die Küche, griff nach einem Messer und schnitt eine Porreestange in Ringe.

»Denkst du manchmal an Opa und daran, dass er Weihnachten vielleicht ganz allein ist?« Über den Küchentisch hinweg sah ich Oma an, die auf der anderen Seite saß und die Kräuter für den Reis hackte.

»Ich denke ununterbrochen an ihn. Wir waren sechzig Jahre lang fast jeden Tag zusammen.« War das ein unterdrückter Seufzer gewesen?

Erstaunt ließ ich das Messer in der Luft schweben. »Du wirst dich also doch wieder mit ihm versöhnen?«

»Nein.« Das klang immer noch so entschlossen wie in den vergangenen Tagen.

»Aber …« Ich stockte, denn es machte sicher keinen Sinn, zum x-ten Mal die vielen Jahre zu erwähnen, die meine Großeltern miteinander verbracht hatten. Für Oma schien das kein Argument zu sein.

»Wir hatten durchaus auch gute Zeiten. Aber die letzten zwanzig Jahre waren einfach nur … Gewohnheit. Für ihn und wohl leider auch für mich, wie ich jetzt erst begreife. Weißt du, Nina. Ich habe mich geärgert, als er Renate Blumen geschenkt hat. Aber wirklich verletzt hat mich das nicht. Und wenn ein Mann dich nicht verletzen kann, besitzt er nicht den Schlüssel zu deinem Herzen. Dann kann er nur ein bisschen an deinem Stolz kratzen. Das bedeutet aber auch, dass er dich nicht mehr glücklich machen kann.« Ihr Lächeln war unendlich traurig.

Ich ließ das Messer fallen, eilte zu ihr, beugte mich über ihren Stuhl, schlang den Arm um ihre Schultern und schmiegte meine Wange an ihre.

»Ich verstehe dich, Oma«, flüsterte ich neben ihrem Ohr. Zu meinem eigenen Erstaunen war es tatsächlich so.

»Danke, mein Kind.« Sie tätschelte meine Hand, die auf ihrer Schulter lag. »Und was ist mit dir? Weißt du, was du willst und was dich glücklich macht?«

»Natürlich. Marco ist der Mann, der mich glücklich macht.«

»Ich habe Augen und Ohren, Nina-Kind. Entweder er meldet sich nicht, oder er ist nicht zu erreichen. Und wenn er mal anruft, hat er nicht mehr als fünf Minuten Zeit, weil es garantiert etwas gibt, das wichtiger ist als du. Er hält dich irgendwie auf Abstand. Wie mir scheint, auf vielerlei Art.«

»Das stimmt doch gar nicht.«

Oma sah mich streng an.

»Na gut«, gab ich widerstrebend zu. »In den letzten Tagen konnten wir meistens nur kurz miteinander telefonieren. Aber das liegt nur daran, dass Marco wirklich viel um die Ohren hat.«

Oma legte die Fischfilets in die Auflaufform und sah mich dann prüfend an. »Dann ist ja gut.«

Es erstaunte mich ein wenig, dass Oma Rosa sich so schnell überzeugen ließ. Normalerweise war das nicht ihre Art.

»Ich liebe Marco. Und er mich auch. Er hält mich kein bisschen auf Abstand und ich … Also wirklich! Wir können es beide kaum erwarten, uns endlich wiederzusehen.«

»Wenn das so ist und du auch genau weißt, was er fühlt, musst du dich ja nicht aufregen.« Oma beherrschte es perfekt, wie eine harmlose alte Frau zu lächeln, die kaum wusste, was sie redete. Vielleicht war es ja auch so. Schließlich hatte sie nach sechzig Jahren Ehe den Entschluss gefasst, sich zu trennen. Ausgerechnet an Weihnachten. Wer wäre da nicht durcheinander gewesen.

Ich beschloss, Omas merkwürdigen Bemerkungen keine

Beachtung zu schenken. Gleich würde Marco kommen. Und hoffentlich auch Katja und Patrick. Pauls Anwesenheit würde nicht weiter stören. Hoffte ich jedenfalls. Uns stand ein wunderschöner Weihnachtsabend bevor.

18. Kapitel

Paul

Absichtlich machte ich mich erst um kurz nach sieben auf den Weg zum Nachbarhaus. Ich hoffte, auf diese Weise das Wiedersehen zwischen den Familienmitgliedern und zwischen Nina und ihrem Freund nicht zu stören. Immer noch verspürte ich nicht das geringste Bedürfnis, Marco kennenzulernen. Aber es war Weihnachten und Friede auf Erden und all dieses Zeug. Also würde ich mir Mühe geben. Blieb mir die Hoffnung, dass Nina und ihr Freund nicht zu den Paaren gehörten, die unaufhörlich herumknutschten. Mir das anzusehen, hatte ich nun wirklich keine Lust.

Als ich mich der Tür des Nachbarhauses näherte, sah ich, dass Ninas Wagen noch keine Gesellschaft bekommen hatte. Ich hob die Hand zur Klingel, zögerte und fragte mich, ob ich in einer halben Stunde wiederkommen sollte. Da spürte ich eine zarte Berührung an meinem Hosenbein und sah erstaunt nach unten.

»Hallo, Snowflake. Bist du auch eingeladen?«

Beim Klang meiner leisen Stimme hob die weiße Katze den Kopf und schaute mich ernst an. Die Spitze ihres schwarzen Ohrs zuckte. Dann richtete sie ihre Aufmerksamkeit wieder auf den Türspalt direkt vor sich. Ich klingelte, und wir warteten in stummer Eintracht, dass uns jemand öffnete.

Als die Tür aufschwang, spürte ich, wie ein Ruck durch den Katzenkörper direkt neben meinem Bein ging. Ich legte den Zeigefinger gegen die Lippen und deutete mit der anderen Hand zum Boden. Dabei fiel mein Blick auf Ninas Schuhe. Sie trug High Heels in einem glitzernden Bronzeton. Weihnachtsschuhe!

Beim Anblick der Katze presste Nina sich die Hand vor ihren schon zur Begrüßung geöffneten Mund. Sie trat zur Seite, und ich ging stumm an ihr vorbei. Als ich vor der Garderobe stehen blieb, sah ich, dass die Katze mir gefolgt war.

»Snowflake«, wisperte Nina. »Ich kann es kaum glauben.«

»Es ist Weihnachten«, flüsterte ich zurück und bewegte mich vorsichtig, während ich meine Jacke auszog und aufhängte. Als die Katze am Saum meiner Hose schnüffelte, erstarrte ich sekundenlang. Anschließend bewegte sich das Tier lautlos über den Holzfußboden zu Nina, um deren funkelnde Schuhspitzen näher in Augenschein zu nehmen.

»Ich traue mich nicht, mich zu bewegen.« Sie sprach so leise, dass ich sie kaum verstand, und verwandelte sich in eine Statue im roten Kleid mit Goldgürtel und Glitzerschuhen. So feierlich gekleidet kam sie mir ein bisschen fremd vor. Es fiel mir schwer, sie nicht unhöflich anzustarren. Sogar ihre Haare sahen anders aus als sonst. Ich vermisste die wilden Locken, aber die glatten, glänzenden Strähnen, die ihr fast bis auf die Schultern fielen, brachten ihre großen blauen Augen noch mehr zur Geltung. Falls das überhaupt möglich war.

»Wenn sie jemandem vertraut, dann dir.« Ich lächelte ihr aufmunternd zu.

Mit einem leisen Zittern atmete Nina tief ein. Dann bückte sie sich und streckte Zentimeter für Zentimeter den Arm aus, bis ihre Fingerspitzen das helle Fell des unerwarteten Weihnachtsgasts berührten.

Ich hielt die Luft an, während ich zusah, wie ihre schmale Hand über den Rücken der weißen Katze glitt. Ein seltsamer

Schauer durchlief mich beim Anblick der scheuen Katze, die sich an diesem besonderen Abend nicht nur ins Haus gewagt hatte, sondern sich auch berühren ließ. Gab es tatsächlich Weihnachtswunder?

»Na komm«, sagte Nina nach einer Weile und richtete sich ebenso langsam wieder auf, wie sie sich vorher gebückt hatte. »Jetzt kriegst du etwas richtig Gutes zu essen.«

Sie wandte sich um und ging in die Küche. Mit dem kurzen Rock und den hohen Absätzen wirkten ihre Beine endlos lang und wunderschön. Die Katze folgte ihr ohne jedes Zögern, als hätte sie nie etwas anderes getan, als sich von dieser Frau füttern zu lassen.

Ich sah den beiden hinterher, wandte mich dann aber der offenstehenden Tür zu, durch die ich den gedeckten Tisch sehen konnte. An der Stirnseite saß Oma Rosa und lächelte mir entgegen. Zögernd verharrte ich im Türrahmen.

»Wenn ich zu früh bin, komme ich später noch mal wieder.«

»Papperlapapp«, antwortete die alte Dame mit ihrem Lieblingswort. »Setz dich, mein Junge. Schön, dass du da bist, wenn auch nicht sonderlich pünktlich. Im Vergleich zum Rest der Gesellschaft liegst du relativ gut in der Zeit.« Sie zwinkerte mir zu und deutete auf den Stuhl an ihrer linken Seite. Offenbar hatte sie zur Feier des Tages beschlossen, mich zu duzen. Vielleicht, damit ich mir im Kreis ihrer Familie nicht so fremd vorkam.

Ich streckte meine Hände in die Luft, in denen ich die beiden in buntes Papier eingeschlagenen Päckchen hielt, die ich mitgebracht hatte. »Soll ich sie unter den Baum legen? Leider habe ich nur etwas für Sie und für Nina. Ich war auf die Einladung nicht vorbereitet, deshalb …«

»Das reicht vollkommen. Wir machen eine kleine Vorbescherung. Sonst müssten wir noch ewig warten, wie es aussieht. Ich bin neugierig.« Sie streckte den Arm aus und bevor ich mich setzte, reichte ich ihr das für sie bestimmte Geschenk. Das zweite Päckchen legte ich neben meinen Teller, um es später Nina zu geben.

»Nimm dir Wein.« Rosa deutete auf den Cabernet, der im Weinkühler auf dem Tisch stand. »Mein Glas kannst du auch gleich auffüllen. Wenn das hier so weitergeht, bin ich betrunken, ehe es was zu essen gibt.«

Gehorsam füllte ich unsere Gläser. Wir stießen an, und ich probierte von dem kühlen, trockenen Wein. Er schmeckte nach Sommer und Sonne. Ein interessanter Kontrast zu den dicken roten Kerzen und den Tannenzweigen auf dem Tisch, wie ich fand.

»Meine Enkeltöchter nennen mich Oma Rosa«, verkündete die alte Dame, nachdem sie ebenfalls einen kräftigen Schluck genommen hatte. »Du darfst mich anreden, wie du willst. Rosa vielleicht?«

»Rosa gefällt mir.« Wir stießen noch einmal an, dann griff Rosa nach ihrem Geschenk.

»Darf ich es aufmachen?«

»Sicher. Ich hoffe, es gefällt Ihnen … dir.«

Gespannt sah ich zu, wie sie das Klebeband löste und das mit Sternen bedruckte Papier auseinanderschlug, das ich in der Abstellkammer gefunden hatte. Es stammte noch von den Schneiders.

»Ich habe es extra klein gemacht. Damit es in deinen Koffer passt, falls du es mitnehmen willst«, erklärte ich, als Rosa stumm dasaß und das Bild betrachtete.

Es war nur etwa so groß wie ein Oktavheft. Ich hatte einen extra kleinen Rahmen gebaut und die Leinwand darauf gespannt.

»Nina«, stellte Rosa nach einer Weile lächelnd fest. »Ihr Blau und ihre Lebendigkeit, mit der sie über ihren Schmerz hinwegtäuschen will.« Mit ihrem dünnen Zeigefinger, dessen Haut von feinen Falten durchzogen war, strich sie zärtlich über das Bild. Ganz sachte berührte sie die dunklen und die leuchtenden Farbflecke und Linien, die ich im Dunkelblau, der Farbe von Ninas Augen, verteilt hatte. »Das ist wunderschön, Paul. Vielen Dank.«

Ich nickte und erwiderte das Lächeln der alten Dame, mit der ich mich in diesem Moment sonderbar verbunden fühlte.

In diesem Moment näherten sich rasche Schritte, und Nina tauchte mit strahlendem Gesicht in der Tür auf. »Sie hat einen Berg Roastbeef gefressen! Und jetzt liegt sie auf dem Sessel in der Küche und schläft ganz zufrieden.«

»Deine Snowflake?« Rosa wusste sofort, von wem die Rede war.

»Ich bin so froh, dass sie heute Nacht nicht draußen frieren muss.« Mit einem zufriedenen Seufzer ließ Nina sich auf den Stuhl mir gegenüber fallen.

»Wir machen schon eine kleine Vorbescherung mit Paul. Die anderen lassen sich ja endlos Zeit. Da können wir uns schon mal eine kleine Freude gönnen. Ist das nicht hübsch?« Rosa hob ihr Bild und zeigte es Nina.

»Ja … Was ist das?« Wie immer beim Anblick eines meiner Bilder runzelte Nina etwas ratlos die Stirn.

Ich warf Rosa einen beschwörenden Blick zu, und sie nickte unauffällig.

»Abstrakt. Mir gefällt es.«

Nina kniff jetzt auch noch die Augen zusammen, so angestrengt betrachtete sie das Bild. Irgendetwas schien sie zu irritieren. »Ich finde es auch schön«, stellte sie schließlich fast überrascht fest.

Rosa zwinkerte mir zu und legte das Bild wieder neben ihren Teller. »Jetzt pack dein Geschenk aus, Nina. Ich bin gespannt, was das ist. Es wirkt irgendwie …«

»Unförmig«, beendete ich ihren Satz. »Es war schwierig einzupacken. Tut mir leid, dass es nicht besonders hübsch geworden ist.«

»Der gute Wille zählt«, erklärte Rosa, die Nina und ihr Geschenk nicht aus den Augen ließ.

Ich musste Nina gar nicht bitten, vorsichtig zu sein. Als wüsste sie, wie zerbrechlich der Inhalt des Päckchens war, knibbelte sie mit sanften Fingerspitzen den Tesafilm los und wickelte einhändig das Papier ab.

»Oh«, machte sie nur, als sie sah, was ich für sie eingepackt hatte.

»Wahrscheinlich sollte man keinen Tee mehr hineintun. Ich bin mir nicht sicher, ob er drinnen bleibt. Aber weil du so traurig warst und sagtest, es sei ein Erinnerungsstück an deine Mutter, dachte ich …«

»Danke«, flüsterte Nina, und als sie den Kopf hob, sah ich in ihren Augen Tränen glitzern.

Spontan griff ich über den Tisch und berührte ihre Hand. Nun lächelte sie.

»Wie wunderbar. Ich dachte, du hättest die Scherben weggeworfen.« Mit einem Ruck schob sie ihren Stuhl zurück und stand auf. »Du musst dein Geschenk auch noch bekommen.«

Sie verschwand durch den offenen Türbogen im Wohnzimmer und kramte dort eine Weile herum. Dann brachte sie mir ein Päckchen mit einer Goldschleife, die sie bestimmt mit Rosas Hilfe gebunden hatte. Selbst für eine mittlerweile sehr geschickte linke Hand wirkte das Werk mit den zahlreichen Schlaufen und gekringelten Bandenden zu kompliziert. Oben auf dem Päckchen funkelte die stilisierte Schneeflocke aus Glas im Schein der Kerzen.

Erstaunt berührte ich das zarte gläserne Kunstwerk. »Aber du hast den Kristall doch für …«

Mit einer hastigen Handbewegung unterbrach sie mich. »Ich habe gesehen, dass sie dir gefällt. Jetzt ist sie für dich. Weil du mir mit der Teekanne so eine Freude gemacht hast. In dem Päckchen ist die Mütze. Die habe ich ja eher gekauft, um dich zu ärgern. Und sie kratzt furchtbar. Wenn du sie nicht willst, dann …«

»Nein. Ich finde sie toll«, behauptete ich und meinte das in diesem Moment fast ernst. Eilig riss ich das Päckchen auf, holte die Mütze heraus und stülpte sie mir auf den Kopf. Die Schneeflocke aus Glas legte ich vorsichtig neben meinen Teller.

»Und jetzt essen wir endlich. Holst du bitte den Lachs aus der Küche, Nina? Paul hilft dir sicher.« Mit einer eleganten Handbewegung schob Rosa den silbernen Serviettenring von der Damastserviette und breitete den schimmernden Stoff auf ihrem Schoß aus.

»Aber Marco … Und Katja und Patrick«, protestierte Nina.

»Wenn sie kommen, wärmen wir das Essen für sie auf. Ich habe jetzt jedenfalls Hunger.«

Nina wollte noch etwas sagen, ließ es dann aber bleiben. Wahrscheinlich war ihr selbst klar, dass sie ihre Großmutter nicht zwingen konnte, bis Mitternacht zu hungern, nur weil ihr Freund nicht pünktlich zum Weihnachtsessen erschien. Wortlos erhob sie sich und ging in die Küche.

Ich stand ebenfalls auf und folgte ihr. Als ich den warmen, nach köstlichem Essen duftenden Raum betrat, hob Snowflake, die im Lehnstuhl lag, nur kurz den Kopf. Dann legte sie ihn zurück auf ihre Pfoten und atmete tief durch. Sie behielt zwar aufmerksam das Geschehen um sich herum im Blick, wirkte aber erstaunlich entspannt, wenn man bedachte, wie beharrlich sie sich zuvor geweigert hatte, auch nur das Haus zu betreten.

Nina öffnete die Backofentür, warf einen kritischen Blick in den beleuchteten Innenraum und reichte mir stumm ein Paar Grillhandschuhe. Ich zog die dick wattierten Handschuhe an, holte die gläserne Auflaufform aus dem Ofen und stellte sie auf der Arbeitsplatte ab.

»Mmh, Lachs.«

»Schön, dass du Fisch magst«, murmelte Nina vor sich hin. Sie schien mit ihren Gedanken ganz woanders zu sein.

Schweigend schüttete sie grün gesprenkelten Reis in eine Schüssel aus dünnem Porzellan. Selbst aus der Entfernung nahm ich den intensiven Duft nach Rosmarin und Thymian wahr.

Ich trug die Glasform mit dem Fisch ins Esszimmer. Rosa sah mir vergnügt entgegen.

»Sieht gut aus und riecht auch so«, stellte sie fest, nachdem ich den Fisch auf dem bereitstehenden Untersetzer abgestellt hatte.

Als ich in die Küche zurückkehrte, stand Nina bewegungslos da und starrte aufs Display ihres Smartphones. Hinter ihr stieg der Dampf aus der Reisschüssel auf und sorgte dafür, dass die Fensterscheibe beschlug.

»Neuigkeiten?«

Ruckartig hob Nina den Kopf. »Marco«, flüsterte sie mit blassen Lippen und legte ihr Handy auf den Tisch.

Mit drei Schritten war ich bei ihr und berührte ihren Oberarm mit den Fingerspitzen. »Hoffentlich nichts Schlimmes?«

Mit einer ungeduldigen Bewegung schüttelte sie meine Hand ab, nahm einen großen Löffel aus der Schublade, bohrte ihn senkrecht in den Kräuterreis und sah mich dann wieder an.

»Sein Flug ist ausgefallen. Er hängt in London fest und hat keine Möglichkeit umzubuchen. Offenbar stürmt und schneit es auf der Insel.«

»Wenigstens ist ihm nichts passiert«, versuchte ich, sie zu trösten.

Sie sagte nichts, warf mir aber einen Blick zu, der mir deutlich machte, wie gern sie meine Gegenwart gegen die ihres Freundes getauscht hätte. Aber ich konnte es nun mal nicht ändern, dass ich hier war und nicht der Mann, auf den sie schon seit Tagen sehnsüchtig wartete.

»Und? Gehen wir jetzt zur Feuerzangenbowle über?« Rosa sah

sich prüfend in unserer immer noch kleinen Runde um. Sie gab sich große Mühe, so etwas wie eine heitere, festliche Stimmung zu erzeugen, obwohl ich ziemlich sicher war, dass auch sie sich mittlerweile Sorgen um ihre zweite Enkelin machte. Inzwischen wählte Nina alle fünf Minuten die Nummer ihrer Schwester, hinterließ flehende Nachrichten, dass Katja sich doch bitte melden sollte, und probierte es zwischendurch immer wieder bei Patrick – ohne einen der beiden zu erreichen.

Mit jedem Versuch legte Nina die Stirn noch ein wenig mehr in Falten und kniff die Lippen noch schmaler zusammen. Da sie schon untröstlich wegen der verspäteten Ankunft ihres Freundes war, hob die wachsende Angst um ihre Schwester die Stimmung nicht gerade.

Es tat mir in der Seele weh, dass ausgerechnet Nina nun nicht den geringsten Spaß an diesem Abend zu haben schien. Dabei hatte sie sich so sehr auf das Weihnachtsfest gefreut – die Vorfreude konnte selbst der lästige Gipsarm nicht trüben.

Sie aß kaum etwas von dem Lachs, trank stattdessen drei Gläser Wein und rührte sich nicht von der Stelle, als ihre Großmutter die Feuerzangenbowle erwähnte – offenbar auch eine Familientradition.

»Ich kenne mich zwar mit Feuerzangenbowle nicht sonderlich gut aus, aber mit ein bisschen Anleitung bekomme ich das sicher hin«, bot ich an und erhob mich von meinem Stuhl.

»Lass nur. Ich mache das schon.« Nina verschwand in Richtung Küche.

Ich zuckte mit den Schultern und sammelte das Geschirr ein.

»Nimm es ihr nicht übel.« Nachdem sie sich noch einmal den Mund abgetupft hatte, legte Rosa ihre Damastserviette zusammen. »Sie ist traurig, dass ihr Freund nicht kommt. Und wegen Katja mache ich mir auch langsam Sorgen. Früher konnte man ganz gelassen bleiben, wenn jemand mal ein paar Stunden zu spät kam. Da war dann eben kein Telefon in der

Nähe, um Bescheid zu sagen. Oder derjenige saß im Zug oder stand im Stau und konnte sich nicht melden. Heutzutage, wo alle Leute ständig erreichbar sind, muss man sich ja schon nach zehn Minuten fragen, was da los ist.«

»Nicht unbedingt. Es gibt nicht aufgeladene Akkus, vergessene Handys oder so viel Lärm ringsum, dass man sein Smartphone nicht hört. Man hat auch längst noch nicht überall Empfang.«

Rosa lachte. »Danke, Paul. Es ist ja auch eher wahrscheinlich, dass Katja und Patrick wegen ihres geheimnisvollen Problems, das sie vor Weihnachten unbedingt klären wollen, nicht auftauchen. Vielleicht sind sie noch zu Hause und schreien sich so laut an, dass sie das Telefon nicht hören.«

»Ich werde noch wahnsinnig, wenn Katja sich nicht bald meldet«, verkündete Nina, die in diesem Moment einen Kupferkessel ins Zimmer trug. Der intensive Geruch nach Rum und Rotwein wehte durch den Raum.

»Paul hat mir eben erklärt, dass es selbst heutzutage eine Menge Gründe gibt, weshalb Menschen nicht erreichbar sind.« Rosa nickte zufrieden, als sie das Punschgefäß sah.

»Was weiß denn schon Paul«, murmelte Nina vor sich hin.

In diesem Augenblick klingelte es an der Haustür. Nina stieß einen lauten Schrei aus, und ich stellte meinen Tellerstapel zurück auf den Tisch, um ihr den Kupferkessel abzunehmen, bevor Rum und Rotwein auf dem Teppich landeten.

Auf ihrem eiligen Weg hinaus in den Flur bemerkte Nina nicht einmal die weiße Katze, die ihr aus der Küche gefolgt war und mit erhobenem rosa Näschen schnuppernd neben dem Esstisch stand. Dabei zuckte ihr schwarzes Ohr heftig. Sicher interessierte sie sich für die Reste von unserem Lachs.

Auch Rosa kümmerte sich nicht um Snowflake, sondern lauschte angestrengt in Richtung Haustür. Von dort kam in diesem Moment ein weiterer freudiger Aufschrei von Nina, gefolgt vom Lachen und lebhaften Reden einer zweiten Frau. Im Hintergrund machte ab und zu eine Männerstimme eine knappe Bemerkung.

»Gott sei Dank«, hörte ich Rosa flüstern. Als ich ihr einen Seitenblick zuwarf, saß sie ganz still mit geschlossenen Augen da. Ihre faltigen Hände hatte sie um ihr Glas gelegt. Es sah fast aus, als würde sie ein Dankgebet sprechen.

Wenig später betraten die Schwestern, gefolgt von einem großen dunkelhaarigen Mann, das Zimmer. Katja hatte zwar lange goldblonde Haare, ihr ovales Gesicht wies jedoch die gleichen klaren Züge auf wie Ninas.

Am auffälligsten waren die leuchtenden blauen Augen der beiden Frauen, die um die Wette strahlten. Nina war offenbar überglücklich, dass ihre Schwester endlich wohlbehalten in Alptal gelandet war. Für den Moment schien sie sogar vergessen zu haben, dass der fantastische Marco immer noch in London festsaß.

Welches Problem auch immer Ninas Schwester mit ihrem Mann zu regeln gehabt hatte – offenbar war es den beiden gelungen, die Sache aus der Welt zu schaffen.

Katja umarmte ihre Großmutter, dann reichte sie mir die Hand. »Du bist also der berühmte Paul?« Verwechselte sie mich mit Marco und hielt mich für Ninas neuen Freund?

»Ich bin zwar Paul, aber ich bin nicht …«

»Ich habe dich gegoogelt, nachdem Nina mir von dir erzählt hatte. Du *bist* berühmt, wenn auch nicht unbedingt unter uns Kunstbanausen. Was auch daran liegen könnte, dass wir uns eins deiner Bilder niemals leisten könnten.« Katja legte den Kopf in den Nacken und lachte laut.

In diesem Augenblick wurde mir bewusst, dass in Ninas Lachen immer auch Traurigkeit mitschwang. Eine Schwermut, die auf Zehenspitzen kam und ging und die sie krampfhaft versuchte zu verbergen.

Aus dem Hintergrund starrte Nina den Rücken ihrer Schwester an, als hätte sie Angst, sie könnte sich vor ihren Augen wieder in Luft auflösen.

Nun musterte Nina mich skeptisch. »Ist Paul tatsächlich so ein berühmter Maler?«

»Weißt du das nicht? Er hat Kunstpreise gewonnen, ein hoch dotiertes Stipendium und …«

»Und das mit abstrakter Kunst. Momentan bin ich allerdings nur ein Typ, der verzweifelt versucht, für eine Ausstellung, die in knapp sechs Wochen eröffnet werden soll, irgendwie noch ein paar Bilder hinzubekommen.«

Offenbar hatte Nina im Gegensatz zu ihrer Großmutter und ihrer Schwester tatsächlich keine Nachforschungen im Internet angestellt, was mich und meine Karriere als Maler betraf. Ich überließ sie für den Augenblick ihrer Verwunderung und reichte auch Patrick die Hand. Es gefiel mir, Leute kennenzulernen, die nicht wussten, dass ich in der Kunstwelt einen gewissen Ruf genoss. Mir war nur allzu klar, wie schnell Ruhm auch wieder verblassen konnte. Und die Tatsache, dass Galeristen mich mittlerweile anbettelten, einer Ausstellung in ihren Räumen zuzustimmen, und nicht mehr umgekehrt, änderte nichts an mir als Mensch.

Nina hatte ihren prüfenden Blick schon wieder von mir abgewandt. Ihr schien mein Marktwert als Maler tatsächlich ziemlich egal zu sein. Ihre Familie war ihr im Moment viel wichtiger.

»Es tut mir sooo leid, dass wir uns nicht melden konnten«, entschuldigte Katja sich gerade zum zweiten Mal. »Es war besonders schlimm für mich, weil ich wusste, dass ihr euch wahrscheinlich große Sorgen macht. Aber ich habe beim Packen mein Handy runtergeworfen. Es macht keinen Mucks mehr. Und Patricks Akku ist mal wieder leer. Wann ist er das nicht?« Sie sah ihren Mann so verliebt an, als würde es zu den hervorragendsten Eigenschaften eines jeden Kerls zählen, niemals rechtzeitig sein Smartphone aufzuladen.

»Hauptsache, ihr seid da und es geht euch gut.« Nina strahlte immer noch vor Erleichterung und Freude.

Gemeinsam mit ihrer Großmutter und ihrer Schwester beriet sie dann eifrig, ob der Imbiss, den Katja und Patrick unterwegs genommen hatten, als Abendessen akzeptiert werden konnte. In diesem Fall würde man sofort zu Feuerzangenbowle und Gebäck vor dem Weihnachtsbaum übergehen.

In der Ecke der Couch, direkt vor der geschmückten Tanne, lag die weiße Katze, als hätte sie schon immer zur Familie gehört. Nicht einmal von der wilden Diskussion ließ sie sich aus der Ruhe bringen.

Patrick stand ebenso entspannt da wie ich und beobachtete amüsiert das lebhafte Treiben, das die drei Frauen der Familie in Gang setzten. Sie bereiteten gemeinsam die Feuerzangenbowle vor, suchten nach der Rumflasche und trugen mehrere große Teller voller Plätzchen herbei. Dabei redeten sie ununterbrochen miteinander. Wenn sie sich in verschiedenen Zimmern aufhielten, riefen sie sich über den Flur hinweg etwas zu.

»Er ist toll.« Aufmerksam betrachtete Katja den üppig geschmückten Baum, an dem unzählige Lämpchen funkelten. »Noch schöner als der, den wir letztes Jahr zusammen ausgesucht haben.«

»Du findest den, der gerade im Wohnzimmer steht, immer noch schöner als den in den vorherigen Jahren«, stellte Nina grinsend fest.

»Andersherum wäre dumm. Man muss sich an dem erfreuen, was man gerade hat.« Katja ließ sich auf die Couch fallen. Die Katze hob den Kopf, beschloss offenbar, dass von ihrer neuen Sitznachbarin keine Gefahr drohte, und blieb liegen.

»Und wer ist das hier?« Ninas Schwester war klug genug, das scheue Tier nicht anzufassen.

»Snowflake. Sie hat sich heute zum ersten Mal ins Haus getraut. Wohl weil Weihnachten ist.«

Als wäre das eine vollkommen zufriedenstellende Erklärung, wandte Katja sich wieder dem funkelnden Tannenbaum zu. »Der kleine Glasengel da unten ist neu.«

Verblüfft sah ich sie an. Wie konnte sie bei den Unmengen von Weihnachtsschmuck, der an den Zweigen baumelte, erkennen, was davon neu war?

»Habe ich gekauft, als ich mit Paul auf dem Weihnachtsmarkt war.« Nina ließ aus der Flasche in ihrer Hand Rum über den Zuckerhut laufen, der in einem Gestell auf dem Kupferkessel lag. Dann sah sie mich auffordernd an.

»Zündest du bitte mal an, Paul?«

Ich ging zu ihr und nahm die Streichholzschachtel, die neben dem Kessel lag. Leise knisternd flammte das Hölzchen auf. Gleich darauf loderte der mit Alkohol getränkte Zuckerhut in einem wunderschönen Blau.

Die Zuschauer machten pflichtgemäß »Oh!« und riefen im Chor »Schön!«.

Ich blieb stumm, sah in die Flamme und fühlte dicht neben mir die Wärme von Ninas Körper. In diesem Augenblick empfand auch ich zu meinem großen Erstaunen und zum ersten Mal seit vielen Jahren: Dies war nicht einfach nur ein netter Abend mit ein paar freundlichen Menschen. Es war Weihnachten.

19. Kapitel

Nina

Obwohl ich ständig an Marco denken musste und daran, wie schade es war, dass er an diesem besonderen Tag nicht mit mir und meiner Familie zusammen sein konnte, genoss ich den Abend von Minute zu Minute mehr. Eine wunderbare Überraschung wartete aber noch auf mich.

»Immer noch nichts? Seit wann verschmähst du unsere traditionelle Feuerzangenbowle?« Fragend sah ich meine Schwester an und griff gleichzeitig nach einem leeren Glas und der Kelle.

Ich hatte mir schon zwei Mal nachgeschenkt. Langsam geriet mein Blut in Wallung. Der Schmerz, den ich spürte, seit Marco mir vom Londoner Flughafen geschrieben hatte, wurde dumpfer und trat in den Hintergrund.

Mein Freund würde morgen kommen. Das war nach dem langen Warten nur ein Aufschub von einem Tag. Trotzdem. Weihnachten bedeutete für mich vor allem Heiligabend. Ich liebte die abendlichen Stunden mit meiner Familie, wenn der Tannenbaum zum ersten Mal festlich funkelte, wir die Geschenke auspackten, lachten und redeten und Feuerzangenbowle tranken. Wie gern hätte ich Marco jetzt an meiner Seite gehabt!

Katja hatte verkündet, sie wollte erst Tee trinken und von sämtlichen Plätzchen mindestens eines probieren. Das war vor über einer Stunde gewesen, und sie hielt sich immer noch an ihrer Teetasse fest.

Entschlossen füllte ich eines der Punschgläser bis zum Rand und stellte es ihr hin.

»Kann ich dich mal draußen sprechen, Nina? Und dich vielleicht auch, Oma?«

Oma und ich sahen uns an und richteten dann gleichzeitig unsere Blicke wieder auf Katja.

»Stimmt irgendwas nicht mit dir? Bist du krank?«

Als ich Oma wieder anschaute, wirkte die allerdings überhaupt nicht besorgt. Im Gegenteil – sie lächelte so breit, dass ihre Haut sich in lauter winzige Fältchen legte.

Wieso freute sich Oma, wenn Katja keinen Alkohol trank, obwohl sie selbst auch schon das zweite Punschglas geleert hatte? Ich stutzte. Nein, das war unmöglich! Katja und ich vertrauten einander all unsere Wünsche und Pläne an, und ich wusste genau, dass meine Schwester …

»Gehen wir in die Küche und kochen noch eine Kanne Tee.« Katja war schon an der Tür und sah Oma und mich auffordernd an.

Ich half Oma Rosa hoch und folgte ihr und Katja aus dem Zimmer.

»Umso besser. Dann können wir uns in Ruhe noch ein, zwei Gläser genehmigen«, hörte ich Patrick hinter uns sagen. Er klang heiter und kein bisschen beunruhigt. Aber vielleicht kannte ich ihn nicht gut genug, um an ein paar Worten zu erkennen, ob er sich verstellte oder wirklich entspannt war.

In der Küche setzte Katja sich an den Tisch und faltete die Hände vor sich auf der abgenutzten Holzplatte, auf der wir früher so oft Monopoly oder Rommé gespielt hatten. Nachdem Oma sich an der Stirnseite niedergelassen hatte, überlegte ich kurz, ob ich Teewasser aufsetzen sollte, entschied mich aber dagegen und ließ mich ebenfalls auf einen Stuhl fallen.

»Was ist denn nun los?«, platzte ich heraus, als Katja nach einer Weile immer noch schwieg, als würde sie es genießen, mir Angst zu machen. »Was war zwischen Patrick und dir? Oder ist das immer noch geheim?«

Meine Schwester richtete ihren klaren Blick auf mich und brauchte so lange für ihre Antwort, dass ich mich mit beiden Händen an der Tischkante festklammern musste, um nicht irgendetwas Dummes zu tun. Zum Beispiel aufzustehen, meine Schwester bei den Schultern zu packen und sie kräftig durchzuschütteln, damit sie endlich mit der Sprache herausrückte.

»Patrick und ich haben uns schrecklich gestritten«, sagte sie schließlich. »Eigentlich war es eine Kleinigkeit, aber wir hatten uns irgendwie verrannt. Es kam uns vor, als müssten wir schnellstens dieses Problem lösen, bei dem wir uns so gar nicht einig waren. Dann wäre auch klar, wie wir mit all den anderen Schwierigkeiten umgehen müssen, die in nächster Zeit auf uns zukommen werden.«

»O mein Gott!« Ich presste mir die Hand vor den Mund. »Was ist denn nur passiert?«

Katja beugte sich vor, zog meinen Arm herunter und verflocht ihre Finger mit meinen. »Was würdest du davon halten …?« Sie zögerte. Entweder wusste sie nicht, wie sie ihre Neuigkeit formulieren sollte oder sie wollte uns absichtlich auf die Folter spannen.

»Nun sag schon!«, drängte ich und rutschte ungeduldig auf meinem Stuhl herum.

Oma lachte leise vor sich hin. »Nenn mich verrückt, aber ich habe es sofort gesehen, als du ins Zimmer kamst.«

»Quatsch!«, wiederholte Katja mit ganz weicher Stimme. »Das bildest du dir nur ein.«

»Ich weiß, was ich weiß.« Oma beugte sich vor und strich Katja mit den Fingerspitzen über den Oberarm.

»Okay. Du hast recht. Ich bin schwanger.«

»Also doch! Einen Moment lang dachte ich mir das schon. Aber du hast doch immer gesagt, ein Kind willst du frühestens in zwei oder drei Jahren.« Gleichzeitig verblüfft, erfreut und verwirrt starrte ich meine große Schwester an.

Das Lächeln auf Katjas Gesicht war wunderschön. »Wir haben das nicht geplant, aber jetzt freuen wir uns total.«

An den Gedanken, dass selbst Katja, die alles so exakt durchplante, die wichtigen Dinge in ihrem Leben nicht immer im Griff hatte, musste ich mich erst gewöhnen. Und wenn ich mir meine Schwester so ansah, war es ganz wunderbar, dass sie unerwartet vom Schicksal ein Geschenk bekam, das ihr Leben auf den Kopf stellte.

»Was für eine zauberhafte Nachricht. Dieses Kind hat schon vor der Geburt seinen eigenen Kopf. Das gefällt mir.« Unsere Großmutter strahlte über das ganze Gesicht.

Katjas Lachen war leise und zärtlich. »Mir mittlerweile auch.«

»Ich werde Tante«, hauchte ich vollkommen überwältigt. Endlich kam der Gedanke bei mir an. Ich sprang auf und nahm Katja, die ebenfalls aufgestanden war, vorsichtig in den Arm.

Dann gratulierte Oma ihr überschwänglich. Anschließend noch mal ich.

»Gibt es einen besseren Tag, um diese Nachricht zu bekommen?«, fragte Oma sich und uns zufrieden, als sie mit strahlendem Gesicht wieder auf ihrem Stuhl saß.

»Wohl kaum«, stimmte ich ihr heftig nickend zu, und Katja sah stolz von Oma zu mir und wieder zurück.

»Aber worüber habt ihr euch dann die ganze Zeit gestritten, Patrick und du?« Das begriff ich jetzt noch viel weniger.

»Über den Namen.«

Oma und ich sahen uns an, dann musterten wir beide Katja. Dieses Mal war offenbar auch Oma Rosa verblüfft.

Katja zuckte mit den Schultern. »Ich weiß, das klingt blöd. Ist es sicher auch. Wir haben schließlich noch eine Menge Zeit. Aber wir waren total überfordert von der Situation. Wir werden zumindest eine Zeit lang mit weniger Geld auskommen müssen, ich weiß nicht, was aus meiner Karriere wird, Patrick wird plötzlich Familienvater. Das türmte sich vor uns auf wie ein riesiger Berg.« Katja sah zur Decke, als würde sie zum Gipfel des Mount Everest aufschauen.

»Und dann stellten wir fest, dass wir uns nicht mal auf einen Namen einigen konnten. Weder für ein Mädchen noch für einen Jungen. Da wurde ich erst richtig panisch. Ich dachte, wenn wir das nicht mal hinkriegen, wie sollen wir dann all die anderen Dinge wuppen, die jetzt auf uns zukommen? Und Patrick ging es so ähnlich. Wir hatten beide diesen verrückten Gedanken, wir können auf keinen Fall gemeinsam ein Kind erziehen, wenn wir nicht mal in der Lage sind, das mit dem Namen zu klären. Normalerweise ist bei uns alles durchgeplant und wohlüberlegt. Das können wir beide, und damit fühlen wir uns wohl. Und jetzt wussten wir erst mal nicht, wie es weitergehen sollte. Nicht mal so was Einfaches wie die Wahl des Namens kriegten wir hin. Es war beängstigend und irgendwie surreal.«

»Du liebe Güte«, murmelte Oma.

»Dabei habe ich mich natürlich die ganze Zeit auch gefreut.« Meine Schwester legte zärtlich die Hand auf ihren flachen Bauch. »Ich habe mich gefreut und war in Panik und … ach, alles zusammen.«

Oma tätschelte Katjas Schulter, ich runzelte die Stirn.

»Über welche Namen habt ihr euch denn gestritten? Ihr müsst doch irgendwelche Lieblingsnamen haben.«

Katja schnaubte verächtlich durch die Nase. »Patricks liebster Mädchenname war Beeke, und ein Junge sollte seiner Meinung nach Fiete heißen. Das müsst ihr euch mal vorstellen!«

»Na ja, er kommt aus Schleswig-Holstein«, gab Oma verständnisvoll zu bedenken.

»Aber ich nicht! Wenn ich mir vorstelle, meine Tochter Beeke zu rufen, rollen sich mir die Fußnägel hoch.« Katja sah hinauf zur Decke. »Außerdem bestehe ich ja auch nicht auf Kreszentia, obwohl ich in Bayern geboren wurde.«

»Fiete finde ich ganz süß«, wagte ich zu bemerken und erntete dafür prompt einen tödlichen Blick von meiner Schwester.

»Aber du hast dich durchgesetzt, nehme ich an.« Oma sah aus, als würde die ganze Sache sie mehr amüsieren als schockieren.

»Natürlich nicht! Es ging doch nicht darum, wer von uns seine Meinung durchboxt, sondern dass wir einen Kompromiss finden. Eine gute Ehe ist kein Kräftemessen, sondern die Fähigkeit, miteinander einen Weg zu finden, den beide gehen können, ohne sich als Verlierer zu fühlen«, dozierte Katja.

Ich fragte mich, ob das auf ihrem Mist gewachsen war oder ob sie einen Beziehungsratgeber auswendig gelernt hatte. Obwohl ihre Meinung natürlich ganz vernünftig klang. Aber schwierig. Offenbar konnte man über dem Versuch, dieses hochgesteckte Ziel zu erreichen, glatt Weihnachten verpassen. Schließlich hatten sie sich erst in allerletzter Minute geeinigt.

»Und wie soll das Kind nun heißen, euer Sohn oder eure Tochter?«, fragte ich neugierig.

»Das ist natürlich noch geheim.« Katja schüttelte den Kopf über meine dumme Idee, sie könnte mir den mühsam ausgehandelten Kompromiss einfach so verraten.

»Und es ist euch erst heute Abend gelungen, euch zu einigen. Deshalb wart ihr nicht mal pünktlich zum Essen da?«

»Heute Nachmittag. Sozusagen in letzter Minute. Wir wollten nicht die ganzen Feiertage über weiterdiskutieren. Als wir dann die beiden Namen feierlich festgelegt hatten, mussten wir uns natürlich noch richtig versöhnen und unsere Sachen packen. Die Geschenke waren auch noch nicht eingewickelt.«

Richtig versöhnen, aha. Ich verkniff mir ein Grinsen.

»Dann sollten wir jetzt mal auf das neue Familienmitglied anstoßen, das nächstes Jahr mit uns Weihnachten feiern wird. Du bekommst natürlich Fruchtsaft, Katja, Liebes.« Oma ging zur Tür, drehte sich aber auf halbem Weg noch einmal um. »Unser freundlicher Nachbar Paul darf doch erfahren, worum es geht, oder nicht?«

»Sicher.« Katja nickte lächelnd. »Ist ja jetzt kein Geheimnis mehr. Trotzdem wollte ich es euch erst mal in Ruhe erzählen.«

Oma und Katja verschwanden im Flur. Ich wollte ihnen gerade folgen, als mein Handy den Eingang einer Nachricht meldete. Mit klopfendem Herzen zog ich das Smartphone aus der Tasche meines Kleides. Dabei musste ich daran denken, wie toll es war, dass ich auch nach vier Monaten Beziehung noch Schmetterlinge im Bauch bekam, sobald Marco sich meldete.

Als ich einen Blick aufs Display warf, presste ich enttäuscht die Lippen zusammen – und hatte sofort ein schlechtes Gewissen. Immerhin war Vanessa meine beste Freundin, und ich sollte mich über einen Weihnachtsgruß von ihr freuen.

Trotzdem beschloss ich, Vanessas Nachricht später zu lesen und erst einmal Marco von meiner Sehnsucht zu erzählen. Die wurde immer besonders groß, wenn ich mitbekam, wie Katja und Patrick lebten und liebten. Selbst wenn sie kurzfristig im Chaos versunken waren, hatten sie die Situation wunderbar gerettet und freuten sich nun auf ihr Kind.

Kurzentschlossen wählte ich Marcos Nummer und lauschte mit angehaltenem Atem ins Telefon. Neun, zehn, elf – ich zählte mit, wie oft ich in der Leitung das Freizeichen hörte. Dann gab ich auf. Die Mailbox war nicht eingeschaltet.

Warum ging Marco nicht an sein Handy? Wenn er immer noch am Flughafen wartete, hatte er doch genug Zeit. Aber vielleicht bemühte er sich gerade, noch einen Nachtflug zu bekommen, und hatte sein Handy im Aktenkoffer verstaut. Oder er aß gerade etwas und hatte keine Hand frei. Vielleicht herrschte wegen der ausfallenden Flüge in Heathrow auch ein derartiger Tumult, dass er sein Smartphone einfach nicht hörte.

Dann musste eben eine WhatsApp-Nachricht reichen.

Nina: *Wenn du jetzt hier sein könntest, würde ich dafür sogar den schönsten Tannenbaum aller Zeiten hergeben, der dieses Jahr in unserem Wohnzimmer steht. Ich liebe dich!*

Anschließend ergänzte ich meine Worte großzügig mit Kuss-, Kerzen- und Stern-Emojis und schickte sie ab.

»Wo bleibst du denn, Nina?«, rief Katja aus dem Wohnzimmer.

»Augenblick noch!« Ich öffnete noch schnell Vanessas Nachricht. Wenigstens ein paar Worte wollte ich ihr schreiben, bevor ich zu meiner Familie ging und endlich Weihnachten feierte – so gut es mir bei dem Gedanken gelang, dass Marco vielleicht am Flughafen übernachten musste.

Auf dem Foto, das Nessie mir geschickt hatte, grinste sie breit in die Kamera. Meine Freundin verbrachte Heiligabend in einer schicken Bar in Schwabing. Dort stieg an diesem Abend angeblich die angesagteste Single-Party in ganz München. Das wäre absolut nicht mein Ding gewesen. Jedenfalls nicht, solange ich die Möglichkeit hatte, zusammen mit meiner Familie in einem Haus in den verschneiten Bergen zu feiern.

Vanessa schien jedenfalls Spaß zu haben. Auf dem Selfie lag der Arm eines ziemlich coolen Typen mit lässig zerzaustem Haarschnitt um ihre Schultern. Im Hintergrund sah ich einige weitere schöne, teuer gekleidete Menschen um die dreißig.

Nessie: Prost und ein wunderschönes Weihnachtsfest, meine Süße. Es ist toll hier, aber mit dir wäre es noch toller.

Lächelnd überflog ich noch einmal die Bildunterschrift, die meine Freundin mir geschickt hatte, und begann, eine Antwort zu tippen, als ein »Pling« mir den Eingang einer weiteren Nachricht signalisierte. Marco! Prompt kribbelte meine Haut, und ich schnappte nach Luft.

Natürlich sah ich sofort nach, was er mir geantwortet hatte.

Marco: »*Wish you were here. With me. In London.*«

Ein bisschen irritiert starrte ich seine Worte an. Schließlich war ja Weihnachten in den Bergen abgesprochen und nicht auf dem Flughafen in London. Aber hey, dieser tolle Mann hatte Sehnsucht nach mir, das war die Hauptsache! Ich würde später noch einmal versuchen, ihn anzurufen. Und morgen, wenn er endlich kam, würde alles ganz wunderbar werden.

»Niiinaaa!«, rief Katja schon wieder.

»Kooommeee«, antwortete ich und musste plötzlich daran denken, wie wir als Kinder im Wald hinter dem Haus immer Verstecken gespielt hatten.

Aber vorher wollte ich noch schnell Vanessa antworten. Dabei fiel mein Blick wieder auf das Foto, das sie mir geschickt hatte. Dieses Mal sah ich ihn sofort. Er stand hinten links in der Ecke, hatte ein Whiskyglas in der einen Hand und betatschte mit der anderen Hand eine zierliche Rothaarige, die ihn mit einem entrückten Lächeln ansah.

Spontan wurde mir übel, trotzdem konnte ich den Blick nicht vom Display meines Handys lösen. Kraftlos ließ ich mich auf einen Stuhl fallen. Das war vollkommen unmöglich! Marco war in London. Vielleicht nicht mehr am Flughafen, aber doch auf jeden Fall in England. Er hatte mir eben noch von dort geschrieben.

Ein Doppelgänger! Natürlich, er hatte einen Doppelgänger.

Mit zitternden Fingern vergrößerte ich das Foto, um den Mann im Hintergrund besser sehen zu können. Ich kannte die

Art, wie er den Kopf etwas schief legte, wenn er einer Frau tief in die Augen schaute. Bei mir machte er es ganz genauso. Und dabei legte er den Arm um meine Taille. Aber immer so hoch, dass sein Daumen seitlich meine Brust berührte. Und er bewegte diesen Daumen in kleinen Kreisen, mit leichtem Druck, den ich deutlich durch meine Kleidung spüren konnte.

Das hatte ich immer unglaublich erregend gefunden. Jetzt wurde mir bei der Erinnerung an diese Momente vermeintlicher Intimität noch schlechter. Trotzdem konnte es sein, dass der Mann in der Münchner Bar nicht Marco war.

Das Hemd! Eine neue Welle der Übelkeit schlug über mir zusammen. Ich musste ganz flach atmen, sonst hätte ich aufspringen und mich über dem Spülbecken übergeben müssen.

Marco hatte das Hemd an, das ich ihm vor knapp vier Wochen geschenkt hatte, weil es exakt die graugrüne Farbe seiner Augen hatte. Ich erkannte die auffälligen Paspeln an der Knopfleiste und das Muster an Kragen und Manschetten.

Mit dem Zeigefinger verrieb ich die Träne, die auf das Display meines Smartphones getropft war, und legte dann die Fingerspitze auf Marcos Gesicht, damit ich ihn nicht mehr sehen musste.

»Ist alles in Ordnung, Nina? Deine Schwester schickt mich, um dich zu holen.« Als ich von der Tür her Pauls Stimme hörte, fuhr ich erschrocken herum.

»Alles gut«, schniefte ich und fuhr mir mit dem Handrücken übers Gesicht. »Ich habe mich wohl erkältet. Der viele Schnee, die kühle Luft …«

Paul durchquerte die Küche und fischte dabei aus seiner Hosentasche ein zerknautschtes Päckchen Papiertaschentücher, das er mir wortlos reichte.

Ohne ihn anzusehen, fummelte ich mühsam eins der Tücher hervor und schnäuzte ausgiebig hinein. Dabei rutschte mir mein Handy vom Schoß und landete auf dem Boden. Bevor ich reagieren konnte, hob Paul es auf und legte es vor mir auf den Tisch.

Ich griff so hastig danach, dass ich es fast ein zweites Mal heruntergeworfen hätte. Er sollte das Bild nicht sehen, obwohl er wahrscheinlich längst einen neugierigen Blick darauf geworfen hatte. Dass Paul weder Marco noch Vanessa kannte und einfach nur ein Partyfoto sehen würde, war mir in diesem Moment gar nicht klar.

»Schlechte Nachrichten?« Warum hörte ich seit Tagen in allen möglichen Zusammenhängen diese Worte?

Die Frage hing über mir in der Luft wie eine riesige Gewitterwolke.

Ich presste die Lippen zusammen und schüttelte den Kopf. Dabei liefen mir dummerweise die Tränen in wahren Sturzbächen übers Gesicht. Langsam wurde es zur Gewohnheit, dass ich Paul etwas vorheulte oder zumindest in seiner Gegenwart mit den Tränen kämpfte.

»Soll ich deine Schwester holen oder deine Großmutter?« Er beugte sich mit besorgter Miene über mich.

»Nein.« Als Paul die beiden erwähnte, war mir sofort klar, dass ich Oma und Katja diesen Abend nicht verderben durfte. Es war Heiligabend, was an sich schon Grund genug war, kein Wort über den treulosen Marco zu verlieren. Außerdem war dieses Weihnachtsfest ein ganz besonderes. Katja freute sich auf ihr Kind, und Oma Rosa hatte soeben erfahren, dass sie Urgroßmutter werden würde.

»Sie dürfen es nicht erfahren«, flüsterte ich Paul zu. »Nicht heute. Morgen vielleicht.«

Oma hatte mich gewarnt, dass ich dazu neigte, mir immer wieder die falschen Männer auszusuchen. Woher hatte sie gewusst, dass Marco auch … Ich schüttelte energisch den Kopf.

»Kann sein, dass es doch ein Irrtum ist, und morgen hat sich alles geklärt.« Meine Stimme war heiser vom Weinen, und ich räusperte mich mehrmals.

»Willst du mit mir darüber reden? Vielleicht hilft es, wenn …«

Wieder schüttelte ich den Kopf. Selbst wenn ich bereit gewesen wäre, mit Paul – ausgerechnet mit ihm! – über die Sache mit Marco zu sprechen, es ging einfach nicht. Ich hatte das Gefühl, wenn ich den Mund öffnete und meinen Schmerz in Worte fasste, würde ich in meinem Kummer untergehen wie in einem tiefen Moor, das seine Opfer nicht wieder freigab.

»Es ist nichts«, flüsterte ich. »Ich muss nur noch kurz telefonieren, dann komme ich, und wir können mit der Bescherung anfangen. Kannst du das Katja und Oma sagen? Bitte?«

Zögernd ging er zurück zur Tür. »Bist du sicher? Reden hilft meistens.«

»Ich muss einfach nur telefonieren. Bitte!«

»Telefonieren ist wahrscheinlich auch gut.« Er verschwand im Flur, und ich griff entschlossen nach meinem Handy.

Die Sache musste geklärt werden. Sonst überstand ich diesen Abend nicht. Nach dem Gespräch vielleicht auch nicht, das würde sich zeigen.

Ich atmete tief durch, wählte die richtige Nummer aus und lauschte mit angehaltenem Atem dem Freizeichen. Dabei pochte mein Herz schwer und plump wie ein Rhinozeros auf der Flucht.

Ich wählte immer wieder neu, alle zwei Minuten. Irgendwann würde er das Vibrieren in seiner Tasche bemerken, selbst wenn es zu laut war, den Klingelton zu hören. Er schaltete sein Handy nie aus, fiel mir jetzt ein, und es passierte auch niemals, dass der Akku plötzlich leer war. Weil er erreichbar sein musste. Offenbar jedoch nicht für mich, wie mir in diesem Moment schmerzhaft klar wurde. Wie oft hatte ich trotz Marcos ständiger Erreichbarkeit vergeblich versucht, ihn zu erreichen. Und immer eine Entschuldigung für ihn gefunden.

Beim vierten oder fünften Versuch meldete er sich endlich. Seine Stimme war so unvermittelt in meinem Ohr, dass ich in Schockstarre verfiel.

»Nina?« Im Hintergrund hörte ich Musik, Stimmen und

Gelächter. Obwohl sehr wahrscheinlich niemand in der Bar wusste, mit wem Marco sprach, hatte ich das Gefühl, ausgelacht zu werden.

»Was gibt es denn so Dringendes, Liebes? Ich dachte, du feierst mit deiner Familie Weihnachten.«

Er hatte mich *Liebes* genannt. Ich biss mir auf die Lippe, während ich mir klarmachte, dass das nicht das Geringste zu bedeuten hatte. Oder vielleicht doch?

»Und ich dachte, du sitzt in London auf dem Flughafen fest«, konterte ich, nachdem ich mehrmals geschluckt hatte.

»Tu ich auch.« Er zögerte nicht einmal eine Sekunde, bevor er mich eiskalt belog. Schätzungsweise hatte er eine gewisse Übung darin, mir die Unwahrheit zu sagen.

Hielt er mich nicht nur für dumm, sondern auch für taub? »Musik? Auf dem Flughafen?«

Dieses Mal brauchte er für seine Antwort einen kurzen Moment. Aber wirklich nur einen sehr kurzen. »Es ist Weihnachten. Die müssen hier die Leute bei Laune halten. Ich bin in der Nähe des Coffeeshops.«

Wahrscheinlich wäre es toll gewesen, ihn immer mehr in die Enge zu treiben, bis er nicht mehr wusste, wie er mich noch länger hinters Licht führen konnte. Aber dazu fehlte mir die Kraft. Und es tat mir viel zu weh.

»Du bist nicht in London. Du bist in München. Und du feierst Weihnachten in einer Bar, obwohl du mir versprochen hast, zu mir zu kommen und meine Familie kennenzulernen.« Die Worte stürzten aus meinem Mund wie die Tränen aus meinen Augen.

Jetzt herrschte tatsächlich mindestens eine Minute Schweigen am anderen Ende der Leitung.

»Wie kommst du darauf?«

»Ich weiß es eben. Und ich weiß, dass du im *Black and White* bist.«

»Das war so nicht geplant. Ich habe doch noch einen Flieger bekommen und am Flughafen einen alten Freund getroffen. Es war sowieso zu spät, um zu dir hinauszukommen, also …«

Klang das wie eine gute Begründung? Natürlich wollte ich ihm glauben. Ich wollte glauben, dass er vorgehabt hatte, zu mir zu kommen und endlich meine Familie kennenzulernen. Ich wollte glauben, dass es ein Zufall war, der ihn an diesem Abend in die Schwabinger Bar geführt hatte. Allerdings wusste ich nur zu gut, dass die Karten für die Party schon seit Wochen ausverkauft waren. Niemand konnte dort spontan hingehen.

»Vor einer halben Stunde hast du mir noch geschrieben, du hättest mich gern in London bei dir.«

»Nina, Liebes, ich war in Gedanken. Wenn man so viel unterwegs ist wie ich, weiß man manchmal nicht mehr, wo man ist. Da kommt es vor …«

»Marco, erspar uns das bitte. Ich möchte nur wissen, warum du mir nicht einfach die Wahrheit gesagt hat. Dass du keine Lust hast zu kommen. Dass du lieber in einer Bar feiern willst.«

»Ich komme ja. Morgen. Spätestens um drei oder vier bin ich da. Dann können wir zusammen Tee trinken und Weihnachtsplätzchen essen, und ich kann deine Schwester kennenlernen und …«

Bei der Vorstellung, wie Marco mit uns am Tisch sitzen würde, schlug die Sehnsucht über mir zusammen und nahm mir die Luft zum Atmen. Ich hatte mir dieses Bild so oft vorgestellt. Vielleicht …

»Du kannst morgen nicht kommen!«, stieß ich energisch hervor, bevor ich es mir anders überlegte. Ich durfte nicht zulassen, dass er mich noch länger belog. Und ich mich selber auch.

»Wieso nicht? Nur weil ich es heute nicht geschafft habe …«

»Die Wahrheit, Marco! Was denkst du wirklich über ein Weihnachtsfest in Alptal gemeinsam mit meiner Familie?«

»Na gut, du willst es nicht anders.«

Stumm schloss ich die Augen, presste das Handy ans Ohr und wappnete mich für den Schlag, der jetzt kommen würde.

»Wir kennen uns jetzt seit fast einem halben Jahr, richtig?«

»Vier Monate. Eigentlich fünf«, hauchte ich mit schwacher Stimme. Nach unserer ersten Begegnung, als wir in der Drehtür eines schicken Schreibwarenladens eine kleine Kollision gehabt hatten, waren fast vier Wochen vergangen, bis wir zusammen im Bett gelandet und ein Paar geworden waren. Jedenfalls hatte ich gedacht, dass wir ein Paar waren, als wir uns immer wieder trafen und regelmäßig miteinander schliefen.

»Egal. Jedenfalls solltest du mich mittlerweile gut genug kennen, um zu wissen, dass ich nicht der Typ bin, der sich eine ganze Woche in irgendeinem Dorf in den Bergen verkriecht. Wo bleibt denn da der Spaß?«

»Wir haben hier immer eine Menge Spaß.« Ich konnte es einfach nicht lassen, obwohl ich wusste, dass es sinnlos war. »Zu deiner Information – es gibt durchaus Männer, die es hier viel länger als eine Woche aushalten. Unser neuer Nachbar zum Beispiel, ein wirklich cooler Typ, ist seit Wochen hier und bleibt auch noch Wochen.«

»Und was macht so ein aufregender Knabe die ganze Zeit in *Alptal?*« Marcos Stimme troff vor Spott.

»Malen. Er ist ein berühmter Maler.«

»Klar. Bestimmt äußerst berühmt. Darum sitzt er in dem Kaff herum. Ist aber auch egal. Ich bin jedenfalls nicht der Typ für so was. Vielleicht mal einen halben Tag oder so, aber länger ist doch wirklich eine Zumutung.«

Ich schnappte nach Luft. Es fühlte sich an, als hätte er mir einen Schlag in die Magengrube versetzt. »Und warum hast du mir das nicht gesagt? Warum hast du so getan, als wolltest du die Zeit mit meiner Familie und mir hier verbringen, obwohl du das offenbar nie vorhattest?«

»Du liebe Güte, Nina! Ihr Frauen seid doch alle gleich. Ihr wollt immer mehr als das, was wir Männer bereit sind, euch zu geben. Und ihr könnt einfach nicht akzeptieren, dass ihr das, was ihr euch wünscht, nie bekommen werdet. Also müssen wir Männer so lange wie möglich so tun, als wollten wir das Gleiche wie ihr.« Er schaffte es tatsächlich, wie ein Opfer meiner seltsamen Wünsche zu klingen. Aber auf dieses Spiel war ich nicht bereit einzugehen.

»Warum hast du dir die Mühe gemacht, mir so lange etwas vorzumachen?« Ich spürte den seltsamen Drang, mir gleich allen Schmerz auf einmal abzuholen, damit es vorbei war.

»Du bist eine ziemlich heiße Frau, Süße. Und du bist ein Knaller im Bett.« Er lachte leise.

Das war der Moment, in dem die Wut bei mir die Oberhand gewann. In meinen Ohren rauschte das Blut wie ein reißender Strom, und als ich den Mund öffnete, kam meine Stimme laut und schrill daraus hervor: »Was erlaubst du dir, so mit mir zu reden, nachdem du mir gesagt hast, dass du mich die ganze Zeit belogen hast?«

»Was willst du denn? Ich mache dir Komplimente. Und ich habe mir die ganze Zeit die Mühe gemacht, den Mister Right für dich zu spielen. Irgendwann wirst du begreifen, dass es diese Traumtypen, die ihr Frauen euch zusammenfantasiert, nicht gibt.«

»Es gibt sie. Und ich habe nie wirklich geglaubt, dass du einer bist.« Meine Lippen waren plötzlich so steif und gefühllos, dass ich die Worte damit kaum formen konnte. »Ich habe es mir vielleicht versucht einzureden, aber meistens habe ich mir selbst nicht geglaubt.«

Das war geschwindelt. Ich versuchte sogar jetzt noch, mich selbst glauben zu machen, das hier sei nur ein böser Traum.

»Umso besser. Also war es für dich auch nur eine Affäre.« Er machte eine Pause, und das Wort *Affäre* hallte qualvoll in meinem Kopf nach. »Dann frage ich mich allerdings, warum du mich unbedingt bei der Weihnachtsfeier mit deiner Familie dabeihaben wolltest.«

Er wusste, dass ich log, aber das war mir jetzt egal. »Meine Schwester hat einen tollen Mann, da wollte ich wenigstens einen Lover hier haben. Nicht mehr und nicht weniger. Aber das hat sich erledigt. Du musst nicht kommen. Nein, du sollst nicht kommen. Komm auf keinen Fall!«

»Okay.« Er klang weder erleichtert noch enttäuscht. Einfach nur gleichgültig.

Ich atmete tief durch. Ein Mal, zwei Mal und ein drittes Mal. Dann konnte ich es endlich sagen: »Und ruf mich auch nicht mehr an. Nie mehr.« Meine Stimme war nur ein heiseres Flüstern.

»Bist du sicher?«

Ich antwortete nicht, sondern legte ohne ein weiteres Wort auf. Blind vor Tränen ging ich zur Tür, warf mir im Flur irgendeine Jacke über, tauschte meine bronzefarbenen High Heels gegen gefütterte Stiefel und lief hinaus in die Nacht.

Ich musste jetzt allein sein. Die Vorstellung, mit meiner Familie um den Tannenbaum zu sitzen, Geschenke auszupacken und so zu tun, als wäre alles in Ordnung, brachte mich fast um. Aber ich durfte Katja und Oma nicht Heiligabend verderben. Also würde ich so lange durch die Kälte und den Schnee laufen, bis ich mich einigermaßen beruhigt hatte. Vielleicht froren meine Tränen ja ein.

Ich stolperte in Richtung Wald und sah dabei hinauf zum Himmel. Leider entdeckte ich keinen Stern, der mir in dieser Nacht den Weg wies. Wohin hätte ich auch gehen sollen? Es gab für mich kein Ziel mehr und keinen Menschen, mit dem ich einen gemeinsamen Weg gehen konnte. Ich war allein. Außer meiner Großmutter und meiner Schwester gab es niemanden, der mich liebte.

20. Kapitel

Paul

»Wo bleibt sie denn? Ich dachte, sie wollte nur noch mal kurz telefonieren.« Katja sah auf ihre Uhr, dann richtete sie ihren Blick auf mich. Trotz ihrer Ungeduld wirkte sie glücklich.

Ich musste an den traurigen Zug um Ninas Mund denken, den ich manchmal bemerkte, wenn sie sich unbeobachtet fühlte. Und vorhin hatte sie geweint. Deshalb machte ich mir seit fünfzehn Minuten ununterbrochen Sorgen um sie.

»Ich sehe mal nach.« Während ich sprach, war ich schon fast aus dem Zimmer.

Leise klopfte ich an die geschlossene Küchentür, drückte die Klinke herunter und schob den Kopf durch den Türspalt. Die Hängelampe über dem Tisch warf ihr warmes Licht auf die leeren Stühle. Nina war fort.

Ob sie sich in ihrem Zimmer eingeschlossen hatte? Zögernd sah ich die Treppe hinauf. Nina war nicht ohne Grund verschwunden. Sie wollte allein sein. Aber so aufgelöst, wie ich sie vorhin erlebt hatte, musste jemand nach ihr schauen. Da sie nicht wollte, dass ihre Großmutter oder ihre schwangere Schwester sie in ihrem Kummer sahen, war es wohl besser, wenn ich mich um sie kümmerte.

Als ich mich umdrehte, um in den ersten Stock hinaufzusteigen, fiel mein Blick auf Ninas Glitzerschuhe. Sie lagen unordentlich hingeworfen in der Ecke neben der Haustür.

Der Schreck durchfuhr mich wie ein Pfeil aus Eis. Nina war allein da draußen in Schnee und Kälte. Wahrscheinlich immer noch weinend, mit einem gebrochenen Arm, im Dunkeln.

Ich eilte zur Garderobe, angelte nach meiner Jacke und stellte fest, dass sie nicht da war. Ohne nachzudenken griff ich nach der einzigen Jacke, die so aussah, als könnte sie mir passen, und schlüpfte hinein. Sie war an den Schultern etwas zu eng, und die ockergelbe Farbe, die an die ungeliebte Senfsoße meiner Kindheit erinnerte, fand ich auch schrecklich. Aber das spielte jetzt keine Rolle.

Immerhin lag mein Schal auf der Ablage über den Garderobenhaken. Noch bevor ich ihn mir um den Hals gewickelt hatte, stand ich schon draußen vor der Tür.

»Nina?«, rief ich in die Nacht. Keine Antwort.

Ich lief durch den Vorgarten zur Straße und sah mich in beide Richtungen um. Die Beleuchtung hier war erbärmlich, wie ich nicht zum ersten Mal feststellte. Wenigstens schneite es ausnahmsweise mal nicht, der Himmel war einigermaßen klar, und der Schnee reflektierte das Licht des Halbmonds.

Aufmerksam studierte ich die Spuren auf dem Gehweg. Man musste nicht Sherlock Holmes sein, um zu erkennen, dass die Fußabdrücke in Richtung Wald führten.

»Nina!«, brüllte ich, dieses Mal aus voller Kehle, als ich nach wenigen Minuten die ersten Bäume erreicht hatte.

Nichts. Ich war mir nicht sicher, ob sie überhaupt antworten würde, falls sie mich hörte. Wahrscheinlich war sie hier draußen, weil sie ihre Ruhe haben wollte. Trotzdem konnte ich sie nicht im Wald herumirren lassen. So tollpatschig, wie Nina war, brachte sie es fertig, sich zusätzlich zu ihrem Arm noch ein Bein zu brechen. Oder sie verlief sich im Dunkeln und erfror. Bevor ich mir noch mehr Schreckensszenarien ausmalen konnte, eilte ich weiter.

Die schmalen Wege, die sich durch den Wald schlängelten, waren kniehoch verschneit. Fluchend rappelte ich mich hoch, nachdem ich über irgendetwas gestolpert war, was ich im Dunkeln unter dem Schnee nicht gesehen hatte. Jetzt waren nicht nur meine Füße nass, sondern auch meine Hose.

»Nina! Ich weiß, dass du hier irgendwo bist! Antworte mir!«

Wieder nichts.

Ich ging, rutschte und stolperte immer weiter, obwohl ich keine Ahnung hatte, ob sie irgendwo abgebogen war oder den Weg parallel zum Waldrand genommen hatte. Hier zwischen den Bäumen schimmerte der Schnee nur matt, und ich wünschte mir, ich hätte eine Taschenlampe dabei. Mit tauben Fingern tastete ich in meiner Hosentasche nach dem Handy.

Als ich mein Smartphone in der Hand hielt, um mir damit wenigstens ein bisschen zu leuchten, hatte ich eine bessere Idee. Ich wählte Ninas Nummer. Im Nachhinein war ich froh, dass ich ihre Nummer schon vor unserem ersten abendlichen Ausflug gespeichert hatte, als wir aufgebrochen waren, um einen Christbaum zu schlagen. Als hätte ich damals schon geahnt, dass ich sie irgendwann im verschneiten Wald würde suchen müssen.

Da! Aus der Ferne, aber deutlich hörbar, klang eine Melodie durch die Nacht. Aufatmend hielt ich das Handy ans Ohr, obwohl ich nicht glaubte, dass sie drangehen würde.

»Hallo?« Ihre Stimme klang winzig klein und heiser.

»Nina, wo bist du? Ich komme zu dir.«

»Keine Ahnung. Irgendwo zwischen den Bäumen. Und ich wäre dir dankbar, wenn du mich noch eine Weile mit den Bäumen allein lassen würdest.«

»Es ist eiskalt, du hast einen Gipsarm, und deine Familie sitzt um den Tannenbaum herum und wartet auf dich. Soll ich deiner Oma sagen, dass du es vorziehst, im Wald herumzuirren?« Mit zusammengekniffenen Augen starrte ich in die matte Dunkelheit.

Es war so still in der Leitung, dass ich dachte, sie hätte aufgelegt. Dann seufzte sie tief.

»Kannst du an den Waldrand kommen?«, schlug ich nach einer Weile vor.

»Na gut.« Jetzt legte sie tatsächlich auf, obwohl ich sie sicherheitshalber hatte bitten wollen, am Telefon zu bleiben.

Als ich wieder unter den Bäumen hervorstolperte, legte ich mich auf den letzten Metern beinah hin. Im letzten Moment hielt ich mich an einem Zweig fest, der sich über den schmalen Weg reckte. Ein Schauer aus kaltem Schnee ging über mir nieder, fiel mir in den Kragen und sorgte dafür, dass ich nun auch von der Taille abwärts nass war.

Fluchend klopfte ich die Jacke ab, die nicht mal mir gehörte, und wischte mir mit der flachen Hand den Schnee von den nassen Haaren.

»Iiiih! Muss das sein?«

Die Stimme war so unvermittelt neben mir, dass ich zusammenschrak. Hier am Waldrand war es deutlich heller als zwischen den Bäumen, und als ich den Kopf wandte, starrte ich direkt in Ninas Augen, die im Mondlicht dunkel schimmerten. Ihre Haare waren weiß vor Schneeflocken, die ich offenbar eben von meinem Kopf direkt dorthin befördert hatte.

»Gott sei Dank!« Am liebsten hätte ich Nina gepackt und festgehalten, damit sie auf keinen Fall wieder verschwinden konnte. Da mir klar war, dass das wahrscheinlich die beste Methode war, um sie zu vertreiben, beherrschte ich mich.

»Ist das meine Jacke?«

Sie sah an sich hinunter. »Kann sein. Ich habe einfach irgendwas genommen. Willst du sie haben?« Tatsächlich machte sie Anstalten, meine Jacke auszuziehen.

»Behalt sie an. Ich habe mir dafür eine andere genommen. Die gehört Patrick, nehme ich an.«

»Hm. Da bin ich ja froh, dass ich die nicht erwischt habe. Patrick ist ziemlich eigen mit seinen Klamotten. Sieh zu, dass du nichts schmutzig machst oder so was.«

»Nö. Ist nur patschnass.« Mit beiden Händen strich ich über meine Brust. Wenn die Jacke aus Schurwolle oder gar Kaschmir war, und so fühlte sie sich an, würde Patrick nicht begeistert davon sein, wie ich sie ihm zurückbrachte. Aber um dieses Problem konnte ich mich später kümmern. Jetzt musste ich erst einmal dafür sorgen, dass Nina mit mir zum Haus zurückkehrte.

Probeweise machte ich im tiefen Schnee einen Schritt in die richtige Richtung. Sie dachte aber nicht daran, mir zu folgen, sondern blieb wie angewurzelt stehen.

»Kommst du?«

»Ich glaube, ich kann mich jetzt nicht zu den anderen setzen, Geschenke auspacken und so tun, als wäre nichts.«

»Wenn du deiner Familie nicht die Wahrheit sagen willst, könntest du behaupten, dass du Kopfschmerzen hast.«

Lange sah sie mich stumm an. Dann brach sie in Tränen aus.

Ich streckte die Arme aus und zog Nina an mich. Ganz kurz machte sie sich steif, dann ließ sie sich gegen meine Brust fallen. Ihr nasses Haar, das sich längst wieder wild lockte, berührte mein Gesicht und kitzelte mich an der Wange. Es duftete nach Blüten, und ich erinnerte mich unwillkürlich an unseren ersten Zusammenstoß im Schnee. Mit den Fingerspitzen strich ich ein paar besonders widerspenstige Locken zurück. Nina seufzte schwer.

»Ich war so bescheuert«, hörte ich sie in den teuren Stoff von Patricks Jacke murmeln.

»Was ist denn passiert?«

»Marco … Ich glaube, ich habe mir eingeredet, dass er ist, wie ich es gern hätte. In Wirklichkeit …« Der Rest ihres Satzes ging in einer Reihe von kleinen Schluchzern unter.

Hilflos tätschelte ich ihre Schulter. »Kommt er morgen etwa immer noch nicht?«

Mit einem Ruck legte sie den Kopf in den Nacken und sah mich im Mondlicht an. Auf ihren Wangen glitzerten Tränen, ein paar schillernde Tropfen hingen an ihren langen Wimpern.

»Ich habe ihm gesagt, er soll wegbleiben.« Sie vergrub die Zähne so tief in der Unterlippe, dass es mir schon beim Zusehen wehtat. »Er hat mir die ganze Zeit was vorgemacht und mir nach dem Mund geredet. Um das zu bekommen, was er von mir wollte.«

»So ein Schwein.« Ich konnte mir sehr genau vorstellen, welche Erwartungen an ihre Beziehung bei Marco und Nina vollkommen verschieden gewesen waren. Nina wünschte sich … Liebe. Ich konnte es in ihren Augen lesen und an ihrem suchenden Blick erkennen.

Über Marco wusste ich mittlerweile genug, um ziemlich sicher einschätzen zu können, wie er tickte. Wenn er Nina anschaute, bemerkte er wahrscheinlich nur ihre sexy Figur und ihr hübsches Gesicht. Er wollte nicht ihre Liebe, sondern ihren Körper. Mit anderen Worten, eine unverbindliche Affäre. Um das zu bekommen, tat er, was für jeden anständigen Mann ein No-Go sein sollte: Er spielte ihr vor, dass auch er sich eine Beziehung mit allen Konsequenzen wünschte.

»Hey, auch wenn sein Verhalten nicht okay war. Wie kannst du den Mann, den ich liebe, so nennen?« Nina stieß sich mit ihrer gesunden Hand von meiner Brust ab.

»Ich nenne ihn so, weil er nicht ehrlich zu dir war. Weil er dir etwas vorgemacht und zugelassen hat, dass du dein Herz an ihn hängst, während er …« Mit einer ungeduldigen Handbewegung versuchte ich auszudrücken, was Typen wie er empfanden – nämlich so gut wie nichts.

»Das kannst du gar nicht wissen. Und überhaupt – du hast kein Recht, ihn zu beschimpfen.« Nina machte einen Schritt rückwärts und starrte mich aus sicherer Entfernung wütend an.

»Mag sein. Aber ich erlebe schon eine ganze Weile, was dieser Mann mit dir macht, und vor allem auch, was er aus dir macht. Er war nicht gut für dich. Seit ich dich kenne, verbiegst du dich für ihn. Es geht die ganze Zeit nur darum, was Marco wohl möchte und wie du Marco davon überzeugen kannst, wie schön Weihnachten mit deiner Familie ist. Du liebst Weihnachten, aber ich hatte nicht das Gefühl, dass du die Vorbereitungen und die Vorfreude wirklich genossen hast. Seinetwegen. Dabei bist du eine tolle Frau, die niemandem etwas beweisen muss.«

Als ich mit meiner Rede fertig war, musste ich erst einmal tief durchatmen. Endlich hatte ich Nina gesagt, was mir schon so oft auf der Zunge gelegen hatte.

»Du hältst mich also für blöd, weil ich für den Mann, den ich liebe, ein schönes Fest vorbereiten wollte?« Sie schnaubte vor Wut, und erstaunt erkannte ich, dass sie nicht etwa auf Marco wütend war, sondern auf mich.

Ich wich einen Schritt zurück, denn sie fuchtelte so heftig mit ihrem gesunden Arm in der Luft herum, dass ich mir möglicherweise eine Ohrfeige einfing, solange ich in Reichweite war. Ihr funkelnder Blick machte mich nervös. Sie sah aus, als würde sie mir gleich wie eine Katze mit ausgefahrenen Krallen ins Gesicht springen.

»Du warst keinesfalls blöd, sondern einfach nur verliebt«, versuchte ich, sie zu beruhigen. »So verliebt, dass du ihm alles recht machen wolltest. Das ist ganz normal, solange man sich selbst dabei nicht vergisst. Aber ich fürchte, diesem Marco wäre es nur recht, wenn du deine eigenen Interessen vollkommen außer Acht lässt, um den roten Teppich vor ihm auszurollen, wo er geht und steht.«

»Du warst natürlich noch nie verliebt!«, fauchte sie mich an. »Außer in dich selbst. Deshalb hast du keine Ahnung, wie das ist. Also hör auf, mir Vorträge darüber zu halten.«

Sie drehte sich mit einem so heftigen Ruck um, dass ihre Stiefel Schnee aufwirbelten. Dann marschierte sie mit großen Schritten davon. Immerhin in Richtung des Hauses.

»Und ob ich verliebt war!«, rief ich ihr hinterher. »Und ich bin abserviert worden. Ich weiß, wie weh das tut.«

Ruckartig blieb Nina stehen. Sie drehte sich nicht um, wartete aber, bis ich sie eingeholt hatte. Als ich auf einer Höhe mit ihr war, setzte sie sich wieder in Bewegung.

»Und – war diese Frau ein Schwein? So wie angeblich Marco?« Während sie mir diese Frage stellte, sah sie starr nach vorn.

»Nein.« Ich schüttelte den Kopf und überlegte, ob ich die Beschimpfung zurücknehmen sollte, die ich ihrem hoffentlich baldigen Exfreund hatte angedeihen lassen. Aber das wollte ich nicht. Im Gegenteil: Mir wären mühelos noch viel passendere und deutlichere Bezeichnungen für Männer eingefallen, die sich verhielten wie Marco.

»Mit Tabea und mir – das ist anders abgelaufen. Sie hat sich in einen anderen verliebt. Und sie hat mir nie etwas vorgemacht. Aber das macht den Schmerz nicht geringer, fürchte ich. Und ich war und bin oft wütend auf sie, obwohl ich meistens weiß, dass sie für ihre Gefühle nichts kann.«

»Du verteidigst die Frau, die dich betrogen hat. Wie kannst du dir dann erlauben, Marco derart runterzumachen?« Kurz vor der Einfahrt zu ihrem Haus blieb Nina stehen. Dieses Mal sah sie mir aus nächster Nähe ins Gesicht, und ich hatte das absurde Gefühl, sie würde mich mit ihrem Blick in den Schnee und noch tiefer bis in die gefrorene Erde rammen.

»Sie hat mich nicht betrogen, sondern mir von Anfang an – jedenfalls fast von Anfang an, als sie wusste, dass sie einen anderen liebt – die Wahrheit gesagt. Die Wahrheit sagen ist genau das, was Marco nicht getan hat. Vielleicht hilft dir diese Erkenntnis ja. Jemand, der dich angeblich liebt, belügt dich nicht.« In dem Moment, in dem die Worte heraus waren, war mir schon klar, dass ich mich wie ein ekliger Besserwisser anhörte. Und Nina war das auch nicht entgangen.

»Ach ja, offenbar liebt die ach so ehrliche Tabea dich auch nicht!«, schrie sich mich an. »Lass mich in Ruhe mit deinen tollen Erkenntnissen!«

Damit drehte sie sich um und marschierte zum Haus. Dabei fummelte sie in ihrer Hosentasche herum, fand den Schlüssel, öffnete die Haustür, stürmte hinein und knallte sie hinter sich zu. Offenbar war ich in ihrem Haus nicht mehr erwünscht.

Ich stand noch eine Weile bewegungslos im Schnee, dann ging ich weiter die Straße hinunter zu meinem eigenen Haus, in dem mich Ruhe und Frieden erwarteten und keine Familien- und Liebesdramen.

Zum Glück hatte ich mir mittlerweile angewöhnt, meinen Hausschlüssel unter der meistens verschneiten Fußmatte zu deponieren. Wie ein echter Landbewohner. Im Flur hängte ich die klatschnasse senffarbene Jacke auf und hoffte, dass sie keinen allzu großen Schaden genommen hatte. Notfalls würde ich Patrick eine neue kaufen.

Die Zimmer kamen mir seltsam leer und kühl vor, obwohl die Heizung eingeschaltet war. Nachdem ich mir ein Glas Rotwein eingegossen hatte, schaute ich vom dunklen Wintergarten aus zum Nachbarhaus hinüber. Die Fenster leuchteten warm in die Winternacht, und ich konnte den funkelnden Tannenbaum erkennen. Allerdings war ich mir ziemlich sicher, dass da drüben kein sonderlich fröhliches Weihnachtsfest stattfand. Natürlich würde es Nina nicht gelingen, ihren Kummer vor ihrer Familie zu verbergen. Und wie wollte sie mein Verschwinden erklären?

Ich schlenderte in die Küche und schaltete im Vorbeigehen meine Stereoanlage ein. Während ich in den Kühlschrank starrte, hatte ich das seltsame Gefühl, etwas Kostbares verloren zu haben. Und das trotz der Ruhe, des hervorragenden Weins und der guten Musik.

Kopfschüttelnd schloss ich die Kühlschranktür, ohne etwas herausgenommen zu haben. Nina Martens hatte vom ersten Moment an Unruhe in mein Leben gebracht und es auf den Kopf gestellt. Wahrscheinlich wurde es höchste Zeit, mich endlich wieder daran zu gewöhnen, Herr über meine Zeit zu sein und meine eigenen Pläne zu machen.

Das Klingeln meines Handys holte mich zurück in die Realität. Ich eilte zum Küchentisch, wo ich es abgelegt hatte. Das konnte nur Nina sein. Oder vielleicht ihre Großmutter.

»Paul? Bist du heute Abend auch allein?«

Es dauerte ein oder zwei Sekunden, bis ich die Stimme am anderen Ende der Leitung erkannte. Aber nur, weil ich so gar nicht mit ihrem Anruf gerechnet hatte.

»Tabea?« Plötzlich waren meine Beine seltsam schwach, und ich ließ mich kraftlos auf den nächstbesten Stuhl fallen.

21. Kapitel

Nina

»Finger weg vom Telefon!« Beim Klang von Katjas energischer Stimme zuckte ich zusammen. Hastig zog ich die Hand zurück und den Kopf ein.

»Ich wollte ja nur …«, murmelte ich und ließ das Ende des Satzes ungesagt. Es gab ohnehin nichts, was ich zu meiner Rechtfertigung hätte vorbringen können. Natürlich hatte Katja mit ihrem Verdacht recht.

Seit ich an diesem ersten Weihnachtsfeiertag aufgestanden war, überkam mich ungefähr alle fünf Minuten der heftige Drang, Marcos Nummer zu wählen und ihn anzuflehen, doch noch nach Alptal zu kommen. Dann könnten wir sämtliche Missverständnisse klären und den Rest der Feiertage so verbringen, wie ich es mir seit Wochen erträumt hatte – als glücklich verliebtes Paar. Denn Marco war in mich verliebt. So sehr hatte ich mich doch nicht täuschen können. Oder er mich. Oder wie auch immer.

»Wir haben gemeinsam und einstimmig beschlossen, dass du den Kerl nicht anrufst«, erinnerte Katja mich streng und wedelte mit dem dicken bunten Heft in ihrer Hand. Es handelte sich um einen Katalog für Babyausstattung. Meine Schwester hatte jede Menge Material mitgebracht, um gemeinsam mit Oma und mir die süßesten Sachen für ihr Kind auszusuchen.

»Von einstimmig kann keine Rede sein.« Leider konnte ich mich momentan nicht auf Strampler mit Bärchenmotiven und zauberhafte Babywiegen konzentrieren. Katja auch nicht, weil sie ständig aufpassen musste, dass ich Marco nicht anrief oder ihm eine verzweifelte Nachricht schickte.

Oma hatte inzwischen das Projekt Babyausstattung auf andere Weise in Angriff genommen. Mit einem grünen Wollknäuel, das sie irgendwo im Haus gefunden hatte, mühte sie sich ab, ein Babyjäckchen zu stricken. Was ein schwieriges Unterfangen war, weil Oma nach eigener Aussage zuletzt vor über dreißig Jahren gestrickt hatte. Es gelang ihr kaum, Maschen anzuschlagen. Eine Anleitung für eine winzig kleine Jacke besaß sie auch nicht.

»Urgroßmütter stricken«, hatte sie wild entschlossen verkündet. »Und wenn ich keine Anleitung habe, stricke ich eben nach eigenem Entwurf.«

Bisher bestand dieser Entwurf offenbar darin, ein windschiefes Rechteck anzufertigen. Aber das war eigentlich egal. Katja hatte mir im Flüsterton anvertraut, ihr Kind werde eine Jacke aus kratziger Wolle in einem schreienden Grün nur über ihre Leiche tragen.

Wenigstens hatte Oma etwas zu tun und starrte mich nicht dauernd an, damit ich auch ja nicht Kontakt mit Marco aufnahm.

»Aber wenn er mich anruft, gehe ich dran«, erklärte ich mit einem energischen Kopfnicken.

Trotz meiner guten Vorsätze hatte Katja mit freundlicher Unterstützung von Oma am vorherigen Abend innerhalb von ungefähr zehn Sekunden aus mir herausgequetscht, was los war. Nicht nur, weil ich über eine halbe Stunde verschwunden gewesen und ohne Paul zurückgekehrt war, sondern wohl auch wegen der Tränenströme, die unaufhörlich über mein Gesicht flossen.

Meiner Familie gegenüber hatte ich mir mehr Mühe als bei

Paul gegeben, Marco so darzustellen, wie er wirklich war: ein Traummann, der nur leider wegen schlechter Erfahrungen in der Liebe Schwierigkeiten hatte, sich voll und ganz auf eine Frau einzulassen. Oder wegen mangelnder Beziehungserfahrungen. Oder weil seine Mutter in seiner Kindheit nicht für ihn da gewesen war. Irgendwas in der Art. Er brauchte mich, damit ich ihm zeigte, wie schön die Liebe und eine Beziehung sein konnten.

»Du glaubst nicht wirklich, was du da redest, Nina. Oder etwa doch?« Katja hatte die Augen verdreht und mir mein Smartphone aus der Hand gerissen. Denn ich war so beflügelt von meinen eigenen Worten, dass ich Marco anrufen wollte. Ich musste ihm sagen, dass er doch bitte, bitte so bald wie möglich kommen sollte, damit wir über alles reden konnten.

»Wirklich, Liebes – solche Männer wollen sich nicht einlassen, weil es für sie bequemer ist. Punkt!« Natürlich hatte auch Oma eine höchst entschiedene Meinung zu der Angelegenheit. »Mir kam die Sache ja schon die ganze Zeit komisch vor.«

Natürlich musste sie dann in aller Ausführlichkeit erzählen, dass Marco offenbar nicht eine Sekunde überlegt hatte, mir zu Hilfe zu eilen, als ich mir den Arm gebrochen hatte.

»Und angerufen hat er auch fast nie!«, schloss sie triumphierend.

»Er hat einen Job, der ihn sehr stark in Anspruch nimmt. Und er ist sehr erfolgreich in diesem Job. Und ich bin eine selbstständige, erwachsene Frau, die auch bei Schwierigkeiten allein zurechtkommt.«

»Na ja. Wenn Paul nicht gewesen wäre …«, fing Oma an.

»Den Namen will ich nicht mehr hören.«

»Wo ist er überhaupt?« Katja sah sich misstrauisch um, als wollte sie feststellen, ob Paul sich hinter dem Tannenbaum versteckte.

»Er ist nach Hause gegangen. Und ich will nicht über ihn sprechen.«

»Schade. Ist ein guter Typ. Ich hätte ihn gern näher kennengelernt«, mischte sich an dieser Stelle auch noch Patrick ein.

»Glaub mir, du hast nicht viel versäumt.« Ich presste die Lippen aufeinander, um deutlich zu machen, dass ich über dieses Thema nicht reden wollte. Schließlich hatte ich wirklich andere Sorgen als unseren seltsamen Nachbarn.

Inzwischen nahte der Abend des ersten Weihnachtsfeiertags. Wir saßen gemütlich im Wohnzimmer, nur leider war ich nicht in der Lage, auch nur einen leisen Hauch von dieser Gemütlichkeit zu spüren oder gar zu genießen. Ich wollte Marco. Hier und jetzt. Und ich war todunglücklich, dass ich ihm höchstpersönlich gesagt hatte, er sollte nicht kommen. Nur leider erlaubten meine Schwester und meine Großmutter mir nicht, diesen Fehler rückgängig zu machen.

Patrick hielt sich zum Glück nach ein oder zwei Bemerkungen zum Thema und ebenso vielen tödlichen Blicken, die ich daraufhin in seine Richtung geschossen hatte, aus der Sache heraus. Er saß mit einem Krimi in der Ecke und lachte ab und zu leise vor sich hin. Wieso man bei einer Geschichte über Mord und Totschlag lachen musste, war mir nicht ganz klar, aber im Grunde interessierte es mich auch nicht. Wie gesagt, ich hatte andere Sorgen.

»Wir könnten Scrabble spielen«, schlug Katja vor. »Sollen wir Paul fragen, ob er mitspielt?«

Ich richtete mich kerzengerade in meinem Sessel auf und stopfte mir vor lauter Entsetzen erst mal zwei Kekse in den Mund. »Kommt ganich infrage!«

Mit oder ohne Paul hatte ich keine Lust zum Spielen, ließ mich aber dennoch überreden.

»Morgen sitzen wir auf keinen Fall den ganzen Tag trübsinnig im Haus«, verkündete Katja, während sie die Buchstabensteine mischte.

»Was hast du denn vor?«

»Ski fahren. Bei dem herrlichen Wetter ist es eine Schande, nicht rauszugehen.«

Ich atmete heimlich auf. »Gebrochener Arm. Schon vergessen? Und du bist schwanger. Da solltest du dich nicht auf Skiern von Bergen stürzen.«

»Ich rede von Langlauf. Das ist äußerst gesund und kein bisschen gefährlich. Außerdem bin ich schwanger und nicht krank. Allerdings gebe ich zu, dass selbst Langlauf mit nur einem Arm schwierig ist. Aber du gehst auch raus, verlass dich drauf.« Katja unterstrich ihre Worte, indem sie den Leinenbeutel mit den Buchstaben kräftig schüttelte.

Das würden wir noch sehen! Draußen war es mir viel zu hell. Wenn ich aus dem Fenster sah, tat die Sonne mir in den verheulten Augen weh – und in meiner verzweifelten Seele auch. Am liebsten hätte ich mich unter meiner Bettdecke verkrochen. Den Versuch unternahm ich aber gar nicht erst. Das hätten Katja und Oma sowieso nicht zugelassen.

Mit gerunzelter Stirn starrte ich die Buchstaben an, die ich gezogen hatte. *MISTKRL.* Mir fehlte nur noch ein E. Dann hatte ich eine gute Beschreibung für Paul.

Der Gedanke an Paul, der zwangsläufig Wut in mir auslöste, war seltsamerweise so ungefähr das Einzige, was mich von meinem Kummer ablenkte. Er hatte absolut kein Recht gehabt, so über Marco zu reden.

Oma und Katja taten das zwar auch. Aber sie benutzten keine so krassen Worte. Außerdem waren sie alles, was mir von meiner Familie geblieben war, und durften ihre Meinung sagen, auch wenn sie mir nicht gefiel. Paul dagegen … er war der Typ, der mir den Arm gebrochen hatte. Was nun wirklich dafür sprach, sich mir gegenüber äußerst zurückhaltend und extrem höflich zu verhalten.

»Hallo? Nina? Du bist dran. Hör auf, an den Typen zu denken. Er ist es nicht wert, glaube mir.« Katja rüttelte mich leicht an der Schulter.

»Da hast du recht«, stimmte ich ihr zu.

Aus dem Augenwinkel sah ich, dass Katja unserer Großmutter einen erstaunten Blick zuwarf und diese mit den Schultern zuckte. Natürlich dachten sie an Marco und nicht wie ich an Paul. Ich klärte den Irrtum nicht auf. Selbst dazu fehlte mir die Kraft. Stattdessen legte ich erst mal das Wort MIST.

»Das Taxi ist da. Nun komm endlich, Nina.« Schwungvoll warf Oma sich ihren rosa Wollschal über die Schulter. Die passende Mütze trug sie schon.

Ich lungerte immer noch in der Küche herum und hoffte gegen jede Vernunft, um den geplanten Ausflug herumzukommen. Zu verlockend fand ich den Gedanken, mich ins Bett zu legen, mir die Decke über den Kopf zu ziehen und in Ruhe ein, zwei Stunden zu heulen.

Telefonieren konnte ich nicht. Katja hatte mein Handy konfisziert, nachdem sie durch gemeine Fangfragen festgestellt hatte, dass ich Marcos Nummer weder auswendig wusste noch im Festnetztelefon gespeichert oder irgendwo aufgeschrieben hatte. Wer machte denn heutzutage so was noch? In meinem Smartphone trug ich all meine Kontakte mit mir herum. Mein halbes Leben sozusagen. Mein ganzes Leben, was Marco betraf.

»Anziehen!«, befahl Oma und hielt mir auffordernd meinen Anorak hin. »Ich habe keine Lust, dem Taxifahrer eine ganze Stunde zu bezahlen, wenn der Weg eigentlich nur eine Viertelstunde dauert.«

Mit einem demonstrativen Seufzer schlüpfte ich in die Jacke und ließ mir gnädig von Oma Handschuhe, Schal und Mütze reichen.

Katja und Patrick waren vor einer guten Stunde auf Skiern gestartet. Ihr Ziel war *Zur Resi,* ein kleiner, abgelegener Landgasthof, den wir vor Jahren rein zufällig während eines Ausflugs entdeckt hatten.

Da ich wegen meines Gipsarms gnädig vom Skilaufen befreit worden war, hatte die liebe Familie über meinen Kopf hinweg beschlossen, dass ich mit Oma im Taxi dorthin fahren sollte. Nach allgemeiner Ansicht hinderte mein Armbruch mich nicht daran, Resis Kaffee und Kuchen zu genießen. Obwohl ich natürlich nicht in der Lage war, *irgendetwas* zu genießen. Aber wer hörte schon auf mich.

Während der Fahrt plauderte Oma munter mit dem Fahrer, während ich verbissen schwieg. Katja und Patrick machten auf Skiern einen Umweg über die Hügel und durch den Wald, hatten aber mittlerweile wahrscheinlich längst unser gemeinsames Ziel erreicht. Auch wenn unsere Fahrt tatsächlich nur fünfzehn Minuten dauerte – ich hatte aber nach Leibeskräften getrödelt.

Durch die dunklen Gläser meiner Sonnenbrille betrachtete ich missmutig die Berge, die sich rings um das kleine Tal erhoben, in dem der Gasthof lag. Die schon sehr tief stehende Sonne wurde vom Schnee reflektiert, sodass ich meine Augen selbst hinter den getönten Gläsern zusammenkneifen musste. Die hohen Tannen, die hinter dem Fachwerkhaus mit dem geschnitzten Holzschild *Zur Resi* wuchsen, ächzten unter ihrer weißen Last.

Ich stieg aus dem Wagen und atmete tief durch. Die Luft prickelte in meiner Nase und auf meiner Haut, und für einen kurzen Moment vergaß ich meinen Kummer und den Druck auf meiner Brust.

Oma betrachtete zufrieden die verschneite Landschaft, während wir langsam zum Eingang des Gasthofs spazierten. Vor dem Gebäude stand nur ein einziges Auto, und neben der Tür lehnten höchstens ein halbes Dutzend Skier. Trotz des wunderbaren Wetters hatten nur wenige Ausflügler den Weg in dieses abgelegene Tal gefunden.

»Ich freue mich auf den wunderbaren Apfelkuchen, von dem Katja mir vorgeschwärmt hat. Mit Zimt und Sahne.« Als könnte sie die Köstlichkeit schon schmecken, spitzte Oma die Lippen.

»Puh. Ich habe überhaupt keinen Hunger. Am liebsten würde ich draußen bleiben.« Selbst wenn die Gaststube trotz des Feiertags nicht überfüllt war, drängte es mich nicht gerade, dort hineinzugehen. Obwohl ich vorsichtshalber seit morgens nicht in den Spiegel gesehen hatte, war mir klar, dass meine Augen immer noch von der durchweinten Nacht rot und meine Lider geschwollen waren.

»Papperlapapp. Du kannst später noch spazieren gehen. Erst musst du was essen, sonst fällst du uns vollkommen vom Fleisch.« Energisch griff Oma nach meinem Arm, als könnte sie ohne meine Unterstützung keinen Schritt weitergehen.

Beim Eintreten in die niedrige Gaststube nahm ich dann doch die Sonnenbrille ab. Hier in der Nähe der Tür war es angenehm dämmerig. Allerdings gab es an der Rückseite des Raumes eine nachträglich eingebaute Fensterfront, die den Blick auf die Berge freigab und großzügig Sonnenlicht hereinließ.

»Da hinten.« Oma, die trotz ihres Alters Adleraugen hatte, deutete auf einen Tisch direkt vor den bodentiefen Scheiben.

Im Gegenlicht sah ich als Erstes die Silhouette meiner Schwester, die wild gestikulierend irgendetwas erzählte. Dicht neben ihr lehnte Patrick entspannt auf seinem Stuhl. Seinen Umriss erkannte ich mühelos, weil er in seiner typischen Haltung meiner Schwester zugewandt saß. So als würde er ihr die ganze Zeit gebannt zuhören und sie ständig ansehen wollen. Bei diesem Anblick schnürte es mir die Kehle zu. Ich wollte das auch. Einen Mann, der für mich da war und mich liebte. Für den es nichts Schöneres gab, als Zeit mit mir zu verbringen. Der an meinen Lippen hing und …

Als ich plötzlich bemerkte, dass noch jemand mit Katja und Patrick am Tisch saß, blieb ich überrascht stehen. Jemand mit breiten Schultern, dessen Größe man ihm sogar ansah, wenn er saß.

Marco?! In meinem Kopf fuhren die Gedanken gleichzeitig Achterbahn und Slalom. Hatte Katja mir deshalb mein Handy weggenommen? Um Marco anzurufen und ihn zu bitten, herzukommen, damit wir reden konnten?

Ich schnappte nach Luft und tat ein paar hastige Schritte auf den Fenstertisch zu – um gleich darauf abrupt stehen zu bleiben.

»Was machst du denn hier?«, fuhr ich den Mann an, den ich drei glückliche Sekunden lang für Marco gehalten hatte. Es war natürlich nicht Marco.

Bevor Paul antworten konnte, wandte ich mich meiner Schwester zu. »Warst du das?«

Katja ließ die Kuchengabel, auf der sie ein Stück Käsesahnetorte balancierte, in der Luft schweben. »Was soll ich gewesen sein?«

»Hast du Paul hierher mitgebracht?«

»Ich habe ihn zu unserem Ausflug eingeladen.« Gelassen hielt Patrick meinem wütenden Blick stand. »Paul und ich mussten unsere Jacken austauschen, und da habe ich ihn gleich gefragt, ob er Lust hat mitzukommen.«

»Haha.« Ich sah wieder meine Schwester an. »Nie im Leben hast du das getan, ohne deine Frau zu fragen.«

Katja schob sich genüsslich die Torte in den Mund, kaute und schluckte, bevor sie sich bequemte, mir zu antworten. »Was denkst du eigentlich von meinem Ehemann? Dass er keine eigene Meinung hat und nicht in der Lage ist, soziale Kontakte zu pflegen? Also wirklich!«

»Ich denke von deinem Ehemann, dass er nicht blöd ist und deshalb sehr wohl mitbekommen hat, wie es zwischen unserem Nachbarn und mir steht. Also wird er dich gefragt haben.« Während ich auf Katjas Antwort wartete, kniff ich die Lider zusammen, sodass ich sie nur noch durch den Schleier meiner Wimpern erkennen konnte.

»Der Nachbar sitzt übrigens hier«, mischte sich an dieser Stelle Paul ein. »Redet nicht über mich, als wäre ich nicht anwesend.«

»Die Tatsache, *dass* du anwesend bist, ist das eigentliche Problem.«

»Sei nicht albern, Nina, Kind.« Oma packte mich beim Arm und zog mich mit jener Kraft, die mich angesichts ihres Alters immer wieder erstaunte, zu einem freien Stuhl. Ohne mir Zeit zu lassen, auch nur meine Jacke auszuziehen, drückte sie mich darauf nieder. »Paul ist hier, weil er unser Nachbar ist und weil wir ihn mögen. Außerdem ist dies eine öffentliche Gaststätte.«

»Aber ich …«, wollte ich mich verteidigen, verschluckte aber die restlichen Worte, als Omas strafender Blick mich traf.

Zugegeben – vielleicht war es ein bisschen albern, nicht mehr mit Paul reden zu wollen, weil er eine Bemerkung über Marco gemacht hatte, die mir nicht passte. Andererseits hatte er mir den Arm gebrochen. Und überhaupt … Hatte ich nicht das Recht, mir die Menschen auszusuchen, mit denen ich meine Freizeit verbrachte?

»Vielleicht solltest du doch noch ein bisschen spazieren gehen, Nina. Das tut dir sicher gut. Kaffee und Kuchen gibt es in einer halben Stunde auch noch.« Während sie sprach, winkte Oma eifrig der Kellnerin, die in ihrem bunten Dirndl geschäftig zwischen den Tischen herumlief.

Das war eine gute Idee. Auf diese Weise musste ich nicht mit Paul an einem Tisch sitzen. Jedenfalls vorerst nicht. Wenn ich zurückkam, würde es für die drei Skifahrer bald Zeit sein, sich auf den Heimweg zu machen, falls sie noch im Hellen zu Hause sein wollten.

Ich zog meinen Schal wieder fest und sprang auf. »Gut. Dann bis später.«

»Bist du so nett, Paul, und begleitest meine Enkelin? Sie ist mit ihrem Gipsarm ein wenig unsicher, und wir wollen doch nicht, dass ihr noch etwas zustößt, nicht wahr?«

Mitten in der Bewegung erstarrte ich und sah erschrocken auf den Tisch hinunter. Paul nickte mit selbstverständlicher Miene, stand auf und griff nach seiner Jacke, die über der Stuhllehne hing. Dabei beeilte er sich nicht einmal besonders, als könnte er sicher sein, dass ich auf ihn wartete.

War das ein abgekartetes Spiel? Ich presste die Lippen aufeinander und ging los, ohne mich darum zu kümmern, ob Paul mir folgte. Ich wusste sowieso, dass ich keine Chance zur Flucht hatte. Auf halbem Weg zur Tür setzte ich schon mal meine Sonnenbrille auf. Wenn Paul mich aus der Nähe sah, würde er garantiert meine geschwollenen Lider bemerken. Das musste nun wirklich nicht sein.

Prompt rannte ich mit meinen dunklen Gläsern auf der Nase gegen einen nicht besetzten Stuhl, der krachend zu Boden fiel. Ich hätte mich wahrscheinlich danebengelegt, wenn Paul nicht von hinten meinen Ellbogen gepackt hätte.

»Hoppla.« Durch den wattierten Ärmel spürte ich seinen festen Griff. Sein warmer Atem streifte meine Wange.

»Passen Sie doch auf, junger Mann! Die tapfere Frau hat sich doch schon einen Arm gebrochen. Ist das auch Ihre Schuld?«

Die ältere Dame musste ganz in der Nähe gesessen haben, so plötzlich war sie da. Mitfühlend strich sie mir über die Schulter.

»Tut mir leid«, entschuldigte sich Paul, obwohl er ja nun wirklich nichts dafür konnte, dass ich hier drinnen mit Sonnenbrille rumlief.

»Ist alles in Ordnung?« Die Frau zupfte mir den Schal zurecht.

»Es geht schon.« Immer wieder gab es in meinem Leben Momente, in denen ich alles für eine Tarnkappe gegeben hätte. Oder für ein Mauseloch. Das hier war definitiv einer davon. Die Frau hielt mich offenbar für blind und Paul für meinen Betreuer oder meinen Freund oder beides.

Wahrscheinlich hätte ich die blöde Brille abnehmen sollen, aber das wäre mir noch peinlicher gewesen. Also murmelte ich irgendetwas Unverständliches in Richtung der Frau, die jetzt meinen Rücken abklopfte, als hätte ich mich stundenlang im Staub gewälzt. Anschließend ließ ich mich von Paul aus der Gaststube führen und kniff dabei fest die Augen zu, um die mitleidigen Blicke der anderen Gäste nicht zu sehen. Wie hatte es dazu kommen können, dass ich die Blinde spielen musste? Nur weil ich mir wegen eines Typen die Augen rot geweint hatte und ein anderer Typ das nicht sehen sollte. Mein Leben war ein Desaster. Und das zu Weihnachten.

22. Kapitel

Paul

Nina stürmte im Laufschritt den Weg vom Gasthof in Richtung des Hügels entlang, über den ich mit Katja und Patrick vor einer knappen Stunde auf Skiern gekommen war. Ich musste mich anstrengen, um an ihrer Seite zu bleiben. Beim Laufen schnaubte sie wütend vor sich hin. Jedes Mal, wenn sie ausatmete, entstand in der klaren, eisigen Luft vor ihr eine weiße Atemwolke, die auch mich zeitweise einhüllte – was ein seltsames Gefühl von Nähe in mir auslöste.

Wie fast immer, wenn ich mit Nina zusammen war, schwankte ich zwischen dem Drang, mich lieber in Sicherheit zu bringen, und einer mit Staunen gemischten Freude. Nie wusste ich, was als Nächstes geschehen würde. Würde Nina mit mir lachen, mich anschreien oder in ihrer energischen, manchmal tollpatschigen Art irgendetwas oder irgendjemanden über den Haufen rennen – möglicherweise mich?

Als wir das Gasthaus etwa fünfzig Meter hinter uns gelassen hatten, riss sie sich die Sonnenbrille von der Nase. Obwohl sie hier draußen durchaus einen Grund gehabt hätte, sie zu tragen, denn die Sonne blendete ungemein. Der Schnee auf den Tannenzweigen funkelte, als hätte Nina auch hier nach Kräften für Weihnachten geschmückt.

Sie blieb stehen und sah mich mit einem verzweifelten Blick an. Ihre Lider waren gerötet und geschwollen, wohl davon, dem Typen hinterherzuweinen, der garantiert keine Träne wert war. Dennoch schimmerten ihre Augen in jenem wundervoll klaren Blau, das so schwer auf die Leinwand zu bannen war.

»Mann, war das peinlich. Diese arme freundliche Frau hat mich für eine Blinde gehalten.«

»Na ja, ich fand sie ziemlich übermotiviert. Selbst wenn du wirklich blind gewesen wärst. Du warst nicht gerade in Lebensgefahr und auch nicht allein.«

»Trotzdem.« Nina steckte ihre Sonnenbrille in die Jackentasche. »Ich hätte nicht mit meiner Sonnenbrille da drinnen rumlaufen sollen. Ich komme mir vor wie eine Betrügerin, weil sie mich für blind gehalten hat und es mir peinlich war, sie zu korrigieren.«

»Glaube mir, die Frau fühlt sich jetzt toll, weil sie denkt, sie hätte dir geholfen. Und mir hat sie es wegen meiner Nachlässigkeit so richtig gegeben.«

»Meinst du?« Ninas Blick war unendlich traurig. Ganz sicher nicht wegen der Frau in der Gaststube.

»Natürlich.« Am liebsten hätte ich Nina in den Arm genommen und ihr gesagt, dass es besser wurde. Mit jedem Tag ein winziges bisschen. Und irgendwann würde sie keinen Gedanken mehr an den blöden Kerl verschwenden.

Innerlich hob ich eilig ein imaginäres Stoppschild und gebot mir selbst Einhalt. Bloß diesen Typen nicht erwähnen! Ich konnte mir sicher sein, dass sie dann entweder wieder anfing zu weinen oder mir an die Kehle ging. Vielleicht auch beides.

Seltsamerweise hatte Nina mir während der vergangenen zwei Tage mitsamt ihrem Weihnachtsgedöns gefehlt. Deshalb war ich über Patricks Einladung zum Skiausflug froh gewesen. Ich konnte die Ablenkung gebrauchen.

Als ich zusagte, hatte ich noch nicht geahnt, dass es eine

Gelegenheit zur Aussöhnung mit Nina geben würde. Obwohl sie definitiv überreagiert hatte, tat es mir leid, dass ich so abfällig über den Typen geredet hatte, in den sie offenbar immer noch verliebt war. Letztlich musste sie selbst herausfinden, wer oder was gut für sie war.

»Wie geht es dir?«, rutschte es mir heraus, nachdem wir eine Weile Seite an Seite durch den Schnee gestapft waren.

Sie blieb stehen und starrte in Richtung der untergehenden Sonne. »Das willst du nicht wirklich wissen.«

»Natürlich will ich das.« Sie klang so traurig, dass ich am liebsten tröstend ihren Rücken gestreichelt hätte. Ich ließ es aber doch lieber sein. Momentan war ich mir nie ganz sicher, wie Nina reagieren würde.

Ganz langsam wandte sie den Kopf, ihr Blick traf für einen kurzen Moment meinen, dann sah sie haarscharf an mir vorbei und starrte intensiv mein linkes Ohr an.

»Ich werd's überleben«, sagte sie irgendwann zu meinem Ohrläppchen. »Hoffe ich jedenfalls.«

»Das wirst du ganz sicher. Kann ich dir aus eigener Erfahrung sagen.«

Unvermittelt sah sie mir direkt in die Augen. »Bist du drüber hinweg?«

Ich zögerte und dachte an den unerwarteten Anruf an Heiligabend. Dann nickte ich. »Tabea und ich waren drei Jahre zusammen. Dann hat sie sich in einen anderen verliebt, sagte es mir und war innerhalb von drei Tagen komplett aus meinem Leben verschwunden. Na ja, nicht wirklich komplett. Sie wohnt jetzt zwei Straßen weiter. Manchmal sehe ich sie, obwohl ich schon nicht mehr in den Supermarkt an der Ecke gehe. Das ist der Hauptgrund, weshalb ich das Haus in Alptal gemietet habe. Um Abstand zu finden.«

»Das tut mir leid.« Zu meinem Entsetzen glänzten in Ninas Augen Tränen. »Furchtbar leid.«

»Bitte nicht weinen!«, flehte ich. »Du hast während der letzten Tage sicher schon genug geweint. Und es ist Weihnachten und …«

Weihnachten war offenbar genau das falsche Stichwort. Jetzt schluchzte sie auch noch leise. Hektisch suchte ich in meinen Jackentaschen nach Papiertaschentüchern, konnte aber keine finden.

Zum Glück war Nina gut ausgerüstet. Wie aus dem Nichts zauberte sie einhändig mehrere Tücher hervor, mit denen sie sich ziellos im Gesicht herumfuhr und die verflüssigte Wimperntusche gleichmäßig verteilte, die zuvor schmale Straßen auf ihren Wangen gebildet hatte.

»Es ist so schwierig«, schluchzte sie dabei. »*Niemand* kriegt eine Beziehung hin. Außer vielleicht Katja. Nicht mal du.«

Verblüfft runzelte ich die Stirn. »Ich bin wahrscheinlich nicht gerade das beste Beispiel. Sehe ich aus wie ein Meister der Beziehungsführung?« Tabea war die erste Frau gewesen, mit der ich länger als ein paar Monate zusammen war. Aber das musste Nina nicht unbedingt wissen.

»Na ja, ein Typ wie du eben. Dir laufen doch garantiert die Frauen reihenweise nach.« Sie stopfte die zerknautschten, schwarzfleckigen Papiertaschentücher in ihre Jackentasche.

»Na ja, du nicht gerade, wenn mich nicht alles täuscht.«

»Ich liebe Marco.« Sie biss sich auf die Unterlippe. »Außerdem bin ich wählerisch.«

»Klar. Kann ich mir denken.«

Wie auf Verabredung setzten wir uns wieder in Bewegung. Wenn Katja, Patrick und ich uns nicht bald auf den Heimweg machten, würden wir im Dunkeln fahren müssen. Oder wir quetschten uns zusammen mit Nina und ihrer Oma ins Taxi. Momentan interessierte es mich nicht besonders, wie ich nach Hause kam. Im Prinzip war ich genau da, wo ich sein wollte, umgeben von einer wunderschönen Winterlandschaft und kristallklarer Luft.

Einträchtig schweigend wanderten Nina und ich den Hügel hinter dem Gasthof hinauf. Irgendwann waren wir oben und blickten auf eine Zauberlandschaft hinunter. Die Sonne glühte inzwischen wie eine der roten Kugeln an Ninas Tannenbaum. Im Tal hatten sich zarte Dunstschleier gebildet, die wie erdbeerfarbene Tüchlein durch die Luft schwebten.

»Wenn das Weihnachten ist, finde ich Weihnachten toll.« Ich atmete tief durch und spürte, dass Nina mich von der Seite ansah.

»Weihnachten ist nicht so schlecht, wie du dachtest, stimmt's?«

Vorsichtshalber antwortete ich nicht. Schließlich hatte ich Heiligabend nur kurz mit Nina und ihrer Familie verbracht, bevor mir ziemlich nachdrücklich die Tür vor der Nase zugeknallt worden war. Außerdem hatte ich nicht den Eindruck, dass Ninas Familie in diesem Jahr sonderlich viel weihnachtliche Freude empfunden hatte. Woran hauptsächlich ein gewisser Marco schuld war, den ich auf keinen Fall erwähnen durfte.

»Stimmt's?«, drängte Nina. Offenbar wollte sie selbst in ihrem deprimierten Zustand jeden vom Zauber der Weihnacht überzeugen.

»Weihnachten ist okay.«

Zum Glück gab sie sich mit dieser eher vagen Aussage zufrieden.

»Du könntest so was wie das hier malen.« Mit einer weitausholenden Handbewegung deutete sie auf das Tal, die Berge und den Himmel.

»Sicher.«

»Vielleicht so, dass man erkennen kann, was auf dem Bild zu sehen ist.«

»Das könnte ich. Allerdings geht es mir eher darum, Gefühle festzuhalten, und nicht wie ein Fotoapparat etwas naturgetreu abzubilden.«

Darüber dachte sie eine Weile nach. »Klingt schwierig.«

»Das Schwierigste daran ist, sich quasi zu entblößen. Im übertragenen Sinn.«

Wieder schwieg sie eine Weile.

»Und das hier? Was ist das für ein Gefühl?«

»Schönheit und Schmerz.«

Ihr Blick war so intensiv, dass ich ihn kaum aushielt. Dennoch hätte ich um nichts in der Welt wegsehen wollen. Tief in ihren Augen hatte sich eine Flamme entzündet, die langsam zu einem Feuer wurde. Einem Flächenbrand, der drohte, auf mich überzugreifen.

»Und dieses Gefühl würdest du malen, in einer Galerie an die Wand hängen und an irgendeinen x-beliebigen Menschen verkaufen?«, flüsterte sie schließlich.

»Dieses Gefühl nicht. Vielleicht male ich es, aber ich werde es nicht verkaufen.«

Ich wusste nicht, wie es geschehen war, aber plötzlich war mein Gesicht so dicht vor ihrem, dass unser Atem sich vermischte und ich ihre Wärme spüren konnte. Ich streckte die Arme aus und zog sie an mich. Sie wehrte sich nicht, sondern sank ganz selbstverständlich gegen meine Brust.

Ihre Lippen waren weich und schmeckten nach Himbeeren. Was ich mir vielleicht nur wegen all dem sanften Rot um uns herum einbildete. Vielleicht war das aber auch ihr natürliches Aroma, oder sie hatte einen Bonbon gelutscht. Eine Weile hielt ich mich an dieser Überlegung fest wie an einem Rettungsanker. Dann öffnete sie den Mund, um meiner tastenden Zungenspitze Einlass zu gewähren, und ich hörte auf zu denken. Unser Kuss war auf seltsame Weise gleichzeitig sanft und wild, und ich verlor jedes Zeitgefühl.

Zärtlich spielten unsere Zungen miteinander, führten einen fremden, verführerischen Tanz auf. Plötzlich ging ein Ruck durch Ninas Körper und riss mich aus dem Gefühl, in dem ich immer tiefer zu versinken drohte. Mit einer heftigen

Bewegung stieß sie mich weg und wich gleichzeitig zurück. Aus der sicheren Entfernung von mindestens zwei Metern funkelte sie mich wild an. Ihre Wangen waren gerötet, und sie atmete schnell und heftig.

»Was sollte das?«

»Was meinst du?« Es fiel mir schwer, diesem plötzlichen Stimmungsumschwung zu folgen. Mein Körper summte noch von dem, was eben zwischen uns geschehen war.

»Du hast mich geküsst.«

»Du mich auch. Oder etwa nicht?« Ich würde ihr nicht durchgehen lassen, dass sie tat, als hätte sie mit der Sache nichts zu tun gehabt.

»Mach das nie wieder!« Sie drehte sich um und stolperte auf dem schmalen Weg den Hang hinunter.

»Sei vorsichtig«, rief ich ihr hinterher. »Wenn dir was passiert, bekomme ich Ärger mit deiner Großmutter.«

Natürlich antwortete sie nicht. Als könnte ich auf diese Weise dafür sorgen, dass sie nicht hinfiel, starrte ich unverwandt ihren Rücken an, während sie erstaunlich schnell nach unten lief. Wie auf der Flucht, schoss es mir durch den Kopf. Rannte sie tatsächlich nur vor mir davon oder auch vor sich selbst?

Während ich zusah, wie sie in Rekordzeit den Fuß des Hügels erreichte und zum Gasthof eilte, klingelte das Smartphone in meiner Tasche. Möglicherweise war das Rosa, die sich um ihre Enkelin sorgte. Vielleicht auch Katja oder Patrick, die fragen wollten, ob wir uns demnächst auf den Heimweg machen konnten.

Als ich den Namen auf dem Display sah, erstarrte ich für einen Moment. Unten öffnete Nina die Tür zur Gaststube und verschwand im Haus. Mit einem unterdrückten Seufzer nahm ich das Gespräch an.

»Ich habe die ganze Nacht wach gelegen und an dich gedacht«, sagte Tabea anstelle einer Begrüßung.

»Hallo«, erwiderte ich einsilbig.

»Du hörst dich nicht so an, als würdest du dich über meinen Anruf freuen. Vorgestern und gestern klangst du anders.«

»Vorgestern war ich erstaunt. Und gestern wusste ich nicht wirklich, was ich davon halten sollte, dass du dich plötzlich wieder jeden Tag bei mir meldest. Heute weiß ich das übrigens immer noch nicht.« Langsam machte ich mich ebenfalls auf den Weg ins Tal.

»Aber ich habe dir doch gesagt, dass die Sache mit Cord ein Irrtum war. Er ist wirklich ein toller Mann und alles. Aber irgendwie stehe ich immer noch auf dich.«

»Irgendwie?« Im Vorbeigehen trat ich schwungvoll in eine kleine Schneewehe. »Und was heißt schon, du stehst auf mich? Das war ja schon mal ziemlich schnell vorbei.«

»Also wirklich, Paul. Mach es mir doch nicht so schwer. Du weißt, was ich meine.«

»Nein. Das weiß ich nicht.« Besonders leicht hatte sie es mir schließlich auch nicht gemacht.

Ich konnte regelrecht spüren, wie schwer es ihr fiel, über ihren Schatten zu springen. »Ich will dich zurück, Paul. Und ich hatte das Gefühl, der Gedanke gefällt dir ganz gut.«

»Ich habe nichts dergleichen gesagt«, stellte ich richtig.

»Es war ein Fehler, dich zu verlassen, und den möchte ich wiedergutmachen.«

»Das heißt?« Je weiter ich den Berg hinunterlief, desto schneller wurde ich – als könnte ich auf diese Weise vor dem Gespräch mit Tabea davonlaufen, das ich eigentlich nicht führen wollte. Weil es bedeutete, eine Entscheidung treffen zu müssen. Hier und jetzt und ohne mir irgendein Hintertürchen offenzulassen. Wochenlang hatte ich Tabea schrecklich vermisst. Es war schwierig, sie nun wegzuschicken. Wollte ich das überhaupt?

»Ich würde gern zu dir kommen, damit wir noch einmal über alles reden können.«

Ruckartig blieb ich stehen und sah mit zusammengekniffenen Lidern in die dunkelrote Sonne, die schon zur Hälfte hinter dem gegenüberliegenden Hügel verschwunden war.

»Wir *haben* geredet, und du *hast* eine Entscheidung getroffen. Im Sommer. Erinnerst du dich?«

»Aber du warst unglücklich damit. Du wolltest mich nicht gehen lassen.«

»Stimmt. Aber das ist über ein halbes Jahr her. Die Dinge ändern sich.«

»Ich liebe dich noch immer, Paul.«

Mir war klar, was Tabea diese Worte gekostet hatten. Schon als wir noch zusammen gewesen waren, hatte sie nur schwer über ihre Gefühle sprechen können. Was, wenn wir tatsächlich noch eine Chance hätten? Wenn unsere Beziehung gestärkt aus der Krise hervorging und wir glücklich bis an unser Lebensende zusammenlebten?

»Und du? Es kann doch nicht sein, dass du gar nichts mehr für mich empfindest.«

»Natürlich fühle ich noch etwas für dich.« Diese Antwort war einfach. Dennoch war diese Sache mittlerweile viel komplizierter, als der kurze Satz klang.

»Aber dann … Wir sollten uns sehen und über alles sprechen«, wiederholte Tabea, und ich konnte die Hoffnung in ihrer Stimme hören.

Unten öffnete sich die Tür des Gasthofs, und Nina trat heraus. Sie schaute sich nach rechts und links um und schließlich nach oben, den Hügel hinauf, auf dessen halber Höhe ich mittlerweile war. Ich blieb stehen und winkte ihr zu, aber sie reagierte nicht.

Ein Taxi fuhr vor. Gleich darauf tauchte auch ihre Großmutter auf. Nina half Rosa hinein und ging dann um den Wagen herum, um auf der anderen Seite einzusteigen.

»Paul? Bist du noch da?«

»Ja«, antwortete ich, während ich dem Taxi hinterhersah, das sich schnell entfernte.

»Das hast du falsch verstanden, Tabea. Was ich für dich fühle, sind Wehmut und Schmerz und ganz viel Erinnerung. Ich habe sechs Monate damit zugebracht, dich aus meinem Kopf und aus meinem Herzen zu bekommen. Komischerweise ist es mir während der vergangenen zwei Wochen tatsächlich gelungen.«

»Soll das heißen, dass es keine Chance mehr für uns gibt? Das akzeptiere ich nicht. Was wir gehabt haben, war etwas Besonderes, und wir können es uns zurückholen.«

»Tabea, bitte.« Obwohl sie mich nicht sehen konnte, schüttelte ich den Kopf. »Dieses Besondere war dir nicht besonders wichtig, als du mich Hals über Kopf verlassen hast.«

»Ich habe doch gesagt, es war ein Fehler und ich möchte ihn berichtigen.« Jetzt klang sie wie ein nöliges Kind.

»Manche Fehler kann man nicht wiedergutmachen. Eine Tasse, die man zerschlagen hat, kann man zwar kleben, aber man kann nicht wieder daraus trinken. Man kann sie nur zur Erinnerung aufbewahren.« Mit einem liebevollen Lächeln musste ich an die Teekanne von Ninas Mutter denken.

»Aber unsere Gespräche während der vergangenen Tage … Ich dachte, es ist so was wie ein Weihnachtswunder. Etwas Magisches …«

»Ein Weihnachtswunder …«, wiederholte ich nachdenklich.

»Ja. Wir haben …«

»Es tut mir wirklich leid, wenn bei dir der Eindruck entstanden ist, wir könnten wieder ein Paar werden, Tabea. Vielleicht habe ich das für einen kurzen Moment auch geglaubt. Jetzt weiß ich ganz sicher, dass es nicht passieren wird. Niemals.«

»Hast du eine Andere?« Das klang fast anklagend.

»Nein. Aber wenn es so wäre, hätte ich jedes Recht dazu. Ich wünsche dir alles Glück dieser Erde, Tabea. Wirklich. Aber nicht gemeinsam mit mir. Das wird es nicht geben. Mach's gut und leb wohl.« Mit einem sanften Fingerdruck beendete ich die Verbindung.

Dann setzte ich meinen Weg ins Tal fort. Katja und Patrick warteten sicher schon auf mich.

23. Kapitel

Nina

»Wo bist du eigentlich dauernd mit deinen Gedanken? Du hast doch behauptet, dass du Marco erstmal ausblenden willst.« Katja sah von dem Einkaufszettel auf, den sie als Vorbereitung auf unsere Silvesterfeier schrieb.

»Krapfen«, sagte ich lustlos. »Wir hatten Silvester immer Krapfen.«

»Okay.« Meine Schwester kritzelte eine Notiz auf das große Blatt, das vor ihr auf dem Küchentisch lag. »Patrick will für unser Kind ein paar bunte Raketen zünden. Damit es weiß, wie sehr wir es herbeisehnen.« Mit jenem vollkommen verträumten Lächeln, das immer auf ihrem Gesicht erschien, wenn sie von ihrem Kind sprach, strich sich Katja über den flachen Bauch.

»Das Zeug besorgt er aber dann hoffentlich selbst.« Mir war klar, dass es nicht sonderlich nett von mir war, mich nicht gemeinsam mit Katja und ihrem Mann rund um die Uhr auf meine kleine Nichte oder meinen süßen Neffen zu freuen.

Natürlich freute ich mich. Aber die meiste Zeit fiel es mir schrecklich schwer, diese Freude zu spüren und zu zeigen. Immer noch hatte ich das Gefühl, unter einer dicken schwarzen

Decke zu leben. Es kostete mich schon all meine Kraft, morgens aufzustehen, mich anzuziehen und einem weiteren Tag ins Auge zu blicken.

Ich war traurig, vollkommen durcheinander und immer noch hoffnungslos in Marco verliebt. Die Zeit zwischen Weihnachten und Neujahr, die ich sonst fast genauso liebte wie die Festtage, erschien mir wie eine zähe, klebrige Masse, die sich an mir vorbeiwälzte. Fast wünschte ich mir, das neue Jahr hätte schon begonnen und ich könnte nach München zurückkehren, wo wenigstens mein Job mich ablenken würde. Das war mir noch nie passiert, und ich schämte mich meiner Familie gegenüber, die ich das Jahr über viel zu selten sah.

Jedes Mal, wenn mein Handy einen Ton von sich gab, fuhr ich zusammen und konnte gar nicht schnell genug aufs Display sehen. Immer noch hoffte ich, Marco würde sich melden und mir sagen, dass er sich getäuscht hatte und viel mehr als eine Affäre wollte. Dass er mich vermisste, mich nicht vergessen konnte und es keine andere Frau für ihn gab.

Aber Marco meldete sich nicht und ich hatte mittlerweile die Idee aufgegeben, ihn anzurufen. Etwas Stolz hatte ich mir immerhin bewahrt. Außerdem hätte Katja anschließend mein Handy im Schnee vergraben und mir die Hände gefesselt. Mindestens.

Zusätzlich machte mich die Sache mit Paul verrückt. Wieso hatte ich ihn geküsst, wenn ich doch Marco so sehr liebte? Das musste daran liegen, dass ich vollkommen verwirrt war.

Jedes Mal, bevor ich das Haus verließ, was selten genug vorkam, hielt ich durchs Fenster Ausschau nach Paul. Auf keinen Fall wollte ich ihm über den Weg laufen.

»Was meinst du?« Katja stieß mich unsanft in die Seite.

»Wozu?«

»Kartoffelgratin oder lieber Reissalat?«

Gleichgültig zuckte ich mit den Achseln. »Passt beides zu Hühnchen.«

»Jetzt sag schon, was los ist! Seit dem Ausflug am zweiten Feiertag ist überhaupt nichts mehr mit dir anzufangen, und dabei dachten wir, es würde dir guttun, rauszukommen und dich mit Paul auszusöhnen. Nicht dass es Weihnachten leicht mit dir gewesen wäre. Aber jetzt …«

Unschlüssig wickelte ich eine Haarsträhne um meinen Finger und starrte meine große Schwester an. Schon als wir noch Kinder gewesen waren, hatte ich Katja nichts vormachen können. Sie durchschaute mich immer sofort. Mit sechs, als ich ihrem Schokoladenweihnachtsmann dem Kopf abgebissen hatte, hatte sie mir keine Sekunde abgekauft, dass das ein Einbrecher gewesen war, der nachts durchs Fenster gestiegen war.

»Du hast dich wieder mit Paul gestritten, als ihr zusammen draußen wart, das ist klar. Was ist sonst noch passiert? Außer dass ihr euch wahrscheinlich angeschrien habt. Spuck's endlich aus!« Katja legte den Kopf schief und musterte mich streng. Wenn sie später ihr Kind so ansah, würde das arme Ding keine Chance haben, ihr irgendetwas zu verheimlichen.

Ich atmete tief durch und presste verzweifelt die Lippen aufeinander. Dabei war mir längst klar, dass ich nicht länger über das schweigen konnte, was am zweiten Weihnachtsfeiertag zwischen Paul und mir geschehen war. Ich musste mit irgendjemandem darüber reden. Und da kamen sowieso nur Katja und Oma Rosa infrage.

Natürlich hätte ich Vanessa anrufen können. Was aber meine lebenslustige Freundin gesagt hätte, wusste ich auch so.

»So ist es richtig!«, hätte Vanessa gejubelt. »Wenn ein wirklich netter Typ dich küsst, der noch dazu gut aussieht und erfolgreich ist, ist das ein echter Glücksfall. Vor allem nachdem ein anderer dich wie Dreck behandelt hat. Lass die Vergangenheit hinter dir und freu dich auf die Zukunft.«

Ich wusste sehr genau, wie Vanessa solche Dinge sah. Schließlich war ich seit der Grundschule mit ihr befreundet.

Es klang auch immer sehr logisch, was sie sagte, und für sie schien es bestens zu funktionieren. Aber ich war nun mal nicht Vanessa. Also halfen mir ihre energischen Ratschläge, das Leben zu genießen, nicht wirklich weiter.

»Wir haben uns geküsst«, verriet ich meiner Schwester nach einem weiteren tiefen Atemzug. »Ich weiß nicht, wie das passieren konnte, denn es ergibt nicht den geringsten Sinn. Und jetzt bin ich nicht nur immer noch unglücklich in Marco verliebt, sondern traue mich kaum noch aus dem Haus, weil ich Paul nicht begegnen möchte.«

»Geküsst?«, fragte Katja langsam, obwohl sie mich sehr genau verstanden hatte. Das konnte ich am Leuchten in ihren Augen sehen.

Ich nickte stumm.

»War es schön?« Sie legte ihren Kugelschreiber weg, lehnte sich auf ihrem Stuhl zurück und musterte mich forschend.

Kurzzeitig zog ich in Erwägung, einfach den Raum zu verlassen, aber mir war klar, dass das sowieso keinen Sinn hatte. Katja würde mir folgen und keine Ruhe geben, ehe ich die Sache nicht ausführlich mit ihr erörtert hatte. Selbst wenn ich mich im Bad einschloss, würde sie vor der Tür Posten beziehen und warten, bis ich wieder rauskam. Notfalls eine ganze Stunde lang.

Außerdem hatte ich ja beschlossen, dass ich mit jemandem reden musste. Also konnte ich es genauso gut gleich hinter mich bringen.

In diesem Moment betrat Oma die Küche, blieb neben uns stehen und betrachtete uns misstrauisch. »Was ist denn hier los?«

Katja schaute mich fragend an. Ich zuckte mit den Schultern. Jetzt war es auch egal.

»Nina hat Paul geküsst. Am zweiten Feiertag, als du die beiden zum Spazierengehen rausgeschickt hast.« Katja begleitete ihre Worte mit einem nachdrücklichen Nicken.

»Da sieh mal einer an.« Auch Oma nickte, und zwar irgendwie zufrieden, als wären ihre Vermutungen bestätigt worden. Was natürlich Blödsinn war, denn sie konnte auf keinen Fall vorausgesehen haben, dass Paul und ich da oben … dass diese merkwürdige Sache passieren würde.

»Ich habe sie gefragt, ob es schön war, aber sie hat mir noch nicht geantwortet«, brachte Katja unsere Großmutter auf den Stand der Unterhaltung.

»Und wie war es also?« Oma setzte sich zu uns an den Tisch.

»Absurd. Es war vollkommen absurd, weil wir ja gar nicht ineinander verliebt sind und uns kaum kennen.«

»Wer sagt denn so was?« Omas Gesicht erinnerte an die Miene einer geduldigen Mutter, deren Zweijährige noch nicht begriffen hat, wie man ein Besteck benutzt.

»*Ich* sage das!« Mit zusammengepressten Lippen lehnte ich mich zurück, um zu zeigen, dass ich nicht bereit war, mich noch weiter ins Kreuzverhör nehmen zu lassen.

Schon wieder öffnete sich die Tür, und nun kam Patrick herein. »Wann geht es denn endlich los? In knapp zwei Stunden ist Ladenschluss.«

»Die Einkaufsliste ist noch nicht fertig.« Katja griff nach ihrem Kugelschreiber. »Vor allen Dingen haben wir gerade festgestellt, dass wir unbedingt Paul zu unserer Silvesterparty einladen müssen. Also brauchen wir noch etwas mehr von allem.«

Entsetzt klappte ich den Mund auf, um zu protestieren, aber Patrick kam mir mit seinem amüsierten Auflachen zuvor. »Als ob wir mit dem ganzen Kram nicht locker noch zehn Leute mehr sattkriegen würden!« Mit dem Zeigefinger tippte er auf den vollgekritzelten Zettel auf dem Tisch.

»Du vergisst, dass ich für zwei esse.« Katja strahlte ihn an. »Vielleicht bekomme ich Zwillinge. Dann für drei.«

Patrick, der gerade einen Stuhl unter dem Tisch hervorgezogen hatte, um sich zu uns zu setzen, erstarrte mitten in der Bewegung. »Zwillinge?«

Katja zuckte mit den Schultern »Weiß man's? Das kommt gar nicht so selten vor. Würdest du dich über zwei süße Babys nicht noch mehr freuen als über eins? Zum Beispiel ein Junge und ein Mädchen. Zwei Jungs wären auch toll. Oder zwei Mädchen.«

»Natürlich«, behauptete Patrick mit starrem Blick und gequältem Lächeln, während er den Stuhl wieder an seinen Platz schob. »Ich glaube, ich gehe ein bisschen raus an die frische Luft. Schnee schippen oder so. Sagt mir Bescheid, wenn ihr so weit seid.«

»Warum erzählst du ihm so einen Quatsch?«, fragte Oma, nachdem er verschwunden war. »In unserer Familie gab es noch nie Zwillinge.«

»Es ist trotzdem nicht ausgeschlossen, und er soll sich ruhig mit der Möglichkeit auseinandersetzen.« Katja malte mit ihrem Kugelschreiber ein Herzchen an den Rand des Einkaufszettels.

»Ich will nicht, dass Paul zu unserer Silvesterfeier eingeladen wird. Das geht auf gar keinen Fall«, wechselte ich das Thema.

»Aber Nina, er ist unser einziger Nachbar, und wenn er Silvester allein ist, gebietet es die Menschlichkeit, ihn einzuladen.« Oma runzelte die Stirn, als müsste sie ernsthaft über meine Einstellung zur Barmherzigkeit nachdenken.

»Paul ist kein verlassenes Waisenkind, sondern ein erwachsener Mann. Wenn er will, kann er zum Jahreswechsel nach München fahren, wo er bestimmt massenhaft Freunde hat.« Entschlossen erwiderte ich Omas ernsten Blick.

»Er hat dir beigestanden, als du ganz allein mit einem gebrochenen Arm dagesessen hast.« So leicht gab Oma nicht nach, sie blinzelte nicht einmal, während sie mich anstarrte.

»Ohne ihn wäre mein Arm nicht gebrochen gewesen.« Auch ich zuckte mit keiner Wimper.

»Nach allem, was ich weiß, hat er sogar Plätzchen mit dir gebacken. Das ist mehr, als er hätte tun müssen. Weitaus mehr.« Katjas Ton war der einer strengen Lehrerin.

»Was hat es überhaupt zu bedeuten, dass du ihn nicht sehen willst? Wenn du ihn doch geküsst hast.« Oma legte den Kopf schief, während sie interessiert auf meine Antwort wartete.

»Das war so was wie ein Unfall«, brummte ich.

»Wie aufregend! Ein Kuss-Unfall!« Katjas Augen leuchteten – was hoffentlich von der Schwangerschaft kam.

»Ich wollte ihn nicht küssen, aber er hat es einfach getan. Also wird es ja wohl erlaubt sein, dass ich sauer auf ihn bin und ihn nicht mehr sehen will.«

»Ach? Du hast dich also mit Händen und Füßen gewehrt, und Paul hat dich trotzdem geküsst?« Meine Schwester klang eher amüsiert als verständnisvoll.

»Gewehrt nicht direkt. Ich war ja vollkommen überrumpelt.« Angestrengt sah ich zum Fenster hinaus. »Wir sollten jetzt wirklich losfahren. Es sieht nach Schnee aus.«

»Quatsch. Es schneit sowieso dauernd und hört auch wieder auf«, widersprach Katja mir grob. Es war schon immer vollkommen unmöglich gewesen, sie von einem Thema abzubringen, in das sie sich einmal verbissen hatte. »Warst du so, äh, *überrumpelt*, dass du seinen Kuss erwidert hast? Und sag die Wahrheit, Nina! Nichts als die Wahrheit.«

Ich zögerte. Leider erinnerte ich mich nur zu gut an den Kuss auf der Hügelkuppe. Natürlich hätte ich trotzdem behaupten können, ich sei so schockiert gewesen, dass ich gar nicht mehr wusste, was ich getan hatte. Aber Katja kannte mich zu gut. Sie wusste praktisch immer, wenn ich versuchte, sie zu beschwindeln.

»Kann schon sein«, antwortete ich schließlich und vermied es krampfhaft, meine Schwester oder meine Großmutter anzusehen.

Beide schwiegen vielsagend, was viel schlimmer war, als wenn sie wild spekuliert hätten.

»Keine Ahnung, warum ich das getan habe«, sagte ich, als ich die Stille nicht mehr aushielt. »Wahrscheinlich weil ich immer noch so fertig wegen der Sache mit Marco war.«

»Oder weil du Paul magst, es dir aber nicht eingestehen willst.« Katja wusste wie üblich alles besser.

»Man kann sich auch in jemanden verlieben, wenn man es eigentlich nicht will.«

»Ach, Oma. Das ist doch alles vollkommen … verrückt. Ich bin immer noch in Marco verliebt. Es könnte trotz allem sein, dass das mit Marco und mir doch noch irgendwie …«

»Nein«, blaffte Katja mich an. »Das mit Marco kommt nicht wieder in Ordnung. Ganz einfach, weil er dich respektlos behandelt hat und das immer wieder tun wird.«

Ich sparte es mir, mit meiner Schwester zu streiten. Sie hatte sich in die Meinung hineingesteigert, dass Marco ein übler Kerl und deshalb nicht gut für mich war. Dabei kannte sie ihn nicht mal.

»Jedenfalls werde ich mich ganz bestimmt nicht sofort in einen anderen verlieben. Schon gar nicht in Paul.«

»Warum nicht in Paul?«, wollte Oma wissen. »*Er* ist ein Mann, der ehrlich zu dir sein wird. Wenn ihr euch schon geküsst habt, ist der erste Schritt gemacht. Du könntest abwarten, wie es weitergeht.«

»Wie willst du wissen, dass Paul ehrlich ist?« Ich verkniff mir die Bemerkung, dass das plötzliche Ende von Omas Ehe sie nicht gerade als Beziehungsexpertin auswies. »Außerdem will ich nicht, dass irgendwas mit Paul irgendwie weitergeht. Und das bedeutet, dass ich auf keinen Fall Silvester mit ihm feiern will. Könnt ihr das bitte akzeptieren?«

Oma und Katja sahen sich lange stumm an. So lange, dass ich die Geduld verlor und von meinem Stuhl aufsprang. »Können wir *bitte* diese Diskussion beenden und endlich einkaufen fahren? Patrick schaufelt am Ende mit dem restlichen Schnee noch den ganzen Kies von der Auffahrt. Es knirscht schon ganz komisch. Du musst ihm sagen, dass du wahrscheinlich keine Zwillinge bekommst, Katja.«

Ich eilte zur Tür und war fast verwundert, dass meine Großmutter und meine Schwester mir ohne jeden Protest folgten.

»Ich würde mich freuen, wenn es Zwillinge werden«, stellte Oma fest.

»Patrick auch, da bin ich ganz sicher«, antwortete Katja, während sie die Einkaufsliste zusammenfaltete und in die Hosentasche stopfte. »Er braucht immer eine Weile, um sich an neue Gedanken zu gewöhnen.«

Im Flur zogen wir uns warm an und suchten alle Einkaufstaschen und -körbe zusammen, die wir hatten. Es waren sowieso am Ende immer zu wenige, und wir würden trotz unserer guten Vorsätze zusätzlich noch Plastikbeutel kaufen müssen.

»Sind wir uns jetzt einig?«, erkundigte ich mich streng, während ich mir den Schal um den Hals wickelte.

»Einig worüber?« Katja stellte sich dumm.

»Dass Paul nicht zu unserer Silvesterparty kommt.«

Wieder wechselten Oma und Katja einen Blick, dann nickten beide.

»Wenn du es so willst, Nina-Kind.«

»Gut.« Ich nahm in jede Hand einen Einkaufskorb, öffnete die Haustür und trat hinaus in die prickelnd kalte Winterluft. Vorher warf ich natürlich einen kurzen Blick zum Nachbarhaus hinüber. Von Paul war glücklicherweise nichts zu sehen.

»Und jetzt kommt das Bleigießen.« Mit strahlendem Gesicht

stellte Katja eine große, mit Wasser gefüllte Schüssel mitten auf den Esstisch.

»Ich gucke nur zu«, sagte ich eilig, als Katja die alten Esslöffel verteilte, die wir schon seit vielen Jahren fürs Bleigießen am Silvesterabend benutzten.

Sie warf mir einen strengen Blick zu und drückte mir einen Löffel in die Hand. »Du kannst also darauf verzichten, einen Blick in die Zukunft zu werfen, ja? Weil bei dir alles vollkommen klar ist.« Sie zwinkerte mir zu.

»Natürlich ist es das.« Ich fuchtelte mit dem Löffel wie mit einem Taktstock durch die Luft. »Ich werde Tante eines supersüßen Babys. Und ich konzentriere mich auf meinen Job. Von Männern lasse ich die Finger.«

»Dann gießt du eben einen Computermonitor oder einen Schreibtisch oder so was.« Katja gab sich vollkommen unbeeindruckt von meinem realistischen Ausblick auf das kommende Jahr.

»Was muss man gießen, wenn man sich eine wunderschöne kleine Wohnung in München wünscht?«, erkundigte sich Oma und schwenkte tatendurstig ihren Löffel.

»So funktioniert das nicht ihr zwei. Gießt einfach irgendwas, und dann finden wir raus, was es zu bedeuten hat.«

»Vielleicht sollten wir uns vorher auf unsere Wünsche und Pläne konzentrieren und darauf anstoßen.« Oma griff nach ihrem Weinglas. Vor lauter Eifer hatte sie rote Bäckchen.

Katja hob ebenfalls ihr Glas, in dem Cranberrysaft war. »Ich möchte einfach nur, dass unser Kind gesund zur Welt kommt.«

»Ich auch. Den Rest kriegen wir schon hin.« Patrick schaute seiner Frau tief in die Augen.

Wie so oft, wenn ich einen dieser innigen Momente zwischen den beiden erlebte, wünschte ich mir spontan, genau das auch mit einem Mann zu haben. Obwohl ich eben noch behauptet hatte, von Männern nichts mehr wissen zu wollen.

Offenbar war ich ja nicht in der Lage, eine so wunderbare Beziehung aufzubauen, wie meine Schwester sie mit ihrem Mann hatte. Oder ich war unfähig, einen Mann zu finden, mit dem das funktionierte. Möglicherweise beides. Genau deshalb hatte ich beschlossen, künftig um Männer einen großen Bogen zu machen. Außer vielleicht, wenn Marco doch endlich begriff, dass das mit uns viel mehr als eine Affäre gewesen war. Wenn er an der Tür klingeln würde, um mir zu sagen, dass er nicht ohne mich leben konnte und …

»Das wünsche ich mir natürlich auch. Ein gesundes Urenkelchen.« Omas laute, fröhliche Stimme riss mich aus meinen Gedanken.

»Wenn es erlaubt ist, habe ich aber noch ein, zwei weitere Wünsche«, verkündete sie. »Ich weiß, dass ihr immer noch an meinem Verstand zweifelt, aber ich will im kommenden Jahr noch mal ganz neu anfangen. Mir ist bewusst, dass mir vielleicht nicht mehr viel Zeit bleibt. Aber genau deshalb möchte ich diese Jahre, Monate, Wochen und Tage mit so viel Leben füllen wie möglich. Ich möchte in der Großstadt leben, mit Restaurants, Kinos und Theatern in der Nähe. Ich möchte eine eigene kleine Wohnung so einrichten, wie es mir gefällt, und meine Zeit so verbringen, dass ich jeden Moment genießen kann. Mit neuen Freunden, mit interessanten Menschen, mit denen ich über meine verrückten Ideen reden und all die Dinge unternehmen kann, die ich bisher versäumt habe.«

Omas lange Rede verschlug mir die Sprache. Wieso war sie plötzlich so sicher gewesen, dass sie ihrem Leben eine ganz neue Richtung geben wollte? Und woher hatte sie den Mut dazu genommen?

Es gab viele Fragen, die ich Oma stellen würde, wenn ich die Gelegenheit dazu hatte. Sobald sie eine Wohnung in München hatte, würden wir uns sicher häufig sehen.

Ich griff nach meinem Glas und stieß so nachdrücklich

mit Oma an, dass ich selbst über das laute Klirren erschrak. Zum Glück ging keines unserer Gläser zu Bruch.

»Ich wünsche dir, dass alle deine Träume in Erfüllung gehen, Oma«, sagte ich aus tiefstem Herzen. In diesem Moment schämte ich mich ein wenig, dass ich so viel Theater wegen der Sache mit Marco gemacht hatte. Oma war achtzig Jahre alt, und sie hatte nach fast sechzig Jahren Ehe erkannt, dass sie sich von ihrem Mann trennen musste – um in die Zeit, die ihr noch blieb, so viel Leben zu pressen, wie es nur ging. Und ich redete mir ein, dass die Welt für mich unterging, wenn sich nach vier Monaten Beziehung herausstellte, dass ich mich in dem Typen so was von getäuscht hatte.

In diesem Moment gestand ich mir ein, dass ich Marco durch eine Brille gesehen hatte, die nicht nur rosarot, sondern eher schon schreiend pink gewesen war. Jedenfalls so stark gefärbt, dass ich außer dem, was ich unbedingt hatte sehen wollen, überhaupt nichts erkannt hatte.

»Das wünschen wir dir alle, Oma«, sagte Katja, aber ihr Blick wanderte unruhig durch den Raum. Wahrscheinlich hatte sie sich immer noch nicht mit der Trennung unserer Großeltern abgefunden. Mir war das ja auch erst vor Kurzem gelungen.

»Jetzt du, Nina.«

»Oh, ich …« Hilflos zuckte ich mit den Schultern.

»Wie und mit wem möchtest du nächstes Jahr Silvester feiern?« Oma sah mich aufmunternd an.

»Mit euch natürlich. Und mit meiner nagelneuen, winzig kleinen Nichte oder meinem neugeborenen Neffen.«

»Kein Mann an deiner Seite? Du hast es dir dieses Jahr sehr gewünscht. Wenn auch offenbar eine Fehlbesetzung geplant war.« Katja zog die Brauen so hoch, dass sie fast unter ihren goldblonden Ponyfransen verschwanden.

»Es hat keinen Sinn, Pläne zu machen. Meine Wünsche gehen sowieso nie in Erfüllung. Ich habe eine wunderbare Familie, und das ist mehr, als die meisten Menschen von sich behaupten können, also …«

»Dann stoßen wir einfach darauf an, dass Nina ganz ohne Pläne so glücklich wird, wie sie nur kann. Wir wünschen dir ein wunderbares Überraschungsglück, Nina-Liebes.« Oma lächelte strahlend und hielt ihr Glas in die Tischmitte, wo Katja und Patrick mit ihren Gläsern eifrig dagegenstießen. Ich zögerte, kam zu dem Ergebnis, dass es nicht schaden konnte, überraschend glücklich zu werden, und machte einfach mit. Auch wenn ich nicht wirklich daran glaubte, dass mich hinterrücks das große Glück überfallen würde. Es passierte nicht mal, wenn ich mich mit aller Kraft darum bemühte. Wie sollte es dann einfach so zu mir kommen?

Aber wenn es Oma und Katja Freude machte, konnten sie gern auf mein zukünftiges Glück anstoßen, das ihrer Ansicht nach demnächst vom Himmel fallen würde.

»Und jetzt gießen wir Blei. Ich bin ja so gespannt.« Mit einem breiten Lächeln legte Katja ein Bleistückchen auf ihren Löffel und hielt ihn über die brennende Kerze.

Ich lehnte mich zurück und sah zu, wie meine Schwester ihr Blei schmelzen ließ.

»Guck nicht so finster, Nina … Positive Gedanken, bitte!«

Aus jahrelanger Übung wusste Katja genau, wie sie den Löffel mit einem Ruck seitlich kippen musste, damit das flüssige Blei im Wasser eine geschlossene Form bildete. In einzelne Bleitröpfchen etwas hineinzudeuten war selbst für unsere fantasiebegabte Familie ziemlich schwierig. Da fielen uns immer nur Regentropfen ein, und die wollte keiner, weil sie irgendwas Negatives bedeuteten. Nicht, dass wir das nicht hätten raffiniert umdeuten können, aber anders war es einfacher.

Gespannt beugten wir die Köpfe über die Schüssel. Wie fast immer war das Gebilde, das in Sekundenschnelle erstarrte, auf den ersten Blick als absolut nichts zu erkennen.

Katja fischte ihr Bleiorakel aus dem Wasser und legte es vor sich auf den Tisch.

»Ein Rosenstrauß«, behauptete Oma Rosa.

»Quatsch. Das ist ein Baby«, widersprach Patrick. »Was soll das denn sonst sein?«

»Du kannst dir nicht einfach ausdenken, welche Form passend wäre, und dann behaupten, das ist es«, tadelte Oma ihn prompt.

»Aber es *ist* ein Baby.« Offenbar passte Patrick mit seiner Fantasie und dem Starrsinn bestens in unsere Familie.

»Wo ist überhaupt dieses Heft mit den Deutungen?«, mischte ich mich ein. »Ein Baby bedeutet nicht unbedingt ein Baby.«

»Warum denn nicht?« *Das* hatte Patrick natürlich nicht bedacht.

Katja war schon aufgesprungen und suchte im Regal nach dem Heftchen übers Bleiorakel.

»Sieht aus wie ein Baum.« Mit zusammengekniffenen Lidern betrachtete ich das, was ich für einen knorrigen Stamm und eine belaubte Krone hielt.

»Oder doch wie ein Rosenstrauß.« Oma Rosa ließ sich von ihrer ersten Idee nicht abbringen.

»Baum könnte schon sein. Das hat doch bestimmt eine gute Bedeutung.« Katja hatte das kleine Buch gefunden und blätterte wild darin herum. »Badewanne ist auch nicht schlecht. Könnte es eine Badewanne sein?«

Mehrstimmiger Protest erhob sich. Wir waren uns darüber einig, dass man solche Orakel nicht zu ernst nehmen durfte, aber am Ende stritten wir doch immer wild über die Interpretation der Bleigebilde.

»Also Baum!« Kichernd ließ Katja sich auf ihren Stuhl fallen und las dabei in dem Büchlein.

»Was bedeutet es denn nun, wenn es ein Baum ist?« Oma wurde ungeduldig, während Patrick seine Frau ganz verzückt anstarrte.

»Hier steht, ein Baum bedeutet, dass alles wächst und gedeiht.« Mit einem glücklichen Seufzer klappte Katja das Buch zu und sah triumphierend in die Runde.

»Gut gemacht«, lobte Oma sie. »Wachsen ist bestens. Und gedeihen auch.«

Patrick beschränkte sich erneut auf einen anbetenden Blick und ein verzücktes Lächeln.

»Jetzt du!« Meine Schwester sah mich auffordernd an. Offenbar erwartete sie ein ähnlich gelungenes Werk von mir, wie sie es geliefert hatte. Obwohl ich im Grunde produzieren konnte, was ich wollte – meine Familie würde etwas höchst Positives darin erkennen, dessen konnte ich mir sicher sein.

Entschlossen ließ ich mein flüssiges Blei ins Wasser plumpsen. Einen Moment herrschte Stille, während wieder alle in die Schüssel sahen. Alle bis auf mich. Schließlich hatte ich beschlossen, dass mich meine trübe Zukunft erstens nicht interessierte und ich zweitens an Orakel und die wilden Deutungen meiner Familie sowieso nicht glaubte.

»Ein Herz«, stellte Oma andächtig fest.

»Ja, das ist ein Herz.« Katja quietschte vor Vergnügen.

»Quatsch!« Wieso waren die beiden sich ausnahmsweise mal einig? Ich linste mit einem Auge über den Schüsselrand.

»Tatsächlich. Wie gemalt«, stellte Patrick fest. Die hatten sich abgesprochen.

Ich fischte mein Kunstwerk aus dem Wasser, legte es auf eine Serviette und starrte es sprachlos an. Tatsächlich lag auf dem roten Papier ein perfektes Herz mit einer Spitze unten und zwei fast symmetrischen Bögen oben.

»Wir müssen gar nicht nachlesen, was das bedeutet«, frohlockte Katja und tippte mit dem Zeigefinger auf das geschlossene Büchlein. »Liebe, Liebe und noch mal Liebe für unsere Nina.«

Ich verdrehte die Augen und schwieg verbissen. Schließlich glaubte ich diesem blöden Bleiorakel nicht. Und an diese vollkommen absurde Vorhersage für das kommende Jahr würde ich garantiert keinen Gedanken verschwenden.

»Gut gemacht, Nina«, lobte mich jetzt auch noch meine Großmutter.

Wortlos schlug ich die Ecke der Serviette über das Herz, sodass ich es nicht mehr ansehen musste. »Jetzt du, Oma.«

Oma Rosa produzierte ein vollkommen abstraktes Gebilde, das frappierend an die Formen auf Pauls Gemälden erinnerte. Allerdings behauptete Katja, energisch unterstützt von Patrick, sie würde eindeutig ein Schwein erkennen. Und das hieß ja bekanntermaßen Glück.

Patricks Bleistückchen wurde allgemein als Ball erkannt, obwohl sein Werk weit davon entfernt war, rund zu sein. Aber Ball bedeutete nach dem schlauen Büchlein, dass das neue Jahr gute Laune mitbrachte, und dieser Gedanke gefiel Katja. Oma Rosa ebenfalls. Also nickte ich zustimmend, während ich unauffällig die Serviette vor mir auf dem Tisch zu einem kleinen Viereck zusammenfaltete und in die Hosentasche steckte.

24. Kapitel

Paul

Dieser Silvesterabend fühlte sich vollkommen anders an als sämtliche Jahreswechsel, seit ich mit achtzehn von zu Hause ausgezogen war. Niemals zuvor hatte ich Silvester allein verbracht. Ich war auch nie zu Hause gewesen, außer in dem einen Jahr, als ich all meine Freunde zu mir eingeladen hatte. Damals hatte ich mir zum ersten Mal kistenweise Champagner und einen Partyservice leisten können, weil ich kurz zuvor meinen Durchbruch als Maler geschafft hatte.

Jedenfalls waren immer eine Menge Leute um mich herum gewesen, der Alkohol war in Strömen geflossen, und laute Musik hatte eine Unterhaltung unmöglich gemacht, die aus mehr als einem halben herausgebrüllten Satz bestand. Um eine Minute vor Mitternacht fing jedes Mal der Countdown an, und alle zählten laut mit. Um zwölf küsste ich die Frau, mit der ich gerade zusammen war. War ich Single, fand sich schon eine, die mir ein frohes neues Jahr wünschte. Wenn sie mir gefiel, nahm ich sie manchmal mit nach Hause.

Natürlich hatte Adrian mich gefragt, ob ich dieses Jahr mit ihm in seiner Lieblingsbar feiern wollte. Da ging ich aber schon an anderen Tagen nicht gern hin. Auch auf die Party, die Tom und Christian gemeinsam organisierten, hatte ich keine Lust. Aus irgendeinem Grund wollte ich plötzlich das übliche Trallala nicht.

Und nach den jüngsten Entwicklungen hatte ich schon befürchtet, Tabea würde mich ebenfalls wegen Silvester anrufen. Sie gab normalerweise nicht so leicht auf. Aber bis jetzt hatte ich nichts von ihr gehört.

Also richtete ich mich auf einen ruhigen Silvesterabend ein. Den Nachmittag verbrachte ich vor der Staffelei. Anschließend schob ich mir eine Fertigpizza in den Backofen. Nach dem Essen, das ich mit einem Glas Rotwein herunterspülte, legte ich eine CD auf und malte weiter. Dabei schaltete ich alle Lampen bis auf den Strahler aus, der so unter der Decke befestigt war, dass das Bild vollkommen ausgeleuchtet wurde und keine Schatten darauf geworfen wurden.

Wenn ich den Kopf in den Nacken legte, konnte ich durch das Glasdach des Wintergartens den bombastischen Sternenhimmel über mir betrachten. So viele Sterne sah ich in München nie, dazu war es dort viel zu hell.

Irgendwann schaltete ich auch die Musikanlage aus und genoss die Stille. Ein ruhiger, einsamer Silvesterabend – nie wäre ich darauf gekommen, dass ich so etwas nicht nur aushalten, sondern sogar irgendwie mögen könnte.

Nur manchmal wanderte mein Blick durch die großen Fenster hinüber zum Nachbarhaus, und ich versuchte mir vorzustellen, wie bei Ninas Familie wohl diese besondere Nacht ablief. Ein bisschen hatte ich gehofft, ich würde eingeladen werden. Aber wahrscheinlich war Nina noch wütend. Auf wen eigentlich? Auf mich? Auf sich selbst? Schließlich hatte sie meinen Kuss erwidert. Daran musste ich immer wieder denken.

Wie weich ihre Lippen gewesen waren, wie willig sie sich geöffnet hatten, wie zärtlich ihre Zunge mit meiner gespielt hatte. Ich war mir nicht einmal sicher, ob sie nicht diejenige gewesen war, die den Anfang gemacht und ihren Mund auf meinen gelegt hatte. Irgendwie hatten wir wohl beide unseren Anteil gehabt.

Energisch schüttelte ich den Kopf, als könnte ich damit die Erinnerung an jenen besonderen Moment vertreiben. Was mir natürlich nicht gelang.

Seltsamerweise verstand ich seit diesem Kuss endlich, was in mir vorging und schon die ganze Zeit in mir vorgegangen war. Von jenem Moment an, als Nina ungebeten meine Ruhe gestört hatte und mir immer wieder in die Quere gekommen war. Ich begriff, warum ich all die lästigen Weihnachtsvorbereitungen plötzlich gar nicht mehr so lästig gefunden hatte. Mit Nina war es ein Spaß gewesen, und ich hatte jede Minute genossen. Dass es mir mit dieser Frau sogar Spaß machte, Kekse auszustechen, konnte nur eins bedeuten: Ich war in sie verliebt.

Allerdings hatte ich keine Ahnung, was Nina fühlte. Hing ihr Herz immer noch an Marco? Hatte sie vielleicht sogar bei unserem Kuss an ihn gedacht und nicht an mich? Gab es überhaupt eine Chance, dass sie sich ebenfalls in mich verliebte?

Fragen über Fragen, und ich wusste nicht, ob ich jemals eine Antwort darauf bekommen würde. Vielleicht reiste Nina morgen oder übermorgen zurück nach München, und ich sah sie nie wieder. Das Haus in Alptal hatte ich nur bis März gemietet. Sehr wahrscheinlich würde ich aber schon viel früher hier ausziehen, nämlich im Februar, zur Eröffnung meiner Ausstellung.

Die vielleicht wichtigste Erkenntnis, die ich in den vergangenen Tagen hatte, war die, dass es mir nichts mehr ausmachen würde, in München zufällig Tabea über den Weg zu laufen. Dieses Kapitel war für mich abgeschlossen. Es interessierte mich nicht, dass meine Exfreundin mich zurückwollte. Nicht nur, weil mein Vertrauen in sie zerstört war. Ich liebte sie einfach nicht mehr.

Gedankenverloren sah ich durch die große Scheibe hinaus in den Garten, wo der Schnee in der Dunkelheit geheimnisvoll schimmerte. Im Glas spiegelten sich die Flammen der blauen Kerzen an meinem kleinen verkrüppelten Bäumchen, die ich heute noch einmal angezündet hatte.

In diesem Moment öffnete sich nebenan die Tür, und ich sah erst Katja und Patrick, dann Rosa das Nachbarhaus verlassen. Alle drei waren dick verpackt in Mäntel, Schals und Mützen. Was hatten sie vor? Und wo war Nina?

Mit angehaltenem Atem starrte ich nach draußen. Jetzt erschien auch Nina in der offenen Tür. Sie hatte sich ihre Jacke nur über die Schultern gelegt und den bunten Schal nachlässig um den Hals geknotet. Die Schritte, mit denen sie die wenigen Stufen von der Haustür zum Vorgarten hinunterstieg, wirkten müde. Als hätte sie überhaupt keine Lust, dort draußen zu sein.

Der Pinsel in meiner erhobenen Hand zuckte nervös durch die Luft. Unversehens prangte in der rechten oberen Ecke meines Gemäldes ein seltsam geschwungener roter Bogen, der fast aussah wie die Hälfte eines Herzens. Seufzend legte ich den Pinsel weg.

Draußen eilten Katja und Patrick munter durch den Schnee. Ein paar Meter vom Vogelhäuschen entfernt stellten sie eine leere Sektflasche auf und hantierten mit einigen dünnen Stangen, die ich erst nach einer Weile als Silvesterraketen erkannte. Offenbar waren meine Nachbarn aus dem Haus gekommen, um ein Feuerwerk zu veranstalten.

Erstaunt sah ich auf die Uhr. Ich hatte Mitternacht verpasst. Das neue Jahr war schon über eine Viertelstunde alt.

Ich schaltete den Deckenstrahler über meiner Staffelei aus und stellte mich ans Fenster, um einen besseren Blick zu haben, wenn das Feuerwerk losging. Am liebsten wäre mir gewesen, wenn mich niemand von der Familie bemerkt hätte. Ein bisschen kam ich mir vor wie der Außenseiter, der nicht mitspielen durfte.

Mit einem lauten Zischen stieg die erste Rakete in den klaren Himmel und zerbarst in Tausende von leuchtend roten Sternchen. Eine weitere folgte und funkelte in Grün und Gold. Während noch mehr Feuerwerkskörper die Nacht in herrliche Farben tauchten und Diamanten regnen ließen, beobachtete ich Nina.

Sie stand etwas abseits und sah unverwandt zum Himmel hinauf. Ihre schmale Gestalt zeichnete sich deutlich vom hellen Schnee ab.

Ich verschränkte die Arme vor der Brust und musste mich zusammennehmen, um nicht nach draußen zu laufen, sie fest an mich zu ziehen und ihr zu zeigen, dass sie nicht allein war.

Sie hatte zwar ihre Familie und wurde von ihrer Großmutter und ihrer Schwester geliebt, so viel stand fest. Aber Katja war schwanger und mit ihrer eigenen Zukunft beschäftigt. Und auch Rosa würde eine Menge mit ihrem neuen Leben zu tun haben.

Ich wäre gern derjenige gewesen, der Nina von ihrem Kummer ablenkte und sie tröstete. Leider war ich wohl genau der Falsche. Auf keinen Fall würde sie sich bei mir wegen Marco ausweinen. Nicht nachdem ich den Mann, der ihr das Herz gebrochen hatte, wild beschimpft hatte. Zu Recht, wie ich immer noch fand.

Inzwischen war die letzte Rakete in den Himmel gestiegen und hatte einen goldenen Regen niedergehen lassen, aus dem sich kleine bunte Sternchen lösten und im Dunkel verglühten. Das Grüppchen vor dem Nachbarhaus setzte sich in Bewegung. Es war kalt, und alle strebten wieder ins Warme.

Nur Nina schien es nicht eilig zu haben. Während die anderen Familienmitglieder fast im Laufschritt ins Haus eilten, stand sie noch eine Weile da und starrte in den Himmel. Dann schlenderte sie ebenfalls zur Tür, die hinter den anderen zugefallen war. Sie klopfte und wartete. Sie klingelte und wartete. Nichts geschah.

Seltsam. Es war völlig unmöglich, dass die drei im Haus Nina nicht hörten. Ganz abgesehen davon mussten sie ihr Fehlen doch längst bemerkt haben.

Nachdem sie ein weiteres Mal geklopft, geklingelt und gewartet hatte, ging Nina die drei Stufen wieder hinunter und um die Hausecke herum, wo das Wohnzimmerfenster lag. Kurz sah sie dabei in meine Richtung, und ich trat automatisch einen Schritt vom Fenster zurück, als würde ich etwas Verbotenes tun. So toll war es nun auch nicht, dabei gesehen zu werden, wie man sehnsüchtig die Nachbarin anstarrte.

Jetzt klopfte Nina ans Fenster des hell erleuchteten Wohnzimmers. Dieses Mal tauchte innerhalb von Sekunden Katja auf und streckte den Kopf ins Freie. Nina sagte etwas zu ihrer Schwester, die schüttelte energisch den Kopf und deutete in meine Richtung. Nun war ich so fasziniert von den Vorgängen da drüben, dass ich nicht noch weiter zurück ins dunkle Zimmer trat.

Mit zusammengekniffenen Lidern beobachtete ich, wie Katja hinter sich griff und eine Flasche in den Schnee auf dem Fenstersims stellte. Anschließend schloss sie das Fenster und zog die dicke Übergardine zu, sodass man von außen nicht ins Zimmer sehen konnte.

Nina stand bewegungslos da, und auch ich war so verblüfft, dass ich mich nicht rührte. Wieso ließen sie Nina nicht rein? Waren die verrückt geworden?

Plötzlich bemerkte ich einen kleinen schwarzen Fleck dicht über dem Schnee, der sich auf Nina zubewegte. Erst auf den zweiten Blick erkannte ich Snowflake, die weiße Katze mit dem schwarzen Ohr.

Als Snowflake das Köpfchen an Ninas Wade rieb, bückte sie sich, nahm die Katze auf den Arm und schmiegte ihre Wange an das helle Fell. Fasziniert sah ich, wie vertrauensvoll das scheue Tier in Ninas Armbeuge lag.

Mit einem entschlossenen Ruck setzte ich mich in Bewegung und riss eine der Glastüren des Wintergartens auf. Ich trug zwar nur einen Pullover, doch ich bemerkte die Minusgrade kaum, die draußen herrschten, während ich quer über den verschneiten Rasen zum Nachbarhaus lief.

»Nina! Brauchst du Hilfe?«

Als sie meine Stimme hörte, hob Nina den Kopf und schaute mir regungslos entgegen, bis ich atemlos vor ihr stehen blieb.

»Katja ist verrückt geworden. Oma Rosa auch. Und Patrick tut nichts dagegen.«

»Warum lassen sie dich nicht ins Haus?«

»Das war schon immer so. Alle anderen in meiner Familie glauben besser als ich selbst zu wissen, was gut für mich ist.« Nina schien nicht einmal besonders erstaunt über das Verhalten ihrer Schwester zu sein. Nur wütend.

»Aber dich auszusperren ist doch …«

»Ich sag's doch. Die sind verrückt geworden.« Sie setzte die Katze in den Schnee, griff nach der Sektflasche auf dem verschneiten Fenstersims, hielt sie vor sich in die Luft und betrachtete das Etikett.

»Ruinart Rosé. Champagner. Meine Lieblingssorte. Sauteuer, die leiste ich mir höchstens mal zum Geburtstag.«

»Und was hat das zu bedeuten?«, erkundigte ich mich vorsichtig, nachdem ich eine Weile vergeblich auf weitere Erläuterungen gewartet hatte. Langsam kroch die Kälte durch die Wolle meines Pullovers. Meine Finger waren jetzt schon eiskalt und meine Füße in den Halbschuhen natürlich wieder mal nass. Ich bückte mich zu Snowflake, die ihr Köpfchen an meinem feuchten Hosenbein rieb, und strich ihr über den Rücken. Dann richtete ich mich wieder auf und sah Nina fragend an. Sie musste doch wenigstens eine Ahnung haben, was hier vorging.

Sie schnaubte wütend und schwenkte die Champagnerflasche durch die Luft. »Die haben das von langer Hand geplant.«

»Was denn geplant? Dich mit einer Champagnerflasche im Arm in der Silvesternacht draußen erfrieren zu lassen?«

»Quatsch. Das mit dir und mir.« Jetzt kniff Nina misstrauisch die Augen zusammen. »Steckst du mit denen unter einer Decke?«

»Ich habe keine Ahnung, was das zu bedeuten hat«, beteuerte ich und rieb mir die Nasenspitze, die ich schon nicht mehr fühlen konnte. »Ehrenwort!«

»Ehre. Manche Leute wissen doch gar nicht, wie das geschrieben wird.«

»Ich schon. Ich habe dich weder ausgesperrt wie deine Familie noch belogen wie dieser Marco.«

Zu unseren Füßen maunzte Snowflake laut und empört. Wahrscheinlich war ihr auch kalt.

Auf meinen berechtigten Einwand hin erwiderte Nina nichts, sondern starrte nur irgendeinen Stern am Nachthimmel an.

»Ich weiß nicht, wie es dir geht, aber ich friere«, sagte ich schließlich. »Komm mit rein.« Ich deutete hinüber zu meinem Haus.

»Das wollen die doch nur.« Nina hielt die Champagnerflasche fürsorglich wie ein Baby im Arm. »Und du auch.«

»Du bist herzlich willkommen«, stimmte ich ihrer finsteren Vermutung großzügig zu. »Ich gehe jetzt rein. Du kannst jederzeit nachkommen.« Damit drehte ich mich um und stapfte durch den Schnee zurück zur offenen Tür des Wintergartens. Ich hätte auch den Umweg die Straße entlang nehmen können, aber noch nasser konnten meine Füße ja nicht werden. Ich wusste schon gar nicht mehr, wie oft ich mir hier in Alptal nasse Füße geholt hatte. Und immer wegen Nina.

Als ich mich umdrehte, stand sie immer noch stur da, während Snowflake mir dicht auf den Fersen war. Die Katze schien vernünftiger zu sein als die wunderschöne Frau mit der Champagnerflasche im Arm.

25. Kapitel

Nina

Finster starrte ich Pauls Rücken an, während er zu seinem Haus zurückkehrte. Die treulose Snowflake folgte ihm dorthin, wo sie Futter und Wärme vermutete.

Paul trat durch die offenstehende Glastür in den Wintergarten. Er drehte sich um, sah aber nicht in meine Richtung, sondern vergewisserte sich nur, dass Snowflake ebenfalls drinnen war, bevor er die Tür so weit zuzog, dass sie immer noch einen Spaltbreit offenstand.

Drinnen brannte kein elektrisches Licht. In der Ecke flackerten Kerzen an einem kleinen Tannenbaum. Erstaunt betrachtete ich aus der Ferne das Bäumchen. Hatte er es tatsächlich zu Weihnachten geschmückt?

Langsam setzte ich mich ebenfalls in Bewegung. Offenbar hatte ich keine andere Möglichkeit, als Paul zu folgen. Obwohl es natürlich eine Alternative gab. Es gab immer eine.

Einen Moment lang stellte ich mir begeistert Katjas Entsetzen vor, wenn sie mich morgen früh steifgefroren vor der Haustür fand. Das würde ihr recht geschehen, wenn sie glaubte, mich zu einem Gespräch und sonst was mit Paul zwingen zu können. Wie albern war das denn?

Aber natürlich wäre es noch viel alberner gewesen, aus purem Starrsinn hier draußen vor mich hin zu bibbern. Mit meiner Champagnerflasche im Arm nahm ich den Weg die Straße entlang und klingelte an Pauls Haustür. Ich hatte keine Lust, brav hinter ihm her direkt in den Wintergarten zu marschieren.

»Da bin ich«, erklärte ich überflüssigerweise, als er öffnete, und überreichte ihm den Champagner wie ein Gastgeschenk. »Der ist schön kalt. Stand im Schnee.«

»Ich weiß.« Jetzt zeigte er mir sein wunderbar breites Lächeln, das immer irgendetwas mit meinem Bauch machte. Als würde da drinnen jemand Wasser auf eine Handvoll Brausepulver schütten.

Schnell senkte ich den Blick und stellte fest, dass Paul barfuß war. Auf dem Garderobenschränkchen lag ein Paar Socken, die er offenbar gerade hatte anziehen wollen, als ich geklingelt hatte. Wie es aussah, waren wir beide groß darin, uns im Schnee abwechselnd nasse Strümpfe zu holen. Dieses Mal waren meine Füße jedenfalls trocken.

Ich hängte meine Jacke an die Garderobe. Währenddessen hüpfte Paul auf einem Fuß herum und zog sich die Socken an.

Als ich mich umdrehte, sah ich in der Ecke hinter der Haustür einen länglichen Briefumschlag auf dem Boden liegen. Ich ging hin und hob ihn auf. Er war offenbar mit der Post gekommen, denn es klebte eine abgestempelte Briefmarke darauf. Pauls Name und Adresse waren in einer großzügigen, geschwungenen Handschrift auf die Vorderseite geschrieben. Eine Schrift, die vor Selbstbewusstsein nur so strotzte.

Ich drehte das Kuvert um. Als ich den Absender las, verwandelte sich das Brausepulver in meinem Bauch in einen Stein. Ich schnappte nach Luft und warf den Brief auf das niedrige Dielenschränkchen, als hätte ich mich daran verbrannt. Dann riss ich die Tür wieder auf und wollte nach draußen. Einfach nur weg aus diesem Haus.

»Halt!« Pauls Griff an meinem gesunden Arm war fest, seine Stimme laut und energisch. »Du hast nicht mal eine Jacke an. Was ist denn jetzt wieder los?«

»Ich lasse mich nicht schon wieder von einem Mann belügen und betrügen«, flüsterte ich und kam mir im selben Moment total blöd vor. Zwischen Paul und mir war schließlich nichts. Er bot mir nur Asyl, weil meine verrückte Familie mich ausgesperrt hatte. Trotzdem war es brandgefährlich, hier zu sein. Wir hatten uns geküsst, ich hatte Champagner mitgebracht, und Pauls Lächeln machte komische Sachen mit mir.

Ich versuchte, meinen Arm freizubekommen, aber natürlich war Paul stärker als ich. Problemlos zog er mich wieder in die Diele und schloss energisch die Tür.

»Bevor du mir erzählt hast, was los ist, gehst du nirgendwohin. Und ohne Jacke schon gar nicht.« Sein Blick duldete keinen Widerspruch.

»Wenn deine Freundin erfährt, dass wir die Silvesternacht zusammen verbracht haben, gibt es nur Ärger … Natürlich denke ich nicht dran, die Nacht mit dir zu verbringen. Aber es reicht bestimmt schon, wenn sie hört, dass ich hier war. Mit dieser blöden Flasche.« Ich sah den Champagner an, der neben dem Umschlag auf dem Schränkchen stand.

»Was ist das?« Er griff nach dem Brief.

»Tu nicht so!«, fauchte ich ihn an. Ich hatte wirklich genug von Männern, die mich anlogen.

»Wo hast du den gefunden? Der lag vorher nicht hier.«

Stumm deutete ich auf die Ecke hinter der Haustür.

»Offenbar hat der Briefträger ihn durch die Klappe in der Tür geworfen, und ich habe es nicht bemerkt. Er ist von meiner Ex-Freundin. Und er ist nicht geöffnet.« Um mir zu demonstrieren, dass der Umschlag nicht aufgerissen war, hob er ihn hoch.

»Dann mach ihn doch auf. Es interessiert dich bestimmt, was sie dir schreibt.« Ich sah ihn herausfordernd an. »Ein handgeschriebener Brief. Was für eine romantische Geste.«

»Ich habe sie gebeten, mich nicht mehr anzurufen und den Kontakt bei WhatsApp gelöscht. Für mich ist die Geschichte mit Tabea beendet.« Er sah mich ernst an, als könnte er mich so von der Wahrheit seiner Worte überzeugen, aber ich guckte einfach nicht hin.

»Sie will dich zurück«, stellte ich fest und starrte den Brief in seiner Hand an wie eine gefährliche Schlange.

Aus dem Augenwinkel sah ich, dass Paul nickte.

Eine kleine Ewigkeit standen wir beide starr voreinander. Dann ließ er meinen Arm los und trat einen Schritt zurück. »Wenn du mir nicht glaubst, dass ich mit Tabea abgeschlossen habe, kann ich es nicht ändern. Aber du wirst irgendwann wieder irgendjemandem vertrauen müssen. Marco war dein Vertrauen nicht wert. Ich bin aber nicht Marco.«

Meine linke Hand umklammerte immer noch den Knauf seiner Haustür. Aber eigentlich wollte ich nicht gehen. Nicht nur, weil es da draußen kalt war. Auf eine seltsame Weise fühlte ich mich sicher bei Paul. Sehr vorsichtig und fast gegen meinen Willen begann ich, ihm zu vertrauen. Es konnte ein Anfang sein. Für was auch immer.

»Du bist nicht Marco«, wiederholte ich leise seine Worte. Dann ging ich an ihm vorbei in den Wintergarten.

In der Ecke flackerten immer noch die Kerzen an dem kleinen krummen Bäumchen. Oben an der Spitze baumelte die gläserne Schneeflocke, die ich ihm zu Weihnachten geschenkt hatte. Ich wusste mittlerweile, dass Patrick ihm sein Geschenk mitgebracht hatte, als er hier gewesen war, um die Jacken zu tauschen.

Auf dem Korbsessel neben Pauls ganz besonderem Tannenbaum, der plötzlich gar nicht kläglich aussah, sondern irgendwie würdevoll und feierlich, lag Snowflake. Diese Katze schien sich neuerdings überall heimisch zu fühlen, wo man sie willkommen hieß. Und Paul war ein Mensch, dessen Art irgendwie … einladend war. Nach mir war er der Zweite gewesen, der sie anfassen durfte. Sie vertraute ihm.

Zusätzlich zu den Kerzen hatte Paul beim Hereinkommen

die Wandlampen eingeschaltet. Bei dem Anblick, der sich mir bot, presste ich mir eine Hand auf die Brust. Dabei hätte ich nicht sagen können, ob ich erschrocken oder entzückt war. Wohl beides.

Hinter mir hörte ich Pauls Schritte, doch ich drehte mich nicht um. Er blieb so dicht hinter mir stehen, dass ich seinen Atem im Nacken spürte.

»Was ist das?«, flüsterte ich.

Ich konnte spüren, dass er für einen Moment die Luft anhielt. Dann atmete er tief durch, und ein Schwall heißer Luft auf meiner Haut brachte mich zum Erschaudern.

»Ich wusste nicht, dass du heute Abend hier reinkommst, sonst hätte ich die Bilder weggestellt.«

Als ich mich langsam umdrehte, fiel ich kopfüber in den goldbraunen Samt seines Blicks. Für einen Moment war alles gut, die Kälte aus meinen Gliedern war verschwunden, und ich fühlte mich nicht mehr allein.

»Das hättest du nicht tun dürfen«, hauchte ich, als ich irgendwo in den Tiefen meiner Kehle Reste meiner Stimme wiederfand.

»Was hätte ich nicht tun dürfen?« Jetzt strich sein Atem über meine Lippen.

»Das mit den Bildern. Und natürlich der …« *Kuss* hatte ich sagen wollen, da lag mein Mund plötzlich auf seinem oder seiner auf meinem, das wusste ich nicht so genau.

Es passiert schon wieder. Warum küssen wir uns dauernd, obwohl ich das gar nicht will?

Dann hörte ich auf zu denken und konnte nur noch fühlen. Das Kribbeln auf meinen Lippen, das sanfte Feuer, das meinen Körper durchlief, die Hummelschwärme in meinem Bauch.

Mit einem unterdrückten Seufzer ließ ich mich in Pauls Arme sinken. Er hielt mich fest und küsste mich so zärtlich, leidenschaftlich und sanft, dass ich alle Fragen vergaß, die ich mir jemals über ihn, mich und das Küssen gestellt hatte. Ich küsste ihn einfach nur zurück.

Als er seinen Mund von meinem löste, hielt er mich immer noch fest. »Jetzt läufst du doch nicht etwa wieder weg und weigerst dich, mit mir zu sprechen?« Er verzog die Lippen zu einem schiefen Grinsen, und in seinen Augen tanzten goldene Irrlichter.

Ich konnte immer noch keinen klaren Gedanken fassen und wollte es seltsamerweise auch nicht. Mein Blut pulsierte von den Zehenspitzen bis zu den Haarwurzeln durch meinen Körper, überall spürte ich meinen Puls wie das viel zu schnelle Ticken einer Uhr. Also schüttelte ich einfach nur den Kopf und blieb, wo ich war: in Pauls Armen.

Ein oder zwei Minuten standen wir noch Arm in Arm da und sahen einander in die Augen. Dann musste ich plötzlich lachen. »Blöderweise kann ich gar nicht weglaufen. Es sei denn, ich will draußen erfrieren. Meine verrückte Schwester und meine sture Oma lassen mich ja nicht ins Haus.«

»Was Sturheit betrifft, liegt das wohl in der Familie.« Zärtlich strich mir Paul eine Haarsträhne aus der Stirn.

»Keine Ahnung, was du meinst. Ich bin nicht stur, sondern … vernünftig?« Widerstrebend löste ich mich aus der Umarmung und vermisste sofort seine Wärme und Nähe.

»Manchmal ist es vernünftig, jemanden gehen zu lassen, und manchmal ist es vernünftig, jemanden festzuhalten. Obwohl beides wahrscheinlich viel weniger mit Vernunft zu tun hat als mit … keine Ahnung, womit.« Paul griff nach meiner herabhängenden Hand. Unsere Finger verschränkten sich, als hätten sie das schon hundert Mal zuvor getan, während er mich vor die Staffelei zog.

Minutenlang standen wir wortlos Hand in Hand da. Ich starrte das fast fertige Bild an. Dabei spürte ich Pauls Blick von der Seite, wagte aber nicht, meinen Kopf zu wenden.

»Warum hast du das gemacht?«, flüsterte ich schließlich erneut, als mir klar wurde, dass er nicht die Absicht hatte, als Erster etwas zu sagen.

»Wenn ich etwas male, dann weiß ich oft gar nicht, woher das Bild kommt, das ich vor mir sehe und auf die Leinwand bringen will.«

»Aber es ist nicht abstrakt. Du hast gesagt, du malst nur abstrakt. Auf dem Bild da kann mich jeder erkennen. Und auf denen da auch.« Ich deutete auf die Gemälde, die an der Wand aufgereiht waren. Sie alle zeigten mich.

»Vielleicht wollte ich dich einfach sehen. Und weil ich nicht nach nebenan kommen konnte, habe ich dich eben gemalt. Es war wie ein Rausch. Ich konnte nicht aufhören und malte ein Bild nach dem anderem. Am Tag nach unserem Kuss auf dem Hügel habe ich zwei Bilder geschafft und das dritte angefangen.«

»Ich weiß nicht, was ich dazu sagen soll.«

Während ich mich bei Fotos manchmal fragte, wer um alles in der Welt die Frau sein könnte, die da vor die Kamera geraten war, *erkannte* ich mich auf Pauls Bildern. Wenn ich das Porträt betrachtete, auf dem ich suchend in die Ferne schaute, spürte ich meine Sehnsucht. Ich konnte meine Traurigkeit fühlen, wenn ich das Gemälde mit dem feuchten Schimmer im Augenwinkel ansah. Und mein breites Lächeln auf dem Bild daneben machte mich fröhlich.

»Gefallen sie dir nicht?«

Endlich richtete ich meinen Blick auf Paul. »Natürlich gefallen sie mir. Es ist nur so ein komisches Gefühl, dass du all diese Bilder von mir gemalt hast, und ich wusste nichts davon.«

»Ich hätte dich fragen müssen. Wenn du es nicht willst, bekommt niemand diese Bilder zu sehen. Und wenn du darauf bestehst, verbrenne ich sie.«

»Darum geht es nicht. Es ist seltsam für mich, dass du dich die ganze Zeit mit mir beschäftigt hast. Und dass du so genau wusstest, wie ich aussehe, wenn ich traurig bin. Oder fröhlich.«

Ich hörte, wie Paul neben mir nach Luft schnappte. Dann legte er los: »Glaubst du eigentlich, du bist es nicht wert, dass ein Mann für dich da ist, dich unterstützt, sich um dich kümmert und, ja, sich nach dir sehnt und dauernd an dich denken muss, wenn du nicht da bist?«

Was sollte ich dazu schon sagen? Bisher hatte niemand all diese Dinge für mich getan. Jedenfalls kein Mann.

Paul legte seine großen, warmen Hände auf meine Schultern und hielt mich fest, sodass ich mich nicht abwenden konnte. Dann sah er mich an. Sehr lange und sehr intensiv.

Schließlich beugte er den Kopf und küsste mich. Und dieses Mal geschah es nicht in der Hitze des Augenblicks, sondern ganz bewusst. Und ich erwiderte diesen Kuss ebenso gewollt. Als wir uns wieder voneinander lösten, waren wir beide ein bisschen atemlos.

»Du bist es wert, dass ich jede Sekunde an dich denke und tausend Bilder von dir male, Nina. Und wenn du mich brauchst, weil du dir einen Arm oder ein Bein oder sonst was gebrochen hast, dann ist es vollkommen egal, wo ich gerade bin: Ich komme und helfe dir, auch wenn ich nicht das Geringste mit deinem Unfall zu tun hatte. Und wenn ich sage, ich rufe dich abends an, dann melde ich mich schon mittags, weil ich es gar nicht aushalten könnte, so lange zu warten. Für mich musst du nicht Dutzende von Kekssorten backen und auch nicht das Haus schmücken. Ich liebe dich auch, wenn du mir gekaufte Plätzchen hinstellst und der einzige Schmuck im ganzen Haus ein Kerzenstummel ist.«

Aus irgendeinem Grund fing ich etwa in der Mitte der langen Rede an zu weinen. Lautlos und aus Gott weiß welchem Grund. Die Tränen liefen über meine Wangen, und ich tat nichts dagegen. Weil ich aus Erfahrung längst wusste, dass Paul mich auch heulend wie eine Schlosshündin akzeptierte und … liebte. Er hatte gesagt, dass er mich liebte, und obwohl ich fand, dass wir uns eigentlich noch viel besser kennenlernen mussten, bevor wir solche großen Dinge zueinander sagten, wusste ich, dass es stimmte.

Er versuchte nicht, mich vom Weinen abzuhalten, sondern küsste mir einfach die Tränen fort, bis keine mehr kamen.

»Ich habe Angst. Wenn ich mich auf dich einlasse und das schiefgeht, dann …« Plötzlich war mir eiskalt. Ich musste für einen Moment die Augen schließen und tief durchatmen. »Jemanden wie Marco zu verlieren ist im Grunde nicht schlimm. Ich bin verletzt, traurig und ein oder zwei Wochen furchtbar schlecht drauf, dann geht es wieder. Aber wenn es jemand wäre, der mich berührt. Der mein Herz berührt. Der mich wirklich sieht.« Mein Blick wanderte zu dem Porträt auf der Staffelei.

»Ich weiß. Und auch ich habe eine Scheißangst davor«, flüsterte Paul und strich mir mit den Fingerspitzen über die Wange. »Ich wollte mich nie auf diese Weise an einen anderen Menschen verlieren. Und es ist mir auch nicht passiert. Nicht mal bei Tabea. Ich war in sie verliebt, aber ich habe sie nicht so weit an mich herangelassen, dass es gefährlich werden konnte. Und dann kamst du mit deinen bunten Schuhen, den traurigen Augen und der lauten Stimme. Ich habe dir weit mein Herz geöffnet. Es ist einfach passiert, und das macht mir Angst. Aber wenn wir es beide wirklich wollen, können wir es schaffen. Und aus lauter Feigheit auf etwas so Wunderbares zu verzichten, wie wir es miteinander haben können, wäre doch wirklich …«

»… blöd«, beendete ich seinen Satz.

»Lass uns den Champagner aufmachen und auf die Zukunft anstoßen.« Paul führte mich zum Tannenbäumchen und rückte mir neben der schlafenden Snowflake einen Korbsessel zurecht.

Ich ließ mich darauf nieder und wartete, bis Paul die Flasche geöffnet und die Gläser geholt hatte. Dabei betrachtete ich den kleinen verkrüppelten Baum und wünschte mir im Stillen, dass wir nächstes Jahr einen gemeinsamen Baum haben würden. Vielleicht einen mit roten Kerzen und Goldschmuck, damit Paul einen wirklich schönen Tannenbaum sah.

Doch dann verbot ich mir, schon wieder Pläne zu machen. Erst würde ich herausfinden, was Paul wirklich mochte. Und er, was mir gefiel. Und wir zwei gemeinsam, wie wir es für uns beide schön machen konnten.

Paul reichte mir eine gefüllte Sektflöte. Als wir damit anstießen, sirrte ein zarter Ton durch die Luft, fast wie ein Glöckchen. Snowflake hob den Kopf, sah uns zufrieden an und schlief weiter.

Kaum hatten wir an dem köstlichen kühlen Rosé-Champagner genippt, klingelte es an der Haustür.

»Sie können es nicht abwarten. Typisch.« Grinsend schüttelte ich den Kopf.

»Wahrscheinlich sind sie in Sorge, dass du mir etwas angetan haben könntest. Soll ich sie reinlassen?«

Mit einem demonstrativen Seufzer nickte ich und folgte Paul in den Flur, um meine geliebte Familie zu begrüßen. Natürlich hätten Paul und ich auch ohne Katjas und Omas Hilfe irgendwie noch die Kurve gekriegt, dessen war ich mir sicher. Aber so war es schneller gegangen und dafür war ich ihnen dankbar. Wenn ich auch nicht vorhatte, das sofort zuzugeben. Ich runzelte die Stirn und bemühte mich, ein finsteres Gesicht zu machen. Als ich dann aber Oma Rosa sah, die als Erste ins Zimmer kam und mich ein bisschen besorgt anschaute, fiel ich ihr spontan um den Hals.

»Ich bin so glücklich«, flüsterte ich ihr ins Ohr und sah über ihre Schulter meine Schwester an.

»Eigentlich war es meine Idee, dich einfach auszusperren, damit du gezwungen bist, endlich mit Paul zu reden«, verkündete Katja laut.

»Du hast Glück, dass du schwanger bist, sonst würde ich dir mal zeigen, was es für ein Gefühl ist, draußen im Schnee zu stehen und vergeblich an die Tür zu klopfen.«

Länger hielt ich es nicht aus, so zu tun, als wäre ich auch nur ein kleines bisschen böse auf meine geliebte, verrückte große Schwester. Dann umarmte ich sie so fest, wie ich es mit einem Arm konnte.

Anschließend kam Patrick dran. Während ich an seinem Hals hing, wedelte er hilflos mit der Champagnerflasche, die er mitgebracht hatte, durch die Luft. »Ich habe nichts mit der Sache zu tun. Außer dass ich mich dem strengen Befehl meiner Frau gebeugt habe, mich taub zu stellen.«

»Danke, dass du mich nicht reingelassen hast«, sagte ich überschwänglich.

»Die drei wussten ganz genau, dass du an meine Tür niemals vergeblich klopfen würdest«, sagte Paul hinter mir. Und deshalb musste ich ihn auch sofort küssen.

Dann fing ich bei Oma wieder von vorn an. Ich war so glücklich, dass ich die ganze Welt hätte umarmen können, da aber nur meine Familie da war, musste die eben dafür herhalten. Und natürlich Paul. Der bekam am meisten ab.

Epilog

Oma Rosa

Wie es im »Handbuch für Katzenfreunde« empfohlen wurde, legte ich vier oder fünf von Snowflakes Lieblingsleckerli in die Transportbox und sah meine Katze streng an.

»Gleich werden wir abgeholt. Und du kommst mit. In dem Ding da. Also gewöhn dich schon mal ein.«

Natürlich machte Snowflake nicht die geringsten Anstalten, in die Box zu gehen. Leckerli hin oder her. So dumm war meine Katze nicht.

»Du kannst nicht allein hierbleiben. Außerdem könnte ich wetten, du findest es schön, mal wieder das Haus zu sehen, in dem wir uns alle kennengelernt haben. Du musst auch nicht raus in die Kälte. Mir ist klar, dass du jetzt eine richtig gemütliche Wohnungskatze bist. Warst du wahrscheinlich schon, bevor du irgendwie da draußen in Alptal gelandet bist und zwischendurch mal den Glauben an die Menschen und die Welt verloren hattest.«

Mir war klar, dass ich wie eine schrullige Alte klang, wenn ich meiner Katze lange Vorträge hielt. Aber das war mir egal. Erstens hörte mich keiner, und zweitens durfte ich mit meinen inzwischen einundachtzig Jahren so sonderlich sein, wie ich wollte. Wen kümmerte es?

Meine Enkelinnen liebten mich auch in schrullig, meine neue Freundin Maria auch. Ihr konnte es gar nicht verrückt genug zugehen, dabei war sie fast drei Jahre älter als ich. Ich hatte sie kurz nach meinem Umzug nach München auf dem Viktualienmarkt kennengelernt, wo sie sich mit einem Gemüsehändler über die Qualität seiner Äpfel stritt. Da der Kerl mir in der Woche vorher auch fauliges Zeug angedreht hatte, schlug ich mich sofort auf ihre Seite. Seitdem waren wir ein Herz und eine Seele.

Seit der Schulzeit hatte ich keine beste Freundin mehr gehabt, und jetzt machte mich die Freundschaft mit Maria jeden Tag aufs Neue froh. Schön waren aber auch die Abende im Bridge Club, mein Theaterabo und die Vernissagen im Kino um die Ecke, wo sie jeden Sonntagvormittag alte Filme zeigten. Ich liebte mein neues Leben.

Als das Telefon klingelte, hob ich lächelnd den Hörer ab. Ich hatte mich schon von Maria verabschiedet, die die Weihnachtstage ebenfalls mit ihren Kindern und Enkeln verbrachte. Wahrscheinlich hatte sie noch etwas vergessen.

»Ich wollte dir fröhliche Weihnachtstage in Alptal wünschen, Lieselotte.« Es war nicht Maria, sondern eine vertraute, ein wenig brüchige Männerstimme.

»Oh. Die wünsche ich dir auch, Hannes.«

Es fiel uns nicht immer leicht, aber Hannes und ich hatten beschlossen, nach unserer Trennung Freunde zu bleiben, wie man es heutzutage so schön nannte. Was insofern ein bisschen schwierig war, da wir nie Freunde gewesen waren und das jetzt nicht auf Anhieb hinbekamen. Immerhin telefonierten wir gelegentlich miteinander. Und das war gut so. Nach so langer Zeit wollte man ja doch wissen, wie es dem anderen ging.

Während wir einige unverbindliche Sätze und ein paar Informationen zwischen stolzen Urgroßeltern wechselten, schaute ich aus dem Fenster und sah auf der anderen Straßenseite Paul nahen. Wieso kam er zu Fuß? Und wo war Nina?

Auf Höhe des Hauses, in dem ich seit dem vergangenen Februar eine hübsche kleine Wohnung im ersten Stock bewohnte, überquerte er die Straße. Gleich darauf schlug die Klingel im Flur an.

»Ich muss Schluss machen, Hannes. Paul kommt.« Nach einer kurzen Pause fügte ich entschlossen hinzu: »Grüß Renate. Macht euch schöne Feiertage.«

»Danke. Grüß du die Kinder von mir.«

Ich legte auf, ging zum Türöffner und ließ Paul herein. In der offenen Wohnungstür stehend sah ich als Erstes seinen dunkelblonden Haarschopf, wie meistens ein bisschen zerzaust, zwischen den Holzstäben des Treppengeländers auftauchen. Er nahm immer zwei Stufen auf einmal, und als er gleich darauf vor mir stand, strahlte er mich fröhlich an.

»Guten Tag, Rosa. Alles bereit für unseren Weihnachtsurlaub?«

»Sicher. Aber wo ist Nina?«

»Kommt gleich mit dem Wagen. Ich muss dich vorher unbedingt was fragen.« Er trat an mir vorbei in die Wohnung und wühlte dabei in seiner Jackentasche. Gleich darauf hielt er mir eine schwarze Ringschachtel hin.

Ich schnappte nach Luft und presste mir eine Hand aufs Herz, weil ich sofort wusste, was das zu bedeuten hatte. »Ein Antrag? Jetzt, zu Weihnachten? Was für ein wunderbarer Gedanke, Paul.«

»Sieh ihn dir an, Rosa. Bitte. Und sag mir, ob er Nina gefallen wird. Ich war mir so unsicher. Und Adrian war mir bei der Auswahl auch keine große Hilfe. Ich hätte besser dich mitnehmen sollen.« Er klappte das Schächtelchen auf und zeigte mir einen schmalen Goldring mit einem großen, funkelnden Diamanten. Wenn mich nicht alles täuschte, zitterten seine Finger ein winziges bisschen.

Gerührt tätschelte ich ihm die Wange. »Sei nicht dumm, mein Lieber. Du könntest Nina einen Ring aus dem Kaugummiautomaten schenken, sie würde ihn lieben und mit Freude Ja sagen.«

»Meinst du wirklich? Ich darf es auf keinen Fall vermasseln. Weil ich für immer mit ihr zusammen sein will und …«

»Und sie will das auch«, unterbrach ich ihn energisch. »Das musst du doch wissen, Paul. Ihr jungen Leute macht wirklich aus allem ein Problem. Du liebst sie, sie liebt dich, ihr seid schon ein ganzes Jahr ein glückliches Paar. Weshalb sollte sie dich nicht heiraten wollen?« Ich schüttelte verständnislos den Kopf.

Paul atmete hörbar auf und steckte die kleine Schachtel wieder in seine Jackentasche.

»Kannst du jetzt bitte Snowflake unter dem Bett hervorholen und in ihren Transportkorb setzen?«, wandte ich mich schwierigeren Problemen zu.

Während Paul in meinem Schlafzimmer auf dem Bauch herumkroch und die starrsinnige Katze mit Leckerli lockte, klingelte es erneut. Dieses Mal war es Nina, die leichtfüßig die Treppe heraufkam. Ihre Augen strahlten ebenso glücklich wie Pauls. Sie würden ein wunderhübsches Brautpaar sein.

»Ist Paul schon da? Er ist vorgegangen, weil er noch Kerzen besorgen wollte. Ich habe zwar nicht ganz verstanden, warum wir noch mehr Kerzen brauchen, aber …«

Ich legte den Zeigefinger auf die Lippen und deutete auf die offene Schlafzimmertür. Gerade kam Snowflake unter dem Bett hervor und näherte sich vorsichtig der offenen Transportbox, die Paul ihr hingeschoben hatte.

»Gut«, flüsterte Nina. »Dann können wir ja losfahren. Das Auto steht direkt vor der Tür.« Sie holte ihr Handy hervor. »Katja hat mich eben angerufen. Sie sind auch schon unterwegs. Ich kann es kaum erwarten, die süße kleine Stella wiederzusehen. Guck mal. Ein neues Foto. Katja hat es vor fünf Minuten bei der Abfahrt gemacht. Ist sie nicht ein Engel, wie sie in ihrem Autositz schläft?«

Wie jedes Mal, wenn ich ein Bild meiner inzwischen drei

Monate alten Urenkelin sah, musste ich Tränen der Rührung zurückhalten. Das Schicksal meinte es gut mit mir und mit meiner Familie, was in etwa dasselbe war.

»Stella«, sagte ich leise. »Unser kleiner Stern.«

Nina nickte. »Ich finde den Namen auch wunderschön. Musste er auch sein, wenn man bedenkt, was es letztes Jahr für ein Theater gab, weil Katja und Patrick sich nicht einigen konnten.«

Paul kam zu uns in den Flur und hob triumphierend die Transportbox hoch, in der Snowflake hockte und anklagend durchs Gitter schaute. Er küsste Nina zur Begrüßung, wie die beiden es immer taten, auch wenn sie sich nur eine halbe Stunde nicht gesehen hatten.

»Hast du die Kerzen?«, erkundigte sich Nina und nahm Paul die Katze ab, damit er meinen Koffer tragen konnte.

Er sah mich ratlos an.

»Die habe ich eingepackt.« Ich zwinkerte ihm zu. In diesem besonderen Fall war Flunkern erlaubt.

Dann verließen wir gemeinsam die Wohnung. Als wir aus der Haustür traten, fielen wie auf Bestellung die ersten Schneeflocken. Es würden wunderbare Weihnachtstage in Alptal werden. Mit funkelndem Schnee, einer romantischen Verlobung und einem zuckersüßen Baby.

ENDE

Weihnachten in einem kleinen Buchladen und ein Weihnachtsmann zum Verlieben

Nancy Naigle
WEIHNACHTSZAUBER
IN HOPEWELL
Roman
Aus dem amerikanischen
Englisch von
Michael Krug
384 Seiten
ISBN 978-3-404-17884-1

Sydney braucht nach ihrer Trennung dringend einen Neuanfang. Deshalb zieht sie mit ihrer kleinen Tochter RayAnne in ihr Heimatstädtchen Hopewell zurück, wo sie einen Job in ihrem alten Lieblingsbuchladen findet. Gemeinsam mit Besitzerin Bea verbringen sie eine wundervolle Weihnachtszeit. Als Sydney den sympathischen Freizeit-Weihnachtsmann Mac kennenlernt, scheint ihr Weihnachtswunder perfekt. Doch dann schlägt das Schicksal mit voller Wucht zu, und die Existenz des Buchladens ist in Gefahr ...

Bastei Lübbe

Küstenzauber in Dänemark

Barbara Erlenkamp
SOMMERZAUBER AUF
DER KLEINEN INSEL
250 Seiten
ISBN 978-3-7413-0117-9

Britta hat ihr Leben im Griff. Sie arbeitet erfolgreich in der Tourismusbranche. Ihr neuestes Projekt: Sie soll zusammen mit einem Kollegen nach Dänemark auf die Insel Læsø fahren, um dort ein Feriendorf zu planen. Die Insel ist für Britta ein besonderes Ziel, stammt doch ihr bereits verstorbener Vater von dort, den sie nie kennengelernt hat. Doch sie muss feststellen, dass ihre Mutter sie die ganzen Jahre über belogen hat. Denn plötzlich ist die ordentliche und strukturierte Britta Teil einer liebenswert chaotischen dänischen Familie. Und damit nicht genug: Auch der sympathische Schreiner Jan Ole stellt Brittas bisheriges Leben ganz schön auf den Kopf.

»Beschauliches Landleben, dass ich nicht lache, hier ist es lebensgefährlich!«

Marlies Folkens
KÜSTENTRÄUME
Roman
DEU
304 Seiten
ISBN 978-3-404-17688-5

Wie flickt man ein undichtes Dach? Wie bringt man einen alten Badeofen zum Laufen? Und wie päppelt man eine Horde verwaister Katzenbabys auf? Seit die Juristin Tanja einen alten Bauernhof an der Nordseeküste geerbt hat, gehören solche Fragen zu ihrem Alltag. Und dann muss sie sich auch noch mit der alleinerziehenden Mutter Judith arrangieren, der die andere Hälfte des Hofs gehört. Erst auf den zweiten Blick erkennen die beiden Frauen, dass das Leben auf dem Land – und so mancher Landwirt – durchaus seinen Reiz hat ...

So entspannend und erfrischend wie Urlaub an der Nordsee. Entdecken Sie mit Marlies Folkens die Sonnenseiten des Lesens.

Bastei Lübbe